Newton Compton Editores

Título original: *The Dance Teacher of Paris*

© 2023, Suzanne Fortin
© 2024, de la traducción por Tatiana Marco Marín
© 2024, de esta edición por Antonio Vallardi Editore S.u.r.l., Milán

Todos los derechos reservados

Primera edición: junio de 2024

Newton Compton Editores es un sello de Antonio Vallardi Editore S.u.r.l.
Pl. Urquinaona, 11, 3.º 1.ª izq. Barcelona, 08010 (España)
www.newtoncomptoneditores.com

Gruppo editoriale Mauri Spagnol S.p.A.
www.maurispagnol.it

ISBN: 978-84-19620-73-6
Código IBIC: FA
DL: B 4.880-2024

Diseño de interiores:
David Pablo

Composición:
Sergi Godia

Impreso en junio de 2024 en Puntoweb s.r.l., Ariccia (Roma), en Italia.

Suzanne Fortin

La bailarina de París

Traducción de Tatiana Marco Marín

Newton Compton Editores
Barcelona, 2024

Para mis hijos: Liam, Hayley, Ross y Esther.
Y para mis nietas: Albie y Elsie

Prólogo

Fleur

Sussex Occidental
Octubre de 2015

Fleur se sentó en el sillón de su abuela, se colocó la zapatilla de *ballet* de satén en el regazo y apoyó con cuidado las manos sobre los reposabrazos. Cerrando los ojos, pasó los pulgares por la tapicería desteñida por el sol. Siempre que pensaba en su abuela, Lydia, se la imaginaba allí sentada, junto a la ventana mirador, contemplando el campo verde con el sonido de las olas que rompían en la orilla justo al otro lado de la siguiente hilera de casas que disfrutaban de una mejor posición frente al mar.

Respiró hondo y pudo detectar un ligero rastro del perfume favorito de Lydia; uno que ella misma le había regalado en numerosos cumpleaños. Se trataba de Rive Gauche de Yves Saint Laurent. Su abuela había usado aquel clásico de los setenta desde que Fleur tenía memoria. Solo había comprendido la importancia del nombre de la fragancia, que hacía referencia a la orilla izquierda o la parte sur del Sena, en los últimos meses. Sin embargo, no había sabido mucho sobre el pasado de su abuela hasta hacía poco, y menos aún sobre la época durante la guerra en la que Lydia había sido una niña de diez años que vivía en el París ocupado por los alemanes y que asistía al colegio que estaba enfrente de

7

lo que ahora es el Museo de Orsay, en la margen izquierda de la ciudad.

Fleur soltó el aire y abrió los ojos. Después, posó la mirada en la acuarela en miniatura de Pierre Valois que colgaba de un rincón, junto a la chimenea, y que representaba a una bailarina de *ballet* frente a la barra. Aquella era otra conexión oculta con el pasado de Lydia que había estado a plena vista durante todos aquellos años.

Bajó la vista a la zapatilla de *ballet* y el corazón le dio un vuelco, tal como había ocurrido desde que había descubierto la historia que se escondía tras ella. La tela estaba desgastada por las horas de danza y, ahora, resultaba muy delicada por culpa del paso del tiempo. La cinta estaba deshilachada en los bordes pero seguía intacta. Era una zapatilla que había agraciado las tablas de un estudio de danza de París haciendo piruetas, saltando y brincando, alzándose y cayendo. Era una zapatilla que había albergado mucho amor y muchas esperanzas a lo largo de muchos años. Era una conexión para Lydia y con Lydia; una conexión que Fleur sabía que siempre apreciaría, que siempre la hacía llorar y sonreír, y que siempre la hacía sentirse orgullosa.

Y, ahora que lo sabía todo, también era una conexión que hacía que se le partiera el corazón.

Capítulo 1

Adèle

Adèle Basset apartó la vista del piano y enumeró en voz alta la secuencia de pasos para su clase de baile. Aquel día tocaba *ballet*, y si bien sus alumnos, que tenían entre cinco y diez años, probablemente nunca llegarían a forjarse una carrera como bailarines, su entusiasmo incontrolable y su evidente deleite compensaban su falta de habilidad técnica y de elegancia natural.

El sol brillaba a través de los ventanales que ocupaban un lateral del estudio, iluminando a los niños y reflejándose contra la pared cubierta de espejos. A la habitación no le hubiera venido nada mal una reforma. La pintura se estaba desconchando en una esquina y había que reemplazar dos de las tablas de madera del suelo que habían sido reparadas demasiadas veces. Sin embargo, la pintura y la madera escaseaban tras dos años de ocupación alemana.

–*Et demi-plié...* Las rodillas alineadas con los dedos de los pies... Arriba... *Et deuxième. Port de bras...* Seguid el brazo hacia el lateral. –Adèle lanzaba las instrucciones por encima del sonido del piano–. ¡Excelente, Daniel! *Parfait!*

Siendo estrictos, no había sido ni excelente ni perfecto, pero siempre había insistido en que el objetivo de sus clases

9

extraescolares de danza no era lograr una actuación perfecta, sino la felicidad absoluta.

¿Qué más podía desear nadie para aquellos niños cuando la guerra seguía causando estragos por toda Europa? Aquella hora diaria después del colegio era una forma de evasión tanto para los alumnos como para ella misma tras un largo día de enseñanza. Allí, en aquellas clases, a través de la danza, podían ser cualquier cosa y viajar a cualquier lugar que desearan. Dios sabe que merecían el pequeño placer y el respiro que les ofrecía aquella hora, pues ya habían presenciado horrores que ningún niño tendría que verse obligado a presenciar.

Adèle se levantó del asiento que ocupaba frente al piano y, con un gesto de las manos, les indicó a los niños que continuaran con los pasos, tal como su propia madre les había enseñado a ella y a su hermana, Lucille. Su madre, Marianne, había sido la más hermosa y hábil de las bailarinas y había ensayado con el Ballet de la Ópera de París. Una carrera truncada muy pronto de forma trágica a causa de un accidente automovilístico y, más tarde, una vida interrumpida por culpa de la enfermedad. Adèle sintió la familiar oleada de dolor que acompañaba a cualquier pensamiento sobre su madre. Habían pasado casi doce años desde la muerte de Marianne, lo cual suponía un hito, pues, para entonces, ya había pasado más tiempo ausente de su vida de lo que había estado presente físicamente. Aun así, de algún modo, impartir aquellas clases y transmitir tanto el espíritu de la danza como el amor por la misma hacían que se sintiera más unida a ella y, en cierto sentido, como si todavía estuviera presente.

Sonrió a la clase.

—Bravo! Allez, tendu. Acordaos de los brazos; no dejéis que os rocen el cuerpo. Círculos amplios. Eso es, Margot. Très bien.

Dando la espalda a los niños, Adèle se unió a ellos, reproduciendo los pasos para aquellos alumnos menos seguros. No tenían una coordinación muy buena ni una posición perfecta de los pies, pero el ambiente de la estancia era inspirador. No sabía de dónde sacaban tanta energía y deseaba poder disponer de un poco de ella. Aquel día se sentía cansada, exhausta por encontrarse en un estado constante de ansiedad y temerosa de pasarse de la raya con los alemanes, que eran fáciles de irritar y rápidos a la hora de tomar represalias. Captó su reflejo en el espejo. Le sorprendió ver el cansancio que mostraba su rostro y las ojeras grisáceas bajo sus ojos verdes. A su melena castaña, que por lo general brillaba y que llevaba recogida en un moño, le faltaba lustre y, además, se le notaban las clavículas. Las raciones cada vez más escasas no la ayudaban en nada a tener mejor aspecto.

Se abrió la puerta del aula y Gérard Basset, que era su padre y el director de la escuela, asomó la cabeza mientras se subía las gafas por el puente de la nariz. Recorrió la estancia con la mirada y sonrió a su hija a modo de saludo. «Me marcho», le dijo, más haciendo mímica que hablando para no interrumpir la clase. Adèle le devolvió la sonrisa y asintió mientras su padre ofrecía una ronda de aplausos a la clase antes de despedirse con la mano y desaparecer de nuevo por el pasillo.

Cuarenta y cinco minutos después, Adèle dio por terminada la lección.

–Bravo, mes enfants! Bravo!

Hizo una pequeña reverencia frente a sus alumnos, gesto que ellos le devolvieron. Aquella era la señal de que la clase había terminado oficialmente. Mientras los niños se arremolinaban a su alrededor, emocionados, levantó la tapa superior del piano y sacó una pequeña bolsa de tela. Se llevó un dedo a los labios para silenciarlos.

Diez pares de ojos la observaron con impaciencia mientras rebuscaba en la bolsa y sacaba una sarta de anillos de manzana cubiertos con canela. Desató el hilo y repartió aquellas exquisiteces, contemplando cómo los pequeños las devoraban en segundos, recogían hasta la más pequeña de las migas de su regazo y se chupaban los dedos. En los últimos tiempos siempre estaban hambrientos y Adèle se sentía inclinada a sacrificar parte de sus propias raciones para ayudar a mantener a raya los calambres del hambre de los niños.

—Venga, cambiaos rápidamente los zapatos —les indicó en cuanto hubieron terminado de comer—. Vuestras madres os estarán esperando abajo. —Se fijó en que una de las niñas miraba desalentada sus zapatillas mientras se desataba las cintas de los tobillos—. ¿Qué ocurre, Juliette?

Se agachó junto a la alumna de ocho años.

—La zapatilla tiene un agujero en el dedo gordo del pie.

—Vaya... Déjame que le eche un vistazo. —Inspeccionó la zapatilla—. Mmm... Sí, se ha agujereado por el desgaste. Tendrás que decírselo a tu madre.

—*Maman* no lo sabe; no puede permitirse comprar unas nuevas.

Adèle pasó la mano con delicadeza por la cabeza y la melena trenzada de Juliette.

—No te preocupes, *ma petite puce*. Te la arreglaré esta noche.

La colocó encima del piano para no olvidársela después. La madre de la niña tenía otros tres hijos que cuidar y, dado que su marido estaba en un campo de concentración en Alemania, no tenía a nadie que la ayudara, así que era probable que arreglar una zapatilla de *ballet* no ocupara un puesto demasiado alto en su lista de prioridades.

Recogió las zapatillas de aquellos niños que no tenían la

suerte de poseer un par propio. Según sus padres, ella y su hermana pequeña, Lucille, llevaban bailando desde que empezaron a andar, así que se habían hecho con toda una colección de zapatillas de *ballet* que ahora le venían muy bien y permitían que los pequeños pudieran participar.

Mientras los ayudaba a cambiarse, tomó uno de los zapatos de calle de Daniel, que tenía cinco años, y se dio cuenta de que la suela casi se había desgastado por completo. Al otro le pasaba lo mismo.

—Un momento —dijo, y salió a toda prisa de la habitación. Regresó unos minutos más tarde con dos hojas de papel rígido que, con anterioridad, habían sido las cubiertas de un libro de ejercicios y que, en ese momento, transformó en un par de suelas—. Ahí tienes; debería aguantar hasta que llegues a casa.

Se acercó al armario y tomó una cesta de zapatos de *jazz*. Rebuscó en ella hasta que encontró lo que estaba buscando y le tendió al niño un par de la talla adecuada.

—Para ti. —Colocó cada uno de los zapatos en uno de los bolsillos del abrigo de Daniel—. Eran míos de cuando tenía tu edad. Dile a tu madre que son un regalo.

Una vez que se habían atado todos los lazos y todas las hebillas, los niños formaron una fila junto a la barra. Adèle estaba a punto de acompañarlos fuera cuando la puerta se abrió de golpe y, para su horror, entraron dos soldados alemanes, seguidos de inmediato por un oficial y un policía francés.

—¿Mademoiselle Basset? —preguntó el oficial alemán.

Se quitó la gorra con visera y se la colocó debajo del brazo. Después, contempló su portapapeles.

—*Oui* —contestó ella, intentando no mirar fijamente la cicatriz que recorría el labio inferior del alemán y se le perdía por la barbilla, dibujando una curva.

13

Se colocó entre él y los niños. Echó un vistazo al policía francés, que estaba sudando de forma visible. Esperaba que fuese por vergüenza y remordimiento. Él apartó la vista y Adèle sintió cierto grado de satisfacción ante su incomodidad mientras la palabra «traidor» le daba vueltas en la cabeza. El oficial alemán apartó la vista del papeleo e hizo una pausa antes de hablar.

—No se preocupe; tan solo he venido para recopilar cierta información.

Ella asintió, aunque no estaba segura de que no tuviera que preocuparse. Notó cómo uno de los niños entrelazaba una manita con la suya y, después, un cuerpecito se acurrucó contra su pierna. Se trataba de Daniel. Adèle le dio un suave apretón de manos para tranquilizarlo y volvió a mirar al agente.

—¿Cómo puedo ayudarle? —se aventuró a decir.

—Necesito una lista de todos los niños judíos que asisten a su clase. Nombres, edades y direcciones. —Desvió la mirada más allá de Adèle, contemplando la hilera de rostros asustados. Después, sacó una hoja de papel de su portapapeles y se la tendió a ella—. Rellene este formulario. Regresaré a por él en veinticuatro horas. No se olvide de incluir algún nombre. Si no, se consideraría comportamiento subversivo, algo que no vamos a tolerar. ¿Entendido? —añadió, sacudiendo el papel.

Ella asintió.

—*Oui*.

Tomó el papel y sintió terror tanto en el corazón como en el estómago. Justo el día anterior, Manu, el del museo que se encontraba en el edificio de al lado de la escuela, le había dicho que circulaban rumores de que se iba a llevar a cabo una redada de judíos. No podía referirse también a los niños, ¿no?

14

–Muy bien.

El oficial volvió a mirar a los pequeños como si quisiera memorizar sus rostros. Después, inclinó la cabeza ante ella de forma seca y salió de la sala con grandes zancadas.

Adèle sintió que le flaqueaban las rodillas, así que extendió una mano para agarrarse a la barra y mantener el equilibrio. Respiró hondo y esbozó una sonrisa mientras se daba la vuelta hacia los niños.

–Habéis hecho muy bien en quedaros tan quietecitos –dijo–. Esperad aquí un momento.

Asomó la cabeza hacia el pasillo para asegurarse de que no había ni rastro de ningún invitado no deseado. Oía el sonido de sus pasos alejándose conforme bajaban por las escaleras. Se acercó a la ventana y observó las figuras del oficial alemán, los dos soldados y el policía francés saliendo del edificio por la puerta principal. Un sedán los estaba esperando y, en cuanto estuvieron dentro, se alejó a toda prisa.

Adèle soltó un suspiro de alivio, pero no fue capaz de librarse de la sensación de ofensa. Odiaba la idea de que los soldados alemanes, por no hablar del policía francés, hubieran estado en la escuela. Era como si su mera presencia pudiera infectar y contaminar el aire del edificio, asentándose en los muebles y accesorios, colándose entre los suelos y los techos, esparciéndose como las bacterias. Apartó esa idea de su mente.

Los niños empezaban a estar inquietos y, cuando se giró para mirarlos, volvió a asegurarse una vez más de que, al menos, tuviese cara de que no había nada de que preocuparse.

–¿Estáis todos listos para ir a casa? Vuestros padres os están esperando.

Sacó fuera del aula a su bandada de pequeños cisnes y los condujo hasta el vestíbulo, donde sus padres se mostraron

15

aliviados al verlos, excepto por dos madres, que parecían estar en medio de una disputa.

—Está empezando a resultar demasiado peligroso venir —dijo la madre de Juliette mientras miraba a la madre de Daniel, madame Charon—. Es la gente como usted la que hace que resulte peligroso.

La madre de Daniel alzó la vista.

—¿Qué se supone que significa eso?

—Judíos; son los que lo complican todo. No debería volver a venir. Entonces, los alemanes nos dejarían en paz.

—Señoras, por favor —las interrumpió Adèle—; deberíamos permanecer unidos, no pelear entre nosotros.

—Tan solo estoy constatando un hecho.

La madre de Juliette no parecía arrepentida.

—Por favor, márchense ya todos a casa.

Adèle adoptó su tono amistoso pero autoritario en un intento de imitar a su padre, que, de algún modo, inspiraba respeto sin resultar beligerante. Consiguió el efecto deseado y, para su alivio, el vestíbulo se quedó vacío enseguida. Contempló el formulario que tenía entre las manos y en el que se suponía que tenía que anotar los nombres. La necesidad que sentía de hacerlo trizas era demasiado grande, así que, para evitar tentaciones, lo dejó en el mostrador de recepción. Madame Allard, la secretaria de la escuela, lo encontraría por la mañana. Ella no se sentía capaz de hacerlo.

Se abrió la puerta de la entrada, haciendo que diera un respingo. Se trataba de Manu.

—Lo siento; no era mi intención asustarte —dijo él mientras cerraba la puerta.

Después, le tocó el brazo un instante.

—Manu —contestó con una sonrisa, aliviada de ver a su amigo, pero con la esperanza de que no se le notara el leve rubor de las mejillas. Aquella noche, el rostro del hombre estaba marcado por la preocupación–. ¿Va todo bien? –le preguntó.

–Sí. Venía a preguntarte lo mismo. He visto a tus visitantes.

La miró fijamente con sus ojos oscuros.

–Quieren una lista con los nombres de nuestros alumnos judíos –contestó. A pesar de que su padre le había advertido que no hablara de más, sabía que podía confiar en Manu–. No sé por qué tienen en el punto de mira a los niños.

Él soltó un suspiro y se frotó la nuca.

–Tal vez estén comprobando que no falta nadie en las listas. Hay rumores de que algunas familias no están registrando a sus hijos. Como ya te dije, en la ciudad se comenta que pronto habrá una redada de judíos. Algunos hablan de esconderse o de dejar la ciudad antes de que ocurra.

–¿Adónde los llevarán?

–A campos de concentración, según parece, aunque a saber qué es lo que van a hacer con ellos en realidad...

–Todos los días digo que no puedo creerme lo que le está sucediendo a esta ciudad que tanto amo. –Paseó de un lado al otro del vestíbulo–. ¿Has visto al agente de policía que ha venido hoy? Lo han mandado con ellos para que pensemos que es el Gobierno francés el que está haciendo todo esto en lugar de los alemanes.

–Ya lo sé, Adèle, pero, por favor, mantén la calma y haz lo que te piden.

Ella detuvo sus pasos.

–No soy tan idiota como para enfrentarme a ellos de forma tan descarada, pero hay otras maneras...

–Desde luego. Pero, por ahora, te sugiero que obedezcas. Si te arrestan, no servirás de nada a nadie, especialmente a los niños.

Sabía que tenía razón, pero odiaba sentirse tan impotente.

—Hace un rato, las madres estaban discutiendo. No soporto todo el miedo y la desconfianza que nos rodean.

Manu le tomó la mano.

—Lo sé, pero no debes hacer nada imprudente. Tengo que marcharme; yo también tengo que elaborar una lista.

El corazón le latió un poco más rápido ante el roce de la mano de él sosteniendo la suya, pero intentó mostrarse indiferente.

—¿De verdad?

—Sí; quieren una lista de todos los objetos que tenemos en el museo.

—¿Van a llevárselos?

Manu asintió.

—Los van a robar. Se los van a robar a la gente de París. Sé que no tienen tanto valor como tus niños, pero, aun así, me entristece profundamente. —Hizo un gesto con la cabeza y, después, le dio un beso en la mejilla—. Buenas noches, Adèle. Cierra la puerta con llave cuando me vaya.

Observó cómo se marchaba, decepcionada como siempre de que no pudiera quedarse un poco más. Después, echó los cerrojos antes de tomar la llave del mostrador de recepción y cerrar con ella. Pronto, se marcharía a casa. Su hermana, Lucille, iba a prepararles la cena aquella noche. Su padre había ido a buscarla a su lugar de trabajo, pues trabajaba de secretaria en uno de los edificios del Gobierno que ya estaba bajo control alemán. A Gérard le preocupaba que trabajara allí e ir a su encuentro todas las noches lo tranquilizaba, aunque Adèle no estaba muy segura de que su hermana, que tenía un espíritu libre, valorase del todo aquel gesto de aprecio.

De vuelta en el estudio de danza, terminó de recoger las

zapatillas de *ballet* en la cesta y la volvió a dejar en el armario. Tomó una aguja e hilo del costurero y se puso manos a la obra para arreglar la punta de la zapatilla de Juliette. Atravesó el satén rosa con la aguja, tirando del hilo del mismo color hasta que, poco a poco, fue remendando el agujero del calzado. Pensó en su madre, en su ciudad, en los niños de su clase y en las heridas de las que todos tendrían que recuperarse en el futuro. Como en el caso de la zapatilla, podrían ser reparados, pero quedarían marcados para siempre.

Capítulo 2

Adèle

Tras terminar de remendar la zapatilla de Juliette, Adèle cerró la escuela. Justo cuando estaba a punto de echar la llave de la puerta, una mujer apareció a su lado. Era la madre de Daniel, que, en ese momento, se encontraba sola. Llevaba el pañuelo de la cabeza anudado bajo la barbilla y, aunque la brisa de la noche era cálida, vestía el abrigo abotonado y con el cinturón bien ceñido. Parecía agitada y nerviosa.

—Madame Charon, *comment ça va?*

A Adèle le sorprendió verla allí; era algo bastante inusual.

—Bueno... Eh... Quería darle las gracias por los zapatos —comenzó a decirle la mujer—. Me avergüenza no poder comprar unos a mi propio hijo.

—No tiene que darme las gracias —contestó—. Me alegra poder ser de ayuda.

Madame Charon frunció los labios antes de hablar de nuevo.

—Y gracias por defenderme antes, en el vestíbulo.

—Repito: no tiene que darme las gracias. Todos estamos asustados, así que la gente dice cosas que, normalmente, ni siquiera se les pasarían por la cabeza. —Giró la llave en la cerradura, suponiendo que la conversación había terminado, pero, cuando volvió a echar otro vistazo a la madre, tuvo la sensación de que le ocurría algo más—. ¿Va todo bien, madame? —dijo.

–Necesito hablar con usted –dijo la mujer–. En algún lugar privado.

Fue la urgencia en la voz de madame Charon lo que hizo que abriera la puerta y la condujera de nuevo al interior de la escuela sin hacer más preguntas. Una vez dentro, volvió a cerrar y echó los cerrojos.

–¿Qué ocurre?

–Daniel me ha dicho que un oficial alemán le ha pedido una lista de nombres; de nombres judíos. ¿Es cierto?

La mujer apretó ambos puños mientras las manos le temblaban de forma involuntaria.

–Sí, es cierto. Lo siento –contestó Adèle, sintiéndose culpable, a pesar de que no tenía motivos–. No quiero hacerlo; de verdad que no.

Madame Charon asintió y tragó saliva, nerviosa.

–Estoy segura de que no quiere, pero sabe lo que eso significa, ¿verdad?

–No sabemos nada con seguridad.

Adèle intentó mantener un tono de voz esperanzador para calmar a madame Charon, que cada vez parecía más agitada.

–Cobarde –espetó la mujer–. Es una cobarde por no admitir que sabe exactamente lo que significa, por fingir que no lo sabe para poder lavarse las manos y tener una excusa para no hacer nada para ayudarnos o para evitar que ocurra.

–Lo... Lo siento.

A Adèle se le atragantaron las palabras. El hecho de que la llamara cobarde la sorprendió. Sintió como si le hubieran dado un puñetazo. Quería mostrarse indignada y rebatir la acusación, pero en lo más profundo del corazón sabía que no podía. Madame Charon estaba en lo cierto: era una cobarde por mostrarse tan obediente.

–Se nos llevarán. No somos judíos franceses. Vinimos a

21

Francia hace quince años para comenzar una nueva vida. ¡Qué estúpidos fuimos! Hemos perdido todo lo que teníamos; nuestro modo de vida. Ya no podemos comerciar. Congelaron nuestras cuentas bancarias el mes pasado. Pronto, tan solo me quedarán las pocas monedas que tengo en el monedero. Justo ayer emitieron una lista de las profesiones que ya no se nos permite practicar y, hoy, piden una lista con los nombres de los niños. ¿No ve lo que está ocurriendo en su ciudad?

Adèle dio un paso atrás, temiendo que la mujer fuese a intentar zarandearla para que le contestara.

—Claro que sí; lo veo todos los días, pero ¿qué puedo hacer? Lo siento. Lo siento muchísimo, pero tengo que darles los nombres.

—Su padre es un hombre respetado, un hombre benevolente apasionado por esta escuela y sus alumnos. No tengo dudas de que usted ha heredado todas sus cualidades honorables. Mi hijo la adora. —La mujer juntó las manos como si estuviera rezando—. Por favor, se lo ruego, no incluya el nombre de Daniel en esa lista.

—Tengo que hacerlo —contestó Adèle—. Si la comparan con el censo, se darán cuenta.

—Por favor, Adèle. Piénselo. Por favor, encuentre el valor para ayudarme. Ayude a mi hijo.

Los ojos de la mujer se inundaron de lágrimas.

Adèle la rodeó con los brazos, olvidando de inmediato lo que acababa de ocurrir entre ellas. Quería consolarla, asegurarle que todo saldría bien y que había una solución, pero lo cierto es que no podía prometerle nada.

Madame Charon se apartó.

—Tengo que irme. He dejado a Daniel con una vecina. Siento haber venido. No ha estado bien por mi parte.

–No, no pasa nada –insistió ella–. Solo que no sé cómo ayudar; eso es todo. –Quitó los cerrojos de la puerta principal–. Por favor, tenga cuidado, madame Charon; tenga cuidado con quién habla.

La mujer hizo una pausa en el umbral de la puerta.

–Si me ocurriera algo, intente ayudar a Daniel, por favor.

Antes de que pudiera responder, la madre ya había salido por la puerta en dirección a la calle.

Mientras se apresuraba a volver a casa, ambas visitas de aquella tarde ocuparon sus pensamientos. El edificio color crema se alzaba cuatro pisos por encima del nivel del suelo, coronado por unas buhardillas grises y emplomadas. Abrió la puerta de madera y subió las escaleras que ascendían en espiral por el centro del edificio hasta que llegar a su apartamento, que estaba en el último piso. Ahora que la edad empezaba a pasarle factura, su padre prefería tomar el ascensor, pero a ella le gustaba el reto de los cincuenta y dos peldaños.

Cuando llegó, su padre y Lucille acababan de sentarse a la mesa.

–Justo a tiempo –dijo su hermana.

Adèle los saludó con un beso en la mejilla a cada uno y ocupó su asiento frente a ellos.

–Tiene buena pinta –dijo mientras tomaba la cuchara y la metía en el cuenco de sopa que tenía frente a ella.

Patata y zanahorias, todo un manjar.

–¿Te gusta? –le preguntó Lucille mientras observaba cómo empezaba a comer.

–Sí, está deliciosa. No me puedo creer que lleve zanahorias. ¿Dónde las has conseguido?

Llevaban varias semanas en las que, como plato principal, no habían comido nada que no fueran patatas. Cada día, la crisis alimentaria empeoraba. Los alemanes se estaban quedando al menos con un tercio de lo que podían producir (a menudo, incluso más), y dejaban muy poco para repartir entre el resto de la población. En las calles, aquel era el principal tema de conversación, sobre todo ahora que se formaban colas larguísimas solo para conseguir la exigua ración que les correspondía. Y con frecuencia ni siquiera esta estaba disponible.

Lucille le dedicó una sonrisa de emoción y los ojos azules le resplandecieron.

–Me las ha dado una persona amiga.

–¿Una persona amiga? –preguntó Adèle. Era consciente de que su hermana pequeña se moría por que le preguntara–. ¿Qué persona amiga?

–Alguien del trabajo.

–¿Y cómo se llama tu amiga? –preguntó ella, divertida ante la idea de que, con veinte años, Lucille siguiese actuando a veces como si fuera una niña.

–No es una amiga –contestó su hermana mientras el rubor le subía por el cuello–. Se trata de un amigo.

Adèle le sonrió.

–¡Oh! Cuéntame.

Le lanzó una mirada rápida a su padre, que no parecía muy impresionado. Tal vez no le gustase la idea de que su hija tuviese novio.

–Se llama Peter. Peter Müller.

Le costó un instante comprender lo que estaba diciéndole.

–¿«Müller»? ¿No es un apellido alemán?

El gesto de Lucille era desafiante.

–Lo es.

–Cuéntale lo demás –dijo Gérard.

–¿Lo demás?

Adèle pasó la mirada de su hermana a su padre y de vuelta a su hermana.

—Es un oficial de la Wehrmacht —contestó Lucille mientras daba vueltas a la cuchara dentro del cuenco—. Y, antes de que digas nada, no está en las SS, la Gestapo ni nada parecido. No es más que un oficial del ejército que está haciendo su trabajo como cualquier otro oficial de cualquier otro ejército en cualquier otro país.

—Pero, Lucille, nada de eso importa. Te relacionas con un alemán. Pensarán que eres una colaboradora. —Adèle no podía ocultar la conmoción que había en su voz o en su rostro. ¿En qué estaba pensando su hermana pequeña? Se giró hacia su padre—. Papá, no es posible que apruebes esto, ¿verdad? Dile que tiene que poner fin a esa relación de inmediato.

—Adèle, deja de interpretar el papel de hermana mayor todo el tiempo. No puedes decirme qué hacer. Soy una mujer adulta y lo que haga o deje de hacer solo es asunto mío.

—Papá... —suplicó ella—. Díselo, por favor...

Gérard soltó un fuerte suspiro y, tras dejar la cuchara sobre la mesa, juntó las manos.

—Ya le he dicho a Lucille lo que opino sobre este asunto. Le he dejado muy claro que no lo apruebo, pero, como muy bien señala, ya es una adulta y es asunto suyo.

—¡Eso es ridículo! —Adèle no pudo contenerse, no después de lo que había ocurrido en el estudio. Amaba a su padre por sus ideas liberales y progresistas, pero sin duda aquello era ir demasiado lejos—. Ese oficial tuyo es un soldado alemán; es el enemigo. ¿Es que no lo ves, Lucille? ¿No te importa lo que los demás dirán de ti? ¡Dirán que eres una ramera de *les boches*!

—Adèle, ya basta —le advirtió su padre.

–Lo siento, pero es la verdad.

–En realidad, no me importa lo que digan los demás –replicó Lucille–. Todas esas viejas amargadas tan solo están celosas y no soportan ver a una persona joven disfrutando de la vida...

–No se trata de eso –contestó Adèle–; es mucho más que eso.

–¿Sabes? Siempre te he admirado, Adèle. Mi hermana mayor... Puede que tan solo seas cuatro años mayor que yo, pero siempre me has cuidado como si fueras mi propia madre. Papá siempre nos ha enseñado a aceptar y no juzgar a los demás –dijo su hermana–. No puedo negar que me decepciona ver que das la espalda a esa moral y esos valores.

–¿Cómo puedes decir eso cuando son los propios alemanes los que no tienen moral? –espetó ella.

–Si lo conocieras, te gustaría. No quería unirse al ejército, tuvo que hacerlo. Él no ha escogido esta carrera; es ingeniero de profesión –protestó Lucille–. Pensé que te alegrarías de que estuviera feliz. Amo a Peter y él me ama a mí.

Su hermana tenía razón. Tras la muerte de su madre, ella había adoptado el papel de cuidadora principal. Tener a alguien por quien seguir adelante la había ayudado a sobrellevar aquellos tiempos oscuros. Que le echaran eso en cara era un golpe duro. Puede que Lucille fuese una mujer adulta, pero era una ingenua.

–¿Os amáis? –preguntó Adèle con un resoplido de burla.

–Sí, muchísimo.

–¿Y cuánto tiempo lleváis viéndoos?

–Seis semanas.

Su hermana seguía mostrándose desafiante.

–¿Tú sabías esto, papá?

Gérard sacudió la cabeza.

–No, me he enterado esta noche.

–¿Y adónde crees que te va a llevar este romance? –dijo, volviendo a centrarse en su hermana.

–Cuando termine la guerra, Peter y yo nos casaremos.

Lucille hacía que pareciera muy sencillo.

–¿Cuántos años tiene?

Adèle no se animaba a pronunciar su nombre.

–Treinta y uno y, antes de que digas nada, me da igual la diferencia de edad. A ninguno de los dos nos importa.

–¿Treinta y uno? Me sorprende que siga estando soltero... –comentó. Dio un sorbo de agua. Se hizo el silencio y, en aquella ocasión, Lucille no le replicó. Adèle dejó el vaso de agua–. Está casado, ¿no es así? –No era más que una corazonada, pero, a juzgar por los brazos cruzados de su hermana y su negativa a mirarla a los ojos, supo que estaba en lo cierto–. Lucille, está casado, ¿verdad? –repitió.

Su hermana alzó la cabeza de golpe con la ira ardiéndole en los ojos.

–¿Y qué pasa si está casado? ¡No es feliz! Ya no se quieren y, como he dicho, cuando acabe la guerra, se divorciará de ella y, entonces, nos casaremos.

Adèle enterró la cabeza entre las manos, desesperada. El silencio se apoderó de la habitación. Al final, fue su padre el que habló.

–He de decir que dicha información no me alegra mucho, pero soy consciente de que esas cosas pasan. Desde luego, no es lo que habría elegido para ti, Lucille, pero... Espera, escúchame... También respeto tus decisiones. Tan solo te pido que pienses en todo esto con mucho cuidado antes de continuar con esa relación. No vivimos tiempos normales. Hay mucho resentimiento hacia el ejército alemán y, además, está creciendo y tomando impulso. También debes tener eso en cuenta. –Hizo una pausa–. Además, tienes que pensar en Adèle y en mí.

Adèle alzó la mirada.

–Sí, papá tiene razón. No puedes ponernos en peligro solo porque te hayas enamorado ciegamente.

–No eres quién para hablar de amores ciegos –replicó Lucille–. Al menos, yo actúo guiándome por mis sentimientos; no como tú.

–¿Qué se supone que significa eso? –preguntó Adèle, indignada.

Su hermana chasqueó la lengua.

–Manu. Llevas todos estos años enamorada de él y con la esperanza de que te vea como una mujer en lugar de como una hermana pequeña. Estás malgastando tu vida esperándolo. Yo no voy a cometer el mismo error.

Lucille se sentó más erguida y levantó la barbilla con un gesto de osadía, tal como hacía siempre que creía tener razón.

Adèle sintió el aguijonazo de las palabras de su hermana más de lo que le gustaría admitir.

–Ya basta, no seas ridícula.

Lucille soltó una carcajada.

–No estoy siendo ridícula; en absoluto. No creas que no me he dado cuenta de cómo sonríes como una loca cada vez que hablas de él. Te pones tan roja como un tomate maduro cuando te saluda con un beso y, cuando se marcha, pareces un cachorrito abandonado. El mes pasado, cuando apareció con Édith, su nueva novia, volviste a casa y estuviste llorando en tu habitación como un bebé. Aquella noche, te oí a través de las paredes.

–Ya basta –siseó ella, que estaba estupefacta y avergonzada a la vez por aquellas palabras tan crueles pero acertadas.

–Lucille, es suficiente.

—De todos modos, no veo de qué manera os estoy poniendo en peligro —continuó la joven—. No es como si estuvierais haciendo algo malo; no os van a arrestar por cumplir la ley.

Pensó en madame Charon y en el pequeño Daniel. No, no estaba haciendo nada malo..., por el momento.

—No todo gira en torno a ti —dijo.

Se le estaba acabando la paciencia. ¿Cómo podía su hermana estar tan ciega ante lo que estaba pasando a su alrededor y lo que estaba ocurriéndoles a su gente y sus calles?

—Tampoco en torno a ti —replicó Lucille—. Además, hay muchos beneficios. No te he visto quejarte hace un momento por comer zanahorias. Me las ha dado Peter. No puedes tener un doble rasero.

—¡Si lo hubiera sabido, no me las habría comido por principios! —espetó ella—. Si pudiera provocarme el vómito y devolver solo las zanahorias, lo haría.

—Y se supone que tú eres la madura. —Lucille puso los ojos en blanco mientras llevaba su cuenco al fregadero—. Tendrás que hacerte a la idea, ya que he invitado a Peter a cenar el viernes por la noche.

Tras decir eso, salió de la habitación haciendo aspavientos.

—¡Bueno, en ese caso, no me quedaré a cenar! —gritó.

Gérard le puso a su hija mayor una mano tranquilizadora en el brazo.

—No creo que eso sea una buena idea. No servirá más que para atraer la atención sobre ti. Podría empeorar las cosas.

Adèle soltó un bufido de exasperación mientras la ira ardía en su interior. Lo último que quería hacer era sentarse a la mesa y compartir una cena con un oficial alemán, pero, al mismo tiempo, tampoco quería someterse a un escrutinio innecesario.

El sonido de unos gritos en la calle interrumpió sus pensamientos. Siguió a su padre hasta la ventana y miró en dirección a la conmoción que se estaba produciendo más abajo.

Una patrulla alemana se había detenido y estaba interrogando a una mujer y al que parecía su hijo adolescente. La mujer, cuya cesta de comida se había desparramado por el suelo, estaba acorralada contra la pared y uno de los soldados le estaba apuntando con la pistola. El otro soldado le gritaba al chico, que, según calculaba Adèle, no podía tener más de catorce o quince años. Era evidente que estaba asustado y confuso.

Sin previo aviso, el alemán golpeó al muchacho en la cara con la culata del rifle. La mujer chilló cuando su hijo cayó al suelo. Adèle ahogó un grito de horror mientras agarraba a su padre del brazo.

–Papá, ¿qué están haciendo? ¡No es más que un niño!

–No mires –le contestó él.

Sacudió la cabeza. No iba a permitirse el lujo de apartar la vista y no presenciar aquel asalto. Esa pobre madre no podía hacerlo, así que ¿por qué habría de disfrutar ella de tal privilegio?

La mujer chillaba y quiso acercarse corriendo a su hijo, pero el primer soldado le cortó el paso, colocándole el rifle cruzado sobre el pecho y empujándola hacia la pared.

El segundo le gritaba al chico, que yacía en el suelo hecho un ovillo. Intentó ponerse de pie, pero el alemán le dio una patada en el estómago. Entonces, le escupió en la cara antes de llamar a su camarada. Después, ambos se subieron al automóvil y se alejaron.

Adèle no dudó. Salió disparada a la cocina y agarró un trapo limpio y un cuenco de agua recién hervida que estaba en el fuego antes de bajar corriendo las escaleras y salir a la calle, donde la mujer estaba ayudando a su hijo a sentarse.

—¿Cómo está? —preguntó mientras dejaba el cuenco en el pavimento, junto al muchacho.

La mujer le lanzó una mirada recelosa.

—¿Lo ha visto?

—Desde la ventana de mi piso. Lo siento mucho.

La mujer la observó durante un instante y asintió. Después, volvió a centrar la atención en su hijo.

—Ha perdidos dos dientes. —Tragó saliva con fuerza y le arrebató el cuenco—. Gracias.

Adèle empezó a recoger la compra que se había esparcido por el suelo. En aquel momento, su padre salió a la calle con algunas franjas de tela blanca que parecía haber arrancado de una sábana para convertirlas en vendas improvisadas.

Entre ambas, limpiaron al muchacho lo mejor que pudieron y Gérard le colocó una venda en torno a la cabeza para ayudar a detener la hemorragia.

—¿Puedo acompañarlos a casa? —preguntó.

—No, ya han sido bastante amables —contestó la mujer.

Ayudó a su hijo a ponerse en pie, dándole apoyo con una mano mientras con la otra sujetaba la cesta. Juntos, se alejaron por la calle, cojeando.

—¿Qué crees que habrán hecho para merecer algo así? —preguntó Adèle mientras ella y su padre regresaban a su casa.

—¿Quién lo sabe? —dijo el hombre con un suspiro—. Lo hacen por diversión.

—No sé cómo pueden dormir con la conciencia tranquila.

Durante el resto de la noche, no pudo quitarse de la cabeza la imagen del muchacho, de lo indefenso que se había mostrado y de cómo su madre había estado impotente mientras la obligaban a observar.

La palabra «enfado» no era lo suficiente fuerte para describir lo que sentía. «Furia» era mucho más adecuada.

31

Odiaba todo lo que tenía que ver con la ocupación, pero, sobre todo, despreciaba la forma en que estaban tratando a sus compatriotas, tanto hombres como mujeres y niños.

Mientras se cepillaba el cabello antes de meterse en la cama, se prometió a sí misma que haría todo lo posible para luchar contra el enemigo.

Capítulo 3

Fleur

Sussex Occidental
Julio de 2015

Fleur aparcó en el exterior de la casa de su abuela, Villa Jazmín, la propiedad que poseía en una urbanización junto a la playa en Felpham, un pueblo costero muy tranquilo de Sussex Occidental. Su abuela, Lydia, había vivido en aquel modesto chalet frente al mar desde que Fleur tenía memoria. De hecho, desde la muerte de su madre cuando era una niña, ella misma había crecido allí. Su abuelo había fallecido antes de que ella naciera, dejando viuda a su abuela cuando todavía era muy joven. Después, cuando había muerto su madre, que era la hija de Lydia, abuela y nieta se habían convertido la una en el pilar de la otra. De algún modo, habían conseguido mantenerse a flote mientras navegaban por los mares tormentosos del dolor.

El chalet tenía una apariencia casi suiza, con un tejado a dos aguas estrecho y un pequeño balcón de madera en el primer piso con vistas al jardín delantero. Revestida con tablas de madera blancas y un porche cubierto por ventanales con marcos de acero que recorría toda la largura de la propiedad, aquella era una de las casas de estilo más antiguo de toda la urbanización. Aun así, a Fleur le encantaba por su belleza sutil.

A pesar de que se había mudado a su propio piso unos años atrás, todavía tenía una llave de la puerta delantera. Su abuela le había dicho que se la quedara, insistiendo en que Villa Jazmín siempre sería su hogar. Entró y la llamó.

—¡Abuela! ¡Soy yo!

Se dirigió al salón, esperando encontrar a la mujer en su lugar habitual, contemplando el jardín trasero. Sin embargo, aquel día, el sillón estaba vacío. Sobre la mesita que estaba al lado había un par de zapatillas de *ballet*. A pesar de que hacía mucho tiempo que no las veía, Fleur las reconoció como una de las posesiones de Lydia.

Tomó una de las zapatillas. La tela estaba descolorida y frágil, desgastada en la zona del dedo gordo a causa de las horas interminables de danza. La plataforma en que se apoya la punta del pie hacía que pareciera que el calzado era muy grande, así que le costaba imaginarse el delicado pie de Lydia en su interior. Mientras volvía a dejar la zapatilla en su sitio, se fijó en una fotografía que había sobre la mesa. Era de su abuela, tal vez de los últimos años de su adolescencia. Estaba frente a una barra de *ballet*, con un pie extendido, los dedos de los pies en punta y un brazo arqueado hacia un lateral. No creía haberla visto antes, aunque, en realidad, no había visto muchas fotos de su abuela cuando era joven.

—¡Abuela! —gritó más fuerte mientras se abría paso a través de la cocina.

—¡Estoy arriba! —le llegó la voz de la mujer, cuyo acento francés seguía siendo evidente a pesar de que llevaba viviendo en Inglaterra desde principios de los años cincuenta, cuando había llegado como una joven y embarazada esposa.

Fleur la encontró en la habitación de invitados, sentada frente al ordenador.

–Hola, abuela –la saludó, dándole un beso en ambas mejillas–. ¿Estás bien?

–*Bonjour*, querida. *Ça va bien*. –A Lydia todavía le gustaba usar palabras francesas en las frases–. *Et toi?* ¿Cómo estás?

–Estoy bien –contestó ella mientras miraba por la ventana en dirección al campo verde que ocupaba la parte central de la urbanización. La casa de Lydia estaba situada en uno de los cuatro caminos que lo rodeaban y que conducía a la playa. Se sentó en el sillón de lectura y tomó el libro que estaba sobre el reposabrazos–. ¿Qué tal es?

–*Pas trop mal*. No está mal, pero creo que ya he adivinado quién es el asesino –contestó Lydia.

–Claro que sí. No tengo duda alguna de que no te equivocas, señorita Marple –bromeó ella.

La mujer sonrió, pero la sonrisa le desapareció de los labios en forma de corazón casi tan rápido como había aparecido.

–A tu madre le encantaban todas las novelas de misterios y asesinatos. Agatha Christie era su autora favorita.

Fleur asintió.

–Lo sé. Tenía dos libros a mano en cualquier momento. Recuerdo que siempre llevaba uno en el bolso.

Lydia tomó el libro, se lo puso en el regazo y colocó las manos sobre la cubierta.

–Cuando leo sus libros, casi puedo sentir su presencia. Sé que tal vez suene extraño, pero hacen que me sienta más unida a ella. –Empezó a pasar las páginas–. Saber que tu madre, mi hija, tocó estas hojas con sus propias manos... Es casi como si pudiera extender el brazo hacia ella y tocarla de nuevo.

Fleur se veía incapaz de mirar a su abuela, ya que se sentía culpable por no experimentar los mismos sentimientos. Si su madre no hubiera decidido subirse al automóvil aquel día y conducir hasta el pueblo para ir a la maldita librería porque quería libros nuevos... Si no hubiera ido, no habría estado en el camino del camión. El conductor había perdido el conocimiento al volante y se había saltado un semáforo en rojo para después chocar contra su madre, matándola al instante. Y todo por culpa de unos libros. Como siempre, el dolor de haberla perdido se vio aplacado por la sensación de injusticia y el enfado ante aquel acontecimiento que le había cambiado la vida. Deseaba poder sentir algo que no fuera la rabia que había sofocado su pesar y, al mismo tiempo, sabía que, si desaparecía la ira, tendría que enfrentarse al dolor. Aquel era un territorio desconocido que no tenía deseos de explorar y documentar.

—No tengas miedo de tus sentimientos —le dijo su abuela, interrumpiendo sus pensamientos—. Intenta dejar de pensar en ello en términos de quién es culpable; fue un accidente.

Fleur siguió con la mirada gacha. Claro que sabía que había sido un accidente, pero, si aceptaba que no podría haberse evitado, entonces tendría que dejar de estar enfadada, y el miedo y la ira eran el muro que contenía su dolor. No era la primera vez que hablaban de aquello, pero se había dado cuenta de que, en los últimos meses, su abuela había sacado aquel tema de conversación más a menudo.

—Solo puedo enfrentarme a ello a mi manera, abuela —dijo en tono de disculpa.

—Lo sé, pero me preocupa; no es sano.

—Estoy bien, de verdad —contestó, mirando al fin a la mujer. Forzó una sonrisa y señaló el ordenador—. ¿Qué te traes entre manos?

—Estoy mirando hoteles en París; intentando conseguir la mejor oferta —contestó Lydia.

Cada vez que Fleur les mencionaba a sus amigas que a su

abuela se le daba bien la tecnología, que practicaba *ballet* todos los días, que nadaba en el mar tres veces a la semana y que, aunque tenía un automóvil, prefería ir en bicicleta a todas partes, ellas siempre se la imaginaban como una abuela joven y vivaracha, así que se sorprendían hasta la incredulidad cuando ella les decía con orgullo que Lydia tenía ochenta años.

–Ah, tu viaje anual a París –dijo ella–. ¿No vas a hospedarte en el mismo hotel de siempre?

–Eso espero. –Lydia se quitó las gafas de leer–. Quería preguntarte una cosa.

El rostro de su abuela, que normalmente se mostraba calmado, parecía más preocupado. Frunció las cejas y se le arrugó el ceño. Durante un breve instante, el refinamiento de aquella mujer quedó eclipsado por algo que Fleur no presenciaba muy a menudo: la tristeza. ¿Era esa la forma adecuada de describirlo? Hablar de una carga parecía demasiado dramático, pero, a pesar de la elegancia y la gracia que Lydia demostraba siempre en todo lo que hacía, de vez en cuando, se podía entrever un leve destello del peso con el que cargaba.

–Adelante, pregunta –dijo, intentando sonar despreocupada.

Durante un instante, la mujer jugueteó con el puño de su manga y, después, se dio una palmadita en la parte trasera de la melena, que la edad había teñido de blanco y que siempre llevaba recogida en una característica trenza francesa. Posó las manos sobre la falda negra.

–Como sabes, todos los años viajo a París yo sola.

–Sí –contestó Fleur sin pensar.

Efectivamente, su abuela viajaba a París todos los agostos para presentar sus respetos a aquellos seres queridos que había perdido durante la guerra.

–Sé que no me gusta admitirlo, pero los años empiezan a pesarme y no sé cuántos más me quedan.

–Ay, no digas eso, abuela.

Lydia levantó una mano.

–Por mucho que no nos guste decirlo, no podemos negarlo. De todos modos, esa no es la cuestión. He estado pensando que, cuando ya no esté en este mundo, algo para lo que no queda demasiado tiempo, esa parte de mi vida, el tiempo que pasé en París durante la guerra, se perderá. Ya no quedará nadie que la recuerde. –Se removió en el asiento–. En los últimos tiempos le he dado muchas vueltas. Ocurrieron demasiadas cosas y se perdieron demasiadas vidas como para que mi historia se olvide.

–Abuela, siempre que una persona sea recordada y permanezca en el corazón de alguien, no puede morir. ¿No es eso lo que dices siempre?

Lydia le dedicó una pequeña sonrisa.

–Sí, así es. Es exactamente lo que me digo a mí misma cuando pienso en tu madre.

A veces, a Fleur se le olvidaba que no era la única que había sufrido una pérdida: ella había perdido a una madre, pero Lydia había perdido a una hija.

–Es un sentimiento encantador –replicó, aunque tenía que reconocer que no estaba del todo convencida de sus palabras.

–Lo es y lo mantengo –dijo su abuela–, pero ¿sabes por qué es así? Es porque podemos hablar de ello y hay muchas personas que tienen recuerdos de tu madre igual de maravillosos y a los que podemos acceder siempre que queramos. Sé que no te sientes cómoda con esa idea, pero están ahí siempre que los necesites y estoy segura de que, algún día, lo harás.

Fleur no estaba tan segura de que ese momento fuese a

llegar, pero no se lo discutió. Lo importante era la necesidad de consuelo de su abuela.

–¿Y a ti no te ocurre lo mismo?

–No con lo que sucedió durante la guerra. No tengo nadie con quien hablar de mi familia, ya que no queda nadie más que la recuerde.

La mujer se sacó un pañuelo de algodón de la manga de la blusa y se lo pasó por los ojos.

–Ay, abuela... Por favor, no te pongas triste –dijo ella, alarmada al verla deshaciéndose en lágrimas.

Lydia se tomó un momento para calmarse.

–Estoy bien. Lo que intento decir es que, una vez que yo ya no esté, nadie hablará jamás de mi familia o pensará en ella. Me preocupa muchísimo. Siempre había pensado que era mejor no hablar del pasado, pero ahora creo que me equivocaba. –Volvió a respirar hondo–. Quiero que conozcas mi historia, Fleur. No para que puedas hablar de mí, no soy tan vanidosa, sino para que lo que le ocurrió a mi familia y a aquellos que perdí no muera conmigo. –Le dio una palmadita en el brazo–. Y puede que también te ayude a ti.

–¿A mí?

–A darte permiso para hablar de tu madre. –Fleur estuvo a punto de protestar, pero su abuela negó con la cabeza–. No quiero que llegues a mi edad y lamentes no haber hablado del pasado, por muy doloroso que sea. Si yo puedo echar la vista atrás y hablar de mi historia, tal vez te des cuenta de que tú puedes hacer lo mismo.

En parte, Fleur quería decirle que no necesitaba ningún tipo de arreglo, que estaba conforme con no revisitar la parte más dolorosa de su vida, que no creía que hablar sobre su dolor pudiese marcar ninguna diferencia. La realidad seguía siendo la misma: su madre había muerto cuando ella todavía era pequeña. Aquel era el pasado. Había seguido adelante. Tenía a su abuela y eso era todo lo que necesitaba. Aun así, al mismo tiempo, de forma irónica, quería empaparse de toda la información posible sobre el pasado de la mujer para poder tener un poco más de ella a lo que aferrarse en el futuro. La vida temprana de Lydia, antes de que conociera a su abuelo y se casara con él, era poco menos que un misterio.

–Mira, abuela, no hagas esto por mí. Háblame de ello solo si quieres. Por supuesto, siento curiosidad; siempre he querido saber más, pero siempre he respetado tu privacidad. –Extendió el brazo y le tomó la mano–. Es solo que no quiero que te pongas triste.

–No es algo que pueda contarte en unos pocos minutos, aquí sentadas –contestó Lydia al fin–. Creo que sería demasiado difícil contártelo todo de una sola vez. Lo que me gustaría es que vinieses conmigo a París. ¿Lo harías?

Fleur se quedó desconcertada. ¿La había oído bien? ¿Quería que fuese con ella a París? Lydia se había negado en redondo a llevar a nadie con ella en sus viajes y siempre había defendido su decisión diciendo que era un viaje que debía emprender a solas para honrar a su familia; que era algo demasiado personal para compartirlo. Sin embargo, ahora le estaba pidiendo que fuera con ella.

–Ay, abuela, me encantaría –respondió al fin–. Sería todo un honor acompañarte. –Rodeó el cuello de la mujer con los brazos–. Gracias, gracias por pedírmelo.

–No, gracias a ti. Gracias por decir que sí –susurró Lydia con la cabeza enterrada en su pelo–. *Merci, ma petite puce.* –Se apartó de ella–. Bien, me preguntaba si podía pedirte otro favor.

Fleur le sonrió. Ir a París no era exactamente un favor.

–Adelante.

–¿Vendrías al cementerio conmigo? No me refiero a que me lleves y me esperes en el automóvil como haces normalmente. Me refiero a que vengas conmigo de verdad.

Por algún motivo, la respuesta automática, que era decir que no, se le quedó atascada en la garganta. No le gustaba visitar la tumba de su madre; eso no era un secreto. Su abuela sabía que le resultaba demasiado doloroso. Sin embargo, algo hizo que dudara y se descubrió a sí misma accediendo a la petición.

El cementerio estaba a solo unos minutos en coche en dirección al pueblo y Fleur dejó el vehículo en el aparcamiento que estaba detrás de la iglesia de Santa María. Lydia la tomó del brazo y juntas atravesaron la puerta abatible y se abrieron paso a través del camino antes de cruzar la hierba y detenerse frente a la placa de latón que marcaba el lugar en el que estaban enterradas las cenizas de su madre.

La mujer se arrodilló sobre la hierba y quitó una hoja extraviada que se había posado sobre la placa. Alzó el jarrón, dejó a un lado las flores de la semana anterior y las reemplazó con un ramo nuevo que había recogido en el jardín antes de salir.

Fleur se quedó atrás y observó cómo su abuela juntaba las manos y, en silencio, rezaba una oración. Cuando estaban allí, siempre se sentía una intrusa. Aquel era el momento que Lydia dedicaba a su hija y, aunque esa misma persona era su madre, ambas la lloraban de maneras diferentes. El dolor que compartían no era el mismo.

Habían pasado veinte años desde que su madre había muerto y su yo de ocho años había tenido pocos recuerdos a los que aferrarse. Además, esos pocos parecían desvanecerse con cada año que pasaba.

Miró en dirección a la aguja de la iglesia y se preguntó qué tipo de Dios privaría a una niña pequeña de su madre y a esa misma madre de la posibilidad de ver crecer a su hija.

Un petirrojo gorjeó en un árbol y la distrajo de sus pensamientos. Saltó a una rama más baja y, desde ahí, a la hierba que había justo al lado de la tumba. El pájaro ladeó la cabeza como si estuviera escudriñando a las dos humanas que tenía frente a él.

Lydia alzó la vista hacia él.

—Ah, esto es una buena señal —dijo—; significa que un ser querido ha venido de visita. —La mujer se puso en pie—. Gracias por venir hoy conmigo.

—No pasa nada.

—Sé que te entristece.

Volvió a tomar a Fleur del brazo.

—No estoy triste —contestó ella con sinceridad mientras se daban la vuelta para dirigirse hacia el automóvil.

No estaba triste. No quería estar triste. Estar enfadada era más fácil; no dolía tanto.

Capítulo 4

Adèle

París
Mayo de 1942

Cuando Adèle se había despertado a la mañana siguiente después de la discusión con su hermana, no se había sentido más feliz tras una noche de sueño. Apenas habían intercambiado alguna palabra y Adèle se había marchado temprano a abrir la escuela para evitar otra confrontación con ella. Por mucho que intentara que la idea de que estuviera saliendo con un hombre casado que, además, era un oficial alemán se reconciliara con su conciencia y su amor por Francia, no lo conseguía. En su opinión, Lucille la había traicionado a nivel personal.

Una vez que hubo preparado el aula y dispuesto el trabajo del día, su frustración y su resentimiento no habían disminuido. Dado que le quedaban otros cuarenta y cinco minutos antes de que llegaran los primeros alumnos, se encontró sola en el estudio. Sacó del armario la cesta donde guardaba las zapatillas de *ballet* y los zapatos de *jazz* y de claqué.

Se puso los zapatos de claqué y se ató los cordones antes de atravesar el suelo de madera hasta el gramófono. Rebuscó entre los discos de vinilo hasta que encontró el que estaba buscando: *The Entertainer*.

A pesar de que era temprano, no se preocupó por el volumen de la música. Además, ¿cómo podría llevar bien el ritmo si no podía escuchar la melodía por encima del ruido? Sonaron los conocidos primeros compases y ocupó su posición en la estancia, esperando a que terminara la introducción antes de empezar a bailar. La pieza era un *ragtime* animado, rápido y que, desde luego, hacía honor a su título. Se movía con rapidez y la memoria muscular reemplazó los pensamientos conscientes sobre dónde debía colocar los pies y cuáles eran los pasos. *Shuffle, shuffle, hop, step.* Pensó en su madre y en cómo solía bailar con ella y con Lucille mientras, con paciencia y de forma experta, les enseñaba los pasos y las técnicas. Al principio, iban despacio, un pie detrás de otro, practicando cada vez más rápido hasta que podían igualar la velocidad de la música. En cuanto dominaban la coreografía, solían mostrársela a su padre. Adèle cerró los ojos y se sumergió en aquellos recuerdos. Podía ver a su padre en la parte frontal del aula con un gesto de orgullo y diversión en el rostro mientras sus «tres maravillas del mundo», que era como le gustaba llamarlas, lo daban todo bailando.

Bailó dos veces más al ritmo de aquella melodía antes de que se le pasara la resaca de mal humor. Con las manos en las caderas, paseó por la habitación hasta recuperar el aliento. Cuando pasó frente a una de las ventanas con vistas a la calle, vio las colas que ya se estaban formando frente a la panadería con las mujeres que habían salido de casa para ir a comprar el pan. Mientras observaba la estampa, un automóvil militar aparcó junto a la acera y de él salió un oficial alemán.

Desde el segundo piso, era difícil verle el rostro, pero estaba segura de que se trataba del mismo oficial que la había visitado el día anterior para pedirle un listado de los alumnos judíos. Él se detuvo y alzó la vista hacia la ventana. De forma instantánea, Adèle se apartó de donde pudiera verla y pegó la espalda a la pared. Esperó unos segundos antes de deslizarse por el muro hasta la otra ventana y volvió a echar un vistazo a la calle.

Otro hombre salió del vehículo, pero, en ese caso, no tuvo dudas de quién se trataba: Manu. El estómago se le contrajo al verlos a ambos charlando e incluso compartiendo alguna broma mientras se reían. Después, Manu hizo un gesto con el brazo extendido, permitiendo que el alemán caminase frente a él en dirección al museo. Su amigo lanzó una mirada hacia la ventana de la escuela, como si supiera que estaba allí. En aquella ocasión, no se movió de donde estaba.

Le molestaba que Manu se sintiera tan a gusto en compañía de los alemanes. Sabía que tenía que trabajar con ellos, ya que cotejaba la información de los objetos del museo y compilaba las diferentes listas que ellos le pedían, ¿pero tenían que caerle bien? Aquello le resultaba incómodo y le recordaba que tendría que hacer lo mismo aquella noche cuando el amante de Lucille fuese a cenar. Estaba segura de que se atragantaría con la comida. La simple idea hacía que sintiera ganas de vomitar.

Se dirigió al piso de abajo para asegurarse de que su aula estuviera preparada para el día que tenía por delante. Se sentía enferma por la culpa ante el recuerdo de la lista que había dejado para que madame Allard la rellenara y, cuando los niños llegaron aquella mañana, tuvo ganas de llorar de vergüenza por su traición.

Siguiendo las instrucciones de su padre, a la hora de comer, cuando el policía francés fue a recoger la lista, se mantuvo alejada y buscó el consuelo del estudio de danza. Incluso en aquel lugar, que era su espacio favorito, no pudo desprenderse del sentimiento de culpabilidad. Madame Allard, la secretaria de la escuela, fue a buscarla.

–Ay, no lo soporto –sollozó la mujer mayor–. Me siento muy responsable y culpable.

Adela la rodeó con los brazos.

–No es culpa tuya –le dijo, a pesar de que se sentía igual de culpable.

Pensó en madame Charon, la madre de Daniel, y en cómo le había suplicado que la ayudara. Saber que habían entregado la lista era una traición suprema y se odiaba a sí misma por ello.

La puerta del estudio de danza se abrió y entró Gérard Basset.

–Venga –dijo mientras la secretaria se apartaba de su hija–, no dejes que los niños te vean llorando.

Madame Allard se sacó un pañuelo del bolsillo y se enjugó los ojos con él antes de sonarse la nariz.

–Lo siento –contestó–, pero es que es horrible.

–Lo sé, lo sé, pero no tenemos otra opción –replicó Gérard.

Adèle suspiró para sus adentros ante la respuesta de su padre. Era cierto que, de cara a la galería, frente a los alemanes, no tenían otra opción, pero estaba segura de que, en secreto, a escondidas, podrían tomar otras decisiones. Deseaba saber qué hacer y cómo marcar la diferencia.

–Bueno, los niños están comiendo –dijo Gérard–. Come algo tú también. –Condujo a madame Allard fuera de la estancia antes de volver a reunirse con su hija–. Sé que esto te hace daño –dijo en voz baja–. A mí también, pero, por favor, no cometas ninguna imprudencia. Esta noche, Lucille y su acompañante vendrán a cenar. Por el bien de todos nosotros, debes tener cuidado con lo que dices.

Adèle asintió.

–Lo sé, y eso duele igual. –Le dedicó a su padre una pequeña sonrisa antes de pasar a su lado para salir de la habitación–. Hoy supervisaré el recreo de los niños. Necesito tomar el aire.

Era un mediodía cálido de finales de mayo y Adèle esperaba con ansias sentir el calor veraniego del sol. Había sido un invierno especialmente frío. La ciudad había estado cubierta por una espesa capa de nieve y las temperaturas, que se habían mantenido muy por debajo de lo habitual hasta finales de marzo, habían sido las más bajas en décadas. Para intentar ahorrar combustibles, los alemanes habían realizado numerosos cortes eléctricos. Todo París se había estremecido mientras intentaba calentarse. Aquello, junto con la falta de comida para el ciudadano francés de a pie, había supuesto que muchas personas pasaran grandes dificultades. Los niños habían asistido a la escuela helados y hambrientos. Presenciarlo había sido una tortura y les había resultado difícil ayudarlos. Más allá de las pequeñas raciones que la escuela podía proporcionarles para la hora de la comida, no tenían nada más. En muchas ocasiones, Adèle había pasado hambre por intentar repartir su comida entre los alumnos más débiles y pequeños.

Ver a los niños corriendo y disfrutando del tiempo cálido en aquel momento le ofreció cierto consuelo. La situación con la comida no hacía más que empeorar, pero al menos no tenían que combatir también el terrible frío.

Eva y Blanche Rashal fueron saltando hasta ella. Adèle les tomó las manos y se unió a la cancioncilla que estaban cantando.

–*Alouette, gentille alouette. Alouette, je te plumerai...*

Enseguida, otros niños se acercaron y formaron una cadena con las manos mientras saltaban por todo el patio. Fue un momento tan dulce e inocente que le hubiera gustado capturarlo y embotellarlo.

47

Mientras completaban otra vuelta en torno al patio, se dio cuenta de que un par de soldados alemanes se habían detenido en la calle para observarlos a través de la verja. De inmediato, se sintió cohibida, pero no quería trasladarles ese sentimiento a los niños, así que siguió adelante, si bien con algo más de cautela. Durante la siguiente vuelta, uno de los soldados la llamó. No entendió lo que le dijo, ya que su francés era bastante pobre, pero lo repitió en alemán y el otro soldado se rio a carcajadas. Estaba segura de que no era algo que quisiera escuchar.

–Bueno, al menos intenta sonreír –le dijo Lucille mientras estaba frente al espejo, contemplando su propio reflejo–. Sé que no te hace feliz, pero al menos podrías alegrarte por mí. O, si tampoco puedes hacer eso, limítate a fingir.

Adèle contempló cómo su hermana pequeña se alisaba el vestido sobre las caderas. La tela blanca y negra le perfilaba la figura. El escote de la prenda era en forma de «V» y tenía un lazo en el centro. El corte de la espalda era bajo y escotado, por lo que revelaba más piel de la que estaba segura que a su padre le parecería bien. Se trataba de uno de los vestidos que habían pertenecido a su madre y a Lucille le sentaba de maravilla.

–No te preocupes; te prometo que me comportaré lo mejor posible –dijo mientras le dedicaba una sonrisa a su hermana.

Lucille arqueó las cejas.

–Has cambiado de cantinela. Anoche estabas que trinabas ante la idea de que Peter viniese a casa a cenar.

Ella se encogió de hombros con indiferencia.

–No quiero que discutamos por eso. Además, papá me ha hecho prometerle que no armaría ningún escándalo.

Su hermana volvió a girarse hacia su reflejo.

—Entonces, no has cambiado de idea, tan solo haces lo que te han dicho que hagas.

Había un tono de desdén en su voz, pero decidió ignorarlo. Había decidido adoptar un enfoque diferente con ella. Sabía muy bien que, cuanto más intentabas hacer que cambiara de opinión, más probable era que se empeñara con algo. Lo que tenía que hacer era usar la persuasión amable, hacer que Lucille cambiara su punto de vista sin darse cuenta de que la estaban manipulando. Odiaba la palabra «manipulación», pero no había forma de evitarla: esa era la táctica que iba a emplear.

Se puso en pie y se colocó junto a su hermana.

—En comparación contigo, siento que voy mal vestida.

Había optado por un vestido abotonado de flores con el cuello redondo y los bordes de las mangas cortas en color blanco. Era mucho más discreto que el de Lucille.

—Tonterías; estás preciosa —replicó su hermana—. Además, más tarde, Peter me va a llevar al teatro, así que tenía que arreglarme. Vamos a ir al Teatro Pigalle. No me preguntes qué es lo que vamos a ver.

—No sabía que te gustara el teatro.

—No me gusta, pero a Peter sí. Es muy culto, ¿sabes?

Adèle no pudo contener el sonido de burla que salió de su garganta.

—¿«Culto»? No estoy segura de que se pueda usar esa palabra para describir a los nazis.

—¡No es un nazi! —Cuando la miró, los ojos de Lucille ardían de rabia—. Es un oficial alemán, pero eso no le convierte en un nazi. No está en las SS.

—¿Cree en la ideología de la raza aria?

—No lo sé, no hablamos de política. —Lucille levantó la nariz y le dio la espalda—. Tan solo está haciendo su trabajo.

Adèle se recordó a sí misma que estaba intentando conquistar a su hermana con persuasión amable en lugar de con una confrontación directa.

—Claro —se obligó a decir en un tono bastante más amistoso—. Tengo que recordar que no todos son iguales. No puede ser que Peter sea como tantos otros; sé que tú no te dejarías engañar de ese modo.

Lucille se detuvo y se dio la vuelta hacia ella.

—Claro que no. No me ha mostrado más que respeto y amor. Sé que es un buen hombre. —Se acercó a ella y la tomó de las manos—. Además, tengo muchas ganas de que te guste. Sé que piensas que soy insensata y egocéntrica, y tal vez lo sea, pero quiero muchísimo a Peter. Quiero que al menos te agrade. Dale una oportunidad.

A Adèle le dio un vuelco el corazón ante la mirada suplicante de su hermana pequeña. Lucille no era ingenua, pero poseía cierta vulnerabilidad, un punto débil: la necesidad de ser amada. Podía señalar que la causa se encontraba en el momento de la muerte de su madre. Su mundo se había resquebrajado y su hermana había sentido mucho semejante pérdida. Aquello la había vuelto insegura y le había dejado el deseo de ser amada y la necesidad de sentir aprobación. La abrazó. No podía estar de acuerdo con la idea de darle a Peter una oportunidad, pero tampoco quería seguir discutiendo con Lucille por ello.

Se apartó de ella.

—Bueno, será mejor que nos aseguremos de que todo está listo para nuestro invitado. —Tomó a su hermana del brazo—. Puedo oler cómo se está cocinando la ternera y el estómago me ha empezado a rugir. Ha estado muy bien que Peter nos haya conseguido la carne y que madame Allard se haya ofrecido a cocinar para nosotros.

–¿Ves? Ya te he dicho que es muy considerado. Además, madame Allard podrá llevarle un poco a su marido –dijo Lucille–. Peter se alegró mucho cuando se lo dije.

No podía evitar sentirse culpable por aceptar la carne y ya se había decidido a guardar un poco para llevársela a los niños el lunes. La conciencia no le permitiría disfrutarla cuando sabía que ellos se estaban muriendo de hambre.

Peter llegó puntual, vestido de uniforme. Saludó a Gérard y a Adèle con cortesía y mucho respeto, estrechándoles las manos e inclinando levemente la cabeza al hacerlo.

–Gracias por su amabilidad al invitarme –le dijo a Gérard–. Tenía muchas ganas de conocerle.

Hablaba buen francés y apenas tenía acento alemán.

–Ven al salón, por favor –indicó el padre de Adèle–. ¿Quieres beber algo?

Peter dio un paso atrás y, con un gesto, indicó a Adèle y a Lucille que pasaran delante. Después las siguió y Gérard sirvió una bebida para todos.

–Peter nos ha traído una botella de vino –dijo Lucille, mostrando la botella como si fuera un trofeo–. Voy al comedor a abrirla.

–Lucille me ha contado que usted y su hija dirigen la escuela de la Rue de Lille.

Peter tomó el vaso que le tendía Gérard.

–Así es. No es más que una escuela pequeña en la que solo estamos Adèle, otros cuatro trabajadores y yo mismo –contestó su padre.

–También enseñan *ballet* –continuó el alemán mientras se giraba hacia Adèle.

–*Ballet*, claqué y *jazz* –contestó ella, intentando sonar calmada, a pesar de los nervios que le atenazaban el estómago.

Peter tenía los ojos de un azul profundo y el cabello rubio

oscuro. Tenía treinta y un años pero parecía más joven y mostraba una piel perfecta con tan solo unas leves arrugas en torno a los ojos. Cuando levantó el vaso para dar un trago, le miró las manos. No había ni rastro de un anillo de bodas. Al alzar la vista hacia su cara, se encontró con su mirada. Se había percatado de que le había mirado las manos. Él arqueó un poco las cejas, pero no dijo nada al respecto. En lugar de eso, preguntó por su madre.

Se sintió agradecida cuando Lucille regresó a la habitación y anunció que la cena estaba lista. Madame Allard se detuvo en el umbral de la puerta para darles las buenas noches. Llevaba la cesta de la compra colgando del brazo y a Adèle le alegró saber que, dentro, habría varios filetes de carne. Le daba cierta sensación de triunfo, aunque fuese minúscula.

La cena transcurrió como la seda y la conversación fue cortés; un poco forzada al principio, pero enseguida incluso Adèle se sintió relajada. Peter estaba demostrando ser encantador y, en un par de ocasiones, tuvo que recordarse a sí misma lo que representaba. Era fácil ver cómo su hermana se había quedado prendada de él. Aun así, deseaba que se marcharan pronto.

–¿A qué hora es la obra de teatro? –preguntó de forma despreocupada.

El oficial miró su reloj.

–Dentro de una hora. He reservado un automóvil para que venga a recogernos en unos veinte minutos.

–Peter es muy organizado –dijo Lucille mientras estiraba el brazo para estrechar la mano del alemán–. Es increíble, la verdad. Ha regresado de Lyon a la hora de comer, ha tenido varias reuniones importantes y, aun así, ha llegado a tiempo.

–¿Lyon? Tengo una hermana que vive allí –dijo Gérard.

–Tendrá que darme su nombre y dirección y, así, me aseguraré de visitarla la próxima vez que vaya –contestó Peter–. Estoy organizando una exposición aquí, en París, con algunas de las mejores obras de arte y esculturas de la ciudad. Después, la exposición viajará a Lyon y proseguirá su camino hasta Alemania y el mismísimo Hitler. –Al hablar, el orgullo lo inundó e hinchó el pecho mientras se sentaba completamente recto en el asiento–. Será el más grande de los honores.

–Desde luego –contestó Gérard mientras bajaba la mirada hacia su plato vacío.

–Esta ciudad está repleta de tesoros fantásticos –comentó Adèle–; será una lástima que se pierdan.

–¿«Que se pierdan»? –replicó Peter–. Estarán en un sitio diferente, eso es todo. Actualmente, todo pertenece a la madre patria y no debemos pensar en fronteras ni países. La Europa continental pertenece ahora a Alemania. Todos somos uno.

Adèle sabía que no debía discutir con un oficial alemán y era consciente de que podía estar pisando terreno peligroso, pero también sabía que el arte y los tesoros no procedían tan solo de los museos y las galerías de toda la ciudad, sino también de la comunidad judía. En su opinión, aquello era un robo.

–Peter está cumpliendo órdenes –dijo Lucille.

Su voz era suave y sus labios dibujaban una sonrisa, pero, con la mirada, le lanzó una advertencia incuestionable a su hermana.

–De hecho, me gustaría invitarla a que acompañe a su hermana a la exposición y a una pequeña fiesta que daremos después para celebrar el evento.

–Adèle estará encantada de asistir –contestó su hermana con entusiasmo antes de que pudiera pensar alguna excusa.

–Bueno... Eh...

Por debajo de la mesa, sintió la presión del zapato de Lucille sobre los dedos de los pies. Durante un instante, se miraron a los ojos.

–Es muy amable, gracias –consiguió decir al fin.

–Sabes quién está ayudando a Peter, ¿verdad? –dijo Lucille.

Adèle sacudió la cabeza.

–No. ¿Quién? –preguntó, a pesar de tener la horrible sensación de que no le iba a gustar la respuesta.

–Manu. Manu Lafon. Tu Manu.

–No es mi Manu –contestó ella en un esfuerzo por evadirse de sus verdaderos sentimientos al oír aquella noticia. Manu estaba ayudando a los alemanes a robarle a la ciudad. Tuvo que dar un sorbo de vino para evitar que los labios se le crisparan en un gesto de desagrado ante tal información–. Manu es un experto, igual que monsieur Braverman. Estoy segura de que le serán de gran ayuda.

–Sí. Braverman... ya no trabaja en el museo –dijo Peter.

Un silencio incómodo se posó sobre la mesa del comedor.

–Le echaremos de menos –dijo Adèle–. Estoy segura de que hubiera sido un gran activo a la hora de ayudar con la exposición.

–Sí, pero, aun así, es un judío. Aunque tampoco es que pudieras adivinarlo con solo mirarlo.

El alemán dejó escapar un suspiro.

–¿«Con solo mirarlo»?

Adèle forzó una carcajada incómoda.

–Ajá. Bueno, ahora será más fácil identificarlos. Hemos recibido instrucciones del propio Goebbels de que, a partir del 7 de junio, todos los judíos que tengan seis años o más deberán llevar un distintivo o un brazalete amarillo con la estrella de David en la parte externa de la ropa en todo momento.

–¡Un brazalete! –Adèle no pudo ocultar el tono de incredulidad de su voz–. ¿Por qué? No lo entiendo.

Peter le lanzó una mirada larga y dura antes de contestar.

—Hace muchas preguntas, mademoiselle.

—Perdona a mi hija —dijo Gérard—. Es profesora y tiene una mente curiosa. Estoy seguro de que, al igual que yo, está interesada en comprender las diferentes políticas.

Adèle contempló cómo su padre llenaba la copa de vino de Peter. Él dio un trago y su gesto se relajó.

—Por supuesto, está bien hacer preguntas. De ese modo, pueden comprender y apreciar por completo la visión que el Führer tiene para Europa.

—*Exactement* —concordó Gérard.

Adèle se puso en pie.

—Caballeros, si me disculpan, voy a recoger la mesa.

Cuando se dispuso a salir de la habitación, tanto Peter como su padre se alzaron ligeramente de su asiento. Tomó los platos y los llevó a la cocina. Lucille la siguió, pisándole los talones con dos copas de vino vacías.

—Deberías intentar ser un poco más amable —siseó su hermana mientras dejaba las copas sobre la encimera.

—¿De verdad? Pensaba que lo estaba siendo —le respondió ella en el mismo tono.

—No lo suficiente. Que te inviten a la exposición y a la fiesta es un gran honor. No mucha gente recibe invitación para cosas semejantes. —Lucille soltó un suspiro—. Es emocionante y, aunque no te guste, al menos podrías fingir por mi bien. Venga, Adèle, al menos alégrate por mí.

—Es solo que siento que no está bien —replicó ella—. Sobre todo cuando hay tanta gente sufriendo.

—Solo los judíos, no todo el mundo.

—¡Solo! «Solo los judíos». Si te soy sincera, Lucille, me cuesta creer lo que estoy oyendo.

—Baja la voz —dijo su hermana mientras volvía la mirada

hacia la puerta cerrada de la cocina–. Como no dejo de decirte, Peter tan solo cumple órdenes.

–¡Lucille! –Se trataba del alemán–. Es hora de marcharnos.

Su hermana le dio un beso en la mejilla.

–Es un buen hombre, me trata bien y me hace feliz. ¿Qué más podría pedir?

Tras decir eso, salió de la estancia como un torbellino. Adèle podía oírla riéndose con Peter en el pasillo mientras él le sujetaba el abrigo. Volvió a mirarlos justo cuando él le acariciaba un lado del cuello, provocándole otro ataque de risa. Después, ella se dio la vuelta y le pasó los brazos por los hombros. Peter miró fijamente a Adèle mientras abrazaba con fuerza a su hermana y, después, una sonrisita se le dibujó en los labios.

–Ven, Adèle –dijo su padre–. Dales las buenas noches a tu hermana y a nuestro invitado.

Obediente, salió al pasillo.

–Que disfrutes de la noche, Lucille –dijo, dándole un beso a su hermana. Después, se giró hacia el alemán–. Ha sido un placer conocerle.

Peter le tomó la mano y se la besó.

–El placer ha sido mío. Espero verla de nuevo pronto.

En cuanto se cerró la puerta, Adèle volvió corriendo a la cocina y puso la mano bajo el grifo mientras se la frotaba con un trapo.

–Es un hombre repugnante –masculló para sí misma.

Su padre se acercó a ella y cerró el agua. Le tomó las manos y se las secó con una toalla.

–Bueno, querida, lo has hecho muy bien esta noche. Sé que ha sido difícil para ti, pero debes tener cuidado.

–No sé si voy a ser capaz –contestó ella con sinceridad.

–Sería una tontería por tu parte –replicó él–. Debemos

hacer lo que podamos para ayudar a aquellos menos afortunados que nosotros y si eso implica hacer uso de los privilegios que tenemos para hacerlo que así sea.

—¿Aunque eso signifique entablar amistad con el enemigo?

Su padre asintió.

—No te estoy animando a que hagas nada que ponga tu vida en peligro —dijo él—, pero cada pequeño acto de resistencia puede tener un efecto dominó y formar parte de algo más grande. Sin embargo, hay que hacer las cosas con cautela. —Volvió a dejar la toalla en la encimera—. Es fácil ocultar nuestros verdaderos sentimientos e intenciones a plena vista, allí donde no seamos sospechosos, allí donde confían en nosotros. Y, por supuesto, debemos pensar en Lucille.

—Tenemos que impedir que siga adelante con esta relación —dijo Adèle—. No está bien. ¿Qué pensará la gente?

—Parece estar muy enamorada de él —contestó su padre—. Ya sabes lo terca que es. No tiene sentido intentar obligarla. Debemos dejar que tome la decisión ella misma. Además de intentar encontrar pequeñas maneras de ayudar a otros.

—¿Sabes si monsieur Braverman está bien?

—Por ahora sí, pero a saber qué va a ocurrir. Puede que lo envíen a uno de los campos de concentración.

—No me puedo creer que Manu los esté ayudando.

—No tiene otra opción.

Cuánto odiaba Adèle las palabras «no hay otra opción»... Las decían demasiado a menudo. Aquellas palabras resumían la horrible situación en la que se encontraban.

—Ya lo sé —dijo ella con un suspiro.

—De todos modos, eso no significa que no esté intentando ayudar a sus compatriotas de alguna manera.

Miró fijamente a su padre.

—¿Qué es lo que sabes, papá?

–Nada. Y, si supiera algo, lo más inteligente sería que me guardara esa información para mí mismo. No porque no confíe en ti, sino porque estás más segura sin ella.

Adèle sabía que tenía razón, pero no le gustaba la idea. Pensó en las niñas Rashal y en su madre, así como en madame Charon. ¿Podría ayudarlas con algún gesto pequeño, tal como sugería su padre? No sabía muy bien cómo, pero estaba decidida a hacer algo.

Capítulo 5
Adèle

París
Julio de 1942

L as últimas semanas, Adèle se había acostumbrado a ir temprano al trabajo. Dormía mal, lo cual achacaba al estrés de preocuparse por su hermana, por la escuela y, más concretamente, por sus alumnos judíos. Levantarse y mantenerse ocupada era la mejor manera de sobrellevarlo. A principios de semana había sido el día de la Bastilla, que era festivo nacional, pero no se celebraba en las partes ocupadas de Francia. No podía evitar preguntarse si algún día podrían volver a celebrar aquella fecha.

Habían pasado seis semanas desde su primer encuentro con Peter Müller y, desde entonces, se había visto obligada a sufrir su compañía todos los viernes por la noche. Lucille se había mostrado decidida a hacer que las cenas de los viernes se convirtiesen en algo habitual, y aunque, desde luego, a veces resultaba una compañía agradable, no conseguía pensar en él como algo que no fuese el enemigo.

Sopesó la situación mientras entraba en la escuela. Lucille pasaba cada vez más tiempo en su compañía. Lejos de mostrar alguna señal de distanciamiento, la relación parecía ser más fuerte que nunca y Peter no daba ninguna muestra de estar empezando a aburrirse de su hermana.

También había pasado más de un mes desde que se implantó la obligación de llevar un brazalete amarillo con la estrella de David para todos los judíos.

El primer día en el que aquello se había hecho oficial, Adèle había salido al patio para hacer sonar la campana que indicaba el comienzo de las clases. Mientras los niños se colocaban en fila, había visto por primera vez aquellas horribles estrellas amarillas. El alma se le había caído a los pies ante la imagen de aquellos símbolos de tela cosidos en las mangas o los bolsillos del pecho de la ropa de los niños. Había recorrido con la mirada la fila de estudiantes, repleta de estrellas amarillas. Después, había hecho lo mismo con los padres y las madres que también las llevaban. Algunos de ellos habían apartado los ojos. ¿Había sido por lástima, por vergüenza o por desdén? No lo sabía. Algunos le habían devuelto la mirada y, entonces, había sido ella la que se había sentido avergonzada. Había odiado la manera en la que aquel elemento visual había segregado a sus alumnos y sus familias.

Aquel día, los niños entraron en fila como siempre y Adèle los siguió. Antes de subir las escaleras para dirigirse a su aula en el primer piso, se detuvo en el mostrador de recepción para dejar la campana.

Dado que dejaban los abrigos colgados de unas perchas que había en el pasillo, al menos dentro de la clase nadie tendría que contemplar aquellos horribles distintivos. Mientras se acercaba a la puerta, percibió las voces alzadas de los niños. Parecía que aquel día estaban muy ruidosos. Cuando entró en el aula, se oyó un ruido de pies y el chirrido de unas sillas mientras un grupito se apresuraba a ocupar de nuevo sus asientos. Un silencio incómodo se posó sobre la sala.

—*Bonjour, tout le monde* —dijo mientras se colocaba frente a la pizarra, intentando evaluar el ambiente.

Había algo raro. Escudriñó los rostros que tenía frente a ella. La mayoría de los niños evitaban mirarla a los ojos y tenían la vista fija en sus pupitres. Adèle posó la mirada en Daniel y Eva, que estaban sentados juntos en el lugar en el que había visto al grupito de niños. Eva parecía asustada y colocó su bolsa en la parte superior del pupitre, mientras que Daniel tenía las manos sobre su parte de la mesa.

Se acercó a ellos.

–¿Puedes apartar las manos, por favor? –le pidió al niño. Después, se dirigió a Eva–. Por favor, deja la bolsa en el suelo.

A regañadientes, ambos obedecieron e hicieron lo que les pedía. Adèle consiguió evitar que se le escapara un grito de los labios cuando vio la estrella de David que alguien había raspado en la tapa de madera del pupitre. La misma imagen tosca y apresurada apareció también en la mesa de Eva.

–¿Quién ha hecho esto? –Se dio la vuelta y paseó la mirada por la clase–. He preguntado quién ha hecho esto.

Comenzó a caminar entre las hileras de pupitres. Nadie dijo ni una sola palabra, pero oyó una risita disimulada a sus espaldas. Se giró en esa dirección.

–Charles, ¿has sido tú?

Aquel niño mayor la miró desafiante, pero no dijo nada. Ella volvió a dirigirse a la parte delantera de la clase.

–¡Judíos! –siseó una voz detrás de ella.

Adèle se dio la vuelta.

–*Arretez!* Esto es inaceptable. Os prohíbo el uso de tal lenguaje mientras estéis en la escuela. ¿Me oís? No toleraré el acoso o la discriminación de ningún tipo.

Algunos de los niños se hundieron visiblemente en sus asientos. Adèle no recordaba la última vez que había tenido que levantar la voz con sus alumnos. No era su estilo y odiaba hacerlo, pero tenía que frenar aquello antes de que llegara demasiado lejos. Respiró hondo y se dirigió a la clase de un modo más controlado.

—Bien, escuchadme con atención —comenzó a decir—. Sé que están ocurriendo muchas cosas en nuestra ciudad. Los alemanes están instaurando normas nuevas que todos tenemos que acatar. Sin embargo, en mi clase, cumpliréis mis normas. Aquí todos somos iguales y debemos respetarnos los unos a los otros por muy diferentes que seamos. Ninguno de nosotros es mejor que los demás. —Tomó una tiza y escribió tres palabras en letras mayúsculas—. Charles, por favor, ¿puedes leer las palabras que hay en la pizarra?

El niño se removió en su asiento, incómodo. Adèle arqueó las cejas, indicando que estaba esperando.

—«*Liberté. Égalité. Fraternité*» —masculló de mala gana.

—Más alto, Charles, por favor. —No iba a permitir que se saliera con la suya con tan poco esfuerzo. Él repitió la frase de forma mucho más clara en aquella ocasión—. Gracias, Charles. Bien, debemos recordar esto, sobre todo la parte de la igualdad. Todos somos iguales. Todos nosotros. —Charles levantó la mano—. ¿Sí, Charles?

—Pero ya no es así, ¿verdad? Mi padre dice que, ahora, es «*Travail. Famille. Patrie*».

De hecho, el niño tenía razón. Pétain y su Gobierno de Vichy habían abandonado la tradicional frase en favor de aquella nueva retórica. Sin embargo, no era algo que ella aprobara. El niño continuó hablando.

—Me dijo que Pétain lo ha cambiado. También dice que Pétain tiene razón y que tenemos que protegernos de los judíos.

Giró la cabeza y miró en dirección a Eva y Daniel.

—¿Protegernos de qué? —preguntó Adèle, a pesar de que no esperaba ninguna respuesta—. Somos una sola comunidad.

Como nación, somos inclusivos y recibimos con los brazos abiertos a personas de todo tipo de entornos. Y, especialmente en mi clase, no señalamos a otras personas para acosarlas porque sean diferentes a nosotros. ¿Está claro?

Hubo un murmullo de «*Oui, madame*». Miró a los niños largo y tendido para remarcar lo que acababa de decir.

El resto de la mañana transcurrió sin más percances y mientras los pequeños salían para disfrutar del descanso matutino, Adèle se dirigió al cuarto del conserje. En realidad, la escuela ya no tenía conserje, pues se había marchado de la ciudad para vivir con su familia en Bretaña, donde podían cuidar de él y, con toda probabilidad, ofrecerle más comida, ya que disponían de abundante terreno para cultivar sus propias frutas y hortalizas. En aquellos días, la comida ocupaba el pensamiento de todo el mundo. Era el principal tema de conversación y el tiempo había quedado relegado a un lugar mucho más bajo de la lista. Fue hasta la pared más alejada del cuarto, en la que había un tablero de clavijas del que colgaban varias herramientas de mantenimiento. Encontró la que estaba buscando y regresó a la clase.

Con ayuda de la lijadora, frotó los pupitres hasta borrar las estrellas de David que de forma tan burda habían rasgado sobre la superficie de madera. Por suerte, quienquiera que lo hubiera hecho no había presionado demasiado y las marcas desaparecieron enseguida. Por supuesto, ahora había zonas de madera en bruto en las tapas de los pupitres, pero, al menos, era mejor que el vandalismo. Una vez que los niños se hubieran marchado a casa, teñiría la madera. Estaba segura de que en el armario del conserje encontraría algo que pudiera usar. De lo contrario, tal vez pudiera hacerlo con granos de café. Estaba dispuesta a renunciar a su ración de café de las próximas semanas si eso significaba que los pupitres tuvieran mejor aspecto.

Durante el resto del día no hubo más incidentes. La clase de danza mejoró el estado de ánimo de todos y se alegró de ver a Daniel y Eva sonriendo al final de la sesión.

—Bien hecho, *mes enfants*. Ha estado muy bien —dijo, halagando a sus estudiantes—. Ahora, poneos los zapatos y formad una fila junto a la puerta para que pueda llevaros con vuestros padres.

Recorrieron el pasillo y las escaleras hasta la zona de recepción, donde los padres recogieron a sus hijos. Extrañamente, madame Charon no estaba allí. Adèle miró su reloj. Habían pasado veinte minutos desde que se había marchado el último niño.

—¿Te ha dicho tu madre que iba a llegar tarde?

Bajó la vista hacia el pequeño, cuyo gesto estaba lleno de preocupación.

—*Je ne sais pas*. —Rebuscó en su bolsillo y sacó un trozo de papel—. Me ha dicho que le diera esto al final del día.

Adèle tomó el trozo de papel y desdobló la nota.

Por favor, cuide de Daniel, mi querido niño. Tengo que marcharme y no es seguro llevármelo conmigo. Espero poder reunirme de nuevo con él algún día. Dígale lo mucho que lo quiere su mamá.

Volvió a leer la nota. ¿Madame Charon iba a marcharse? ¿Adónde? ¿Por qué? Se agachó junto al niño.

—¿Te ha explicado tu mamá qué ocurre?

Daniel negó con la cabeza.

—No. ¿Cuándo va a venir a buscarme?

Le pasó la mano por la cabeza.

–No estoy segura, pero me ha pedido que cuide de ti por ahora, así que iremos a mi casa y cenaremos algo. Podrás conocer a nuestro gato, Felix.

A Daniel se le iluminaron los ojos.

–Me gustan mucho los gatos. Mi abuela tiene uno.

–¿Tu abuela? ¿Dónde está? ¿Vive en París?

Estaba segura de que, si podía localizar a uno de sus abuelos, sería mejor para el niño que se quedara con un familiar.

–Vive en el campo –contestó él–. Cerca de las montañas.

El destello de esperanza de Adèle disminuyó. Con las montañas podía referirse al sur, en la frontera con España, o al este, en la frontera con Suiza. Ninguna de las dos opciones era un lugar al que pudiera acudir sin un salvoconducto y, para conseguir uno de esos, necesitaría una muy buena razón. No estaba segura de que reunir a un niño judío con su familia fuese a ser considerado algo aceptable. Se puso en pie y dejó a Daniel en la oficina mientras cerraba las aulas.

Su mente regresó de nuevo a la nota. ¿Daba a entender que madame Charon volvería pronto? Tal vez estuviera intentando visitar a su madre, la abuela que Daniel había mencionado. No era posible que la hubieran arrestado, pues no habría tenido tiempo de escribir la nota y de decirle a Daniel que se la entregara a ella. Era extraño y preocupante al mismo tiempo. Sin embargo, no podía permitir que el niño supiera que estaba preocupada; no quería contagiarle sus temores.

Capítulo 6

Adèle

Adèle y Daniel llegaron al piso sin ningún problema. Lo metió en el ascensor y lo condujo a la seguridad de la casa sin que ninguno de los vecinos los viera. Lo último que necesitaba era que madame Tebolt, la vecina de la puerta de al lado, la interrogara. Nunca le había gustado aquella mujer; siempre entreabría la puerta para observar a hurtadillas quién iba y venía.

Consiguió empujar al niño al otro lado del umbral justo a tiempo de oír cómo quitaban el pestillo de la puerta de Tebolt. Fingió no darse cuenta y entró en el piso rápidamente. Se llevó un dedo a los labios para que Daniel no dijera nada tan cerca de la entrada. Puede que la mujer rondara los ochenta años, pero tenía el oído tan eficaz como una estación de escucha.

–¿Eres tú, Adèle? –dijo su hermana desde su dormitorio al final del pasillo.

–Sí, soy yo.

Lucille salió de la habitación ajetreada, poniéndose bien un pendiente.

–Bueno, no tardes toda la noche en arreglarte, Peter va a venir a buscarnos en una hora...

Frenó en seco al ver a Daniel, que estaba agachado, jugueteando con Felix, el gato. Abrió los ojos de par en par, pero antes de que pudiera decir nada, su padre salió del salón.

—¿Daniel?

Parecía igual de sorprendido, pero su rostro se suavizó hasta dibujar una sonrisa. Miró a Adèle de forma inquisitiva.

—Papá... Eh... Daniel va a quedarse con nosotros esta noche —dijo en un tono de voz indiferente, a pesar de que, por encima de la cabeza del niño, sus ojos delataban una historia distinta.

Gérard pareció entender lo que no había dicho en palabras y, tras dar una calada de su pipa, extendió una mano hacia el niño, que se había puesto en pie al oír al director de la escuela.

—Es una sorpresa muy agradable. Bienvenido a mi casa —le dijo.

El pequeño bajó la mirada al suelo y pestañeó con fuerza. Adèle sospechaba que estaba al borde de las lágrimas.

—Ven a la cocina, Daniel —le dijo—. Te prepararé algo de comer.

Desde que Lucille salía con Peter, no había habido tanta escasez de alimentos en casa de los Basset y, aunque Adèle odiaba la idea de sentirse agradecida hacia él de cualquier modo, no tenía intención de rechazar comida extra que después podía llevar a la escuela para sus alumnos.

Sentó a Daniel a la mesa y le sirvió un cuenco de sopa de pollo y verduras junto con una rebanada de pan con una fina capa de mantequilla. Por primera vez aquella tarde, sus ojitos se iluminaron y devoró la comida.

—Tómatelo con calma —le dijo Gérard—. Si no, sufrirás una indigestión. No tengas prisa y disfruta.

El niño bajó el ritmo un poco. El padre de Adèle hizo un gesto con la cabeza en dirección a la puerta y ella, con Lucille a su espalda, lo siguió fuera de la cocina y hacia el salón. El sol tardío del crepúsculo se colaba a través de las ventanas y en los haces de luz danzaban motas de polvo diminutas.

–Sabes que no puedes dejar que el niño se quede, ¿verdad? –dijo su hermana antes de que su padre pudiera hablar.

Adèle se enojó ante el tono de voz que había usado.

–Soy plenamente consciente de ello, muchas gracias; pero no voy a abandonar a un niño, ¿no? –Se giró hacia su padre–. Tú lo entiendes, ¿verdad, papá?

Gérard se quedó de pie, dando la espalda a la chimenea, y se tomó un momento para dar otra calada a su pipa. Después señaló con ella en dirección a Lucille.

–Tu hermana tiene razón. Será solo una noche y nadie tiene por qué enterarse, ¿verdad?

La miró largo y tendido. Lucille no respondió de inmediato y Adèle pensó que iba a atreverse a discutir con su padre, pero, al fin, tomó aire y habló.

–No, claro que no. Y no deben enterarse. –Se dirigió a la ventana–. No puedes dejar que madame Tebolt lo vea o te denunciará.

–Y si lo hace, estoy segura de que Peter podría encargarse de que el asunto no llegue más lejos –dijo Adèle.

Su hermana se dio la vuelta.

–Es curioso cómo, ahora que nos trae comida y puede ayudarnos a salir de una situación difícil, ya no te molesta.

Adèle suspiró, se acercó a su hermana y le tomó las manos.

–Solo intento sacar lo mejor de situaciones que no puedo controlar. Pero no discutamos.

Lucille encorvó los hombros.

–Solo quiero que te guste, eso es todo. Peter significa mucho para mí. Me hace feliz. Es un buen hombre. Quiero que te alegres por mí.

Gérard habló antes de que Adèle pudiera hacerlo.

–Si tú eres feliz, entonces nosotros también. Todos estamos intentando adaptarnos a una situación nueva, pero no debemos perder de vista algo fundamental y que nos hace humanos: la empatía. No solo entre nosotros tres, sino con el resto de las personas que están ahí fuera.

Sonrió a sus hijas y Adèle notó cómo las manos de su hermana se libraban de la tensión.

–No soy inhumana y siento lo que les está ocurriendo a los judíos. –Lanzó una mirada en dirección a la cocina–. Y, por supuesto, no querría que nada malo le ocurriera al pequeño. Supongo que tan solo estoy asustada; por nosotros y por los problemas en los que podríamos meternos.

–Es solo por una noche –le aseguró ella–. Ni siquiera tienes que mencionárselo a Peter. –Su hermana alzó la vista para mirarla, alarmada. Adèle continuó–: No te estoy pidiendo que mientas; tan solo que no digas nada. No hay ningún motivo para que Peter pregunte, así que no lo mencionaremos.

Lucille asintió y en sus ojos apareció una incertidumbre que Adèle no solía presenciar.

–Está bien; pero, por favor, encuentra otro sitio para que pueda ir mañana.

–Lo haré. Te lo prometo. –Le dio un abrazo a su hermana–. Bueno, será mejor que me prepare para la exposición. –Forzó una sonrisa y deseó sonar lo bastante entusiasta. En realidad, el último evento al que quería asistir era a uno organizado por los alemanes–. Ven a ayudarme a arreglarme el pelo.

Una hora más tarde, Adèle y Lucille estaban sentadas en la parte trasera de un automóvil Citroën que Peter había enviado a buscarlas. Lucille se había arrebujado con un chal de piel de zorro que su amante le había dejado al conductor para que se lo entregara como regalo. Se había mostrado entusiasmada al recibirlo y no había dejado de admirarlo, acariciándolo cada pocos minutos. Cada vez más, Adèle tenía que recurrir a sus dotes de actriz.

En primer lugar, odiaba la idea de que cazaran a un pobre animal solo por su piel. En segundo lugar, odiaba pensar en quién le había hecho aquel regalo a su hermana y, en tercer lugar, odiaba el hecho de que ella estuviera tan sumamente encantada al respecto. Para Adèle, era una extravagancia que restregar en la cara de aquellas familias que estaban sobreviviendo a la guerra a duras penas.

Al menos, el hecho de que llegaran a la exposición significó que Lucille le entregó esa maldita cosa al personal del guardarropa.

–Casi desearía que se hubiera terminado la exposición para poder volver a ponérmelo –dijo su hermana con un suspiro mientras las conducían a la sala principal.

Adèle contempló el entorno. La habitación estaba abarrotada, sobre todo de oficiales alemanes y personal militar de alto rango, así como de un buen número de franceses vestidos de traje que, evidentemente, el enemigo tenía comiendo de la palma de la mano. En torno a la sala de exposiciones, que tenía forma ovalada, colgaban banderas rojas nazis con la esvástica, y, desde el techo, otra bandera gigante caía sobre la pieza central de la muestra: una estatua de mármol de María sosteniendo al niño Jesús. Adèle la reconoció de las visitas escolares que habían hecho al museo vecino. Era una obra preciosa que se había confiado al cuidado del museo y que, ahora, estaba allí expuesta antes de ser enviada a Alemania.

–Ah, Lucille, ahí estás. –Peter atravesó la sala y la saludó con un beso en cada mejilla. Se giró hacia Adèle y le hizo una reverencia más profunda de lo que era necesario. Ella notó cómo su hermana le daba un codazo en el brazo y, por reflejo, más que por deseo, le tendió al hombre la mano. En lugar de estrechársela, él pasó los dedos por debajo de los suyos y le besó los nudillos–. Es un placer volver a verla, mademoiselle Basset.

–Hauptmann Müller –contestó ella a modo de respuesta, obligándose a no apartar la mano de él.

Lucille soltó una risita.

–Creo que, después de casi dos meses, podéis dejar de lado las formalidades. A partir de ahora, seréis Adèle y Peter, ¿verdad, hermana?

Adèle forzó una sonrisa mientras retiraba la mano.

–Sí, por supuesto.

–Maravilloso.

Peter chasqueó los dedos en dirección a un camarero que pasaba con una bandeja plateada repleta de copas de champán. Sin preguntar a sus invitadas, tomó dos y se las tendió.

–¿Usted no bebe, Haup... Peter? –preguntó Adèle mientras el camarero se alejaba.

–No; no hasta que se haya terminado la exposición. En teoría, todavía estoy de servicio. –Sonrió con orgullo ante su abstinencia–. Bien, dejadme que os muestre todo esto. Hay algunos cuadros maravillosos al otro lado de la sala. A nivel personal, la colección Valois es mi favorita. Por supuesto, también está la estatua, pero dejaremos lo mejor para el final.

Adèle lanzó una mirada hacia el grupo de cuadros que Peter había mencionado y que parecían representar la misma casa capturada a lo largo de un año. Mientras admiraba las miniaturas pintadas con acuarela, fue consciente de que Müller estaba hablando con otro oficial. Tenía la esperanza de que se distrajera y se alejara en lugar de insistir en mostrarle la exposición. En realidad, no estaba escuchando, pero su oído

71

empezó a prestar atención a la conversación cuando se dio cuenta de que estaban hablando en francés.

–Habrá miles de cuerpos de los que deshacerse –estaba diciendo Müller–. Al parecer, no pueden enterrarlos lo bastante rápido, así que van a empezar a quemarlos.

Adèle los miró por el rabillo del ojo y vio que la persona con la que estaba hablando era un agente de policía francés. Además, si se guiaba por los botones resplandecientes de su uniforme, se trataba de un alto cargo. Mientras el alemán continuaba hablando, volvió a mirar las pinturas, intentando controlar en todo momento la incredulidad y el desagrado que sentía ante el hecho de que pudieran hablar con tanta naturalidad de un acto tan abominable.

–Es lo mejor que se puede hacer con esos judíos: borrarlos de la faz de la Tierra.

A Adèle se le revolvió el estómago. Quería vomitar. No podía soportar estar cerca de aquel hombre mientras escupía odio por la boca.

Miró en torno a la habitación y vio a Manu hablando con otro oficial alemán. Él alzó la vista y la vio. Sonrió y le dijo algo a su interlocutor antes de dirigirse hacia ella.

El corazón le dio un vuelco. No quería hablar con él. Allí estaba, haciendo buenas migas con los alemanes, riendo y sonriendo, permitiendo que despojaran al museo de sus mejores obras. Müller vio que Manu se dirigía hacia allí y lo interceptó, lo que dio a Adèle la oportunidad de desaparecer entre la multitud. Tan solo había conseguido llegar al otro lado de la pieza central cuando chocó con un oficial uniformado.

–*Pardon* –masculló mientras intentaba hacerse a un lado.

Sin embargo, él se movió en el mismo sentido. Para empeorar las cosas, ambos se giraron en la otra dirección al mismo tiempo.

–*Pardon-moi, mademoiselle* –dijo el oficial mientras soltaba una risita–. Parece tener prisa. Seguro que no se está tan mal aquí dentro.

A Adèle se le secó la boca, pero, cuando miró al hombre a los ojos, vio que estaba sonriendo.

–Eh... No. Lo siento. Eh... Es todo muy bonito; tan solo necesitaba un poco de aire fresco. Hace mucho calor aquí dentro esta noche.

Antes de que el alemán pudiera contestar, Manu la había alcanzado.

–Por favor, Adèle, permíteme que te acompañe fuera. No deberías haber venido si no te encontrabas bien. Discúlpenos, oficial.

Le colocó una mano en la parte baja de la espalda para guiarla y, con la otra, la tomó del codo. Después, la condujo a través de la estancia y la hizo salir por una puerta de emergencia que daba a un callejón.

–Estoy bien, de verdad –dijo ella–. Eso no era necesario.

Manu la contempló un buen rato.

–No estoy seguro de que fuera de ese oficial de quien intentabas escapar.

Adèle bajó la vista a sus zapatos antes de volver a mirar a Manu, que olía a cítricos. Sintió la necesidad de posarle una mano sobre el pecho, pero, en lugar de eso, agarró el bolso con ambas manos.

–No sabía que estarías aquí –dijo al fin–. No sabía que seguías trabajando con los alemanes.

Había un tono de desafío en su voz, pero no intentó disimularlo. Manu arqueó las cejas.

–¿Es eso lo que piensas?

–Parecía que te estabas divirtiendo y, si no me equivoco, la pieza central de esta exposición procede de tu museo.

–Adèle –dijo él con un suspiro–, no estoy trabajando con los alemanes; estoy trabajando para ellos porque no tengo otra opción. Del mismo modo que tú estás aquí no porque quieras socializar con ellos, sino porque sospecho que tampoco tienes elección. No si no quieres poneros a tu padre y a ti en una situación difícil, dado que al parecer tu hermana sí que está socializando con Herr Müller.

Ahí estaba otra vez aquella expresión sobre no tener opciones. La decepción y la rabia que sentía hacia Manu se desvanecieron. La tensión le desapareció de los hombros.

–¿Sabías lo de Lucille y Müller?

–Es evidente. Además, un día la trajo al museo para mostrarle algunos de los objetos.

Entonces fue el turno de Adèle de arquear las cejas.

–No tenía ni idea. –Dudó antes de hablar y sopesó sus palabras con cuidado–. ¿Te alegras de trabajar para él?

Manu sacudió la cabeza y dejó escapar otro suspiro antes de tomarla de la mano.

–Pensaba que me conocías lo bastante bien para no tener que preguntarlo, pero, para que te quedes tranquila: claro que no me alegro. –Le pasó la otra mano por la nuca y le dio un beso en la cabeza–. Los mantengo contentos y, así, me entero de cosas.

Adèle respiró hondo y alzó la cabeza para mirarle. Él no se apartó cuando sus ojos se encontraron. Estaban a un milímetro de distancia y el deseo de moverse hacia delante era tentador. Estaba segura de que Manu estaba a punto de inclinarse para besarla cuando la puerta que daba a la sala de exposiciones se abrió y Lucille salió al callejón.

–Oh, Adèle, ¡aquí estás! Peter me ha dicho que te había visto salir. –Se detuvo al percatarse de la presencia del hombre–. Ay, lo siento. No sabía que...

74

Manu ya se había apartado de Adèle, que miró a su hermana.

–Tan solo necesitaba tomar un poco de aire fresco. Estaba un poco mareada; eso es todo.

–Probablemente porque no has comido –replicó Lucille–. Como te deshaces de tu comida...

Se interrumpió de forma abrupta, como si tuviera que recordarse a sí misma que no debía mencionar a Daniel. Adèle no hizo caso de la mirada curiosa que le lanzó Manu.

–Ahora ya estoy bien. Estaba a punto de entrar.

–Bien. Hay un bufet en la otra sala. Vamos a conseguirte algo para comer.

Lucille la tomó del brazo y volvieron adentro. Cuando Adèle miró hacia atrás, vio que Manu volvía a entrar en la sala y se dirigía a monsieur Blanc, uno de los comandantes de la Policía local. Con un gesto serio en los rostros, ambos intercambiaron unas pocas palabras antes de que Manu volviera a dar una vuelta por la estancia, hablando con los alemanes.

–Ah, ahí estás, querida –dijo Peter mientras le pasaba un brazo por la cintura a Lucille–. Veo que has encontrado a tu hermana.

El resto de la velada transcurrió en una nebulosa. Adèle charló de forma educada con otros invitados, pero sin dejar de mirar a Manu y al comandante de policía. Le preocupaba lo que su amigo pudiera haberle dicho al otro hombre. ¿Sospechaba de algo de lo que había dicho Lucille? Ni ella ni su hermana habían mencionado a Daniel, pero, a veces, no se trataba de lo que decías, sino de lo que callabas. Tendría que haber pensado en una explicación de por qué se «deshacía» de su comida, tal como había dicho Lucille. En realidad, no se había deshecho de ella. Tenían en abundancia; mucha más de la que necesitaban. Tan solo se trataba de que no había tenido ganas de comer. Además, el niño lo necesitaba más. Temía pensar en cuándo habría sido la última vez que había disfrutado de una buena comida.

—¿Estás lista para marcharnos? —le preguntó su hermana—. Ha sido una noche maravillosa, pero Peter está exhausto y ha pedido que el automóvil nos espere fuera.

—Sí, estoy lista.

No podría estar más preparada ni aunque quisiera. Era todo un alivio alejarse de aquella horrible fiesta. Vio a Manu dirigiéndose hacia ellas. Alzó una mano, indicando que esperaran.

—Tan solo quería daros las buenas noches —dijo mientras les sonreía a ella y a su hermana.

—Ha sido una velada magnífica —comentó Lucille—. Debes de estar muy orgulloso.

Manu le lanzó una mirada a Adèle antes de contestar.

—Siempre me siento muy orgulloso de estas obras de arte. Son increíbles.

—¿Por qué no vas a buscar tus pieles? —sugirió Adèle—. No tardaré mucho. Nos vemos en el vestíbulo.

—Está bien. Buenas noches, Manu.

Lucille atravesó la sala. Estaba claro que era consciente de las miradas de admiración que le dirigían la mayoría de los hombres presentes.

—A veces me pregunto cómo es posible que seáis hermanas —dijo Manu.

Adèle no sabía si debía sentirse ofendida o no. ¿Quería decir que encontraba a su hermana atractiva, tal como todos los hombres de la sala o cualquier otra persona que entablara contacto con ella?

—Somos como el dulzor y la amargura —contestó.

Él se rio.

–No estaba pensando en eso, en absoluto. No sé por qué dices algo así. ¿Qué te parece dulce y aún más dulce?

–Es una cuestión subjetiva.

–Ay, Adèle, a veces eres muy graciosa –dijo él–. Aunque, definitivamente, tú serías la más dulce de las dos.

No estaba muy segura de si quería que pensaran en ella como alguien dulce o incluso más dulce que su hermana. Aquello implicaba cierta juventud e inocencia, cosas que, en ningún caso, podían aplicarse a ella.

–Debería irme, de verdad. Lucille me estará esperando.

Aquel fue el momento en que Peter decidió aparecer a su lado.

–Ah, Adèle, ¿estás lista? El automóvil ya está aquí.

–Sí, por supuesto. –Se giró hacia Manu–. Buenas noches.

Él se inclinó hacia delante, le dio dos besos en las mejillas e hizo una pausa para susurrarle al oído:

–Espero que la velada no te haya resultado demasiado difícil. Cuídate, Adèle.

Había algo en la forma en que Manu le había hablado que hizo que volviera la vista atrás por encima del hombro mientras Peter la escoltaba hacia el coche. Sin embargo, él se quedó allí de pie, observando cómo se marchaba. ¿Estaba sacando demasiadas conclusiones de lo que le había dicho?

Cuando llegaron al vehículo, el alemán le abrió la puerta. Ella le ofreció lo que esperaba que fuera una sonrisa de agradecimiento.

–Gracias por una velada tan placentera. Buenas noches, Peter.

–Pensaba acompañaros –dijo él–. Lo más apropiado es que me asegure de que ambas llegáis a casa sanas y salvas. Además, tal vez sería agradable ver a vuestro padre y compartir una copa tardía con él.

El corazón le palpitó con fuerza ante aquella perspectiva: un oficial alemán en su piso cuando estaban escondiendo a un niño judío.

—Creo que mi padre ya se habrá ido a dormir —dijo ella—. Quizá puedas venir otra noche. Eso sería lo mejor, ¿verdad, Lucille?

Miró a su hermana en busca de apoyo moral y, durante un instante terrible, pensó que ella iba a llevarle la contraria, pero entonces se giró hacia Müller.

—Adèle tiene razón. Es tarde y, si papá se ha acostado, no sería apropiado invitarte a pasar al piso. —Se inclinó hacia él y le susurró en un aparte—: Debes perdonar a mi hermana, es muy tradicional.

El alemán esbozó una sonrisa divertida.

—Muy bien; no quiero disgustar a tu padre. Tan solo puedo decir que me alegro de que tú no seas tan tradicional.

Lucille y él soltaron una risita, pero a Adèle no le importaba ser el objeto de burlas siempre y cuando eso mantuviera al oficial alejado.

Ambas permanecieron en silencio mientras el conductor aceleraba por las calles de París hacia su hogar. El hombre se aseguró de que hubieran entrado en el edificio antes de partir.

—Gracias —dijo Adèle en cuanto estuvieron en el interior de su piso.

—Solo asegúrate de que mañana ya no esté —contestó su hermana—. Si Peter empieza a sospechar, no podré mentirle. —Se quitó las pieles del cuello y se las colgó del brazo—. Buenas noches, Adèle.

—¿No podrás o no lo harás? —preguntó, siguiéndola—. ¿No podrás o no mentirás a un alemán para salvar a un niño?

Lucille se detuvo y se volvió para mirarla.

—No me hagas elegir.

Capítulo 7

Fleur

París

Agosto de 2015

Lo bueno de trabajar como técnica de laboratorio en la universidad local era que Fleur podía tomarse unos días libres en agosto sin problemas, lo cual le facilitaba poder acompañar a Lydia a París. Aterrizaron en el Charles de Gaulle a media mañana y, para la hora de comer, ya estaban acomodándose en su habitación de hotel en la Rue du Pont Neuf. Fleur no pudo evitar maravillarse en voz alta ante la capacidad de su abuela para conseguir hacer las cosas del mismo modo que las haría alguien con la mitad de su edad.

–He hecho este viaje tantísimas veces que es como mi segunda naturaleza –contestó Lydia–. Además, he experimentado formas mucho peores de viajar.

Quería preguntarle a su abuela qué quería decir con eso, pero el botones había llegado y estaba ocupándose de sus maletas, dispuesto a escoltarlas hasta sus aposentos.

Habían reservado habitaciones individuales pero con puertas contiguas. Ambas tenían vistas a la concurrida calle parisina que estaba más abajo y a los tejados grises y plateados, abovedados o triangulares, que se extendían más allá. Fleur veía la punta de la torre Eiffel asomando por encima del paisaje urbano, recortada contra un cielo azul y despe-

79

jado. Por encima del poco ruido del tráfico, se oía el leve alarido de una alarma, pero la calle en la que se encontraba el hotel era extraordinariamente tranquila y, con el suave zumbido del transcurso de la vida, parecía encontrarse en las afueras.

Dado que iban a estar dos semanas en la ciudad, Fleur deshizo la maleta y se acomodó como si estuviera en su casa. Había acordado reunirse con Lydia a la una del mediodía para comer en el hotel. La mujer había establecido un itinerario y a Fleur le complacía seguir sus planes. Estaba emocionada ante la perspectiva de descubrir más cosas sobre la vida de su abuela cuando era una niña, pero sabía que tenía que ser paciente. Para Lydia, abrirse tras haber mantenido esa parte de su vida bien oculta durante tantos años suponía un gran paso.

Se reunió con ella para comer, tal como habían acordado. El comedor era tan elegante como el resto del hotel. Los techos eran altos y había candelabros, ventanas enormes cubiertas de suaves cortinas y reproducciones de muebles en los que podía imaginarse sentada a María Antonieta. El hotel encajaba con Lydia a la perfección y no era de extrañar que fuese su favorito y en el que se alojaba todos los años. El *maître* incluso la había saludado por su nombre y ella le había preguntado por su familia.

—¿Alguna vez desearías poder vivir de nuevo en París? —le preguntó cuando el camarero les hubo servido los platos—. Aquí pareces sentirte como en casa.

—¿Y en Inglaterra no? —replicó su abuela.

—Oh, claro que sí, pero supongo que, con independencia del tiempo que lleves viviendo en Inglaterra, siempre vas a ser muy francesa.

Lydia sonrió.

–Cuando vuelvo a París, sí que me siento más francesa, pero cuando estoy en Inglaterra allí me siento más en casa. Supongo que soy como un camaleón: puedo fundirme con el entorno. –Hizo una pausa y bajó la vista hacia su ensalada antes de volver a mirar a su nieta–. Cuando era una niña, durante la guerra, era preciso ser capaz de adaptarse. Es probable que eso me salvara la vida.

–¿Qué quieres decir? –preguntó ella con gentileza, ya que sentía que su abuela estaba a punto de sincerarse sobre su infancia.

Lydia dio un sorbo de agua.

–Antes de la guerra, vivía una vida normal y corriente, muy común para una niña pequeña. Iba al colegio y asistía a las clases de danza que impartía mi profesora en la escuela. Era una bailarina maravillosa, excelente en todas las disciplinas, pero, sobre todo, en el *ballet*. Lo llevaba en la sangre. Su madre había sido una bailarina profesional.

–Y allí es donde te enamoraste de la danza –comentó Fleur.

–Desde luego. Con ella, era imposible no entusiasmarse. Era contagioso. La queríamos mucho e incluso los niños disfrutaban bailando. –La mujer sonrió ante aquel recuerdo, pero entonces su rostro se ensombreció–. Cuando llegaron los alemanes, las cosas cambiaron. Nuestro mundo, tal como lo conocíamos, nunca volvió a ser el mismo.

–¿Cómo fue aquello? ¿Puedes contármelo?

Lydia no contestó y bajó la mirada hacia la ensalada que tenía delante. Durante un instante, dio vueltas a la lechuga en el plato antes de dejar el tenedor y volver a mirar a Fleur.

–Espero poder hacerlo. Después de todo, por eso te he pedido que vinieras. –Le ofreció una versión descafeinada de su habitual sonrisa antes de llamar la atención del camarero y pedirle otra botella de agua–. Tenemos que acordarnos de mantener la ingesta de fluidos. ¿Tienes una botella para llevar contigo cuando salgamos después de comer?

Fleur sabía cuándo su abuela quería cambiar de tema y se resignó al hecho de que debía tener paciencia hasta que llegara el momento de escuchar su historia.

Más tarde, tomaron un taxi hasta la Rue de Grenelle y se detuvieron frente a una pequeña cafetería.

–Aquí, en el segundo piso, era donde vivía de pequeña –dijo su abuela–. ¿Ves esa ventana de la izquierda? Ese era mi dormitorio.

Fleur recorrió con la mirada el edificio color crema hasta las ventanas del segundo piso. Cada una de ellas tenía una pequeña reja de hierro, tal como era típico en las ventanas francesas que se abrían hacia dentro. Sintió una conexión con el pasado de su abuela que no había experimentado nunca.

–Estoy intentando imaginarte de niña, mirando la calle –dijo.

–Estamos a solo diez minutos andando de mi antigua escuela –comentó Lydia–. Siempre me gusta empezar el viaje aquí. Me agrada recordar a mi madre llevándome y recogiéndome de la escuela todos los días. Es uno de mis pequeños rituales, así que te pido que tengas paciencia conmigo.

–Por supuesto, abuela –contestó.

Antes, había mirado la ruta en Google Street View y se había dado cuenta de que la escuela estaba en la misma calle que el Museo de Orsay, que, originalmente, había sido una estación de tren, pero que hacía tiempo, tras el final de la guerra, había sido reconvertido. Era un edificio de piedra enorme e impresionante que se encontraba junto a la ribera del río Sena.

–Después, si te apetece, podemos echar un vistazo a los museos –dijo Lydia.

–Eso estaría bien.

–Justo al lado de la escuela solía haber un museo mucho más pequeño. El conservador era un amigo muy querido de nuestra maestra. –Estaban caminando por la calle y Lydia la había tomado del brazo–. Solía recorrer este camino todos los días para ir a clase. Durante la guerra, había alemanes en las esquinas de las calles que paraban a la gente sin motivo aparente y les exigían ver sus papeles. Cuando tuvimos que empezar a llevar los brazaletes amarillos, la cosa empeoró. Siempre nos señalaban. A veces, mi madre nos llevaba por el camino largo para ir a la escuela solo para evitar a todos los soldados y controles de seguridad posibles.

–Estar aquí hoy, contigo, mientras hablas de ello, hace que parezca mucho más real que leer sobre la ocupación en los libros de historia o ver rollos antiguos de películas –dijo Fleur, reconociendo un aumento de aquella sensación de conexión con Lydia–. Gracias por enseñarme todo esto, abuela. Significa mucho para mí.

Ella le sonrió.

–Estoy muy agradecida de que hayas venido.

–Soy yo la que está agradecida de que me lo pidieras. Es un honor.

Le devolvió la sonrisa y le apretó el brazo con cuidado.

Avanzaron un poco más y entonces Lydia se detuvo.

–Aquí estamos. Este es el viejo museo y el edificio de al lado es la escuela. –Pasaron junto a un muro en el que había verjas de hierro forjado incrustadas entre los ladrillos–. Solían ser de un tono azul pálido –añadió Lydia mientras pasaba una mano por uno de los barrotes.

En aquel momento, eran negros y estaban engrosados

por muchos años de capas de una pintura desconchada en algunos lugares y que ocultaba los detalles de los remates.

Fleur alzó la vista hacia el imponente edificio de la escuela y la dirigió hacia el tejado emplomado y las pequeñas buhardillas que recorrían la parte superior. Sintió que la mano de Lydia le aferraba el brazo con más fuerza.

–¿Te encuentras bien, abuela?

La mujer asintió con la mirada fija en el tejado.

–A veces, todavía me parece como si hubiese sido ayer.

Pestañeó varias veces antes de apartar la mirada y hacerle un gesto a su nieta para que siguieran recorriendo la calle. Fleur no estaba segura de si era la brisa lo que humedecía los ojos de su abuela o si estaba conteniendo las lágrimas.

Prosiguieron el camino y Fleur dirigió la vista hacia la verja de acceso. Frunció el ceño. Había algo atado a los barrotes.

–¿Qué es eso? –preguntó–. Creo que son flores.

–¿De verdad?

Lydia alzó la vista. Ya habían llegado a la altura de la entrada.

–También hay atada una zapatilla de *ballet*. –Fleur tomó la zapatilla entre las manos. Estaba vieja y desgastada, las cintas deshilachadas y la puntera zurcida allí donde se había roto–. Debe de ser para niños; es muy pequeña.

Soltó las cintas y, tras inspeccionarla más de cerca, se la pasó a Lydia, cuyas manos temblaron al sostener la diminuta zapatilla de *ballet* de satén. Fleur miró las flores que estaban atadas a la verja.

–No hay ninguna tarjeta. O yo no la veo. A menos que se haya caído en alguna parte... –Miró la calzada y a través de los barrotes de la verja por si se había caído al patio, pero no vio nada–. Qué raro –comentó tanto para sí misma como para Lydia.

84

Tan solo cuando volvió a prestar atención a su abuela se dio cuenta de que la mujer tenía el rostro ceniciento mientras contemplaba la zapatilla. Estaba moviendo los labios, pero hablaba en voz tan baja que Fleur tuvo que esforzarse para oír lo que estaba diciendo.

–*Ce n'est pas vrai. Ça ne peut pas être.*

«No es cierto. No puede ser».

Capítulo 8

Adèle

París
Julio de 1942

Aquella noche, Adèle durmió mal. No dejó de darle vueltas a la cabeza y en lugar de sumirse en un sueño reparador, avivó su ansiedad con sueños en los que la Gestapo llamaba a su puerta. En varias ocasiones, se despertó sobresaltada por algún sonido del exterior y el pánico le inundó el pecho y el estómago mientras se quedaba sentada y totalmente quieta a la espera del golpe en la puerta o el sonido de las botas subiendo las escaleras con furia. Sin embargo, no ocurrió nada de eso.

No eran más que los sonidos habituales de París por la noche junto con algún que otro coche patrulla que pasaba por la calle y el sonido ocasional de voces alemanas cuando los soldados se saludaban unos a otros al volver a casa desde un club nocturno, un teatro o un cine en el que hubiesen decidido pasar la velada. París era como un patio de recreo y una atracción turística para ellos. Odiaba ver cómo posaban para fotografías junto a la torre Eiffel o el Arco del Triunfo; hacían que sintiera ganas de vomitar. No entendía cómo podían dormir por la noche sabiendo lo que tenía que soportar el parisino de a pie. Jamás comprendería su forma de pensar, pero daba gracias por ello. El día que sintiera el más mínimo atisbo de comprensión sobre cómo funcionaban sus mentes retorcidas acabaría con su propia vida, pues eso significaría que no era mejor que ellos. Cabrones.

La ira acabó con cualquier posibilidad de que fuera a quedarse dormida de nuevo y, a las cuatro y media, se levantó y recorrió el pasillo hacia el salón y el estudio de su padre para comprobar cómo estaba Daniel. Se paró en el salón y encendió la lámpara de una de las mesitas para que iluminara el estudio. Vio que el niño estaba profundamente dormido, abrazado al viejo osito de peluche de Adèle. Su padre debía de habérselo dado la noche anterior. Pobrecito, debía de estar muy asustado, preguntándose dónde estaba su madre.

Adèle cerró la puerta y fue a la cocina, donde se preparó un café e intentó pensar qué iba a hacer con él. Era imposible que se quedara allí, no cuando Peter se estaba convirtiendo en un visitante tan habitual. Además, también estaba el asunto de su hermana. Sus palabras de despedida la noche anterior no le habían pasado desapercibidas. Aunque le costaba creer que de verdad fuese a elegir a su novio alemán antes que a su familia, había percibido en sus ojos una mirada que nunca había visto en ella, algo que no podía identificar. ¿Había sido sinceridad? ¿Determinación? ¿Una advertencia? Fuera lo que fuese, no le había gustado; le preocupaba que la confianza inquebrantable que siempre había tenido en su familia ya no fuera tan firme. No podía arriesgarse y tampoco podía poner a prueba a Lucille; no cuando la vida de Daniel era la moneda de cambio.

Cuando empezó a amanecer, fue al estudio a despertar al pequeño. Quería llevarlo a la escuela lo antes posible. No tan pronto como para que llamara la atención, pero tampoco tan tarde como para que pudieran encontrarse en el patio con el resto de los niños. No quería que ninguno de los otros padres le hicieran preguntas incómodas sobre dónde estaba su madre.

Llamó a la puerta de la habitación y entró.

—*Bonjour*, Daniel —dijo cuando lo encontró sentado en el borde del diván en el que su padre había improvisado una cama para él—. ¿Has dormido bien?

Él se encogió de hombros.

—¿Dónde está mamá? ¿Va a venir para llevarme a la escuela?

Adèle le dedicó una sonrisa reconfortante.

—Esta mañana, no. Voy a llevarte a la escuela conmigo. —Se sentó en el borde del diván, a su lado—. Hoy necesito un poco de ayuda especial y me preguntaba si no te importaría. ¿Sabes? Necesito a alguien que sea muy mayor y sensato; alguien como tú.

El niño abrió un poco más los ojos.

—¿Con qué necesita que la ayude?

—Tengo que recoger las listas de asistencia y repartirlas por todas las aulas. ¿Crees que podrás hacerlo por mí?

Él asintió, entusiasmado. Por lo general, aquel trabajo lo desempeñaba alguno de los alumnos más mayores, pero tenía la esperanza de que aquello desviara su atención de la madre; al menos durante un rato. Con suerte, una vez que estuvieran en la escuela, rodeados por los demás, le parecería un día corriente y no se preocuparía.

Se sacó del bolsillo el cepillo de pelo que había cogido de su habitación y se lo tendió.

—Tienes que lavarte la cara, cepillarte los dientes y arreglarte el pelo.

Daniel tomó el cepillo y pasó los dedos por las púas.

—Suele hacerlo mi mamá. —Se le quebró un poco la voz.

—Bien, entonces lo haré yo —contestó ella—. Levántate.

Con cuidado, le cepilló el cabello, deshaciéndole los enredos y alisándole las zonas que se le habían quedado de punta. Ojalá fuese así de fácil arreglar una vida...

El desayuno fue rápido, pues estaba ansiosa por salir de casa antes de que Lucille se levantara. Su padre entró en la cocina justo cuando el niño se estaba terminando las gachas.

–*Bonjour*, Adèle. Daniel –los saludó Gérard.

Le dio dos besos en las mejillas a su hija y estrechó la mano del niño.

–*Bonjour, monsieur* –replicó él, poniéndose en pie.

–No pasa nada, puedes sentarte –dijo Gérard–. Os habéis levantado temprano.

–Iremos a la escuela antes de que empiece el bullicio –replicó Adèle–. Daniel va a ayudarme a preparar las aulas y le he pedido que reparta las listas de asistencia.

–Oh, ese es un trabajo muy importante –dijo su padre, mirando al niño con solemnidad–. Estoy seguro de que eres más que capaz de ayudar a mademoiselle Basset.

–*Oui, bien sûr* –replicó él mientras se sentaba más recto e hinchaba el pecho.

–Bien. *Très bien*. Entonces, no os entretengo.

Unos minutos después, Adèle y Daniel salieron del piso y, por suerte, consiguieron evitar toparse con madame Tebolt, la vecina de la puerta de al lado. Trotaron por la escalera con pies ligeros y salieron a la calle en menos de un minuto.

Adèle se sintió aliviada cuando al fin llegaron a la escuela sin haberse encontrado con ningún soldado o ninguno de los controles de seguridad que a menudo se establecían durante la noche de forma aleatoria y sin previo aviso. Una vez que se encontraron en la seguridad del edificio, llevó al niño a su aula y lo sentó en su escritorio.

–Bien, Daniel, tengo que decirte algo muy importante –dijo, agachándose para poder mirarlo cara a cara–. No debes contarle a nadie que has pasado la noche en mi casa. Como bien sabes, no me gustan los secretos, pero hay algunas excepciones a esa regla y lo de hoy es una de ellas.

–¿Por qué no puedo decir nada?

–Porque no a todo el mundo le gustará oírlo. Querrán saber por qué y, tal vez, alguno de tus amigos se lo cuente a sus padres y, quizá, ellos se lo cuenten a los alemanes.

–¿Es malo que lo sepan los alemanes?

–Sí, muy malo. Se enfadarían mucho. Quieren que cada cual se quede en su propia casa durante la noche. No quiero tener problemas por llevarte a mi piso y tampoco quiero que los tenga monsieur Basset.

–¿Y yo tendría problemas?

–Sí, creo que sí.

–¿Y mi madre?

Adèle asintió.

–Ella también. Todos tendríamos problemas. –Soltó un suspiro y le dedicó al niño una sonrisa reconfortante para intentar relajar la tensión del ambiente–. Bien, ¿qué te parece si repartimos estos libros? Necesito que haya uno en cada escritorio y, después, podemos encargarnos de las listas de asistencia.

Mientras Daniel se dedicaba a repartir los libros de texto, Adèle comenzó a escribir algunos ejercicios en la pizarra y cierta calma inundó la estancia. Sin embargo, antes de que hubiera terminado la segunda línea, el sonido de unas piedrecitas repiqueteando contra la ventana del aula hizo que se detuviera.

Tan solo podía tratarse de una persona: Manu.

Situadas en una de las esquinas del edificio de la escuela, las ventanas del aula de Adèle daban tanto a la calle principal como al museo, en el que había una pequeña zona exterior.

Manu tenía la costumbre de lanzar piedrecitas a su ventana para llamar su atención.

Se acercó hasta allí y vio a su amigo abajo, con la vista levantada hacia ella. En lugar de su habitual sonrisa, mostraba un gesto serio. Le hizo una seña para que bajara.

—Espera aquí en el aula —le indicó a Daniel—. En cuanto termines de repartir los libros, ¿puedes comprobar que todos los tinteros estén llenos y asegurarte de que todo el mundo tenga una pluma y papel?

No solía confiar la tinta a sus estudiantes más jóvenes, sobre todo ahora que había escasez, pero necesitaba mantener al pequeño ocupado.

Bajó rápidamente, pero, en lugar de salir por la parte delantera del edificio, usó la puerta lateral que daba a un callejón en el que un muro de ladrillo separaba ambos edificios. Se subió al banco de madera que el personal de cocina utilizaba para sentarse cuando se tomaban el descanso. Miró por encima del muro y, entonces, apareció Manu, que había usado un taburete de cocina para estar a la misma altura que ella. Cuando no había nadie, solían charlar así a menudo.

—¿Qué ocurre? —preguntó Adèle.

—Tengo que decirte algo muy importante —contestó él—. Y voy a necesitar tu ayuda.

—Por supuesto.

La halagaba que se lo pidiera y estaba ansiosa por complacerle. Manu la miró fijamente.

—No te pediría que hicieras esto si no fuera importante. —Colocó las manos sobre las suyas—. Podría causarte muchos problemas.

—¿Problemas?

—Sí, podrían arrestarte.

Adèle tragó saliva con fuerza mientras los nervios le atenazaban el estómago, cosa de la que hizo caso omiso. Haría lo que fuera. Aquella era su oportunidad de seguir sus convicciones y cumplir la promesa que se había hecho a sí misma cuando había visto cómo el soldado alemán apaleaba a aquel pobre muchacho.

—¿Qué quieres que haga?

—Esto es serio, Adèle, muy serio. Estamos hablando de la vida o la muerte de familias inocentes.

—No pasa nada, solo dime lo que quieres que haga. —Le estrechó la mano para subrayar lo decidida que estaba a ayudarle—. Quiero hacerlo.

Manu la estudió con más detenimiento y, después, asintió como si hubiera tomado una decisión.

—Sé de buena tinta que esta noche va a haber una redada de judíos. Bueno, a las cuatro de la madrugada, para ser precisos.

—¿Una redada?

—Shhh. Sí. Van a llevarlos al Velódromo de Invierno y después serán enviados a campos de concentración. Tienes que avisar a todos los padres que puedas.

—¿Cómo lo sabes? —preguntó Adèle.

—Eso no importa. Tan solo tienes que hacer lo que te digo. —Manu le estrechó la mano por encima del muro y su rostro se suavizó—. Adèle, ¿cuánto tiempo hace que nos conocemos?

—Doce o trece años. No lo sé... Mucho.

—Y, en todo ese tiempo, ¿alguna vez te he mentido?

Ella sacudió la cabeza.

—No.

—Entonces, ¿por qué lo haría ahora? Debes confiar en mí. Lo haces, ¿verdad?

—Confío en ti, pero la confianza debe ser mutua. Tú también tienes que confiar en mí.

—*D'accord*. —En ese momento, le tomó ambas manos—.

Anoche, en la exposición, cuando me viste hablando con el policía francés... Él es el que me ha dado el aviso.

–¿Él? ¿Cómo sabes que no es una trampa para pillarte?

La idea de que lo hubieran podido manipular y pudieran arrestarlo hizo que una oleada de miedo le recorriera las venas.

–Ya me ha proporcionado cierta información en el pasado.

–¿Información? ¿Trabajas para la Resistencia?

–Adèle, estás haciendo demasiadas preguntas y no tenemos tiempo. Cuanto menos sepas, mejor. Por favor, limítate a informar a los padres judíos.

–¡Ah, Manu! ¡Ahí estás! –La voz de la novia de Manu, Édith, interrumpió su conversación–. Adèle, tú también estás aquí.

Él le lanzó una mirada de advertencia antes de darse la vuelta hacia su novia y bajar del taburete de un salto.

–Édith. *Ça va?* –Le dio un beso en la mejilla–. Has venido pronto.

Ella le mostró una bolsa de papel marrón.

–Un cruasán, para ti. Ya sé que es un lujo hoy en día. Ya me lo agradecerás después. –Alzó la vista hacia Adèle, que seguía en el muro–. Lo siento, solo he podido conseguir uno.

–Podemos compartirlo –replicó Manu, sacudiendo la bolsa en el aire.

Adèle se dio cuenta de que Édith había arqueado tanto las cejas que amenazaban con desaparecer entre su melena.

–No es necesario, gracias. Ya he desayunado.

–¿Qué estabais haciendo? –preguntó la otra joven.

–Tan solo le estaba dando a Manu la enhorabuena por la exposición de anoche –replicó Adèle rápidamente antes de que él pudiera contestar–. Semejante colección de arte bajo un mismo techo...

–Oh, no sabía que habías asistido –dijo Édith–. No te vi.

–Había mucha gente –contestó ella. Estaba segura de que sí la había visto, pero había decidido fingir que no–. *Alors*, tengo que preparar las clases.

Fue en ese momento cuando Daniel decidió hacer acto de presencia.

–Mademoiselle Basset, he terminado de rellenar los tinteros. ¿Qué quiere que haga ahora?

Édith pareció sorprendida.

–¿Es ese uno de tus estudiantes? Sí que ha venido pronto... –Se subió de un salto al taburete y miró por encima del muro–. *Bonjour*.

Adèle descendió de su posición.

–Vamos, volvamos dentro –dijo mientras conducía a Daniel al interior antes de que pudiera contestarle a Édith y ella lo sometiera a un interrogatorio.

Al mismo tiempo, oyó a Manu hablando con su novia.

–Vamos, entremos. Anoche me sobraron algunos granos de café. Deberíamos comernos el cruasán y tomar un poco de café antes de empezar a trabajar. –Después, en voz más alta, se dirigió a Adèle desde el otro lado del muro–: *Bonne journée, Adèle. À bientôt!*

Volvió a entrar en la escuela, donde Daniel estaba esperándola en la cocina, consciente de que una sensación de celos se había abierto paso en su interior. En aquel momento, Édith llevaba ya varios meses saliendo con Manu. Había tenido la esperanza de que aquello no llevara a ninguna parte y de que la relación acabara apagándose, pero, por el momento, parecía que seguía adelante.

Volvió a centrar su atención en el niño.

–Gracias por rellenar los tinteros –dijo–. Ahora, vamos a repartir rápidamente las listas de asistencia y, después, saldremos al patio. El resto de los niños llegarán pronto.

Mientras esperaba en el patio, las palabras de Manu no dejaban de darle vueltas en la cabeza. Una redada de judíos durante la madrugada. Necesitaba advertir a todas las familias que pudiera sin que nadie más se diera cuenta. Tenía que confiar en su amigo. Además, siendo sincera, si no podía confiar en él, entonces, ¿en quién podía confiar?

Su padre atravesó las puertas de acceso.

—¿Va todo bien, Adèle? —le preguntó—. Esta mañana pareces preocupada. ¿Se trata de Daniel?

Sacudió la cabeza. Dos soldados alemanes de patrulla pasaron por delante de la escuela. Los siguió con los ojos mientras recorrían la calzada, pero ellos parecieron ajenos a su mirada. Una vez que se hubieron perdido de vista, se volvió hacia su padre y, con la voz en un susurro, le transmitió lo que Manu le había contado.

Gérard abrió un poco más los ojos, pero aquella fue su única reacción visible.

—D'accord. Yo solo tengo una familia judía en clase. Les avisaré.

—Yo tengo a tres en la mía —contestó ella—. ¿Crees que la madre de Daniel huyó porque había oído algo?

—No lo sé; no estoy seguro de por qué abandonaría a su hijo. Por desgracia, me temo lo peor. —El gesto de su padre era sombrío—. Bueno, tenemos que preocuparnos por lo que sí podemos hacer y no regodearnos en algo que no supondrá ninguna diferencia.

El hombre era tan pragmático como cariñoso y Adèle sabía que estaba en lo cierto.

Cinco minutos después, estaba haciendo sonar la campana de mano para señalar el comienzo del día y para que los niños empezaran a ponerse en fila en el patio. Vio a su amiga Jacqueline atravesando la verja a toda velocidad con sus dos hijas, Eva y Blanche. Escudriñó la fila en busca del otro niño judío, Thomas. Estaba casi al final del todo y su madre se disponía a abandonar el patio.

—Entrad en silencio en la escuela —dijo Adèle en voz alta, dirigiéndose a su clase—. Tenéis libros de texto en las mesas y he escrito en la pizarra la página por la que tenéis que empezar. Cuando entre, no quiero oír nada que no sea el paso de las páginas. Nada de hablar. ¿Entendido? Bien, adelante. Daniel, tú el primero.

Se giró para hablar con la madre de Thomas, pero ella ya se había marchado. Tendría que asegurarse de decírselo cuando fuera a buscar a su hijo.

—¡Jacqueline! ¿Podemos hablar un momento, por favor?

Su amiga se despidió de las niñas con la mano antes de acercarse a ella.

—Por supuesto. ¿Va todo bien? ¿Quieres hablar conmigo como profesora?

Jacqueline estaba bromeando, así que ella le sonrió.

—Un momento.

Teniendo en cuenta al resto de los padres, que poco a poco estaban abandonado el centro por la verja, fingió estar vigilando a los niños mientras entraban en fila en el edificio. Al final, tan solo quedaron ellas dos en el patio.

—Lo siento. Tenía que asegurarme de que nadie pudiera oír lo que voy a contarte —dijo. Vio cómo la preocupación se apoderaba del rostro de su amiga—. Durante la madrugada, los alemanes van a hacer una redada de las familias judías de la ciudad.

—¿Qué? —dijo Jacqueline y ahogó un grito.

Adèle le estrechó las manos.

—Por favor, Jacqueline, tienes que esconderte en algún sitio. No sé dónde, pero tienes que encontrar un refugio seguro para ti y para las niñas.

–No, no puede ser verdad.

La mujer sacudió la cabeza como si así pudiera borrar la idea de sus pensamientos.

–Es cierto, y no tienes tiempo para cuestionar lo que te estoy diciendo. Jacqueline, mi querida amiga, tienes que confiar en mí.

–¿Te lo ha dicho tu hermana, la amiguita de los nazis?

El veneno que había en las palabras de Jacqueline le atravesó el corazón e hizo que no pudiera mantener la consternación alejada del rostro.

–No, no ha sido ella. Procede de una fuente fiable; de alguien en quien confío mucho.

A la mujer se le habían llenado los ojos de lágrimas, pero pestañeó para deshacerse de ellas.

–No pueden sacarnos de las camas sin más en mitad de la noche. Pensaba que tan solo querían a los hombres para que realizasen los trabajos.

–No, ya no van a hacer diferencias basándose en el género –insistió ella–. Siento tener que decirte algo así, pero no podría soportar que te ocurriera algo.

–Pero ¿adónde voy a ir? No tengo familia en la ciudad y, aunque la tuviera, ellos también estarían en peligro.

–Intenta encontrar algún sitio. Pregunta en la sinagoga. Pregúntale al rabino. Tal vez puedan ayudarte.

–Nunca pensé que llegaríamos a esto –susurró Jacqueline.

–Yo tampoco, pero tienes que actuar con premura. Cuando vuelvas esta tarde para recoger a las niñas, tienes que comportarte como siempre. No hagas nada que pueda delatarte. Todo el mundo tiene que creer que es un día normal –le indicó Adèle–. Bueno, tengo que irme. Tengo una clase que impartir.

Abrazó a su amiga con fuerza.

–Gracias –le susurró ella.

Capítulo 9

Adèle

A Adèle le resultó difícil concentrarse en las clases. Cometió varios errores en la lección de matemáticas y otro en la prueba de deletreo. Estaba distraída pensando en lo que podría ocurrirles a los niños judíos de su clase. ¿Cómo se había convertido el mundo en un lugar tan horrible y cómo era posible que los soldados alemanes pudieran vivir con la conciencia tranquila? Estaba segura de que tendrían familia propia en Alemania, pero, aun así, eran capaces de tratar a otros seres humanos de una forma tan cruel. Aquello escapaba a su entendimiento.

Se alegró cuando al fin se acabó el día. En lugar de la lección de *ballet* que había planeado, decidió que iban a hacer claqué. Mientras deslizaba los pies y daba golpes con ellos, podía sentir la rabia recorriéndole con fuerza las venas, por lo que estaba martilleando las tablas de madera del suelo con mucha más fuerza de la necesaria. La velocidad aumentaba con cada paso y no podía oír nada que no fueran los golpes de sus pies. Se sentía casi fuera de control. No se detuvo hasta que la puerta se abrió y su padre gritó su nombre. Se había quedado sin aliento por el esfuerzo y, cuando se giró hacia sus alumnos, se percató de que debieron de haber dejado de bailar mucho antes que ella. Algunos de los más pequeños parecían aterrorizados.

—¿Qué estáis haciendo? Nunca en la vida había oído nada

semejante –dijo Gérard–. Pensaba que habrías metido a una manada de elefantes aquí arriba. –Miró a los alumnos por encima de las gafas–. No. Parece que no son elefantes. Los niños soltaron una carcajada de alivio ante la alegría que el director había trasladado al aula.

–Lo siento.

Se sentía miserable. Lo último que quería hacer era asustar a los pequeños. No había sido consciente de cuánta rabia había acumulado a lo largo del día y, tal como ocurría con la mayoría de las cosas de la vida cotidiana que la preocupaban, bailar era su forma de enfrentarse al estrés y los problemas; era la única manera que conocía para librarse de la ira y la frustración. Se dio la vuelta hacia sus alumnos.

–Lo siento. Mis pies estaban de mal humor. Pies malos. –Sonrió a la clase–. Vamos a intentarlo de nuevo y, en esta ocasión, no golpearé el suelo con tanta fuerza.

Una vez que se hubo asegurado de que Adèle estaba calmada, su padre se despidió de ellos y se marchó en silencio. Se sentía avergonzada por su propio comportamiento, especialmente frente a los niños. Se alegró cuando, al terminar la coreografía, todos parecieron relajados y felices. Aquel era el propósito de la clase, no que ella mostrara sus frustraciones.

–¡Bravo! ¡Bravo! –Al terminar, les mostró su entusiasmo y aplaudió de forma apreciativa–. Creo que esta actuación merece un capricho muy especial.

Los ojos de los niños se iluminaron y se cambiaron el calzado con rapidez.

–¿Qué ha traído hoy? –preguntó Juliette, dando saltitos de un pie al otro mientras Adèle sacaba del armario la bolsa de lona.

–¿Qué me dirías si te dijera que es tarta? –Hubo grititos de emoción, jadeos de incredulidad y vítores de expectación.

Casi se vio aplastada mientras los pequeños se reunían a su alrededor–. Colocaos en una fila bien organizada –les indicó. Recorrió la fila repartiendo los bizcochitos que se había llevado de la fiesta la noche anterior. Saber que la misma comida que los alemanes robaban al pueblo de Francia se estaba usando para alimentar a ese mismo pueblo, o, al menos, a los niños de la ciudad, le daba una ligera sensación de victoria.

Los pequeños devoraron la tarta en segundos, rescatando hasta la más pequeña de las migas de su ropa. Adèle los llevó con sus padres, que, como siempre, estaban reunidos en la zona de recepción.

–¡Hoy hemos comido tarta! –exclamó Eva mientras se acercaba a su madre dando saltos.

Jacqueline alzó la vista hacia Adèle.

–¿Tarta? ¡Qué suerte! ¿La habéis disfrutado?

–Estaba buenísima –contestó Blanche.

–¿Podemos comer tarta en casa? –le preguntó Juliette a su madre.

Madame Ratte arqueó las cejas.

–¿Tarta? Encantador. –Después, dirigiéndose a nadie en particular, añadió–: Aquellos que tienen amigos en las altas esferas se lo pueden permitir.

–Eran sobras de la exposición de anoche –explicó Adèle.

–Ah, claro, por supuesto; la fiesta que ofrecieron los alemanes en el museo –contestó madame Ratte–. Debió de ser agradable comer todo lo que quiso y volver a casa con el estómago lleno. Y aún más agradable traer las sobras a los niños. Qué generoso por su parte.

No había dudas sobre el tono desdeñoso de la voz de la mujer, pero no podía culparla. ¿Por qué iba a pensar otra cosa? Lo único que sabía era que Adèle había ido a la exposición como invitada de un oficial alemán; uno con el que daba la casualidad de que su hermana mantenía una relación.

–No todo es lo que parece –dijo–. En algunos asuntos no tenemos elección.

La mujer soltó un bufido burlón, incrédula.

–Vamos, Juliette, tenemos que volver a casa. Me temo que esta noche vuelve a tocar sopa.

A Adèle no le pasó desapercibida la pulla y, mientras los demás padres salían del edificio, se dio cuenta de que algunos evitaron mirarla a los ojos o no se despidieron tal como hacían siempre.

Sin embargo, no era momento de sentir lástima de sí misma. Tenía que hablar con la madre de Thomas.

–¡Madame Kampe! ¡Cécile! ¿Podríamos hablar un momento, por favor?

Se fijó en que Jacqueline se estaba entreteniendo junto a la puerta y supuso que quería hablar con ella antes de que tuviera que desaparecer para ocultarse de los nazis.

–No pasa nada, ya se lo he contado –dijo su amiga mientras se acercaba y se colocaba al lado de la otra madre.

–Gracias por avisarnos –añadió Cécile–. No sé qué voy a hacer. Tengo familia en las afueras, a veinte kilómetros de París, pero no dispongo de medios para llegar allí. Tendremos que caminar.

–¿En la oscuridad de la noche? ¿Cómo vais a hacerlo? –preguntó Jacqueline–. Os capturarán a las pocas horas. Acabarán arrestándonos y reteniéndonos en campos de concentración del mismo modo que nuestros pobres maridos están siendo retenidos como prisioneros de guerra.

–No sé qué otra cosa hacer.

Cécile tenía el rostro pálido y los ojos le brillaban por las lágrimas.

—¿Qué vas a hacer tú, Jacqueline? —preguntó Adèle con la voz casi en un susurro.

—Tampoco lo sé. Es inútil. Puedo sobrellevar lo que me ocurra a mí, sea lo que sea, pero no puedo soportar la idea de que capturen a las niñas.

—Entonces, tenéis que intentar escapar —dijo ella—. En cuanto oscurezca, comenzad a abriros paso por la ciudad. Usad las calles traseras y los callejones. Ocultaos en las sombras en cuanto veáis u oigáis a alguien. Salid de la ciudad.

Miró a los niños, que se habían cogido de la mano formando un círculo y estaban dando vueltas cantando una canción. Parecían tan inocentes y felices...

—¿Dónde está la madre de Daniel? —preguntó Jacqueline con el ceño fruncido, como si acabara de darse cuenta de que el pequeño estaba solo.

—Ahora que lo mencionas, no la he visto esta mañana —comentó Cécile.

Ambas madres miraron a Adèle en busca de una respuesta. Durante un buen rato, pasó la mirada entre ellas y, al final, habló.

—No lo sé, y esa es la verdad. Ayer no vino a recoger a Daniel después del colegio.

—¿La han arrestado? —preguntó Cécile, llevándose una mano a la garganta.

—No lo creo. Me dejó una nota pidiéndome que cuidara de él. —Rápidamente, les explicó cómo se había llevado a Daniel a casa la noche anterior—. Pensé que aparecería esta mañana o ahora, por la tarde, pero no ha sido así.

—¿Qué vas a hacer con él? —le preguntó Jacqueline.

—Tendré que llevármelo a casa. —Volvió a mirar a las mujeres—. A menos que una de vosotras pueda quedárselo.

—Ay, Adèle, ¿cómo podríamos? —Su amiga sacudió la cabeza–. Ni siquiera tenemos donde ir nosotras mismas. Además, si huimos, ¿cómo vamos a apañárnoslas con la comida y el agua? Apenas puedo alimentar a mis propias hijas, ¿cómo iba a alimentar a otro niño?

–Ocurre lo mismo en mi caso –comentó Cécile–. Una boca más tan solo serviría para empeorar la situación.

Adèle se frotó las sienes con las yemas de los dedos.

–Tiene que haber algo que podamos hacer.

–Llevo todo el día pensando y no se me ha ocurrido nada –dijo Jacqueline; después, soltó un largo suspiro.

–Hay una cosa... –dijo Cécile con lentitud–. Podríamos dejar a nuestros hijos contigo. –Agarró el brazo de Adèle–. Al menos, en ese caso, los alemanes no los harán prisioneros. Si solo me llevan a mí, si sé que mi hijo está a salvo, podré vivir con ello.

–Ay, no sé... –comenzó a decir Adèle. Acoger a tres niños más... ¿Cómo podría hacerlo?–. No tengo sitio para un niño, mucho menos para tres más.

–No puedes decirnos que no –insistió Cécile–. Por favor, te lo suplico. Llévate a Thomas; le hará compañía a Daniel.

–Cécile, no lo entiendes. ¿Cómo voy a cuidarlos? ¿Cómo voy a alimentarlos? ¿Dónde voy a esconderlos?

–Pero ¿cómo puedes salvar a un niño y mandar a otros tres a lo que, con toda probabilidad, supondrá sus muertes? –Cécile no intentó reprimir las lágrimas–. Te lo estoy suplicando. Por favor, salva a nuestros hijos.

–Basta; dejadme pensar.

El corazón amenazaba con rompérsele. La mujer tenía razón. ¿Cómo podía rechazar a tres niños? Jamás sería capaz de dormir con la conciencia tranquila. Bajó la vista hacia el suelo con las manos en las caderas e intentó ordenar sus pensamientos. Debía de haber una manera de ayudarlos.

Tenía que pensar en cómo hacerlo. Una idea empezó a formársele en la cabeza. No tenía las respuestas, no todas ellas, pero, tal vez, solo tal vez, había una manera de hacerlo. Alzó la vista hacia las madres.

—Escuchad bien lo que voy a deciros. —Miró a los niños, que, en aquel momento, estaban cantando y jugando a las palmas. Después, volvió a girarse hacia sus madres—. No puedo cuidar a cuatro niños yo sola. Sería imposible mantenerlos en un mismo lugar todo el día. No podría llevarlos al aula porque los otros niños sabrían que estaban allí y se lo contarían a sus padres. Si voy a cuidarlos, entonces, tiene que ser un secreto y no puedo hacerlo sola.

—Adèle, por favor, no puedes darles la espalda —imploró Jacqueline.

—No voy a hacerlo —contestó ella—. Pueden quedarse, pero no solos. Vosotras os tenéis que quedar también. No solo porque los niños necesitan a sus madres, sino porque no podría vivir con el remordimiento si vosotras os entregarais. ¿Quién sabe lo que va a ocurrir? Tal vez os torturarían en cuanto se dieran cuenta de que los niños no están con vosotras. No. Tenéis que venir también. Además, eso significa que también podéis cuidar de Daniel.

Cécile le agarró el brazo.

—Oh, te prometo que cuidaremos del niño —dijo—. Claro que sí.

—Pero ¿cómo? ¿Cómo vas a escondernos? —preguntó Jacqueline, algo más reservada con las celebraciones que la otra mujer.

—Podéis esconderos en el ático de la escuela —contestó Adèle—. Tendréis que ser muy silenciosas durante el día para que nadie sepa que estáis allí. No sé cómo, pero encontraré a alguien que pueda ayudaros a escapar. Con suerte, tan solo tendréis que esconderos allí durante un par de días; solo hasta que se haya acabado la redada y las aguas se hayan calmado.

—Muchísimas gracias —dijo Cécile.

—Ahora, debéis marcharos a casa y traer solo las cosas esenciales —dijo mientras la idea iba convirtiéndose en un plan más definido—. Poneos toda la ropa que podáis. No podéis llamar la atención cargando con una maleta. Traed solo lo que podáis llevar sin levantar sospechas. Reunid toda la comida que tengáis. Yo podré traeros un poco cada día, pero puede que no sea mucho. Aunque será suficiente para que no os muráis de hambre.

—No sé qué decir —dijo Jacqueline. Le dio un abrazo—. Eres una buena persona, Adèle Basset.

—Sé que tú harías lo mismo por mí —contestó ella—. Ahora, daos prisa. Pero no volváis juntas. Cécile, ¿cuánto puedes tardar en llegar a casa, recoger tus cosas y volver?

—Menos de una hora.

—Bien. Entonces, tú volverás la primera. Jacqueline, tú vuelve aquí en dos horas. —La cabeza le funcionaba a toda velocidad y apenas podía seguirle el ritmo—. Os esperaré aquí y estaré lista para dejaros entrar. Debemos apresurarnos para evitar el toque de queda.

—Gracias. Gracias —dijo Cécile entre lágrimas recién derramadas.

Dejó que las madres y sus hijos salieran de la escuela, pero se quedó a Daniel con ella.

—Esta noche vas a dormir en la escuela —le dijo al niño, intentando que sonase como algo divertido—. Además, Thomas, Eva y Blanche van a volver y también se quedarán.

—¿Toda la noche? —preguntó él con los ojos iluminados por la emoción.

–Sí, toda la noche. Sus madres también van a quedarse, ya que yo tengo que volver a casa.

Lo tomó de la mano y lo condujo por las escaleras.

–¿Dónde vamos a dormir?

–En lo alto de la escuela hay una habitación especial para todos vosotros –le explicó Adèle–. Voy a llevarte allí arriba ahora mismo y te la voy a enseñar. Me apuesto algo a que nunca has estado allí. Y los otros niños tampoco. Está justo encima del estudio de danza. Hay una escalera secreta.

Inyectó entusiasmo en su voz, tratando de ocultar la inquietud que la inundaba. Le daba miedo lo que estaba haciendo (ocultar a judíos de los alemanes), pero sabía que no podía dejarlos a merced del enemigo. Si lo hacía, no podría vivir con su propia conciencia.

Llevó a Daniel al segundo piso, que era donde se encontraba el estudio de danza, y recorrió la habitación hasta el otro lado. Allí, junto a la pizarra, había una pequeña alacena. Y, al fondo de la misma, había otra puerta. Al abrirla, reveló una estrecha escalera de madera que subía hasta el ático dibujando una espiral.

–Siempre había pensado que eso era un armario –dijo Daniel, sonriendo a Adèle–. ¿Es por ahí por donde se va al ático? Pensaba que se subía por las escaleras que hay al fondo del pasillo.

–Esas escaleras conducen al ático principal, pero por aquí se sube a uno que es secreto. Ten cuidado al subir, está muy empinado.

Al final de las escaleras había otra puerta y Adèle la abrió. El lugar estaba muy polvoriento y de las vigas colgaban unas telarañas que cubrían la estancia como si fueran cortinas trenzadas. Adèle las apartó a un lado con una mano.

–Puaj. Las telarañas pegajosas son lo peor –dijo.

En total, había tres ventanas abuhardilladas en el tejado, dos para el ático principal y una para aquel espacio más pequeño.

—Huele mal —anunció Daniel mientras se adentraban más en la sala.

La emoción había desaparecido de su rostro. La realidad era mucho menos divertida de lo que había esperado.

—Lo sé, pero tan solo será para un par de noches.

—¿Sabrá mi madre dónde encontrarme?

El rostro del pequeño estaba inundado por la angustia y Adèle tuvo que recordarse a sí misma que tan solo era un niño y que, para él, aquello debía de ser aterrador.

—Tu madre solo tiene que hablar conmigo y yo le diré dónde estás —le contestó, intentando evitar una respuesta sincera sin tener que decirle una mentira. Le dio un abrazo reconfortante—. Ahora, vamos a ver cómo podemos preparar este sitio para cuando regresen los demás.

No pasó mucho tiempo antes de que hubiese barrido el suelo y hubiese dejado algunas cajas a un lado para que hubiera espacio suficiente para que pudieran dormir dos adultas y cuatro niños. En su mayoría, las cajas contenían libros escolares y algo de atrezo que utilizaban en las representaciones teatrales. También había media docena de sillas y dos pupitres. Contra la pared había una estantería repleta de libros de lectura viejos y polvorientos. Adèle recordó que su padre le había dicho que, en el pasado, allí había vivido el conserje. Lo recordaba de cuando era una niña, pero, cuando aquel conserje se jubiló, el nuevo no quiso vivir en la escuela y el ático había caído en el olvido.

—Esto tiene mejor aspecto —dijo mientras contemplaba el espacio. Después, comprobó su reloj—. Ahora, Daniel, tienes que esperar aquí. Prométeme que no saldrás de la habitación. Voy a bajar al primer piso a esperar a Thomas y a su madre.

—¿Podemos encender la luz? —preguntó el niño—. No me gusta la oscuridad...

—Ahora mismo, no —contestó ella—. Recuerda que no queremos que nadie sepa que estamos aquí. Mañana traeré algo para poner en las ventanas de modo que podáis encender una vela. Quédate aquí; volveré en un minuto.

Se abrió paso hasta la entrada principal para esperar a Cécile. Estuvo vigilando desde la ventana del despacho de su padre, pues desde allí podía ver la calle a la perfección. En cuanto oyó el leve chirrido metálico de la verja, fue a la puerta delantera y la abrió. Si no se hubiera tratado de una situación tan seria, habría estallado en carcajadas al ver a Cécile y a Thomas cuando cruzaron el umbral. Debían de haberse puesto toda la ropa que poseían.

La mujer se quitó el abrigo.

—Ay, ¡ayúdame a quitarme esta cosa! Estoy sudando como un cerdo. ¡Estamos en pleno verano y voy vestida de invierno!

Ayudó primero a Cécile a quitarse la ropa y después a Thomas. Entre todos, subieron las cosas al ático. Para alivio de Adèle, Daniel se mostró encantado de ver al niño más mayor.

—Ha estado preguntando por su madre —le susurró a Cécile mientras dejaban la ropa a un lado y sacaban las sábanas de la cesta de la compra de la mujer.

—Pobre criatura. Me temo que habrá muchos más casos como el suyo.

Trabajaron en silencio, colocando las sábanas sobre el suelo y metiendo entre ellas papel marrón que Adèle había encontrado en un rincón para que hiciera las veces de colchón.

—Podemos usar la ropa a modo de mantas —dijo Cécile—. Por lo menos, esta noche no hará un frío gélido.

–Será mejor que baje a esperar a Jacqueline –comentó Adèle.

No pasó mucho tiempo antes de que aparecieran la otra mujer y las dos niñas, ataviadas de forma muy parecida a Cécile y Thomas. Todas llevaban varias capas de ropa y cargaban con cestas llenas de sábanas y comida.

–Tengo el corazón acelerado –dijo Jacqueline mientras atravesaba la puerta–. En un momento dado, hemos tenido que escondernos en un callejón. Había dos soldados alemanes. Por suerte, estaban hablando tan alto que los he oído antes de doblar la esquina. Pero, entonces, se han detenido y uno de ellos ha orinado en el callejón. Nosotras estábamos agachadas detrás de la basura.

–Ay, habéis tenido suerte. Pobrecitas; ha debido de ser aterrador.

–Pues sí. ¿Cómo hubiera podido explicarles lo que estábamos haciendo? Me vendría bien un trago fuerte. Supongo que tu padre no tendrá algo de *whisky* escondido en su oficina, ¿no?

Adèle sonrió.

–De hecho, hay una botella de oporto en el ático. La he encontrado hace un rato, mientras limpiábamos.

–¿Y a qué estamos esperando? Vamos –dijo Jacqueline. –¡Sígueme!

Adèle se contagió del comportamiento excesivamente entusiasta de su amiga y se dirigieron a lo alto del edificio. Las niñas se mostraron igual de impresionadas que Daniel por las escaleras ocultas e igual de decepcionadas por el oscuro espacio del ático. Adèle se consoló a sí misma con la idea de que, al menos, aquella noche estarían a salvo. No sabía qué les depararía el mañana, pero, por ahora, en aquel momento, estaban a salvo.

Capítulo 10

Fleur

París
Agosto de 2015

—¿Qué ocurre, abuela? ¿Qué te pasa? ¿Abuela? Con cuidado, Fleur rodeó con un brazo los hombros de Lydia. La anciana estaba conmocionada, incrédula con respecto a algo, y ella no sabía de qué podría tratarse más allá de que tenía algo que ver con la zapatilla de *ballet*. Miró alrededor en busca de algún sitio donde pudieran sentarse, preocupada por el hecho de que la angustia pudiera hacer que la mujer perdiera el equilibrio.

Entonces, un hombre salió de la cafetería que había en la acera de enfrente. Levantó la mano en el aire, casi como si las estuviera saludando, mientras entablaba contacto visual con Fleur. Después, cruzó la calle hacia ellas.

—*Comment ça va?* —preguntó cuando las alcanzó.

Era alto. Probablemente, mediría más de un metro ochenta, tenía una buena constitución y llevaba el cabello negro recogido en trenzas africanas.

—*Ma grand-mère. Elle est...*

—Podemos hablar en inglés —le dijo el hombre.

—Mi abuela está un poco conmocionada —le explicó ella, agradecida de no tener que desempolvar su oxidado francés de nivel A.

Por supuesto, desde muy pequeña, Lydia le había acostumbrado el oído al idioma, pero le quedaba un largo camino por recorrer antes de que pudiera considerarse que lo hablaba con fluidez.

—¿Quieren pasar y sentarse en la cafetería? —les preguntó—. Puedo pedirles algo de beber. Yo mismo estaba tomando algo.

Lydia alzó la vista hacia el hombre, notando su presencia por primera vez.

—Ay, lo siento —dijo—. No, estoy bien...

Se puso a hablar en francés, intentando convencer al desconocido de que se encontraba muy bien, pero cuando Fleur intercambió una mirada con él se dio cuenta de que ambos pensaban lo mismo.

—Vamos a tomar algo de todos modos, abuela —la animó.

—No es necesario que interrumpamos al caballero —protestó la mujer.

—Le prometo que no me están interrumpiendo —contestó él—. Estoy en el descanso entre dos reuniones.

Lydia fue a quejarse de nuevo, pero él le dedicó una sonrisa cálida y le habló en francés. Dijera lo que dijera, Fleur no lo comprendió. Sin embargo, funcionó y, al final, su abuela aceptó el ofrecimiento de tomar un café.

El aire acondicionado de la cafetería fue un agradable descanso del calor del día. Ya había pasado la hora punta del almuerzo y pudieron escoger sus asientos, así que eligieron una mesa en un rincón de la sala. El hombre pidió café para los tres y un camarero se lo llevó de inmediato.

El local tenía un estilo muy tradicional con muebles de madera oscura y mantelería de cuadros rojos. Una moldura separaba los paneles machihembrados que había en la parte inferior de las paredes. Era del enlucido color crema de la

111

parte superior. De la pared colgaban varias fotografías antiguas de lo que Fleur suponía que era la zona circundante. La que estaba sobre su mesa era una imagen en blanco y negro de un hombre y una mujer frente a un bar de estilo *art déco*.

—Parece muy glamuroso —comentó ella, más por llenar el silencio que por otra cosa.

—Fue una época muy glamurosa, pero solo si tenías dinero. De lo contrario, fueron tiempos difíciles y de pobreza, dado que Europa acababa de salir de la Gran Guerra. *Alors*, permítanme que me presente. —Le tendió la mano a Fleur—. Didier Dacourt.

Fleur se la estrechó.

—Fleur Anders. Y esta es mi abuela, Lydia Calvin.

La mujer sonrió a Didier y también le estrechó la mano.

—Es un placer conocerte. Disculpa a mi nieta; parece creer que he perdido la capacidad de hablar.

El hombre esbozó una amplia sonrisa que reveló un hoyuelo en la mejilla justo por encima de la bien definida línea de la barba, que remarcaba sus pómulos afilados. Iba vestido con un traje oscuro y una camisa blanca sin corbata y con el cuello y el primer botón desabrochados de manera informal. Sin duda, podría aparecer en cualquier pasarela parisina. Captó la mirada de Fleur y ella apartó la vista, avergonzada de que le hubiera pillado mirándolo de arriba abajo. No se podía negar que, además de guapo, era sumamente atractivo.

—¿Cómo se encuentra ahora? —le preguntó a Lydia mientras ella daba un sorbo a su café.

—Mucho mejor —contestó la mujer. Todavía sujetaba la zapatilla en una mano, pues se había negado a dejarla—. Ha sido una sorpresa ver esto.

—¿Usted es francesa y su nieta es inglesa? —preguntó.

—Sí. Ambas vivimos en Inglaterra —le explicó Fleur—. Mi

abuela nació en Francia y vivió aquí, en París, hasta que conoció a mi abuelo, que era inglés. —Se detuvo al darse cuenta de que estaba hablando por Lydia una vez más—. Lo siento. Estoy segura de que mi abuela te lo explicará mejor que yo. La mujer le sonrió.

—No pasa nada. —Miró a Didier—. Sí; como se suele decir, nací y crecí en París, pero he pasado la mayor parte de mi vida adulta en Inglaterra. ¿Y tú? Es evidente que eres francés. ¿También eres parisino?

Lydia siempre había hablado con orgullo de ser parisino, como si fuera una nacionalidad diferente a la francesa, y, en aquel momento, notaba en ella ese sentimiento.

—Lo soy, desde luego —contestó el hombre—. Mi padre ha vivido aquí toda su vida. Mi madre se mudó desde Costa de Marfil en los setenta. Yo nací aquí.

Lydia sonrió y alzó su vaso de agua hacia él.

—Por un compatriota parisino.

Él la imitó con su taza de café.

—¿Ha sido la zapatilla lo que le ha afectado? —preguntó.

Lydia bajó la vista hacia la zapatilla de *ballet*.

—Me ha pillado por sorpresa.

—¿Significa algo para usted?

Didier continuó con sus preguntas; unas con las que Fleur no se sentía del todo cómoda. Tan solo lo conocían desde hacía un par de minutos y, aun así, ya estaba presionando a Lydia para que le diera una explicación.

—¿Sabes algo al respecto? —le interrumpió antes de que su abuela pudiera decir algo más.

Él sacudió la cabeza.

—No, no sé nada. —Se recolocó sobre su asiento—. Lo que sí sé es que la zapatilla lleva ahí dos semanas. —Miró en dirección a la antigua escuela—. El edificio lleva cerrado varios años. Hubo una... –añadió, buscando las palabras– batalla legal, sí. Hubo una batalla legal por el futuro del edificio. Creo que lo van a convertir en un bloque de pisos.

–Sí, eso me dijeron el año pasado –comentó Lydia.

Fleur sabía que no debería sorprenderle nada de lo que su abuela dijera o supiera. Tal vez tuviera ochenta años, pero era tan avispada como cualquiera en la flor de la vida. Se recostó y escuchó a ambos parisinos hablar más sobre el tema, pues no deseaba darle a Didier más información de la que quisiera darle Lydia.

Mientras daba otro sorbo de café miró con discreción y más detenimiento al hombre que estaba sentado frente a ella. Era obvio que su traje era de buena calidad, caro y bien confeccionado, aunque tal vez no estuviera tan impecable como un traje nuevo. Tenía aspecto de recibir buenos cuidados, pero también de estar muy usado. Tampoco es que importara; de todos modos, seguía sintiéndose atraída sin vergüenza por toda su apariencia y, hasta el momento, toda su persona.

Se preguntó a qué se dedicaba. Desprendía una seguridad calmada, sin ser dominante, y había algo más en él que no lograba determinar. Tal vez cierto aire de autoridad.

–Lo mismo va a ocurrir con el edificio de al lado –estaba diciendo él–. Los van a reconstruir a la vez. Hay mucha historia justo al otro lado de la calle. Pienso en todas esas personas que atravesaron las puertas de los edificios y en toda la historia que se esconde entre esas paredes... Es increíble.

Fleur quiso decir que Lydia había asistido a esa escuela, pero se contuvo, consciente de que no era cosa suya compartir esa parte de la vida de su abuela. Resultó que a la mujer no le importó hacerlo.

–De hecho, yo fui alumna de esa escuela –dijo mientras dirigía la mirada a la acera de enfrente.

–¿De verdad? ¿Es por eso por lo que ha venido? –le preguntó él.

Era gracioso escuchar a dos personas francesas hablar en inglés y Fleur agradeció que fueran tan considerados como para incluirla en la conversación.

–Mi abuela me estaba hablando de las aulas y de cómo su madre la llevaba a clase –comentó ella.

–Es maravilloso que todavía puedan compartir esos recuerdos –dijo Didier–. Cuando era pequeño, tuve la suerte de poder viajar a Costa de Marfil en dos ocasiones para visitar a mi abuela materna. Me encantaban todas las historias sobre la vida de mi madre cuando vivía allí de pequeña. Me sumergía en la cultura y, además, era la mejor de las cocineras.

Hizo el gesto internacional para la buena comida besándose las puntas de los dedos y haciendo una floritura con la muñeca.

–¿Sigue viva tu abuela? –le preguntó Fleur, consciente de que, entre su grupo de amistades, ella tenía la suerte de conservar todavía a uno de sus abuelos.

Por un instante, los ojos oscuros de Didier se tornaron aún más oscuros.

–No. Por desgracia, murió cuando yo tenía veinte años, pero tengo muchos y muy buenos recuerdos, que espero compartir algún día con mis hijos.

–Vaya, ¿tienes hijos? –preguntó mientras echaba un vistazo a su mano izquierda y notaba la ausencia de un anillo de bodas.

Aunque, por supuesto, tampoco es que eso fuese ningún indicativo fiable de la situación sentimental de nadie.

Él soltó una carcajada.

–No. Me refiero a cuando tenga hijos, si es que los tengo. Siento que es importante compartir tu pasado con la familia. Sobre todo cuando se trata de un pasado diferente, diverso o especial.

–Desde luego –concordó Lydia–. Tienes razón. Es importante y, por eso, he traído a mi nieta conmigo este año.

Didier arqueó las cejas a modo de pregunta.

–¿«Este año»?

–Llevo viniendo todos los años desde hace cincuenta –le explicó la mujer. Bajó la vista hacia la zapatilla de *ballet* que llevaba en la mano–. Me gusta honrar y recordar a aquellos a los que he perdido.

Fleur estaba desesperada por preguntarle a Lydia por la zapatilla. Estaba segura de que ocultaba algo significativo, sobre todo gracias a la forma en que la mujer la sujetaba y a cómo había reaccionado a ella. Sin embargo, no quería preguntarle delante de Didier.

–¿Fue usted alumna de la escuela durante la ocupación? –preguntó el hombre con cuidado.

–*Oui*, así es. –Su abuela dio otro trago a su vaso de agua–. Fue una época aterradora. ¿Sabes? Soy judía, así que, para mí, fue especialmente difícil. Perdí a muchas personas a las que quería.

–Me imagino –replicó él con un tono de voz suave, lleno de empatía y preocupación–. Pero sobrevivió.

–Sí, sobreviví; y cada día de mi vida me he sentido tremendamente culpable por ello.

Lydia no habló con amargura, tan solo con aceptación.

Fleur se quedó estupefacta, pues su abuela nunca le había contado nada de todo aquello.

–No deberías sentirte culpable, abuela. No eras más que una niña.

—Tal vez no debería, pero es lo que siento.

La mujer volvió a bajar la mirada hacia la zapatilla.

Fleur se dio cuenta de que aquello estaba removiendo las emociones de su abuela. Se subió las gafas de sol a la cabeza y posó una mano sobre la de ella.

—¿Tiene algo que ver con la zapatilla? —le preguntó, utilizando el mismo tono cariñoso que Didier.

Tras lo que le pareció una eternidad en la que contuvo el aliento e intercambió una mirada con el hombre mientras ambos esperaban una respuesta, Lydia contestó al fin.

—Estoy bastante cansada. Creo que me gustaría volver ya al hotel.

Se mostró prosaica al decirlo mientras abría el cierre de su bolso y metía dentro la zapatilla de *ballet*. Después, lo cerró de nuevo.

Fleur no cuestionó si debía llevársela o no, pero, fuera cual fuera el motivo por el que habían dejado la zapatilla en aquel lugar, de algún modo tenía la sensación de que le pertenecía. Volvió a mirar a Didier, que se limitó a asentir de forma discreta. Después, se levantó de su asiento.

—Ha sido un placer conocerla, madame —le dijo, haciendo una pequeña reverencia—. Tengo el automóvil aparcado aquí al lado. ¿Me permitirían llevarlas de vuelta al hotel en lugar de que tomen un taxi?

—No pasa nada; no es necesario —dijo Fleur, que, de pronto, pensó que, a pesar de lo sumamente encantador que era, subirse en el automóvil de un desconocido tal vez no fuese la mejor idea.

—No hay problema —replicó Didier.

—Sería muy amable —contestó Lydia antes de que su nieta pudiera pensar en alguna otra excusa—. Pero, antes, necesito ir al lavabo.

–Puedes confiar en mí –le dijo él a Fleur mientras la mujer desaparecía en las entrañas de la cafetería–. Puedes preguntarles a los dueños. Me conocen; soy un cliente habitual.

–No se trata de eso –contestó ella.

Era evidente que se trataba de eso, pero no sabía cómo decirlo sin parecer maleducada.

Didier rebuscó en el interior del bolsillo de su chaqueta y sacó una tarjeta de la cartera. Después, se la tendió.

–Ese soy yo. –Después, volvió a abrir la cartera y de ella sacó una fotografía bastante deslucida–. Y ese soy yo con mis padres, cuando me convertí en gendarme. Solo para que sepas que estoy del lado correcto de la ley.

Fleur observó la fotografía de un joven Didier Dacourt, satisfecho en su uniforme azul y con sus padres a ambos lados, que sonreían henchidos de orgullo. Ahora, aquel aire de autoridad y seguridad que había notado en él cobraba sentido. Observó la tarjeta de visita.

–¿Antigüedades? ¿Eres tratante de antigüedades? Menudo cambio supone eso de pasar de las fuerzas del orden a las antigüedades.

Le devolvió la fotografía y se guardó la tarjeta de visita.

Didier sonrió.

–Después de pasar por la Policía, quería una vida más tranquila.

Por la forma en que lo dijo, Fleur sintió que detrás de la historia de por qué había cambiado de carrera se escondía algo más, pero la llegada del camarero para limpiar la mesa hizo que perdiera la oportunidad de preguntar.

El teléfono del hombre sonó e interrumpió la conversación.

–Discúlpame un momento –dijo mientras se levantaba y salía a la calle, donde no podía escucharle.

Detrás de la seguridad de sus gafas de sol, Fleur contempló cómo fruncía el ceño. Estaba hablando en francés muy rápido y, aunque no era capaz de entenderlo, sabía que había algo que lo había disgustado. Apartó la mirada y se entretuvo con su propio teléfono. Después, él terminó la llamada y regresó a la mesa.

—Mis disculpas —le dijo con una sonrisa tensa.

Miró por encima del hombro hacia la barra, mientras tamborileaba con el dedo índice sobre la mesa.

—Si tienes que marcharte, no pasa nada. Podemos tomar un taxi —dijo Fleur.

—¿Qué? Ah, no; no pasa nada.

No estaba muy segura de que de verdad no pasase nada, pero decidió no insistir y dio las gracias cuando su abuela volvió a aparecer. Didier se puso en pie de un salto y rápidamente las acompañó hasta el automóvil.

El viaje de vuelta al hotel no fue muy largo. El hombre salió del vehículo, les abrió la puerta y le ofreció a Lydia el brazo para ayudarla a subir los escalones de la entrada del hotel.

—*Merci beaucoup* —dijo Lydia.

—*De rien* —contestó él—. No ha sido ninguna molestia. Ha sido un placer conocerlas.

Les estrechó la mano a ambas, lo cual a Fleur le pareció extrañamente formal, pero al mismo tiempo muy natural. Le gustaba su buen trato. Se sentía decepcionada ante la idea de no volver a verle.

—Cuídate y gracias —dijo mientras él volvía a dirigirse al coche.

Hizo una pausa y se despidió con la mano antes de subirse al vehículo y alejarse.

—Un joven muy agradable —dijo Lydia mientras entraban en el ascensor.

—Encantador —concordó ella.

Oyó cómo su abuela soltaba una risita, pero no dijo nada.

Entró en la habitación de la mujer para asegurarse de que estuviera cómoda, ya que quería descansar antes de cenar aquella noche.

—¿Seguro que estás bien, abuela? —le preguntó mientras colocaba sus zapatos con cuidado debajo de la silla.

—Sí; demasiadas emociones en un solo día para mi gusto.

—¿Emociones?

—Por favor, Fleur, no quiero hablar de ello ahora mismo.

—Tan solo estoy preocupada. Pareces triste por la zapatilla de *ballet*.

—Fleur, he dicho que no quiero hablar de ello.

El tono de su abuela fue firme. Echó la cabeza hacia atrás para apoyarla en el almohadón y cerró los ojos.

—Lo siento.

Fleur la tapó con una manta y ella abrió los ojos. Su gesto era amable.

—No pretendía hablarte mal. Te lo contaré, solo que no ahora mismo. Necesito tiempo para pensar en ello; para procesarlo yo misma...

—No pasa nada, lo entiendo.

La mujer extendió el brazo para tomarle la mano.

—La zapatilla de *ballet*... le da la vuelta a todo lo que creía. —Los ojos se le llenaron de lágrimas—. No sé si soy lo bastante fuerte para enfrentarme a ello; eso es todo.

Capítulo 11

Adèle

Tras asegurarse de que las mujeres y los niños estaban acomodados en el ático de la escuela, Adèle regresó a casa mucho más tarde de lo que había esperado. De hecho, atravesó la puerta justo un minuto antes de que empezara el toque de queda. Cuando entró, su padre arqueó las cejas.

—¿Va todo bien? —le preguntó mientras ella se servía un vaso de agua.

—Sí; nada de lo que preocuparse. —Se bebió el agua de un trago—. ¿Está Lucille en casa?

—¡Sí, aquí estoy! —respondió su hermana desde el salón—. Y, antes de que lo preguntes, estoy sola.

Adèle entró en la habitación y se paró para darle un beso a su padre antes de sentarse en el sillón que estaba al otro lado de la mesita de café.

—De hecho, no iba a preguntar.

Lucille se rio.

—No, pero querías hacerlo.

—¿Y dónde está Peter? —preguntó—. Pensaba que habías dicho algo de que hoy ibas a cenar con él.

Un gesto de irritación atravesó rápidamente el rostro de su hermana, pero fue tan rápido que no lo habría notado

121

si no la conociera tan bien. Después, el gesto que puso era de indiferencia.

—Lo han convocado a una reunión.

—¿Por la noche? Debe de tratarse de algo importante.

Pensó en la redada y se le hizo un nudo en el estómago. No tenía ninguna duda de que, en realidad, eso era lo que estaba haciendo Peter.

—¿Estás bien? —le preguntó Lucille—. De pronto te has puesto muy pálida.

—Estoy bien —le contestó con una sonrisa—. Tan solo un poco cansada.

—¿Dónde está el niño? —preguntó su hermana mientras miraba a su alrededor, como si acabara de acordarse del invitado que habían tenido la noche anterior.

—Ha vuelto con su madre —replicó ella—. Ha venido a recogerlo esta tarde después de la clase de danza.

Notó los ojos de su padre posados en ella, pero evitó mirar en aquella dirección.

—Ah, qué bien. ¿Cuál ha sido la excusa que te ha dado para haberlo dejado contigo?

—No le he preguntado.

—Eres demasiado blanda —comentó Lucille—. Ahora que lo has hecho una vez, esperará que lo vuelvas a hacer. Peter dice que muchas de las mujeres judías se están prostituyendo, que no tienen vergüenza.

—Lucille... —le advirtió su padre.

—Bueno, es cierto —replicó ella.

—Eso no lo sabes —dijo Adèle—. Solo es lo que te ha dicho Peter. No deberías repetir esas cosas a menos que sean un hecho. Además, si las mujeres están haciendo algo así, debe de ser porque están desesperadas. —Se puso en pie—. Es probable que estén intentando conseguir dinero para alimentar a sus hijos porque los alemanes les han cortado los ingresos y han prohibido que sus maridos y padres trabajen. Eso si no los han deportado a un campo de concentración o los han hecho prisioneros mientras intentaban defender Francia.

–Tienen sus motivos para hacer esas cosas, pero no quiero discutir ese asunto contigo ahora mismo. –Lucille volvió a centrar la atención en sus uñas, las cuales se estaba pintando.

–Nada puede justificar lo que están haciendo. Nada. –Quería zarandearla hasta que entrara en razón–. Ten cuidado, no vaya a ser que ese amor por un oficial alemán que apoya el régimen nazi te esté cegando.

–Chicas, chicas, ya basta –dijo Gérard–. No voy a permitir más gritos o discusiones en mi casa. Pero, para que quede claro, la forma en que están tratando a la comunidad judía es abominable. Ninguna mujer, sean cuales sean sus circunstancias, debería tener que recurrir a la prostitución para alimentar a sus hijos. Adèle, ¿por qué no te vas a la cama? Sí que pareces cansada.

–Tengo veinticinco años y, aun así, ¿me mandas a la cama? No sabía si sentirse indignada o reírse.

–Buenas noches. Dulces sueños –dijo Lucille.

–¡Lucille! ¡Ya basta!

La voz de su padre era severa.

Adèle cogió un cojín y se lo lanzó a su hermana, que soltó un gritito cuando el cojín le golpeó la mano y el pintaúñas rojo que estaba sujetando.

–¡Adèle! ¿Por qué has hecho eso? ¡Has conseguido que me manche la uña!

–Tienes suerte de que esa sea tu única preocupación y no de dónde vas a sacar la próxima comida –le contestó de malas maneras.

–¡Basta! ¡Papá, dile algo!

Adèle no esperó a que su padre la reprendiera. Era probable que se lo mereciera. Lanzarle un cojín a su irritante hermana pequeña no era precisamente maduro, pero, en ocasiones, Lucille conseguía sacarla de sus casillas. Estaba tan centrada en sí misma y tan obsesionada con Peter que empezaba a repetir la retórica nazi, y eso sí que no podía dejarlo pasar. Cerró tras de sí con un portazo para dejar claro su enfado con ella y se dejó caer sobre la cama.

Por mucho que lo intentara, no conseguía dormir. No dejaba de pensar en Jacqueline, Cécile y los niños que estaban escondidos en el ático de la escuela y en las familias judías a las que no habrían advertido de la redada o que no tendrían donde ir. Pensó en la madre de Daniel y se preguntó dónde estaba y qué estaba haciendo. Tan solo tenía la esperanza de que hubiera conseguido escapar de la ciudad y que estuviera esperando a un momento seguro para mandar a alguien a buscar a su hijo. Mientras tanto, ahí estaba Lucille, pintándose las uñas y enfurruñada porque Peter había cancelado una cena.

Debió de dar cabezadas a lo largo de toda la noche, pero, poco después de las cuatro de la mañana, el sonido de los vehículos atravesando la calle, los gritos y el ruido de las botas corriendo por la calzada la despertaron. Tan solo podía tratarse de una cosa: la redada.

Salió de la cama y avanzó discretamente por el pasillo hasta el salón. De la ventana colgaban unas cortinas gruesas y opacas. Pasó un dedo detrás de la tela y, poco a poco, la apartó a un lado lo suficiente para poder ver la calle de abajo.

Había un camión aparcado con el motor encendido mientras soldados montaban guardia delante del bloque de pisos al otro lado de la calle. Podía oír lamentos y gritos amortiguados. Menos de un minuto después, una familia de cuatro salió del edificio escoltada y fue obligada a subirse a la parte trasera del camión. A una de las mujeres se le cayó la maleta y se detuvo para recogerla, pero uno de los soldados la apartó de ella con una patada. Entonces, tras agarrarla del brazo, la levantó y la empujó hacia el camión mientras le gritaba algún insulto en alemán.

Pocos segundos después de que cerraran el portón del camión, este arrancó y siguió adelante por la calle en busca de sus siguientes presas, seguido rápidamente por los dos soldados en moto.

Adèle observó la maleta abandonada y su contenido desparramado por la calzada: prendas varias, ropa interior y una fotografía enmarcada. No le gustaba la idea de dejarlo todo ahí. Le parecía insultante, como si lo aprobara.

Sin pensarlo dos veces, cogió su abrigo del armario del pasillo y se lo puso. Levantó el pestillo de la puerta del piso y colocó un zapato entre esta y el marco para evitar que se cerrara a sus espaldas. Con los pies metidos en las zapatillas de estar por casa, bajó las escaleras, cruzó el vestíbulo y salió a la calle. No había nadie en los alrededores. Tal vez tuvieran demasiado miedo de salir o tal vez no les importase porque no les estaba pasando a ellos.

No conocía a la familia a la que se habían llevado; había visto a la madre en un par de ocasiones y se habían saludado con un gesto de la cabeza, pero nunca habían mantenido una conversación. Sus hijos eran adolescentes y no iban a su escuela. Ni siquiera sabía que eran judíos. Intentó recordar la última vez que los había visto. Si hubiera sido después de la aparición de las insignias amarillas, sin duda se habría fijado. Pero, pensándolo bien, no, no había visto a la familia. No le gustaba la idea de no haber prestado atención. Si lo hubiera sabido de algún modo, podría haberles advertido de la redada. Si lo hubiera hecho, tal vez habrían sido capaces de escapar antes de que los arrancaran de sus camas.

Tras asegurarse de que no quedaban más alemanes en las inmediaciones, cruzó la calle y empezó a recoger las cosas y a volver a colocarlas en la maleta. Una vez que hubo recuperado todo, aseguró los cierres, aunque solo uno de ellos se mantenía cerrado, motivo por el cual era probable que se hubiera abierto con la patada del soldado alemán.

La puerta del edificio todavía estaba abierta, así que entró. Por supuesto, no tenía ni idea de en qué apartamento vivían, pero subió las escaleras pensando que, probablemente, los alemanes ni siquiera se habrían molestado en dejarlo cerrado. En el primer piso vio lo que estaba buscando: una puerta un poco entreabierta.

Entró en el apartamento con cautela. No estaba segura de qué esperaba encontrar, tal vez un caos: muebles tumbados, vajilla rota o alguna señal de un altercado. Sin embargo, el piso estaba limpio y ordenado, tal como debía de estar en el momento en que sus habitantes se habían ido a dormir la noche anterior. La eficiencia de los alemanes al sacarlos de allí había sido tal que era evidente que no habían tenido tiempo u oportunidades para una discusión o una pelea.

Algo empujó a Adèle a adentrarse más en el piso. Podría tratarse de cualquier hogar parisino en cualquier lugar de la ciudad. La mesa del comedor estaba dispuesta para el desayuno. Sobre el aparador había una menorá de latón y los siete candelabros resplandecían bajo la luz de la luna que se colaba a través de la ventana.

Los dos dormitorios eran lo único que daba muestra de que sus ocupantes se habían marchado con prisas. Las sábanas estaban revueltas y en el dormitorio principal habían derribado una lamparita de noche. Adèle dejó la maleta en el suelo. Por algún motivo desconocido, se encontró colocando bien la lámpara y haciendo las camas. Sentía como si, con las camas hechas, pudiera mostrar algún tipo de respeto; como si pudiera deshacerse de la presencia de los alemanes y que pareciera que nunca habían estado allí.

Al marcharse, se aseguró de cerrar la puerta. Tenía la esperanza de que, así, si por algún milagro la familia regresaba, su hogar y sus pertenencias estarían a salvo de los saqueadores. Por mucho que le doliera admitirlo, había oportunistas por todas partes y, en aquellos tiempos de agitación, no dudarían en aprovecharse de una propiedad privada.

Cuando regresó a su propio piso, le sorprendió ver a su padre de pie frente a la ventana del salón. Iba vestido con el pijama y la bata de franela. Se dio la vuelta y le dedicó una sonrisa triste antes de abrir los brazos y darle un abrazo.

–Pensaba ir a ayudarte –le dijo el hombre.

–No sabía que eran judíos –susurró ella con el rostro todavía enterrado en el hombro de su padre–. Si lo hubiera sabido, les habría advertido.

Gérard le acarició el pelo.

–Shhh. No es culpa tuya y no eres responsable de nadie.

Aquella mañana, Adèle se aseguró de llegar pronto a la escuela. Mientras recorría las calles, notó una atmósfera escalofriante. Una sensación de desasosiego se estaba esparciendo por la ciudad. La redada había puesto a todo el mundo de los nervios y podía sentirlo en el aire.

Cuando dobló la esquina, soltó un grito de horror. Apenas un par de metros frente a ella se encontraban los cadáveres de un hombre y una mujer que yacían boca abajo en la cuneta. Junto a ellos había un sacerdote haciendo la señal de la cruz. A su lado, con las cabezas agachadas, había un puñado de personas que Adèle supuso que eran los residentes de la calle. Uno de los testigos, una mujer, lloraba en silencio. Adèle vio los brazaletes amarillos de aquellas personas que, suponía, habían enfadado tanto a los alemanes que los habían ejecutado en plena calle mientras llevaban a cabo la redada. No pudo evitar preguntarse si habían muerto a manos de Peter. Más allá del hecho de que fuera alemán, había algo en él que la hacía desconfiar. Se santiguó mientras atravesaba la calle y prosiguió su camino a toda prisa.

Un camión avanzó por la calle y pasó junto a ella. Cuando miró atrás por encima del hombro, vio que se había detenido junto a los cadáveres, los cuales estaban subiendo en ese momento a la parte trasera del vehículo. Pobre gente... Los habían masacrado frente a su casa y les habían arrebatado la dignidad de un funeral al lanzarlos al camión. No sabía adónde los llevarían, pero recordó haber oído a Müller hablando de ello con otro oficial durante la exposición. En aquella conversación, no habían mostrado consternación o remordimiento mientras hablaban de fosas comunes e incineraciones y de cómo había que deshacerse de tantos cadáveres que no sabían qué hacer con todos ellos. Su indiferencia le había sorprendido en aquel momento y, ahora, hacía que sintiera ganas de llorar mientras la inundaba la misma sensación de incredulidad y desesperación apabullante.

La sorprendió encontrar a Manu esperándola frente a la verja de la escuela. Estaba apoyado en el muro de ladrillo, fumando mientras leía el periódico. Cuando se acercó a él, se apartó de la pared y apagó el cigarrillo en el suelo.

—Espero que no estés prestando atención a lo que pone ahí —dijo Adèle, señalando el periódico con un gesto de la cabeza.

Él puso los ojos en blanco y la saludó con dos besos en las mejillas.

–Tan solo estaba comprobando qué mentiras y propaganda está difundiendo hoy nuestro ilustre Gobierno. –Dobló el diario y se lo metió bajo el brazo–. Tengo que hablar contigo. ¿Podemos entrar?

Adèle miró de forma furtiva a su alrededor antes de abrir las puertas y conducirlo al interior. Manu cerró la puerta tras de sí.

–Pareces cansada –comentó.

–No he dormido bien esta noche.

Evitó mirarlo y, en su lugar, se entretuvo cambiando el calendario de la pared.

–¿Conseguiste advertir a alguno de los padres? –le preguntó él.

–Sí, lo hice.

Siguió jugueteando con el calendario. Quería contarle que estaban allí, en el edificio, pero cuanta menos gente lo supiera, más seguro estaría todo el mundo.

Notó cómo él le posaba las manos en los hombros, lo que hizo que se le entrecortara la respiración. Manu extendió el brazo y le arrebató las placas de madera con las fechas, las dejó sobre el mostrador y le dio la vuelta para que lo mirara.

–Puedes confiar en mí, Adèle, te lo prometo –dijo, como si fuese capaz de leerle la mente.

Alzó la vista hacia él.

–Tú también puedes confiar en mí.

Él asintió levemente.

–Lo sé, pero también me importas y, al contarte cosas, te pondría en peligro.

–Entonces, esa también es mi respuesta.

¿Le importaba? Estaba segura de que sí, pero era probable que no fuese del mismo modo que él le importaba a ella.

–Voy a ponértelo fácil –continuó Manu–. Sé que tienes

huéspedes. –Alzó un dedo para silenciar lo que quiera que fuese a decir ella–. Me alegro. Es lo correcto, pero sabes que ahora corres verdadero peligro, ¿verdad?

–Lo sé. –Se apartó de él–. Pero ¿qué iba a hacer? No tenían donde ir y nadie que los ayudara. Yo era su única esperanza.

–Hay gente que puede ayudarlos.

–Estoy segura de que sí, pero ¿cómo encuentras a esas personas?

–Podrías haber acudido a mí.

–Sí, probablemente podría haberlo hecho, pero no contaba con el lujo del tiempo y tú estabas ocupado con tu novia. Además, por si no te has dado cuenta, no le caigo muy bien. –Adèle se detuvo, sorprendida por haber expresado en voz alta aquellos pensamientos–. Lo siento, no tendría que haber dicho eso.

–No te disculpes. Me alegra que lo hayas hecho. Es un cambio refrescante.

Adèle lo miró, confundida por aquel comentario.

–¿Qué quieres decir?

–Siempre tienes cuidado de decir lo correcto –contestó él–. Creo que estás tan acostumbrada a ser correcta delante de los niños que, a veces, te olvidas de quitarte la toga de maestra.

No estaba segura de si se sentía halagada u ofendida ante aquella observación. Sin saber cómo responder, cambió de tema.

–En lugar de analizar mi comportamiento, tal vez deberíamos concentrarnos en intentar ayudar a las mujeres y los niños que, ahora mismo, están aterrados por sus vidas.

–Ah, ya ha vuelto la maestra correcta y educada.

Había una nota de diversión en el tono de voz de Manu.

–A mí no me hace gracia –replicó ella. Sintió un pequeño rubor reptándole por el cuello.

Él se inclinó hacia ella, acercándose más de lo necesario y, en un susurro, le dijo:

—No deberías preocuparte por Édith; no tiene nada que hacer...

El corazón le dio un vuelco. Típico de Manu hacer un comentario ambiguo como aquel. ¿Qué se suponía que debía inferir de aquello? Sin embargo, no tuvo tiempo de pensar más en el asunto, ya que él había vuelto a hablar mientras se apartaba de ella.

—¿Cuántas personas tienes ahí arriba?

—Eh... Pues... Eh... Cuatro niños y dos mujeres —contestó, todavía un poco distraída—. Están en el ático pequeño en el que solía dormir el conserje.

—Me acuerdo de él... De todos modos, ¿no es un lugar un poco obvio si registraran la escuela?

—No. Hay una escalera diferente que conduce a la zona principal del ático. La que sube hasta este otro se encuentra en la parte trasera de una alacena en el estudio de danza. El conserje hizo la separación para que fuese un lugar más privado y no lo molestaran cada vez que alguien quería algo del ático principal, que es una zona de almacenaje.

—¿Es visible cuando entras en la alacena?

—Sí, pero había pensado en ocultarla con unas baldas para que parezca una librería.

—¿Y se te da bien la carpintería?

Adèle se encogió de hombros.

—Sé hacer más cosas además de enseñar y bailar, ¿sabes?

—Seguro que sí.

Nada en el rostro o la voz de Manu le indicaba si estaba bromeando o no.

—Nunca deberías subestimar a una mujer —contestó, consciente de que estaba entrando en el territorio del coqueteo,

131

pero apartó la mirada con rapidez, interrumpiendo el momento.

–Déjame que te ayude –dijo él sin dejar lugar a dudas de que eso era exactamente lo que iba a hacer, le gustara o no–. Vendré hoy, más tarde. Tal vez pueda hablar con alguno de mis contactos para sacar de aquí a tus huéspedes.

–¿Cuánto tiempo llevará? Me refiero a sacarlos de aquí.

–No lo sé. Ahora mismo, la situación es muy inestable. Los contactos fluyen y cambian continuamente. La Gestapo se está volviendo experta en cazar a sus presas.

–Solo tú sabes que están aquí –dijo Adèle.

–Asegúrate de que eso siga siendo así. –Se detuvo junto a la puerta–. Ni siquiera se lo cuentes a tu padre o a tu hermana. Especialmente a tu hermana. ¿Entendido?

–Por supuesto. –Le molestó que Manu le estuviera hablando como si tuviera diez años y no comprendiera las consecuencias de sus acciones–. No necesito que me expliques las cosas; ya no soy una niña.

Él la miró a los ojos.

–Soy muy consciente de ello.

Entonces, desapareció y dejó a Adèle contemplando el espacio vacío que había dejado atrás.

Capítulo 12

Adèle

Después de que Manu se marchara y Adèle consiguiera quitarse de la cabeza todos los pensamientos sobre el tono coqueto de su conversación, subió al ático para asegurarse de que todos estuvieran bien. Los aseos se encontraban en el segundo piso, al otro lado del pasillo que conducía al estudio de danza. Así pues, podían usarlos sin problemas durante la noche, cuando la escuela estaba vacía, pero no durante el día.

–Me temo que vais a tener que usar este cubo –dijo Adèle–. Lo voy a poner detrás de este panel para que, al menos, tengáis un poco de privacidad. Recordad que, durante el día, tenéis que ser tan silenciosos como un ratón. No podéis golpear el suelo o cambiar cosas de sitio.

–Me aburro –dijo Thomas–. ¿No podemos ir a las clases?

–Ya basta –dijo Cécile–. Ya te lo he explicado.

–He traído unos cuantos lapiceros, papel y libros de texto –dijo Adèle–. Si queréis, podéis hacer algunos ejercicios para mí y, cuando vuelva, puedo echarles un vistazo.

–Gracias –dijo Cécile mientras le quitaba las cosas de las manos.

–Creo que deberíamos intentar dormir todo lo posible durante el día –comentó Jacqueline–. Es la forma más fácil de que no hagamos ruido. Podemos hacer todo lo demás por la noche.

–Hagáis lo que hagáis, tiene que ser en silencio.

Adèle sonrió a los niños en un intento de brindarles cierto consuelo.

—¿Podemos seguir yendo a las clases de baile? —preguntó Eva.

—No; eso ya no será posible —contestó Jacqueline—. No podemos permitir que nadie sepa que estamos aquí.

El rostro de la niña se entristeció.

—¿Sabéis qué? —dijo Adèle, inyectándole entusiasmo a su voz—. ¿Qué os parece si vuelvo más tarde, cuando todos se hayan marchado, y bajáis todos a la sala de danza y bailamos juntos un poco? Solo nosotros. ¿Qué te parece?

—¿Todos nosotros? —preguntó Eva.

—Sí, si queréis...

La niña dio un brinco y juntó las manos.

—Odiaría no poder bailar.

—Yo también —contestó Adèle mientras le daba un abrazo—. Es una forma de ser libres que nadie nos puede arrebatar. —Miró a Blanche que, hasta el momento, no se había apartado del regazo de su madre—. ¿Va todo bien? No estará enferma, ¿verdad?

No había pensado en eso. ¿Cómo iba a asegurarse de que disponían de la medicina que necesitaran si uno de ellos enfermaba o, lo que es peor, si necesitaba asistencia médica?

—No está enferma —contestó la madre de la niña—, pero perdió a su conejito de peluche de camino aquí.

—Se llama Lulu le Lapin. Lleva un lazo rosa y tiene la cola esponjosa. Me gusta morderle la oreja —dijo Blanche—. Quiero recuperarlo. Es mi favorito y, además, es el único peluche que me dejaron traerme.

Adèle se agachó junto a ella y le acarició el pelo.

—Veré si puedo encontrar algo para que abraces hasta que encontremos a Lulu le Lapin.

No quería decir que era poco probable, pero tenía la esperanza de que, por el momento, aquello consolase a la niña. Estaba segura de que en las cajas del piso de abajo había algunos juguetes y, de lo contrario, tal vez pudiera confeccionarle algo con varias prendas que tenía en casa y que ya no se ponía.

Tras asegurarse de que los polizones estuvieran lo más cómodos posible y de que tuvieran todo lo necesario para el día que tenían por delante, bajó al piso inferior para recibir al resto de los niños.

Durante los dos días siguientes, se mantuvo en el filo de la navaja mientras intentaba proseguir con su vida con normalidad, consciente de que, en cualquier momento, los huéspedes del ático (que era como había empezado a referirse a ellos mentalmente) podrían ser descubiertos o alguien empezaría a sospechar de ella.

Sin embargo, el momento llegó antes de lo esperado. Era viernes por la mañana y acababa de terminar la clase para comenzar el descanso matutino cuando uno de los alumnos más mayores de la escuela llamó a la puerta.

–*Bonjour*, Philippe –le saludó Adèle.

–*Bonjour, mademoiselle*. Monsieur Basset ha solicitado que vaya a su oficina.

Había cierta inquietud en los ojos del niño de doce años cuando apartó la vista y se miró los pies.

–Muy bien. Gracias, Philippe. Ahora, sal al recreo.

El chico se escabulló y dejó a Adèle más que preocupada ante el hecho de que se requiriera su presencia. No era propio de su padre. Si quería hablar con ella de algo, siempre iba a buscarla. Que la llamara a su oficina resultaba muy extraño.

Al salir del aula, se encontró con su compañera, Michelle Joffre, que era la maestra de la clase de nivel medio.

—¿También te han pedido que vayas a la oficina de tu padre?

—Sí. ¿Sabes qué es lo que ocurre? —le preguntó mientras bajaban las escaleras.

Michelle sacudió la cabeza.

—No, pero hay un vehículo militar alemán aparcado en la calle. Acabo de verlo desde la ventana.

Sintió cómo el corazón empezaba a latirle más rápido, pero no dijo nada. Cuando llegaron al vestíbulo de la recepción, resultó evidente que el habitual humor alegre de madame Allard había desaparecido. En el rostro de la recepcionista había un gesto severo. Con los ojos, señaló en dirección al despacho del director y, en silencio, deletreó la palabra «alemanes».

La puerta estaba abierta y Adèle vio a su padre de pie junto al escritorio mientras que, al otro lado, dándole la espalda, había un oficial alemán.

Cuando llamó a la puerta educadamente, ambos hombres se giraron hacia ella. Adèle reconoció al oficial como el mismo que había ido a recoger la lista con los nombres de los niños judíos en mayo.

Él fue el primero en hablar.

—Ah, mademoiselle Basset. *Bonjour*. Es un placer volver a verla. —Le sonrió—. Y madame Joffre. ¿Les importaría entrar en la oficina? Tengo unas cuantas preguntas.

—¿Cómo puedo ayudarle? —preguntó Adèle mientras entraba en la habitación.

—¿Le importaría tomar asiento, por favor? —No había duda de que aquella sugerencia no era otra cosa que una orden. Adèle y Michelle ocuparon los asientos que les ofrecían. Gérard Basset y el oficial alemán las imitaron—. Bien, estaba preguntándole a monsieur Basset sobre sus alumnos; los alumnos judíos.

Adèle mantuvo la vista fija en él, ofreciéndole el gesto más despreocupado que consiguió esbozar.

—¿Qué ocurre?

—Tal como es probable que sepa, esta mañana, temprano, se solicitó que unas cuantas familias judías se presentaran en el Velódromo de Invierno, pero, según nuestros registros, que hemos comprobado con la información que nos facilitaron con tanta amabilidad, faltaron varias. —Adèle no contestó y esperó a que continuara. En su voz había cierto tono de impaciencia—. Así que le pregunto a usted: ¿qué alumnos judíos están hoy en clase? En la clase de ambas...

—En mi clase no hay ninguno —contestó Michelle.

El oficial comprobó su lista.

—¿Thomas Kampe?

—No está en mi clase. —La mujer jugueteó con el anillo de bodas que llevaba en un dedo.

—Muy bien. Puede marcharse, madame Joffre.

—Gracias, Michelle —dijo Gérard.

La mujer intercambió una mirada con Adèle mientras salía del despacho. El oficial se giró hacia ella.

—Thomas Kampe... ¿Está en su clase?

Ella asintió.

—Sí.

—¿Y dónde se encuentra hoy? ¿Y qué hay de sus otros alumnos: Eva Rashal, Blanche Rashal y Daniel Charon? ¿Han venido hoy a clase?

—No, no han venido; y, antes de que me lo pregunte: no, no sé dónde están —contestó.

El hecho de que hubieran interrogado primero a Michelle

lé había ofrecido unos breves instantes para calmarse y poder mentir de forma convincente.

—¿Dieron las madres algún indicio de que los niños no vendrían a clase?

Ella negó con la cabeza.

—Nada en absoluto. Ayer, al final del día, vinieron a recogerlos a la escuela y, desde entonces, no los he visto.

Se concentró en sentarse totalmente quieta, sin removerse, sin mover los pies ni evitar el contacto visual.

El oficial se pasó el dedo por una cicatriz que le surcaba desde el labio hasta debajo de la barbilla.

—También nos falta una familia de la clase de su padre. La familia Demski. Parece bastante coincidencia que tres familias de esta escuela estén en paradero desconocido.

—Tal vez hablaran entre ellos —sugirió Gérard—. Pero, desde luego, no hablaron con nosotros. ¿Por qué lo harían? Nosotros, por supuesto, habríamos avisado a las autoridades. Tal como ya hemos demostrado desde el principio al preparar la lista de niños judíos, estamos muy dispuestos a cooperar.

—Para ser sincero, espero que así sea —dijo el oficial. Después, se puso en pie de forma abrupta—. Eso es todo por hoy. Si ven u oyen cualquier cosa, les conviene cooperar plenamente con nosotros.

Gérard también se puso de pie.

—Por supuesto.

—Me marcho.

Tras decir aquello, el alemán salió de la estancia y, mientras lo hacía, el talón de sus zapatos repiqueteó sobre los listones de madera.

—Será mejor que haga sonar la campana del final del recreo —dijo Adèle, que quería salir de allí antes de que su padre la interrogara. No tuvo tanta suerte.

—Espera un momento, Adèle. Quiero hablar contigo. Por favor, cierra la puerta.

Se acercó con lentitud hasta la puerta y se tomó un momento para aclarar las ideas. Madame Allard los observaba, pero enseguida bajó la vista hacia los papeles que tenía sobre el escritorio. Adèle cerró y regresó a la silla.

—¿Qué ocurre?

Su padre se recostó en su asiento y se quitó las gafas, soltando un suspiro mientras lo hacía.

—No quiero preguntarte si sabes dónde están los niños y sus madres porque no quiero que tengas que mentirme.

—Yo tampoco quiero mentirte —contestó ella.

El hombre pareció pensar detenidamente sus siguientes palabras. Abrió el cajón de su escritorio, metió la mano dentro y sacó un suave conejito de peluche.

—Cuando he llegado esta mañana, he encontrado esto en el pasillo. —Adèle contempló el peluche, que llevaba un lazo rosa en torno al cuello, una cola blanca esponjosa y una oreja mordisqueada. Sin duda, se trataba de Lulu le Lapin. Su padre continuó—. No lo reconozco, pero, si vas a limpiar el ático, tal vez quieras subirlo allí.

Extendió el brazo y tomó el juguete.

—Gracias. Creo que lo haré. —Se puso en pie y se metió el peluche en el bolsillo de la chaqueta—. Papá, ¿crees que la familia Demski estará en algún lugar seguro?

—Me gustaría pensar que sí —contestó él—. Bueno, será mejor que vayas a tocar la campana del final del recreo.

El resto del día pasó rápido y sin ninguna otra visita inesperada de las fuerzas invasoras. Al final de la jornada, una vez que todos los alumnos se hubieron marchado a casa y después de la habitual clase de danza, Adèle estaba a punto de cerrar las puertas de la escuela cuando Manu apareció con un amigo. Entre ambos cargaban con una enorme librería de madera.

–Aquí está –dijo Manu, como si Adèle hubiera estado esperándola–. Jean-Claude va a ayudarme a subirla por las escaleras. Lo demás podré hacerlo yo solo. ¿Puedes subir corriendo y asegurarte de que hay hueco para meterla en el estudio de danza?

Adèle captó la indirecta y, con agilidad, subió a toda velocidad los dos tramos de escaleras y, después, la escalera oculta para avisar a los ocupantes del ático de que estuvieran muy quietos.

–Subiré en cuanto sea seguro –dijo.

Después, volvió a bajar corriendo y se encontró con Manu y Jean-Claude justo en el último descansillo.

–¿Dónde hay que dejarlo? –preguntó Jean-Claude.

–En esta habitación de aquí –contestó Adèle–. Junto a la pizarra, por favor. Muchísimas gracias.

–Sí, muchas gracias –repitió Manu una vez que el mueble estuvo colocado en su lugar.

Acompañaron al hombre escaleras abajo y él siguió su camino, ajeno a lo que ocurría en la escuela.

–Gracias –dijo Adèle mientras echaba los cerrojos de la puerta.

–No me las des todavía; aún tienes que ayudarme a colocarla en la alacena –contestó él mientras le guiñaba un ojo, lo que hizo que pensara en lo increíblemente guapo que estaba aquella noche–. Voy a anclarla a la propia puerta. Resultará más pesada a la hora de abrirla y cerrarla, pero eso no es mala idea. Dejaré unos centímetros hasta el suelo, pero tendrás que poner algunos libros en esa parte y ocultar la manecilla.

Antes de mover la librería, Adèle bajó a los niños y las mujeres del ático.

–Podemos bailar mientras Manu trabaja un poco.

–Entonces, ¿vamos a hacer claqué esta noche? –preguntó Jacqueline.

–*Bien sûr!* –contestó Adèle.

Después, tomó una cesta del armario para que los pequeños pudieran cambiarse los zapatos por unos de claqué. Jacqueline y Cécile ayudaron a Manu a colocar la librería en posición mientras Adèle comenzaba la clase de danza. Era la tapadera perfecta y, para cuando Manu hubo terminado, los niños estaban agotados tras una sesión de baile muy animada. Adèle había puesto en el gramófono música ruidosa y rápida a propósito para ocultar todavía más el sonido de las labores de carpintería de Manu.

Pasó otra hora antes de que diera las buenas noches a los niños y a sus madres.

–Volveré de nuevo temprano por la mañana –les prometió.

Le alegraba ver que el ánimo de Blanche había mejorado desde que se había reencontrado con su querido Lulu le Lapin. Y seguro que Jacqueline se había sentido aún más contenta.

–Menos mal; pensaba que nunca iba a dejar de hablar de ello –dijo–. Esta noche, Cécile y yo vamos a intentar mantener a los niños despiertos todo lo posible para que mañana duerman durante el día. Por la tarde han empezado a inquietarse un poco, pero creo que todo irá bien. –Siguió a Adèle hasta la puerta que había al final de las escaleras secretas–. ¿Tienes algún plan para sacarnos de aquí?

–Todavía no –contestó ella–. Pero espero tener noticias muy pronto. –Abrazó con fuerza a Jacqueline, sofocando por el momento su ansiedad y sus temores–. En cuanto sepa algo, os lo haré saber.

Dejó atrás a su amiga y bajó al piso de abajo, cerrando tras de sí la puerta-librería. Reorganizó los libros en los estantes para ocultar la manecilla. Manu había hecho un trabajo increíble. Tan solo esperaba que, ahora, fuese capaz de ayudarla a poner a salvo a Jacqueline, Cécile y los niños.

–¿Quieres que te acompañe a casa? –le preguntó él cuando bajó las escaleras.

–No pasa nada; no te pilla de camino –contestó ella, a pesar de que debía admitir que le encantaría disfrutar de su compañía. La entristecería despedirse de él.

–Pero se está haciendo tarde. Preferiría que no volvieras andando sola a casa.

–¿No vas a reunirte con Édith?

–Esta noche, no.

Adèle se encogió de hombros con la esperanza de parecer indiferente ante la oferta.

–Si eso te hace sentir mejor, por favor, acompáñame.

Él soltó una risita.

–Gracias por complacerme.

Hacía un poco de frío, pero Adèle agradeció la fresca brisa veraniega. La sensación de pasear junto a Manu aquella noche le parecía diferente. No podía identificar con exactitud de qué se trataba, pero se sentía más unida a él; no solo a nivel físico, sino también mental. Ahora compartían un secreto, algo que solo ellos dos conocían, y se sentía emocionada ante aquella idea.

Doblaron la esquina y continuaron por otra calle, en la que aquella noche había mucho bullicio. Los restaurantes y las cafeterías estaban repletos de soldados alemanes disfrutando de la vida nocturna de la ciudad. Era extraño pensar que Europa estaba en guerra mientras aquellos hombres bebían vino y cerveza, comían bien y buscaban entretenimiento entre las mujeres locales. Adèle había oído que habían enviado mujeres desde otros países del continente, algunas de ellas voluntarias, pero otras no.

Notó cómo Manu le daba un codazo.

–Deja de mirarlos –masculló en voz baja. Después, le pasó un brazo por los hombros y le susurró al oído–. Vas a tener que actuar como si estuvieras enamorada de mí durante un momento.

Adèle sintió todavía más calor. No iba a tener que fingir. Mientras contemplaba el ventanal del restaurante frente al que pasaban, estuvo a punto de parar de golpe. Agarró a su amigo del brazo.

–Sigue andando –dijo él sin dar un solo traspiés.

Ella tuvo que echar un segundo vistazo para asegurarse de que no eran imaginaciones suyas. Sintió cómo Manu la arrastraba y, con un último vistazo, aceleró el paso para seguirle el ritmo.

–¿Qué ha pasado? –le preguntó él cuando hubieron dejado muy atrás el restaurante.

–Peter –contestó ella.

–¿Peter?

–Peter Müller. Hauptmann Müller para ti. El novio de mi hermana.

–¿Y?

–Pues que estaba con otra mujer.

–¿Y un hombre no puede cenar con una mujer? Tal vez estuvieran hablando de negocios.

–¿El tipo de negocio que requiere inclinarse sobre la mesa y darse un beso? –espetó ella–. Se supone que está enamorado de Lucille; se supone que se van a casar.

Capítulo 13

Fleur

París

Agosto de 2015

Tras acomodar a su abuela, la mente de Fleur no dejaba de regresar a la zapatilla y su importancia. Y, después, estaba Didier, que había acudido en su auxilio. Qué suerte que hubiera estado al otro lado de la calle y qué amable por su parte ofrecerse a llevarlas al hotel. Habría podido apañárselas ella sola, pero su ayuda le había facilitado mucho las cosas.

De forma inesperada, sonó el teléfono de la habitación del hotel y fue a contestar.

–*Bonjour, mademoiselle* Anders. La llamo de recepción. Tengo una llamada de monsieur Dacourt para usted. ¿Quiere aceptarla?

Le costó un instante procesar la información.

–Eh... Sí. Gracias. *Merci.*

¿Para qué narices la llamaba Didier Dacourt? Se oyeron una serie de chasquidos y, entonces, la recepcionista informó a ambos de que estaban conectados. Cuando abandonó la conversación, se produjo otro chasquido.

–*Bonjour, ¿mademoiselle Anders? ¿Fleur?* –dijo la voz profunda y grave de Didier.

A Fleur le gustaba cómo pronunciaba su nombre con acento francés; hacía que sonara mucho más interesante.

–*Oui*. Hola.

–*C'est Didier*. Nos hemos conocido esta mañana, delante de la escuela.

Ella sonrió ante la explicación tan detallada. Sabía exactamente de quién se trataba solo con oír su nombre.

–Hola, Didier. *Ça va?*

Él soltó un suspiro de alivio.

–*Ça va bien, et toi?*

–*Ça va*. –Fleur era consciente de que su sonrisa se había ensanchado ante aquella conversación tan torpe–. ¿Ocurre algo?

–Espero que no te importe que te llame al hotel –comenzó a decir–. Llevo toda la tarde pensando en ti y en tu abuela. Necesito hablar contigo. Quiero decir... Me gustaría hablar contigo.

–Ahora mismo, mi abuela está descansando –le explicó ella–. El descubrimiento de la zapatilla de *ballet* la ha alterado.

–Sí, lo lamento mucho. De todos modos, creo que no me he explicado bien. –Hubo una pausa y pudo oír cómo respiraba hondo. Esperó a que continuara–. Sería mejor si pudiéramos hablar a solas.

¿A solas? Fleur le dio vueltas a la idea. No conocía a Didier y, normalmente, no aceptaría reunirse con un extraño a solas, pero, al mismo tiempo, al estar en París, le parecía una situación diferente. Aun así, tenía que ser sensata y prudente.

–No estoy segura... –comenzó a decir.

–Por favor, es sobre tu abuela y la zapatilla. Tengo que explicaros algo y creo que sería mejor que hablara contigo primero.

–De acuerdo –contestó con lentitud–. ¿Cuándo quieres que nos veamos?

–En cuanto estés libre.

Fleur miró en dirección a la puerta que daba a la habitación adyacente.

–No puedo quedar todavía. No quiero dejar a mi abuela mientras está dormida por si se despierta y se preocupa al no encontrarme.

–*Bien sûr*, pero tengo que hablar contigo lo antes posible.

–¿Podrías venir al hotel por la mañana? Tal vez podríamos vernos en el bar.

Le pareció que era una sugerencia no solo sensata sino también segura. A pesar de la sensación que notaba en las entrañas de que podía confiar en él, todavía se decantaba por mostrarse cautelosa. Al menos en el hotel estaría rodeada de otras personas.

–De acuerdo. ¿A las diez te vendría bien?

–Perfecto.

–Solo una cosa –dijo Didier–. Antes de que te reúnas conmigo, ¿podrías preguntarle a tu abuela si el nombre de Bridget Sutter o la ciudad de Ginebra significan algo para ella?

–¿Bridget Sutter? ¿Ginebra?

–Sí; te lo explicaré cuando nos veamos.

Fleur tuvo que esperar hasta aquella noche para hablarle a Lydia de la llamada telefónica de Didier. Estaban cenando en un restaurante cercano, en la margen izquierda, a pocos minutos caminando del hotel.

–Me gusta venir aquí –le explicó Lydia mientras se acomodaban en la mesa–. Es muy popular entre los parisinos y me encanta oír la cháchara en francés a mi alrededor.

En cuanto hubieron pedido y les hubieron servido la comida, Fleur sacó a colación el asunto de Didier y le explicó a su abuela lo de la llamada y lo que le había pedido.

–¿Bridget Sutter? ¿Ginebra? –repitió la mujer en cuanto su nieta terminó de contarle la conversación que había mantenido con el hombre–. El nombre no me suena de nada. Al menos, que pueda recordar. Y en cuanto a Ginebra... Bueno, claro que he oído hablar de la ciudad, pero no tiene ninguna relevancia para mí. Lo siento. ¿Por qué crees que lo pregunta?

–Me ha dicho que me lo diría mañana. Creo que tiene algo que ver con la zapatilla de *ballet*.

Lydia alzó la vista hacia ella.

–¿La zapatilla? ¿Qué narices crees que quiere decir con todo eso?

–No tengo ni idea. Antes no has llegado a decirme por qué te ha alterado tanto –dijo Fleur con delicadeza–. ¿Te sientes con ganas de contármelo ahora?

La mujer apoyó los cubiertos a cada lado del plato y dio un sorbo del vino que habían pedido.

–Me ha hecho pensar en los días que pasé en la escuela. En concreto, en todos los niños y en lo que ocurrió. Me ha hecho recordar cosas que pensaba que estaban olvidadas. Bueno, no olvidadas, pero sí en las que había decidido no pensar muy a menudo.

–¿Por ejemplo? –preguntó ella, consciente de que tenía que equilibrar su deseo de saber más y la capacidad de su abuela para enfrentarse a las emociones que, sin duda, se liberarían con aquellos recuerdos.

–Éramos pequeños, pero entendíamos el miedo del que no se hablaba pero que inundaba cada momento de las vidas de los adultos que nos rodeaban. No era necesario que nos lo explicasen, lo entendíamos sin más. Aquel miedo era visceral, implacable y paralizante. Algunos éramos capaces de reprimirlo, de enterrarlo y dejarlo atrás. Yo era una de esas personas. O eso pensaba. Pero la zapatilla ha sido como una llave que ha liberado todos esos recuerdos. Durante un breve instante, ha sido como experimentarlo todo de nuevo. A Fleur se le encogió el corazón por su abuela. No podía llegar a imaginar lo que le estaba contando. ¿Cómo podría? Lo más cercano a una situación peligrosa que ella había experimentado había sido cuando, con seis años, se había perdido durante cinco minutos en el supermercado. Era imposible comparar ambas situaciones.

—No tengo que reunirme con Didier si no quieres.

—Quiero que lo hagas —contestó Lydia con voz firme—. Quiero saber qué sabe.

—Si estás segura...

—Muy segura. Síguele la corriente y a ver qué te cuenta —insistió la mujer. Después, añadió—: Puedo hacerte de carabina si quieres.

Al decirlo, en sus ojos había un resplandor malicioso. Fleur se rio.

—No pasa nada; estaré bien. Y no te preocupes, no le quitaré ojo a mi bebida.

Su abuela se puso seria.

—No estaba pensando en eso, pero ahora has hecho que me preocupe.

—De verdad, abuela, solo bromeaba. Tendré cuidado.

Lydia pareció pensativa.

—Lo que voy a hacer es pedirle a Jean-Paul que te vigile.

—¿Jean-Paul?

—Sí, el barman. Lleva varios años en el hotel. Será discreto, no te preocupes.

Fleur no sabía si reírse o no ante la idea de que su abuela fuese a disponer de seguridad personal para ella.

—No es una cita; tan solo vamos a charlar.

—Más vale prevenir que curar. Por muy encantador que sea, debemos tener cuidado. He viajado por todo el mundo yo sola y he aprendido en la universidad de la calle.

Aquello era cierto: Lydia llevaba años viajando sola, desde la muerte de su abuelo. Fleur no lo recordaba, ya que había muerto antes de que ella naciera, pero durante mucho tiempo había crecido pensando que el hecho de que la mujer viajase sola por todo el mundo era normal. No se había percatado de que su abuela era un poco diferente a las de sus amigos hasta que, de más mayor, había empezado a compartir historias de ella con sus coetáneos.

—¿Qué te empujó a viajar tanto cuando eras tan joven? —le preguntó.

Lydia no respondió de inmediato y, cuando lo hizo, de algún modo, se mostró pensativa.

—Tras enviudar, me sentí muy sola. Tenía a tu madre y, un año después, llegaste tú, por supuesto, pero no quería ser una carga. Todavía era bastante joven y además...

Dejó de hablar y bajó la mirada al plato.

—¿Y además? —la incitó su nieta. Estudió el rostro de la mujer y sintió que estaba a punto de contarle algo: algún tipo de secreto o algo que nunca antes le había contado—. ¿De qué se trata, abuela?

—Sentí que mi deber era descubrir el mundo; visitar lugares lejanos sobre los que tan solo habíamos leído en la escuela; países y ciudades de los que nos había hablado nuestra profesora. Tuve el privilegio de sobrevivir, y se lo debía a todos esos niños que no consiguieron salir de París y no sobrevivieron a la guerra. Les debía abrazar el mundo, vivir y amar. He intentado compensárselo todos los días de mi vida.

—No deberías sentirte culpable por haber sobrevivido.

–Tuve suerte. Durante mucho tiempo, deseé poder cambiarme...

–¿Con quién?

Lydia sacudió la cabeza.

–Con cualquiera de los que no sobrevivieron.

Fleur no había sido consciente de que su abuela hubiera cargado con aquella culpa. Había oído hablar del síndrome del superviviente, pero ni en un millón de años habría imaginado que su propia abuela lo sufriera.

Lydia juntó los cubiertos y apartó el plato.

–Tú tampoco tienes que sentirte culpable por no haber ido con tu madre el día del accidente.

Entonces fue su turno de apartar el plato.

–No puedo evitarlo. –Le dio un sorbo a la bebida, consciente de que su abuela estaba esperando a que dijera algo más. De algún modo, le pareció que era el momento adecuado, como si las palabras que le había dicho a Lydia acabasen de cobrar un nuevo sentido para ella–. Siempre he pensado que, si hubiera ido con mamá aquel día, si me hubiera subido al automóvil, habríamos llegado antes a esos semáforos y habríamos evitado el camión.

–¡Fleur, no puedes pensar eso!

–Pero es lo que creo –replicó antes de que la mujer pudiera continuar–. ¿Y si le hubiera dicho que sí, pero me hubiera tomado mi tiempo poniéndome los zapatos y el abrigo? Una vez más, no habríamos estado cruzando ese semáforo en ese momento.

–Mi pobre niña –susurró Lydia–. Todos estos años y yo sin saber que eso era lo que pensabas...

–Para empezar, ¿por qué quería ir a la librería aquel día? ¿Por qué era tan importante ese libro que quería? Básicamente, a mamá le costó la vida.

—Tú tampoco deberías sentirte culpable por el mismo motivo por el que me has dicho que yo no debería hacerlo —dijo su abuela—. Ninguna de las dos tiene la culpa de lo que ocurrió. La única diferencia es que la muerte de tu madre fue un accidente y, por lo tanto, debes aceptarlo. Del mismo modo que es mi deber viajar por todo el mundo y vivir una vida plena y feliz para compensar el pasado, también es tu deber hacerlo. Tu madre no habría querido que su muerte te asfixiara, que te devorara por dentro y te causara amargura. Era una mujer maravillosa. Amaba la vida y la vida la amaba a ella.

Fleur tragó saliva mientras los recuerdos que había reprimido durante tanto tiempo surgían a la superficie.

—Sí que amaba la vida; tienes razón. Siempre emprendíamos pequeñas aventuras: festivales, acampadas, exploración... Cada día era una sorpresa.

—No malgastó ni un solo día. Vivió siempre al máximo, sin desperdiciar un solo minuto. Cuando al fin tu padre os abandonó cuando tenías cuatro años, ella se mostró aún más decidida a no malgastar el tiempo. Hizo más en sus cuarenta y tres años de vida de lo que la mayoría de la gente hace en toda la suya.

—Ojalá hubiera podido disfrutar de más tiempo con ella. —La voz le sonaba rasposa. Las lágrimas amenazaban con brotar y sintió una presión en el pecho.

—A mí también me hubiera gustado —dijo Lydia—; a mí también.

La llegada del camarero para recoger los platos interrumpió aquel momento y Fleur agradeció poder tomarse un respiro. Ambas se sentían culpables y era irónico cómo cada una de ellas estaba aconsejando a la otra que se desprendiera de aquella culpa mientras, aun así, se mostraba decidida a aferrarse a la suya propia.

–Tengo calor –comentó la mujer–. ¿Hace calor o es solo cosa mía?

Tomó la servilleta y se la pasó por el labio superior.

Fleur se dio cuenta de que le subía un rubor por el cuello y tenía la frente perlada de sudor. Le pidió la cuenta al camarero e insistió en pagarla ella misma antes de marcharse. El hecho de que su abuela no insistiera en hacerlo ella era una muestra clara de que no se encontraba bien.

–¿Quieres que nos sentemos en ese banco de allí? –le preguntó mientras salían al aire fresco.

Lydia negó con la cabeza.

–Vamos a caminar un poco.

Tomó a Fleur del brazo y se alejaron del restaurante. Después, cruzaron un puente hasta el otro lado del río.

Fleur se percató de que se dirigían hacia la escuela. No dijo nada y permitió que la mujer la condujera. Efectivamente, unos minutos después habían regresado a la Rue de Lille y estaban frente a la verja de la escuela una vez más. Lydia alzó la vista hacia el edificio.

–Nuestra maestra solía ensañarnos a bailar después de las clases. Todos los días durante una hora. No era obligatorio asistir, pero nosotros queríamos hacerlo. Brindaba luz a la oscuridad de aquellos días. Era lo que yo esperaba con más ansia. Como es obvio, ser judía en París en aquella época era muy difícil y peligroso, pero bailar podía hacer que nos olvidáramos de esas cosas.

Nunca le había oído hablar de aquello. A lo largo de los años, había rellenado los huecos ella sola y había supuesto que, de algún modo, su abuela había sobrevivido a las redadas bien por suerte, o bien por planificación, pero nunca le había dado demasiadas vueltas al asunto.

–Eso debió de resultarte reconfortante, dado que no

podías tener más de ocho o nueve años cuando estalló la guerra.

—Nuestra maestra no solo era una bailarina preciosa, también era valiente y osada. Nos acogió cuando la situación se volvió demasiado peligrosa y empezaron a llevarse a los judíos de sus casas.

Fleur abrió los ojos de par en par.

—¿Os acogió?

Lydia la observó.

—Sí; durante un tiempo, nos escondimos en el ático de la escuela.

De inmediato, Fleur pensó en las lecciones de Historia del colegio; en cómo Ana Frank y su familia se habían escondido; en cómo centenares de familias judías habían sido acogidas por personas no judías. Su abuela formaba parte de aquella historia. Le costaba imaginárselo.

—No tenía ni idea —dijo.

Lydia volvió a mirar el edificio y Fleur la escuchó mientras le hablaba del tiempo que habían pasado en el ático y de los otros niños que habían estado allí: Blanche, Daniel y Thomas.

—Fue tanto nuestro refugio como nuestra prisión —concluyó.

—Ay, abuela, no sé qué decir —dijo ella. Le costaba asimilar lo que acababa de contarle.

Lydia soltó los barrotes y respiró hondo para calmarse. Miró a su nieta.

—No tienes que decir nada. Solo necesito que lo sepas, eso es todo. Como te dije antes de que nos embarcáramos juntas en este viaje, necesito contar mi historia para que no muera conmigo; necesito que alguien recuerde a mis amigos por mí.

A Fleur no le pasó desapercibido el peso de la tarea que Lydia le había encomendado, pero le alegraba tomar aquella carga y llevarla consigo.

Capítulo 14
Adèle

París
Julio de 1942

—Hoy llegas tarde —dijo Lucille cuando Adèle llegó a casa. Apartó la vista del libro que estaba leyendo—. ¿Qué le ha pasado a tu vestido?

Adèle bajó la vista y se dio cuenta de que llevaba manchas de suciedad en la ropa. Se las sacudió con la mano.

—Solo es algo de polvo.

—¿Polvo?

—He estado limpiando uno de los armarios.

Se dirigió a la cocina, donde había una cazuela con comida calentándose en el fogón. Se preguntó si podría llevarse a escondidas un poco para los huéspedes de la escuela. Jacqueline y Cécile no podían conseguir comida: ni podían salir de la escuela ni hacer uso de sus cartillas de racionamiento. Sin embargo, antes de que pudiera hacer nada, Lucille entró en la cocina.

—Peter vendrá a cenar mañana por la noche —dijo.

Adèle se sirvió en un cuenco parte del estofado de conejo, evitando mirar a su hermana.

—Qué bien.

Tras haber visto al alemán en aquel restaurante con una mujer, se había sentido dividida entre si debía contárselo a su hermana o no. Ojalá tuviera alguna forma de descubrir

154

más cosas sobre la mujer con la que estaba. ¿Se trataba de su esposa o, sencillamente, también estaba saliendo con otra persona? Desde luego, no le había parecido un encuentro inocente. Se sentó a la mesa.

—Me alegro de que digas eso —contestó Lucille mientras se acomodaba frente a ella—. Sé que al principio te mostrabas un poco reticente, pero tienes que admitir que es agradable, ¿verdad? Ahora que estás empezando a conocerlo mejor, puedes ver cómo es en realidad y que no es un simple alemán con uniforme.

Adèle alzó la vista hacia su hermana, cuya mirada suplicaba aprobación, aunque nunca fuese a admitirlo.

—La otra noche sí que me pareció muy caballeroso —contestó con la esperanza de que la sonrisa que añadió pareciese cálida en lugar de una de lástima. Tomó una cucharada del estofado—. ¿Dónde ha estado últimamente?

—Si te soy sincera, no estoy muy segura —admitió Lucille mientras jugueteaba con el salero y el pimentero que había sobre la mesa—. Solo sé que son cuestiones de trabajo. Reuniones importantes y ese tipo de cosas. En realidad, no puede contármelo y, aunque lo hiciera, yo no podría contártelo a ti.

Adèle formuló la siguiente pregunta con toda la delicadeza posible.

—Pero se porta bien contigo, ¿verdad? Quiero decir... ¿Es amable y considerado?

Por un instante, Lucille pareció sorprendida.

—¡Sí! Claro que sí. Ya te lo he dicho en otras ocasiones: nos queremos. No es ningún jueguecito o un romance de guerra. Es algo serio.

—¿Y confías en él a pesar de su situación conyugal?

—Sí; por completo. Tan solo está casado sobre el papel. —En ese momento, su hermana parecía ofendida y un destello de ira le danzó en los ojos–. Me quiere y yo le quiero a él, así que claro que confiamos el uno en el otro.

–Bueno, entonces, me alegro –dijo ella volviendo a bajar la mirada hacia la comida–. Así es como debe de ser.

Al día siguiente, Adèle volvió a levantarse temprano para poder llevarse a escondidas algo de comida al ático. Por suerte, los niños seguían pensando que aquello era una gran aventura, aunque Daniel parecía un poco alicaído.

–Esta noche ha estado triste –le explicó Jacqueline mientras esperaban a los niños en la puerta de los lavabos–. Quiere ver a su madre.

–¿Y qué le dijiste?

–Solo lo consolé. Le dije que su madre lo quiere y que si hubiera alguna manera de que pudiera venir a buscarlo lo haría, pero que va a tener que ser paciente.

Adèle le tocó el brazo a su amiga.

–Eres muy buena.

Ella se encogió de hombros.

–No lo sé, pero al final se quedó dormido.

–Hoy le preguntaré a Manu si hay alguna noticia sobre lo de sacaros de aquí. No podéis quedaros ahí arriba indefinidamente; no es sano.

–Es mucho más sano que ir a uno de esos campos de concentración a los que quieren llevarnos los alemanes –contestó Jacqueline.

A Adèle no le pasó desapercibido su intento de bromear.

–Haré todo lo que pueda para ayudaros. Lo sabes, ¿verdad?

–Por supuesto, amiga mía. No tienes ni que decirlo. Yo haría exactamente lo mismo si la situación fuese a la inversa.

Los niños salieron de los lavabos y los condujeron al ático con promesas de comida.

—¿Qué pasará el fin de semana? —preguntó Cécile—. ¿Qué haremos para conseguir comida?

—No os preocupéis. Volveré mañana —les aseguró Adèle—. Si alguien me pregunta, les diré que me dejé el bolso en la escuela y que voy a recogerlo mientras voy de camino a entregarle la compra a uno de los padres.

Cécile asintió.

—Por favor, ten cuidado.

—El fin de semana os resultará mucho más agradable, ya que no estaréis recluidos en el ático. Podéis bajar al segundo piso. Tan solo tened cuidado y aseguraos de que las persianas estén bajadas y las cortinas corridas.

—Por supuesto.

—Sin embargo, no bajéis al primer piso en caso de que recibamos alguna visita inesperada. Necesitáis tiempo para poder volver a esconderos en el ático —continuó Adèle, que la noche anterior había yacido despierta en la cama, dando vueltas a todos los posibles escenarios—. Si yo estoy aquí y hay peligro, haré sonar la campana. Con suerte, la oiréis y podréis esconderos. Nada de llevar los zapatos puestos. Solo los calcetines o los pies desnudos, así nadie podrá oíros.

—¿Y si descubren la escalera escondida? —preguntó Jacqueline.

—No hay forma de salir del ático —dijo Adèle con el ceño fruncido—. Pero le preguntaré a Manu si hay alguna manera de que pueda abrir una puerta secreta o un hueco para que podáis arrastraros hasta el ático principal. De ese modo, si ya han registrado esa zona, tal vez podáis esconderos allí.

—De todos modos, esperemos que la situación no llegue a ese punto —comentó Jacqueline.

—Confío en que os podáis marchar en los próximos días —contestó Adèle—. A un lugar más seguro.

Intercambió una mirada con ambas mujeres, muy consciente de que ninguna de ellas estaba muy convencida de que todo aquello pudiese tener un final feliz.

Aquel día, Adèle no vio a Manu, lo cual le resultó decepcionante y un poco preocupante. Esperaba que todo estuviera bien y que no lo hubieran detenido o se hubiese metido en algún problema. Ahora, cuando un amigo desaparecía, aquel era un miedo constante, pues la mente siempre se ponía en lo peor.

Aquella tarde, cuando estaba saliendo de la escuela, vio a uno de los compañeros de Manu, uno de los conservadores de menor antigüedad, saliendo del museo. Estaba a punto de acercarse y preguntarle por su amigo cuando, para su sorpresa, Peter Müller lo siguió hasta la calle. Adèle retrocedió hacia las sombras de la verja de la escuela y fingió estar buscando algo en su bolso mientras observaba a los dos hombres. Compartieron algún tipo de broma antes de estrecharse la mano. Después, el conservador se marchó por el lado contrario de la calle. Müller se acercó al automóvil que lo esperaba y estaba a punto de subirse en él cuando se dio la vuelta y miró en dirección a Adèle. Ella bajó la vista hacia el bolso y volvió a levantarla, intentando que pareciera que acababa de ver a la pareja de su hermana. Le sonrió con alegría.

—Ay, hola, Peter —dijo mientras le saludaba con la mano.

Él se acercó.

—Buenas tardes, Adèle. ¿Va todo bien? —le preguntó, señalando el bolso con un gesto de la cabeza.

—Sí; solo estaba comprobando que tenía los papeles. Por un momento pensaba que me los había dejado en la escuela. —Los sacó y los sacudió frente a él—. Aquí están. A salvo.

—Me alegra oírlo. Yo no querría perderlos.

–No, claro que no. Será mejor que me vaya –dijo ella, que no quería entretenerse delante de la escuela o que la vieran hablando alegremente con un alemán.

Por un segundo, mientras volvía la vista hacia el automóvil, él pareció incómodo.

–Te ofrecería llevarte a casa porque, como bien sabes, esta noche ceno con vosotros, pero me temo que antes tengo que ir a otro sitio.

–Oh, no pasa nada. Me gusta caminar. Así podré despejarme un poco después de estar todo el día con los niños.

Se preguntó qué estaría intentando esconder. ¿Tenía en el automóvil a su esposa o a quienquiera que fuera la persona a la que había visto con él en el restaurante? Seguro que no, o no habría sido tan atrevido como para acercarse a hablar con ella.

–De hecho –dijo él de pronto, mirando su reloj–, sí que tengo tiempo de dar un rodeo y llevarte a casa. Sería muy poco caballeroso por mi parte dejar que te fueras andando. Te dejaré en casa y, después, haré lo que tengo que hacer. Puedes decirle a Lucille que llegaré un poco tarde.

–No, de verdad –protestó ella, pero Müller no le prestaba atención.

La tomó del codo y la condujo al automóvil. A pesar de sus sospechas, no había nadie más en el interior del vehículo. El alemán le dio instrucciones al conductor y el coche se puso en marcha.

–Esta noche hay mucho bullicio en la ciudad –comentó Adèle, tratando de pensar en algo que decir para llenar el incómodo silencio. No le gustaba la sensación de estar recluida con él en un espacio tan pequeño.

–Sí. Hitler dijo que todo alemán debería visitar París al menos una vez en su vida. Nos gusta muchísimo la ciudad.

–Está bien que podáis comer fuera y disfrutar de los espectáculos –contestó ella, consciente de que se le había encendido una pequeña llama de ira y resentimiento–. ¿Tienes un restaurante favorito? –Se giró hacia él para mirarlo. Quería observar cualquier reacción o muestra de remordimiento.

–Todos son maravillosos, así que es difícil escoger.

–¿Y uno al que vayas a menudo? O el último al que fuiste... Müller ladeó la cabeza y la contempló.

–No recuerdo cómo se llamaba –contestó en tono monótono.

Adèle le sostuvo la mirada. No estaba segura de si estaba jugando a un juego muy inteligente o a uno muy estúpido.

–¿Alguna vez has estado en el restaurante que hay justo al doblar la esquina de la escuela? Me he dado cuenta de que es muy popular entre los alemanes.

Müller frunció los labios y miró al techo, como si intentara rememorar algo.

–No que yo recuerde.

–Es un restaurante muy agradable –comentó ella con dulzura–. Es curioso; la otra noche, mientras volvía a casa andando, me llevé una sorpresa porque me pareció verte allí.

–¿Y qué viste?

–Ah, era un oficial con una mujer. Parecían muy cómodos el uno con el otro. No pude verlos con claridad y tampoco podía pararme a mirar, pero me percaté de que no eras tú.

Soltó una carcajada, burlándose de sí misma.

Müller le dedicó una sonrisa tensa, pero no se rio.

–¿De verdad?

–Oh, mira, ya hemos llegado –dijo Adèle, que nunca se había sentido más agradecida de ver el edificio en el que vivía. El alemán se bajó del automóvil primero y le tendió la mano para ayudarla a salir. Sin embargo, cuando iba a alejarse, se la sujetó con fuerza.

—Adèle, solo quiero asegurarte que le tengo mucho cariño a Lucille y cuidaré de ella. Como hermana mayor, no tienes de qué preocuparte.

—Me alegra saberlo.

Aun así, no le soltó la mano.

—Agradecería mucho que apoyaras nuestra relación. Tu hermana tiene tu opinión en alta estima y tener tu bendición haría que se preocupara menos.

A Adèle le sorprendió que Lucille hubiera hablado con él sobre el hecho de querer su aprobación.

—Siempre apoyaré a mi hermana y haré todo lo que pueda para asegurarme de que sea feliz.

Müller le dedicó otra de aquellas miradas evaluadoras que sin duda hacían que se sintiera incómoda, pero le soltó la mano y asintió con la cabeza.

—Gracias, Adèle. A cambio, puedo asegurarme de que no os molesten ni a ti ni a tu padre y de que estéis bien cuidados. Nos vemos dentro de un rato.

Mientras subía las escaleras hacia su piso, pensó que no estaba muy segura de si acababa de hacer algún tipo de trato con el alemán. No quería que causara problemas entre él y Lucille y, a cambio, se aseguraría de que su padre y ella tuvieran la vida fácil. Ese era el resumen. No le gustaba la idea de hacer tratos con el enemigo, pero, al mismo tiempo, si eso significaba que su padre iba a estar a salvo y ella también, lo que implicaría que podría ayudar a los niños judíos y a sus amigas a escapar, entonces tal vez debería seguirle el juego.

A Lucille le disgustó que su pareja fuese a tardar un poco más, pero pareció apaciguarse ante el hecho de que hubiera acompañado a su hermana a casa y de que, para ella, resultase evidente que habían empezado a ser amigos.

—Ya te conté lo considerado que era, ¿verdad? —dijo, extasiada mientras una mirada distante y vidriosa se apoderaba de sus ojos.

Definitivamente, Lucille estaba enamorada de Müller y Adèle sabía que contarle lo que había visto en el restaurante no era la manera de hacer que se separaran. Tenía la sensación de que su hermana se negaría a creerla.

Cuando el alemán llegó una hora después, mostró su lado más encantador y Adèle fue capaz de ver con facilidad por qué Lucille estaba prendada de él. Sin embargo, ella no estaba preparada para permitirse estarlo también.

—Ha sido una cena deliciosa —estaba diciendo Müller mientras se limpiaba las comisuras de los labios con una servilleta de lino.

—No es difícil preparar una comida satisfactoria cuando se nos provee de unos alimentos tan maravillosos —exclamó Lucille.

Adèle se dispuso a recoger los platos y llevarlos a la cocina para poder preparar café, pero Müller la detuvo.

—Un momento, Adèle, por favor. Hay algo de lo que me gustaría hablar contigo.

El corazón le latió con fuerza en el pecho mientras por la cabeza se le pasaban todas las posibilidades. ¿Sabía lo de los huéspedes de la escuela? ¿Iba a confesar lo de la mujer del restaurante? ¿Alguna otra cosa que ella no supiera? ¿Manu? Intercambió una mirada con su hermana, que se limitó a sonreírle con dulzura. Entonces, supo que, fuera lo que fuese, Lucille ya lo sabía. Volvió a sentarse con toda la calma de la que fue capaz.

—¿De qué querías hablar?

–Voy a organizar otra exposición –comenzó a decir Müller–. La del museo tuvo tanto éxito que me han pedido que la lleve a Lyon y la amplíe. –Se enderezó sobre su asiento–. Allí, asistirá el mismísimo Führer.

Adèle se dio cuenta de que estaba esperando a que dijera algo.

–¿El Führer? ¿Adolf Hitler? –preguntó sin necesidad.

–Efectivamente –contestó el alemán–. Como puedes ver, es un gran honor para mí, y uno que asumo con orgullo. Tiene que ser la mejor exposición que se haya organizado jamás. No repararemos en gastos.

–Por supuesto –dijo Gérard sin ninguna emoción en la voz–. Enhorabuena, Peter.

–Gracias. –El rostro del alemán desprendía orgullo–. Imagino que estarás pensando cómo te afecta esto a ti. Bueno, gracias a Lucille, sé que ambas bailáis muy bien. Me ha hablado mucho de vuestra madre y me ha dicho que era una bailarina maravillosa.

Adèle volvió a mirar a Lucille, que reflejaba el orgullo que había en el rostro de su pareja. Por algún motivo, aquello instigó en ella una ira intensa que, en los últimos tiempos, cada vez experimentaba más a menudo. El sonido de un oficial alemán mencionando a su madre era aborrecible. Su hermana debió de leerle el pensamiento y le lanzó una mirada de advertencia. Müller pareció ajeno a la batalla silenciosa entre ambas y continuó.

–Ya lo he hablado con Lucille y con vuestro padre –dijo–. A ambos les agrada la propuesta que quiero haceros.

Adèle miró a Gérard, cuyo gesto era inescrutable.

–¿Y puedo preguntar cuál es esa propuesta? Dado que soy la última en enterarme, tal vez puedas compartirla conmigo.

–Me gustaría que Lucille y tú actuaseis en la gala para

honrar al Führer. Sería un honor para ambas y sé que Hitler quedaría embelesado ante vuestra actuación –le contestó él con una sonrisa.

–¿Qué dices, Adèle? –le preguntó Lucille con un entusiasmo evidente–. Peter podría conseguir un ascenso y, para nosotros, eso sería maravilloso. Ya sabes, pensando en cuando estemos casados.

La bilis le subió a la garganta y quiso escupirla sobre su ridículamente ingenua y materialista hermana y su pomposo, egoísta y mentiroso novio. Pero no lo hizo.

–No sé qué decir –contestó en lugar de ello.

–¡Di que sí, tonta! –dijo Lucille, riendo.

–Es decisión de Adèle –replicó su padre con cierta cautela, algo por lo que se sintió agradecida. Al menos él no creía que tuviera que aceptar sin más.

–¿Puedo pensarlo?

–¿Por qué quieres pensarlo? –exclamó su hermana–. ¡Yo he dicho que sí!

–Entonces, tal vez puedas actuar tú sola –sugirió–. Siempre has bailado muy bien. Podrías aprovechar la oportunidad para lucirte.

Estaba apelando a la vanidad de su hermana y pudo ver que ella barajaba la idea.

–Pero me gustaría que bailarais ambas –insistió Müller. Después, cogió la mano de Lucille y se la estrechó–. Por supuesto, me gustaría que hicieras un solo, pero un dueto resultaría más grandioso.

Aquello pareció apaciguar el ego de su hermana, que le devolvió la sonrisa al alemán.

–Sería perfecto. –Se volvió hacia Adèle–. Di que sí, por favor.

–Como he dicho, me gustaría pensarlo –insistió ella–. Hace mucho tiempo que no bailo frente a nadie que no sean los niños de la escuela. No estoy segura de tener toda la confianza necesaria y no me gustaría ponerme en ridículo ni a mí misma ni a Peter, ya que estamos.

—Lo entiendo, pero tendrás tiempo para ensayar —contestó Müller—. Mira, tú y Lucille podéis preparar una coreografía y la semana que viene iré a la escuela y podréis interpretarla. Solo para mí. Yo juzgaré si eres lo bastante buena o no.

Adèle miró en torno a la habitación, intranquila. La tensión era punzante y asfixiante.

—Creo que deberíamos darle a Adèle un día o dos para que lo piense —dijo Gérard.

—Mañana. Dime algo mañana —contestó el alemán, que probablemente quería seguir insistiendo o incluso exigirle que hiciera lo que decía, pero que no la estaba presionando para que le diera una respuesta de inmediato por respeto a su padre.

—Voy a preparar el café —dijo ella mientras se levantaba y empezaba a recoger los platos.

—Yo te ayudo —anunció Lucille, que la siguió hasta la cocina y, después, cerró la puerta tras ella—. Adèle —siseó—. ¿Qué crees que estás haciendo? Tienes que decir que sí.

—¿De verdad? ¿Quién lo dice?

—Es para el Führer. No puedes negarte. Peter ya ha dicho que actuaremos en la fiesta. ¿Cómo quedará si no lo haces?

—¿Ya ha dicho que estaremos presentes? Bueno, pues no debería haberlo hecho. Tendría que haber preguntado antes —respondió, levantando la voz—. No sé por qué está tan entusiasmado con la idea de que actuemos; ni siquiera nos ha visto bailar nunca. Podríamos avergonzarlo por completo.

Lucille pareció un poco cohibida.

—De hecho, fui yo la que le contó que bailábamos. Él confía en mí.

–Lo que quieres decir es que estuviste presumiendo y, con toda probabilidad, hiciste que pareciera que somos mejores de lo que somos. ¿Por qué no puede contratar a alguna bailarina famosa de allí? ¿Por qué nosotras?

–Si te interesa, yo quiero hacerlo. Lo persuadí para que nos lo pidiera –dijo ella con un mohín–. Además, no quiero que aparezca cualquier *prima ballerina* y se lleve todo el protagonismo.

Adèle sacudió la cabeza con incredulidad.

–Ahora estamos llegando al fondo del asunto. Sinceramente, Lucille, si te quiere tal como dice, entonces no deberías sentirte insegura con nada. Deja que contrate a otra persona.

–No. Peter quiere presumir de mí tanto como yo. Quiere impresionar a Hitler de tal modo que nos permita casarnos.

–Eso no va a ocurrir. No ocurre –replicó ella–. No lo permitirán.

–Baja la voz. Peter va a oírte.

Adèle puso los ojos en blanco.

–Bien; me da igual.

Lucille la agarró del brazo.

–Pues no debería. Recuerda que puede ponernos las cosas muy fáciles o muy difíciles –dijo. Después, bajó la vista al suelo.

–¿Te ha amenazado? –le preguntó Adèle.

Su hermana jugueteó con los dedos.

–No, claro que no.

–Pero te ha insinuado algo.

–Si este evento es un fracaso, podrían mandarlo a cualquier otra parte. Alguien lo reemplazaría y podría hacer que nuestra vida fuese menos... cómoda.

–¿Es eso todo lo que te preocupa?

–Me preocupa el hombre al que quiero. Si lo envían de vuelta a Alemania, yo también me iré.

–Sinceramente, Lucille, a veces tienes unas ideas muy fantasiosas. ¿Por qué querrías irte a Alemania? Vivirías sola, sin nadie conocido. Y ¿no creerás de verdad que te recibirían con los brazos abiertos? No te mostrarían ningún respeto.

–Esa no es la cuestión. La cuestión es que tenemos que hacer que Peter esté contento. Si te importa papá, entonces lo harás.

–Eso suena a chantaje.

Lucille se encogió de hombros.

–Si quieres llamarlo así, adelante. Para mí, tan solo es sentido común. ¿Sabes? A veces pienso que yo soy la mayor y más madura de las dos.

Adèle se contuvo de burlarse ante el descaro de semejante comentario.

Con aquellas palabras de despedida, su hermana volvió al comedor y la dejó sola para que se encargara del café. Mientras lo preparaba, una idea empezó a tomar forma en su mente. La recepción sería en Lyon. Eso estaba cerca de la frontera con Suiza. La cabeza le funcionaba a mil por hora y tuvo que dejar lo que estaba haciendo para recapitular. Sin duda, era un plan osado, pero tal vez podría funcionar. Se pellizcó el labio inferior mientras trataba de poner en orden sus pensamientos. Necesitaría la ayuda de Manu, desde luego, pero estaba segura de que la ayudaría. Tenía que hablar con él lo antes posible, pero aquella noche ya no podía hacer nada.

La reaparición de su hermana en la puerta interrumpió sus pensamientos.

–¿Has acabado con el café? ¿Te ayudo?

Entre ambas hermanas sacaron las cosas al comedor. Ella se

sentó en su sitio y Lucille sirvió a todos con un cazo. Adèle sonrió a Müller.

–Con respecto a tu propuesta... –comenzó a decir–. La actuación... Me estaba preguntando... –Hizo una pausa–. No, es una tontería...

–Estoy seguro de que no es así. Por favor... –contestó Müller.

–Estaba pensando que, dado que es para el Führer, tiene que ser especial de verdad, ¿no? –El alemán asintió con un movimiento de la cabeza y un gesto de curiosidad en el rostro. Adèle prosiguió–. ¿No sería increíblemente especial si, además de Lucille y yo, bailaran también los niños? Sería una muestra de fraternidad; una oportunidad para demostrar lo mucho que la ciudad aprueba al Führer y lo mucho que las siguientes generaciones le apoyan también. Estoy segura de que se sentiría halagado.

A Müller se le encendieron los ojos como si fueran fuegos artificiales el primer día de enero.

–Es una idea magnífica. Ahora lo veo. ¿Estás diciendo que participarás?

Adèle asintió.

–Si los niños pueden actuar también... Además, así me sentiré menos cohibida. –Notó el gesto de sorpresa en el rostro de su hermana–. Por supuesto, Lucille puede tener su solo. Ya sabéis, que sea la parte más memorable de la velada...

–Me parece perfecto –dijo Peter–. Maravilloso. Sabes que es la decisión correcta.

Dio un sorbo a su taza. Parecía muy pagado de sí mismo, como si la idea hubiera sido suya. Adèle sonrió de forma educada, haciendo caso omiso de la mirada interrogante de su padre. Lo único que tenía que hacer era convencer a Manu de que la ayudara.

Capítulo 15

Adèle

A la mañana siguiente, Adèle consiguió llegar a la escuela sin que la detuvieran o la interrogaran. Tenía que asegurarse de que fuera una visita breve solo para comprobar que estaban bien.

–Estoy aburrida –dijo Blanche–. Mamá dijo que podríamos jugar en el estudio de danza.

–Y podéis –contestó Adèle, sonriendo a la niña–. Tendréis que ser muy silenciosos y manteneros lejos de las ventanas, pero, sí, hoy podéis jugar un rato en el estudio de danza.

Blanche le dedicó una sonrisa resplandeciente a su hermana.

–Te lo dije.

A lo cual, Eva respondió sacándole la lengua a la pequeña.

–¿Sabes ya algo de Manu? –le preguntó Jacqueline.

–Todavía no –contestó mientras sacudía la cabeza–. Me gustaría hablar con él hoy por la mañana. Tengo un plan para sacaros de aquí.

–¿De verdad? –susurró Jacqueline, mirando a su alrededor para asegurarse de que los niños estaban ocupados.

Cécile se acercó un poco a ellas.

–¿Qué es eso de un plan?

–Todavía no puedo deciros nada –replicó Adèle–. Antes, tengo que hablar con Manu. Tened paciencia un poco más, amigas mías.

Se quedó otros treinta minutos con las mujeres y los niños antes de decidir que era hora de marcharse.

–De verdad, tengo que ver si Manu está hoy en el museo. Mañana no podré venir, pero creo que tenéis comida suficiente para aguantar. Volveré el lunes por la mañana.

Repitió las instrucciones, en esta ocasión, para todos los niños. Les dijo que podían jugar en el estudio de danza siempre y cuando no se acercaran a las ventaras y que no podían llevar puestos los zapatos. Después, se marchó para ir a buscar a Manu.

El museo estaba bastante ajetreado, lleno de alemanes que estaban de permiso del ejército dando vueltas y mostrándoles a sus esposas, novias y probablemente amantes la maravillosa colección de arte y esculturas.

No pudo encontrar a Manu por ninguna parte y estaba a punto de darse por vencida y marcharse cuando Édith apareció frente a ella.

–Hola, Adèle –dijo–. Qué sorpresa tan agradable.

Era evidente que era de todo menos una sorpresa agradable.

–Hola, Édith. Tan solo estaba buscando a Manu.

–Me imaginaba que ese era el motivo de que estuvieras aquí.

Adèle la miró, expectante.

–¿Y bien? ¿Está aquí? –preguntó tras una pausa incómoda.

–Ahora mismo está muy ocupado –contestó Édith–. Está reunido con Hauptmann Müller. Están organizando otra exposición. –Se acercó más a Adèle–. No pretendo ser maleducada, dado que sé lo mucho que te importa Manu, pero no deberías malgastar tu tiempo en él. Está demasiado ocupado para que lo estés molestando.

Adèle se sorprendió ante aquel comentario inesperado de la mujer, pero no permitió que Édith se diera cuenta.

–Conozco a Manu desde hace muchos años. Me preocupo por él del mismo modo que me preocuparía por un hermano.

Édith arqueó las cejas y le dedicó una mirada escéptica.

—¿Como si fuera un hermano? ¿De verdad?

—Sí. En cuanto a la exposición... Ya lo sabía. Hauptmann Müller es un amigo de la familia. —Por mucho que odiara pronunciar aquellas palabras, le encantó ver el gesto de sorpresa que apareció en el rostro de Édith. Aquella pequeña sensación de victoria la hizo seguir adelante—. De hecho, Peter... Perdón, Hauptmann Müller cenó con nosotros anoche. Él y mi hermana van a casarse.

Eso sí que hizo que la otra mujer pareciera sorprendida.

—Van a casarse... No tenía ni idea. Bueno, la próxima vez que vea a Hauptmann Müller tendré que darle la enhorabuena. —Su respuesta fue fría y controlada—. También me alegro de que hayamos aclarado el malentendido sobre Manu.

—Yo también. Bueno, tengo que volver a casa.

—¿Quieres que le dé algún mensaje a Manu? —le preguntó Édith—. ¿Tiene algo que ver con la escuela? He visto que estabas allí esta mañana. ¿Está relacionado con tus huéspedes?

A Adèle se le paró el corazón un instante. ¿Cómo sabía lo de los huéspedes de la escuela? No se lo habría contado Manu, ¿no? Miró a Édith sin comprender.

—¿Huéspedes?

—Sí, los que tienes en el ático. Manu tuvo que arreglar un agujero por el que se estaban colando. Ya sabes... Esos por los que tuvo que pasarse por allí el otro día y ayudarte a arreglarlo. Para ser sincera, no soporto a los ratones. La idea de que se cuelen por grietas diminutas... Manu me dijo que estaban en la parte trasera de una alacena en el estudio de danza —terminó, estremeciéndose.

¿Estaba hablando de ratones o estaba hablando en código sobre las mujeres y los niños? No confiaba en ella.

–No es nada importante.

–Si sigues teniendo alimañas ahí arriba, yo pondría trampas lo antes posible. Como ya te he dicho, Manu está muy ocupado. Puedo pedirle a uno de los soldados que se acerque a echar un vistazo.

–¡No! No, gracias –contestó, intentando mantener un tono de voz neutral–. No pasa nada; no tiene que ver con los ratones. Creo que ya no hay.

–Eso está bien. No querría que se corriera la voz de que habéis tenido una plaga. Puede que os cerraran la escuela para fumigarla.

Adèle asintió.

–Bueno, tengo que irme. *Au revoir*, Édith.

Mientras recorría la calle a toda prisa, rememoró la conversación que había mantenido con Édith una y otra vez. Debía de saberlo. ¿Intentaba chantajearla? ¿O acaso le advertía que se alejara de Manu amenazándola con enviarle a la Gestapo a la escuela? No soportaba pensar en ello y no podía arriesgarse a poner en peligro a Jacqueline, Cécile y los niños. Tendría que apartarse de Manu y buscar a otra persona que pudiera ayudarla.

Cuando dobló la esquina, estaba tan perdida en sus pensamientos que no vio a Manu acercándose a ella y estuvo a punto de chocar con él.

–¡Au! ¡Adèle! –Él la agarró de la parte superior de los brazos. Sonreía de la manera divertida en la que solía hacerlo, pero, cuando la miró, su gesto se volvió serio–. ¿Va todo bien?

–Sí, todo va bien –contestó ella con rigidez.

Él entrecerró un poco los ojos.

—¿Estás segura?

—Sí. Tengo prisa. —Apartó la vista y, después, volvió a mirarlo y le ofreció una sonrisa tensa—. Lo siento, pero, de verdad, tengo que irme.

Manu no se dejaba engañar con facilidad y, tras pasarle el brazo por el hueco del codo, la condujo al otro lado de la calle, a una cafetería que había enfrente. Después, pidió café para ambos. Se quedaron sentados en silencio, Manu observándola con detenimiento y ella mirando por la ventana, hasta que el camarero les sirvió las bebidas y se marchó. Entonces, su amigo se inclinó hacia ella.

—¿Quieres contarme lo que está pasando de verdad?

Ella negó con la cabeza.

—No.

—Bueno, soy un hombre paciente; puedo quedarme aquí sentado todo el tiempo necesario hasta que me lo cuentes.

Adèle lo miró.

—Y yo soy una mujer aún más paciente. Se te olvida que tengo que tratar con niños a todas horas. Estoy bastante segura de que te rendirías antes que yo, así que, mejor que no te molestes con este... interrogatorio.

Fue a apartar la silla, pero Manu estiró el brazo y le cogió la mano.

—Adèle, por favor, siéntate. Sé que algo va mal. Puedo adivinarlo. Se te olvida que te conozco; te conozco desde que eras una niña. Por favor, dime qué ocurre.

La amabilidad de su voz, la forma en que le dijo «por favor» y la intensidad de su mirada hizo que Adèle volviera a sentarse en la silla. Bien, si quería saberlo, se lo contaría. A pesar de lo agradable que le resultaba, apartó la mano de la suya.

—¿Por qué le has hablado a Édith de mis huéspedes?

Un gesto de confusión apareció en el rostro de Manu.

—No lo he hecho. —Se cambió de lado de la mesa para sentarse junto a ella y pasarle un brazo por los hombros—. Vas a tener que fingir que te gusto un momento para que podamos susurrar y no tener que retransmitir nuestra discusión por encima de la mesa para que cualquiera que esté al alcance pueda escucharla. —Le dio un beso en la cabeza—. Bien, ¿de qué va todo esto?

Adèle relajó los hombros de forma involuntaria mientras se permitía acercarse un poco más a él y sumirse en esa farsa que hacía que el corazón le palpitara. Le relató la conversación que había mantenido con Édith, aunque dejó fuera la parte en la que habían hablado sobre si le gustaba él o no.

—Me dijo que estabas muy ocupado y que no debía molestarte; que podía pedirles a los alemanes que cerraran la escuela para librarse de la plaga. O algo por el estilo.

Alzó la vista hacia él para evaluar su reacción. Él frunció el ceño.

—No tengo ni idea de por qué diría algo así. Desde luego, no le he hablado de las mujeres y los niños. Sí que le dije que estuve allí ayudándote a librarte de los ratones. Algo tenía que decirle...

—No parece que te creyera.

—Tal vez solo sospeche del motivo por el que paso tanto tiempo en la escuela. O tal vez sea contigo con quien piensa que paso demasiado tiempo.

—¿Y tú crees que es así? —le preguntó, incapaz de mirarlo a los ojos.

Él la estrechó con un poco más de fuerza y le frotó el brazo con la mano.

—Me gusta pasar tiempo contigo.

El corazón le latía con fuerza y estaba segura de que Manu iba a notar las vibraciones. Seguía sin ser capaz de mirarlo.

—A mí también me gusta pasar tiempo contigo —dijo. Respiró hondo y se libró del abrazo—. Aun así, creo que no deberías ayudarme más.

Manu pareció genuinamente sorprendido ante aquella sugerencia.

—¿Por qué no? Quiero hacerlo. No voy a dejar de hacerlo solo porque a Édith se le haya metido una tontería en la cabeza.

—No puedo arriesgarme a que encuentren a las mujeres y los niños. Tampoco puedo arriesgarme a que tú te metas en problemas —contestó con sinceridad. Después, le estrechó la mano—. No podría seguir viviendo si les pasara algo. O si te pasara algo a ti.

—Édith se está marcando un farol —dijo Manu—. Si se lo dice a la Gestapo, sabe que también me arrestarían a mí. No haría eso. No sé si está celosa de nuestra... amistad, pero haré lo que pueda para apaciguarla.

—No; no debes decirle nada —dijo Adèle—. Sabrá que he hablado contigo. Si crees que puedes confiar en ella, entonces yo confío en tu juicio al respecto, pero, por favor, no le digas nada. Si quieres ayudarme, tienes que hacerlo sin que Édith lo sepa.

Él levantó una mano y le acarició el rostro.

—Si eso es lo que quieres... Pero nunca creí que fuera a tener que escabullirme a hurtadillas solo para verte.

—Y yo nunca pensé que fuera a esconder a mis amigas en el ático de la escuela. Son tiempos peligrosos, Manu. Nada de esto es un juego.

—Lo sé.

Por un instante, pensó que iba a besarla, pero entonces se apartó de golpe y maldijo en voz baja.

—Es Édith.

Adèle miró por la ventana y vio a la mujer caminando por la acera al otro lado de la calzada. Movió el asiento de inmediato de modo que tuviera la espalda medio girada hacia la calle, ocultando a Manu. Él miró por encima de su hombro.

—¿Se ha ido? —le preguntó tras unos instantes.

—Todavía no. Se ha detenido frente a un edificio. ¡Va a entrar!

—¿Qué?

En aquel momento, Manu estaba sentado muy recto, esforzándose por mirar a través de la ventana.

—No, espera; está saliendo. Mira, sigue adelante por la calle.

—¿De verdad ha entrado?

—No he podido verlo bien, pero no creo que lo haya hecho. De lo contrario, habría permanecido dentro más tiempo.

—Tal vez tan solo estuviera entregando o pasando algún mensaje —dijo Adèle. El corazón se le aceleró ante aquella idea.

—Vuelve a la escuela —le dijo Manu—. Diles que se escondan en el ático pequeño y que no hagan ningún ruido.

—¿Qué vas a hacer tú?

Se puso en pie y siguió a su amigo fuera de la cafetería.

—Voy a comprobar el edificio y a intentar alcanzar a Édith. —Besó a Adèle en la frente—. Cuando hayas hecho eso, vuelve a casa y espérame. No le digas nada a nadie.

De inmediato, atravesó la calle y se dirigió al edificio que Édith acababa de visitar. Era curioso cómo podías pasar delante de un lugar todos los días y, aun así, no saber qué ocurría tras sus puertas. No recordaba haber visto ningún cartel, así que supuso que se trataba de una residencia privada. Echó una mirada por encima del hombro y vio a Manu desaparecer en el interior del edificio. Quería esperar para ver cuánto tardaba, pero no se atrevía a permanecer allí quieta y llamar la atención sobre lo que estaban haciendo. Tenía que regresar y advertir a los demás.

Cuando dobló la esquina de la escuela, faltó poco para que le fallaran las rodillas. Un camión militar se había detenido delante del edificio y dos soldados alemanes montaban guardia a cada lado de la verja mientras un oficial hablaba con ellos. Alzó la vista hacia Adèle. Era el mismo oficial con el que había hablado en el despacho de su padre. También lo acompañaba un policía francés.

—Ah, mademoiselle Basset, justo a tiempo. Venga aquí. —Le hizo un gesto con la mano para que se acercara.

—*Bonjour* —dijo ella cuando llegó a su lado. Para su alivio, sorprendentemente, la voz no le tembló.

—Como sabe, nos faltan algunos de los niños de su lista —dijo—. Quiero registrar el edificio para asegurarme de que no se escondieran en la escuela de algún modo.

—Eso es imposible —contestó Adèle—. Quiero decir que es imposible que estén escondidos. Yo lo sabría. Aquella tarde vi en persona cómo se marchaban a casa. Es imposible que se quedaran en la escuela.

—¿Dónde guarda las llaves durante el día?

—Colgadas en la oficina.

—Entonces, podrían haberlas robado, haber abierto alguna de las puertas traseras, haberlas devuelto y, después, esa noche, haberse colado dentro.

—No; me habría dado cuenta. Siempre compruebo que todo esté cerrado antes de marcharme. Me habría dado cuenta si alguna puerta se hubiera quedado abierta.

–¿Comprobó el edificio esa noche? ¿Todas las puertas y ventanas? ¿El despacho de su padre, por ejemplo?

Adèle asintió.

–Sí, todas las puertas y las ventanas.

–Entonces, ¿los dejó entrar usted?

Había un destello en sus ojos, como si estuviera disfrutando de aquel debate con ella.

–No, porque no hay nadie en la escuela –contestó con una decisión que esperaba que pareciera irritación ante el hecho de que la estuviera interrogando.

–Entonces, si está tan segura, no le importará que echemos un vistazo, ¿verdad? –Hizo un gesto con la cabeza en dirección a los dos guardias, que se dieron la vuelta, atravesaron la verja y se dirigieron hacia la puerta principal–. Mademoiselle, ¿le importaría ir delante y mostrarnos las aulas, por favor? Entiendo que lleva llaves encima, dado que debía venir de camino. Si no, siempre podemos romper la puerta.

–Sí, tengo llaves –contestó Adèle–. Venía porque ayer me dejé el bolso dentro.

En silencio, dio las gracias por haber sido previsora y haber dejado en el edificio un bolso señuelo para una ocasión como aquella.

Abrió la puerta y dio un paso atrás para permitir que los soldados entraran en la escuela. El oficial extendió la mano indicando que pasara ella primero. Cuando llegó al mostrador de recepción, se llevó una mano a la cabeza.

–Ay, madre mía, estoy un poco mareada. –Hizo como que iba a agarrarse al mostrador, pero tiró la campana a propósito. Cuando golpeó el suelo, repiqueteó e hizo un ruido metálico. Adèle se detuvo para recogerla–. Espero no haberla roto.

La sacudió adelante y atrás. La campana resonó fuerte y clara. El oficial dio un paso al frente y se la quitó de las manos.

–Creo que no tiene ningún problema en absoluto. –Volvió a dejarla en el mostrador–. ¿No se encuentra bien, mademoiselle Basset? ¿Por qué? –Sacó una silla y la hizo sentar.

–No he comido nada esta mañana –contestó.

–Ajá. –Él la contempló con cierta incredulidad. Se volvió hacia el policía francés–. Tráigale un vaso de agua.

Adèle podía oír los pasos de los soldados mientras recorrían el primer piso, abriendo y cerrando puertas, comprobando las aulas y los armarios. Rezaba a Dios para que Jacqueline o Cécile hubiesen visto a los alemanes cuando estaban fuera o hubiesen oído la campana de la escuela y estuvieran todos escondidos en el ático, sanos y salvos.

Capítulo 16

Fleur

París
Agosto de 2015

Fleur se echó un vistazo en el espejo. Para reunirse con Didier se había decidido por un estilo elegante pero informal: pantalones vaqueros y blusa de flores. Después de todo, tan solo iban a tomar algo en el bar del hotel; no era como si fueran a salir a comer. Se dejó suelta la melena, que le caía justo por encima de los hombros, y se puso un poco de maquillaje.

–Estás muy guapa –le dijo Lydia–. Y también hueles muy bien.

–No trato de impresionar a nadie –contestó ella, intentando sonar despreocupada–. Es solo que me gusta ir arreglada.

Lydia arqueó las cejas.

–¿De verdad?

–Sí, de verdad.

Fleur notó cómo le ardía el rostro y se despidió antes de que su abuela pudiera notar que se estaba sonrojando.

Cuando llegó al bar, Didier ya la estaba esperando. Se puso en pie con la mano extendida para saludarla.

–Gracias por quedar conmigo.

Esperó a que se sentara en la silla que estaba frente a él antes de volver a ocupar su lugar en el sofá de cuero. Entre ellos había una mesita. Didier le hizo un gesto al camarero, que tomó nota de la bebida de Fleur. Pidió vino blanco espumoso.

—¿Cómo se encuentra tu abuela? —preguntó.

—Está bien. Anoche salimos a cenar y, hasta ahora, ha pasado una mañana tranquila. Está en su habitación.

El camarero les llevó la bebida y, entonces, ella echó un vistazo a la zona de la barra. El hombre que se encontraba detrás de la misma estaba secando un vaso y le hizo un gesto con la cabeza. Aquel debía de ser Jean-Paul, su guardaespaldas.

—¿Tuviste la oportunidad de preguntarle si el nombre de Bridget Sutter y Ginebra significaban algo para ella? —le preguntó Didier.

—Sí, pero antes de que te diga lo que me respondió, ¿puedes explicarme de qué va todo esto?

Aunque no tenía nada que contarle, se encontraba en una posición desfavorecida y necesitaba hacer uso de cualquier ventaja para descubrir qué sabía él. Si le decía que Lydia no reconocía el nombre en absoluto, tal vez no se molestara en contarle nada.

Didier la observó, pensativo, y, después, como si hubiera tomado una decisión, se inclinó hacia delante, apoyando los brazos en las rodillas.

—No fue una casualidad que ayer estuviera enfrente de la escuela.

En cierto sentido, Fleur no se sorprendió.

—¿Nos has estado siguiendo?

Aquel era un pensamiento inquietante e intentó recordar si había visto a alguien actuando de manera sospechosa en torno a ellas o si había visto a Didier antes de aquella tarde.

—No. Estaba esperando —contestó—. Ahora hace dos semanas que empecé a esperar a Lydia.

–No lo entiendo... ¿Qué quieres decir con «esperar a Lydia»? ¿De qué la conoces? Ella no te conoce a ti.

Frunció el ceño, tratando de encontrarle algún sentido al asunto. Dirigió la vista a la barra y Jean-Paul le devolvió una mirada interrogante. Ella asintió de forma tranquilizadora.

–¿Conoces al barman? –preguntó Didier–. ¿Te está vigilando?

–Guardaespaldas personal. Cortesía de mi abuela –contestó ella sin siquiera intentar negarlo–. Por favor, ¿puedes explicarme bien lo que está pasando?

–Espero que podamos ayudarnos mutuamente –contestó él–. Como ya sabes, soy tratante de antigüedades y mi especialidad es el arte, los cuadros. ¿Alguna vez has oído hablar del pintor Valois? ¿Pierre Valois?

–Creo que no.

Didier se encogió de hombros.

–Supongo que no hay ningún motivo para que lo conozcas. No es uno de los pintores famosos, pero su trabajo se está volviendo cada vez más coleccionable. Sus acuarelas son perfectas. –Mientras hablaba, su rostro se iluminaba por el entusiasmo–. Falleció en 1905 y fue entonces cuando su trabajo empezó a ser más buscado. Por desgracia, eso es lo que ocurre con muchos artistas: mueren en la pobreza y es solo después cuando su trabajo empieza a ser valorado.

–¿Y qué tiene eso que ver con Lydia? –preguntó ella.

–La obra más famosa de Valois se llama *Un an au chalet*. «Un año en la casita». A lo largo de un año, pintó la misma casita de Bretaña durante cada uno de los doce meses. Hacía miniaturas, por lo que cada uno de sus cuadros medía tan solo diez por diez centímetros. Sin embargo, el nivel de detalle era exquisito. Durante mucho tiempo, esos cuadros estuvieron expuestos en el museo de al lado de la escuela, pero los nazis los robaron durante la guerra. La colección acabó en Alemania, pero ya vuelven a estar en el museo. Sin embargo, los registros muestran que, en lugar de doce, solo siete de los cuadros llegaron a Alemania. A lo largo de los años, cuatro de los cinco cuadros que faltaban se han devuelto al museo de manera misteriosa, pero sigue habiendo uno desaparecido: el titulado *Agosto*. Llevo los últimos cinco años, desde que dejé la Policía, intentando localizar ese cuadro.

–¿Y qué relación tiene eso con Lydia? No lo entiendo.

–El último cuadro que se devolvió al museo no llegó hasta el año pasado. Fue entregado en nombre de Bridget Sutter por su hija, Marie-Anne. Bridget lleva viviendo en Ginebra desde que era una niña. Hasta ahora, se ha negado a contar cómo llegó a sus manos la acuarela.

–¿Cuál era el suyo? ¿Qué mes?

–Septiembre.

–¿Crees que eso es importante?

–No estoy seguro. –Didier hizo una pausa y tomó un trago largo de su bebida antes de hacerle una seña al camarero para que le sirviera otra–. Tan solo hay un pequeño informe sobre la devolución del cuadro. –De la mochila que tenía debajo de la mesa sacó su ordenador portátil y lo encendió. En cuanto encontró el archivo que buscaba, giró la pantalla hacia Fleur–. Ay, lo siento; será más fácil si te lo traduzco –dijo.

–No tengo muy buen nivel de francés –confesó ella.

Cuando Didier se cambió a su lado de la mesa, fue consciente de lo cerca que se encontraban. El aroma fresco a manzana y menta de su *aftershave* flotaba en el aire. Cuando empezó a leerle el contenido, tuvo que recordarse a sí misma que debía concentrarse en las palabras en lugar de en el tono grave y profundo de su voz.

–He hablado con el conservador del museo, pero la verdad es que no pudo contarme nada más. Sí que me dijo que, cuando Bridget Sutter fue con su hija a devolver el cuadro, preguntó por la escuela de la puerta de al lado. Parecía bastante interesada en ella. Le preguntó por su historia después de la guerra y por lo que había ocurrido con el personal que trabajaba allí. Me dijo que le había parecido extraño, como si hubiese significado algo para ella a nivel personal.

–¿Pero no fue capaz de explicar por qué o darte más información?

–No. Sí que me contó que, cuando le habló de la señora que visitaba la escuela todos los años, Bridget Sutter se mostró muy interesada, pero no pudo contarle nada más sobre ella, ya que él mismo no disponía de más información.

–La señora que visita la escuela... Se refiere a mi abuela, ¿verdad?

–Correcto. Intenté ponerme en contacto con Bridget Sutter yo mismo, pero su hija se negó a dejarme hablar con ella. Es muy consciente de la edad y la salud frágil de su madre –le explicó Didier mientras volvía a colocarse frente a ella con una mano apoyada en la parte trasera del sofá Chesterfield–. Había llegado a un callejón sin salida. La única otra pista que tenía era la de la señora que venía todos los años y dejaba flores en la escuela. Así que he estado... –añadió, buscando la palabra–, he estado vigilando la escuela y esperando a tu abuela.

Fleur no estaba muy segura de cómo se sentía ante el hecho de que, básicamente, la hubieran espiado, aunque hubiese sido sin querer. Sin embargo, con todo lo que le había contado Didier, parecía algo insignificante en lo que no tenía que detenerse.

–¿Tiene algo que ver con todo esto la zapatilla de *ballet*

que había en la verja? Parece demasiada coincidencia como para que no sea así.

—No sé quién la dejó. Ya estaba allí cuando comencé a esperar, pero parece importante para Lydia.

Fleur se recostó y se tomó un momento para recopilar toda la información que le había proporcionado e intentar ordenarla de algún modo.

—¿Y crees que hay alguna conexión entre Bridget Sutter y mi abuela?

Didier asintió.

—Y el cuadro perdido. Creo que Lydia es el vínculo.

Capítulo 17

Adèle

París
Julio de 1942

Podía oír el ruido del grupo de registro mientras subía la segunda escalera hasta el piso del estudio de danza. Dio un trago de agua, pero le temblaba la mano, así que dejó el vaso.

—Está temblando –dijo el oficial.

—Es que me siento bastante débil, de verdad –tartamudeó ella. Se inclinó hacia delante y apoyó la cabeza casi en el regazo. No es que necesitara que la sangre le llegara al cerebro, pero tenía que ocultar los nervios.

Un grito de uno de los soldados llamando al oficial hizo que se incorporara de inmediato. En aquella ocasión, sí que se sintió mareada de verdad. El soldado dijo algo en alemán que Adèle no comprendió.

—Levántese –le ordenó el oficial–. Tenemos que ir arriba. Uno de mis hombres tiene algo que mostrarme.

El estómago le dio un vuelco por el miedo y el corazón le palpitaba con tanta fuerza que estaba segura de que podían oírlo. Se puso en pie y siguió al alemán por los dos tramos de escaleras hasta llegar al estudio de baile.

Los soldados estaban de pie cerca de la puerta de la alacena.

—Hemos encontrado esto –dijo uno de ellos. Se agachó y recogió la corteza de una rebanada de pan–. Y esto –continuó, sujetando a Lulu le Lapin de una oreja.

El oficial tomó el pan y lo partió antes de olerlo.

—¿Puede explicarme esto? –Le lanzó a Adèle una mirada dura como el acero.

—Sí; debió de dejarlo anoche alguno de mis alumnos. Tenemos lecciones de baile aquí arriba todos los días después de las clases. A veces les doy pan. Debió de caérsele a alguno de ellos. –Se acercó y extendió la mano para que le dieran el conejito, que el soldado le entregó–. A veces, los niños traen sus juguetes; son cosas que les dan seguridad en estos tiempos oscuros.

—Puedo entender que dejaran atrás un juguete –dijo el oficial tras una pausa–, pero ¿por qué se dejarían comida?

Adèle se encogió de hombros.

—Ayer se nos estaba haciendo tarde, así que los saqué del estudio a toda prisa.

Esperaba sonar convincente, pero de una manera despreocupada y desdeñosa.

El oficial frunció los labios y miró en torno a la sala. Sus ojos se detuvieron en la puerta de la alacena.

—¿Qué hay ahí dentro?

—Solo es un cuarto de almacenaje –replicó Adèle, haciendo un esfuerzo consciente por no estrujar el juguete y mostrar sus nervios. El oficial era astuto e inteligente, así que no le pasaría desapercibido su lenguaje corporal–. Está abierto si quiere echar un vistazo al interior.

El hombre le hizo un gesto con la cabeza a uno de sus hombres, que se acercó a toda prisa y abrió la puerta. Entró y volvió a aparecer apenas unos segundos después. Una vez más, Adèle no pudo entender lo que estaban diciendo, pero la voz del soldado no era apremiante y, mientras informaba a su superior, se encogió de hombros.

El oficial entró y echó un vistazo a la alacena él mismo, pero, para alivio de Adèle, no empezó a golpear las paredes ni a toquetear y sacar cosas.

–Muy bien. Le sugiero que se asegure de no dejar comida por ahí –dijo el hombre–. De lo contrario, tan solo atraerá a las alimañas.

Adèle tragó saliva con fuerza al oír aquel término. Su mente volvió de forma automática a Édith. Aquella había sido la palabra que había usado ella. No podía ser casualidad, ¿verdad?

Cuando estaban a punto de marcharse, el oficial se paró en el pasillo. Les dijo algo a sus hombres, que lo miraron de forma inexpresiva y negaron con la cabeza.

–¿Hay aquí un ático, mademoiselle Basset?

El miedo amenazó con devorar a Adèle de nuevo, pero sabía que tenía que contener los nervios.

–Sí, por supuesto. Está por aquí.

Dio la vuelta en torno al oficial y abrió una puerta que revelaba una escalera. Los dos soldados pasaron corriendo junto a ella. Sus botas resonaron contra los escalones de madera y Adèle deseó que los niños permanecieran callados. Estaban todos muy cerca y tan solo los separaba un tabique de placas de yeso laminado.

Los soldados regresaron un minuto después y, al parecer, informaron a su superior de que no habían encontrado nada.

–Gracias por dejar que mis hombres registrasen la escuela –dijo el oficial mientras le indicaba con un gesto que bajara las escaleras.

Ella no contestó. ¿Qué se suponía que debía decir? ¿Que había sido un placer o que no pasaba nada? Para ella, había distado mucho de ser un placer; había pasado un miedo terrorífico que le había acelerado el corazón.

Cuando salió, cerró con llave las puertas de la escuela a sus espaldas, consciente de que el oficial estaba sentado en su automóvil, observándola. Cuando salió por la verja, él bajó la ventanilla.

–Recuerde, mademoiselle Basset: no deje comida por ahí para las alimañas.

Se despidió con un asentimiento de cabeza y le dijo algo a su conductor. El automóvil arrancó y Adèle observó cómo desaparecía por la calle. Quería volver a entrar a la escuela, pero sabía que era demasiado arriesgado. Todos los ojos de la calle estarían pendientes de ella y de lo que acababa de ocurrir. Cualquiera de esas personas podría verla regresando al interior y denunciarla.

Mientras se alejaba, se obligó a no mirar en dirección a las ventanas del ático. Se preguntó adónde habría ido Manu y, cuando dobló la esquina, vio que la estaba esperando. Comenzó a caminar a su lado.

–*Ça va?*

–Eso creo –contestó ella.

–Sigue andando –dijo él sin necesidad, ya que no tenía intención de pararse. Lo único que quería era llegar a casa, dejarse caer en la cama y llorar hasta librarse de la variedad de emociones a las que acababa de enfrentarse.

–¿Qué has descubierto sobre el edificio?

–Está vacío –contestó él–. No tengo ni idea de qué estaba haciendo Édith ahí. Hay un conserje y me ha dicho que le han ordenado que vigile la propiedad y que no deje entrar a nadie.

–Eso suena muy raro. ¿Puedes confiar en Édith? –le preguntó con cuidado–. Me refiero a confiar en ella de verdad.

Manu se detuvo y se dio la vuelta para mirarla.

—Sí; puedo confiar en ella.

—Aun así, debes tener cuidado.

—Lo sé; no soy idiota.

—Eso ya lo sé. Tan solo estoy asustada.

—No lo estés. Me encargaré de esto. Bien, con respecto a los niños y las mujeres... Tenemos que sacarlos de la escuela y llevarlos a un lugar seguro lo antes posible. Esta noche voy a reunirme con uno de mis contactos. Puede que, después, tenga alguna noticia.

—No he tenido la oportunidad de contártelo, pero tengo un plan —dijo ella.

—No me lo cuentes ahora —contestó Manu mientras la guiaba por la acera—. Solo por si alguien nos está vigilando. Nos separaremos en la esquina de esta calle. Tú, vuelve a casa. Mañana, reúnete conmigo en la iglesia de Nuestra Señora de los Dolores durante la misa de las diez de la mañana. Estaré en la parte de atrás, en el reclinatorio del lado derecho. Asegúrate de que no te siguen. Si a las diez y media no he aparecido, es que algo va mal y debes marcharte. ¿Entendido?

—Sí, entendido.

Se detuvieron en la esquina y Manu le dio dos besos antes de dirigirse hacia dondequiera que fuera. Adèle lo observó durante unos segundos. Su alta figura recorría la calle con paso seguro, casi como si estuviera retando a cualquiera a detenerse y preguntarle algo. Soltó un suspiro y regresó a su piso.

No había dormido muy bien. Sus pensamientos estaban sumidos en un bucle constante. Estaba preocupada por lo que había pasado el día anterior en la escuela tanto con

Édith como con el registro, preocupada por los niños y sus madres, preocupada por que alguno de ellos pudiese dejarse otra cosa que llamase la atención de los alemanes, preocupada por Manu y por reunirse con él, y preocupada por lo que pensaría de su plan.

Llegó a Nuestra Señora de los Dolores justo antes de que comenzara la misa de las diez de la mañana, tal como le había indicado su amigo. Se trataba de una iglesia grande que ocupaba el centro de una plaza cercana a la escuela. Se unió a la congregación y, mientras entraba en el edificio, buscó a Manu, pero no pudo verlo. Había llegado un poco pronto, pero eso no detuvo las mariposas que sentía en el estómago. Hizo lo que le había dicho y se sentó al fondo de la iglesia, en el lado derecho. No quería llamar la atención girándose todo el rato y estaba hecha un manojo de nervios.

Aquello había sido una mala idea. Tal vez, sin darse cuenta, había puesto a Manu en peligro. No tendría que haber aceptado reunirse allí con él. La congregación se puso en pie mientras el sacerdote comenzaba a abrirse paso por el pasillo central seguido por los niños del coro, que iban vestidos de blanco y portaban un crucifijo. Era raro que los alemanes no se lo hubieran llevado todavía.

El cura ocupó su lugar frente al altar y se dio la vuelta hacia la congregación. Hablando en latín, recitó una oración y se santiguó. Adèle, junto con todos los demás presentes en la iglesia, hizo lo mismo. Mientras todos tomaban asiento, Manu apareció a su lado. Ella soltó un suspiro de alivio.

—Estaba empezando a preocuparme.

—Te dije que no te preocuparas hasta las diez y media. Tenía que asegurarme de que nadie nos seguía.

—Ya lo había comprobado yo, tal como me dijiste —susurró

ella con la vista fija en el sacerdote mientras daba comienzo a la misa.

–Me gusta asegurarme –contestó él también en un susurro.

Manu tomó el himnario y Adèle se preguntó cómo narices iba a contarle su plan cuando estaban en medio de una misa.

–¿Y qué vamos a hacer ahora? –volvió a susurrar.

–Espera. Te haré saber el momento en que tengamos que marcharnos.

Solo tuvo que esperar otros diez minutos antes de que Manu dejara el libro y, tras tomarle la mano, la llevara fuera de la iglesia.

–¿Adónde vamos?

–Estás haciendo muchas preguntas –dijo él.

Mientras caminaban, no le soltó la mano, y a ella le pareció más que bien seguir así.

Se abrieron paso a través de varias calles antes de detenerse frente a un bloque de pisos de aspecto inofensivo que no era muy distinto a aquel en el que vivía ella. Manu abrió la puerta y la condujo al interior. En lugar de subir las escaleras, tal como había imaginado, atravesaron el vestíbulo y salieron al patio que había al otro lado. De un balcón a otro colgaba la colada y había unos niños jugando. Uno de ellos pedaleaba sobre un triciclo en torno a la fuente central. En el pasado, debió de ser un patio muy elegante, pero, desde la llegada de las fuerzas alemanas, era evidente que el mantenimiento del mismo había dejado de ser una prioridad.

Algunos de los niños llamaron a Manu.

–*Monsieur! Monsieur!*

Uno de ellos se acercó corriendo y él lo levantó por los aires antes de volver a dejarlo en el suelo.

–Jacques, *ça va?* –le preguntó al niño–. Espero que te estés portando bien con tu *mémé.* –Miró en dirección a una mujer que rondaría los setenta años y que estaba sentada fuera con un cigarrillo en una mano y una taza en la otra–. *Bonjour, madame!* –le dijo.

–*Bonjour, monsieur.* –La anciana le dedicó una sonrisa a Adèle–. *Mademoiselle.*

Adèle le devolvió la sonrisa y se preguntó si debería pararse, pero Manu le tomó de nuevo la mano y la arrastró con prisa a través del patio.

–Parece que todos os conocéis y, aun así, no habéis usado los nombres de los demás, excepto el del niño. ¿Por qué?

–Así es más seguro. Nadie sabe el nombre real de los otros –dijo Manu–. Tendría que haberte avisado. No des tu nombre. No te van a preguntar, pero tú no te presentes.

Una ligera sensación de miedo le atenazó el estómago. Manu estaba mucho más involucrado en la Resistencia contra los alemanes de lo que había imaginado. Subieron por las escaleras de piedra hasta el primer piso y se detuvieron frente a la tercera puerta. No tuvieron que llamar, pues se abrió casi de inmediato.

Una mujer de unos cuarenta y tantos años miró a Manu y después a Adèle.

–¿Os han seguido?

–No. Esta es la amiga de la que te hablé.

La mujer abrió la puerta y se hizo a un lado. Adèle agradeció que Manu todavía no le hubiera soltado la mano mientras la arrastraba por el pasillo hasta el fondo del piso, donde atravesaron unas puertas dobles y entraron en un salón enorme. Las cortinas estaban corridas sobre las tres ventanas altas y una capa de humo de cigarro flotaba en la estancia. Al fondo de la habitación había un piano de cola sobre cuya tapa se encontraba encorvado un hombre. La parte superior del piano estaba cubierta de alambres y lo que parecían las entrañas de un reloj. El hombre alzó la vista y saludó a Manu con un gesto de la cabeza. Se dio la vuelta y observó a Adèle, dedicándole el mismo saludo.

En torno a una mesa de comedor había otros tres hombres y otra mujer. Ellos también hicieron un leve movimiento de cabeza.

—¿Esta es la que necesita los papeles para cuatro niños y dos adultos? —preguntó uno de los hombres, que era mayor que el resto.

—Eres la maestra —dijo una de las mujeres.

—Eso es —contestó Adèle. Supuso que, probablemente, sabían más de ella de lo que dejaban ver.

—Al parecer, tienes un plan, mademoiselle Maestra —señaló el hombre mayor.

—Exacto.

Adèle miró a Manu para que le diera confianza. Él le dedico una breve sonrisa de ánimo. Con rapidez, Adèle comenzó a explicarles cómo les habían pedido a ella y a su hermana que actuaran en la exposición artística de Lyon. Vio cómo los ojos de algunos de los hombres de la sala se entrecerraban. Sospechaban de ella, y tenían motivos para hacerlo. Aun así, siguió adelante: no se trataba de ella sino de salvar a sus amigas y a los niños.

—Había pensado que los niños que estoy escondiendo junto con sus madres podrían formar parte del grupo de baile y, después, una vez que hayan actuado en Lyon, podrían perderse en la noche y cruzar la frontera con Suiza.

Durante unos segundos, se hizo un silencio sepulcral en la sala antes de que el hombre estallara en carcajadas. Miró a sus camaradas.

—¿Lo habéis oído? Van a bailar para Hitler y, después, sin

más, se van a escabullir y a cruzar la frontera. Porque, claro, es así de fácil.

Miró a Manu, que tenía un gesto de irritación en el rostro, aunque no estaba segura de si iba dirigido a ella o a las otras personas que había en la sala.

—Eso exactamente es lo que creo que va a ocurrir. Hay un entramado de conductos por toda la frontera —dijo Adèle, refiriéndose a la red secreta de refugios y rutas de escape de Francia—. Ya se ha sacado del país a otras personas en otras ocasiones. No sé por qué no podría hacerse de nuevo. Además, no estoy buscando vuestra aprobación o vuestra ayuda con el plan, tan solo necesito la documentación falsa.

Las risas se apagaron y, entonces, el hombre se aclaró la garganta y se dirigió a Manu.

—¿Y tú apruebas esto?

Él la miró antes de volverse hacia aquel hombre.

—Por supuesto. —Adèle quiso abrazarlo por dar la cara por ella. No había tenido ni idea de cuál era su plan y, aun así, ahí estaba, fingiendo que lo sabía y que le daba su aprobación—. Si funciona, podemos abrir toda una ruta nueva.

El hombre intercambió una mirada con el resto de los que estaban sentados a la mesa.

—En tal caso, será mejor que toméis asiento y que hablemos de esto en condiciones.

Capítulo 18

Fleur

París
Agosto de 2015

Fleur y Didier habían repasado las circunstancias varias veces, pero a pesar de que ella ya tenía una idea clara, no conseguía ver cómo unir todas las piezas del puzle. Seguía sin estar del todo convencida de que su abuela estuviera conectada con Bridget Sutter y el cuadro perdido.

–Hay una cantidad terrible de presuposiciones y conjeturas en todo el asunto –le dijo al hombre–. Cuesta ver alguna prueba real de que todo esté vinculado.

–Lo sé; lo entiendo, pero hasta que no hagamos preguntas y profundicemos en el asunto, no lo sabremos con certeza.

–No quiero molestar a mi abuela. Me resulta incómodo interrogarla. –Frunció el ceño ante la idea de presionar a la mujer de cualquier manera–. Podría preguntarle con calma, pero si no quiere hablar de ello, no insistiré.

–No esperaba que lo hicieras, pero para mí es muy importante intentar descubrir lo que pasó con el cuadro.

–La abuela jamás ha mencionado ningún cuadro. Tal vez Bridget Sutter lo consiguió de alguna manera fraudulenta y por eso no quiere decir de dónde lo sacó. Aun así, no puedo imaginar cuál es el punto de unión.

–De todos modos, me gustaría hacerle algunas preguntas.

–Tenemos intereses diferentes. Me gustaría pensar que una mujer de ochenta años tiene más importancia que una acuarela.

–Entiendo lo que quieres decir –replicó Didier.

Se sumieron en un pequeño silencio mientras ambos daban vueltas al rompecabezas que tenían frente a ellos. Fleur comprendía que Didier estuviese interesado en encontrar el cuadro perdido, pero no estaba segura de que Lydia de verdad tuviera algo que ver con la búsqueda. Por otro lado, era cierto que la zapatilla de *ballet* había removido los sentimientos de la mujer, pero en aquel momento no había compartido aquellos recuerdos con ella.

–Déjame que lo piense y a ver si puedo abordar el asunto con mi abuela –dijo Fleur, rompiendo el silencio–. Si voy a hablar con ella, debo hacerlo con cuidado y mostrándome comprensiva.

–*Bien sûr. Absolument!* –El hombre le sostuvo la mirada–. Gracias.

–Tengo tu tarjeta de visita. Te llamaré mañana en cuanto haya tenido ocasión de hablar con ella.

Didier la acompañó hasta el ascensor y volvió a darle las gracias por tomarse la molestia de reunirse con él.

–Estoy impaciente por poder hablar mañana contigo –dijo cuando las puertas se abrieron y ella entró. Sonrió e inclinó un poco la cabeza mientras volvían a cerrarse.

En cuanto el ascensor empezó a subir, Fleur se dio cuenta de que estaba un poco decepcionada por tener que separarse de él.

Tras entrar en su habitación, llamó a la puerta adyacente, la de la habitación de su abuela. Al no recibir respuesta, la abrió y echó un vistazo al interior. La mujer estaba dormida con las cortinas cerradas. La luz tenue de la lamparita de noche cubría la estancia de un resplandor amarillento. Fleur prestó atención al sonido tranquilizador de la respiración de su abuela. Fue entonces cuando se dio cuenta de que tenía algo entre las manos: la zapatilla de *ballet*. Se quedó ahí parada un instante, con la mirada sobre la figura dormida de la mujer. Esperaba que fuese capaz de hablar más de ella y quitarse de encima el peso con el que había estado cargando todos aquellos años. A aquellas alturas de su vida, se merecía un poco de paz.

Tras cerrar la puerta que conectaba ambas habitaciones, se acercó a la ventana y contempló el horizonte de París, el lugar de nacimiento de su abuela y la ciudad en la que había tenido que soportar tanto dolor.

No sentía nada más que admiración por la forma en que Lydia se enfrentaba a su propio pesar. No había ira, tan solo tristeza. Si alguien tenía derecho a estar enfadada, esa era ella. Había tenido que soportar muchas cosas a lo largo de su vida. No podía evitar sentirse un poco avergonzada por las reacciones que ella misma había mostrado ante su propia situación que, si bien era trágica, no estaba al nivel de sufrimiento de su abuela. Sospechaba que, cuanto más descubriera sobre el pasado de la mujer, más evidente se haría la brecha entre las experiencias dolorosas de ambas.

Para distraerse y no recrearse en la pérdida de su madre, sacó de su bolso el iPad y se conectó a la red del hotel. Debería haber hecho aquello antes, pensó mientras tecleaba la página web del negocio de antigüedades de Didier.

Básicamente, tenía el aspecto que esperaba que tuviera una página web de un pequeño negocio de antigüedades: una página principal que mostraba la tienda que dirigía el hombre junto con algunos de los artículos a la venta. Había una página específica dedicada al arte, lo cual no era sorprendente, ya que él mismo le había dicho que se especializaba en ese campo. También había otra página con reseñas.

A continuación, tecleó «Pierre Valois» y «*Un an au chalet*». En la pantalla aparecieron imágenes de doce miniaturas junto con una pequeña biografía del pintor. Regresó a la página de búsqueda y siguió revisando los resultados que había más abajo. Estuvo a punto de desestimar uno de ellos, que comenzaba con «*50.000 € récompense offerte pour le retour en toute sécurité...*». Volvió a él. «Recompensa ofrecida por el regreso con toda seguridad», tradujo por encima. De acuerdo, era una traducción literal, pero sabía lo bastante para entender que hablaba de una recompensa de cincuenta mil euros. Pulsó el enlace.

Como es natural, todo estaba escrito en francés, así que dio gracias por la opción de traducción que se ofrecía.

–Vaya... –dijo en voz alta mientras digería la información.

Volvió a repasar el documento para asegurarse de que lo había entendido bien. Había una recompensa de cincuenta mil euros para quien devolviera *Août*, el cuadro perdido de Pierre Valois, el cual se creía que había sido robado por los alemanes durante la guerra. Todo eso se lo había contado Didier, pero no había mencionado la cantidad de dinero involucrada. No era de extrañar que estuviera interesado en hablar con su abuela.

La idea de que no hubiera sido sincero con ella le molestó. También estaba enfadada consigo misma por ser tan crédula y no haber insistido para que le contara cuál era su motivación. Ahora, le parecía evidente que iba detrás del dinero.

Le llamó la atención que la página web del negocio del hombre no tuviera ninguna información personal sobre el propietario, es decir, del propio Didier. No había ninguna fotografía suya, ninguna sección «Sobre mí» que ofreciera una pequeña biografía, ninguna página de bienvenida o un rostro amable que presentara el negocio a los posibles clientes. Volvió a entrar en la web y se dirigió a la página de contacto. Una vez más, no había ninguna información personal sobre a quién contactar, tan solo el nombre de la empresa. Cuanto más lo pensaba, más raro le parecía. Cogió la tarjeta de visita que le había entregado y le dio la vuelta varias veces. No era la tarjeta más lujosa que hubiera visto: estaba elaborada con cartón fino y, probablemente, fuese algo que cualquiera podría crear e imprimir en su propia casa.

Tenía el presentimiento de que, de algún modo, la estaban timando. Volvió a centrarse en el iPad y, en esta ocasión, tecleó el nombre de Didier. Mientras pasaba los resultados de nuevo, llegó a un enlace que parecía prometedor. Un rápido clic en la opción de traducir el texto le reveló un artículo muy esclarecedor.

Al parecer, cuatro años atrás, Didier era el dueño de una gran casa de subastas muy bien consolidada que había sufrido un robo y un incendio provocado. Las instalaciones y todas las antigüedades que no habían sido robadas habían quedado destruidas por el fuego. Aunque estaba cubierto por un seguro, la aseguradora tenía un límite y, debido a una irregularidad que únicamente se mencionaba de pasada, la compañía tan solo le había pagado la mitad del supuesto valor. Eso había dejado endeudado a Didier, que había cerrado la empresa.

Una vez más, Fleur tuvo que tomarse un momento para asimilar aquella información nueva e intentar desentrañar la relación que tenía con la visita de Lydia a París, el cuadro perdido y el misterio de la zapatilla de *ballet*. Se quedó en blanco. Había muchos fragmentos de información, pero ninguno lo bastante explícito como para mostrarle la imagen completa o incluso las diferentes piezas inconexas de la misma. Era como si alguien hubiese lanzado al aire varias cajas de puzles y ella estuviera rebuscando entre las mismas sin tener ni idea de cuál tenía que ser el resultado final.

Tras terminar la búsqueda, volvió a comprobar cómo se encontraba su abuela, que seguía durmiendo. Se acercó hasta ella, observando cómo le subía y le bajaba el pecho con la zapatilla de *ballet* todavía en la mano. En aquel momento, llevaba un antifaz para dormir y, aunque no podía verle los ojos, Fleur tenía la clara sensación de que, en realidad, no dormía.

—Abuela, ¿estás bien? —susurró.

—Estoy bien —contestó Lydia sin moverse ni intentar quitarse el antifaz—. Tan solo necesito descansar un poco más. Últimamente, los viajes me dejan agotada.

—Solo quería asegurarme.

—Deja de preocuparte. Todavía no estoy a punto de abandonar este mundo. —Hizo un gesto con la mano en dirección a la puerta. Fleur titubeó y, sintiendo que seguía ahí, Lydia se levantó el antifaz—. ¿Qué ocurre, *ma petite puce*?

Ella se removió, incómoda.

—No iba a contártelo todavía, pero he descubierto algo sobre Didier.

Lydia se incorporó hasta estar sentada y se quitó del todo el antifaz. Después, dio una palmadita en el borde de la cama.

—Deberías contármelo.

—Bueno, resulta que no fue tanta coincidencia que estuviese delante de la escuela. Resumiendo: tenía la esperanza de encontrarse contigo. En realidad, está intentando localizar un cuadro perdido por el que se ofrece una gran recompensa.

Le hizo un resumen conciso de su conversación con Didier

y lo que había descubierto después en internet. Mientras hablaba, Lydia escuchó todo el tiempo con atención, sin hacer preguntas, pero Fleur podía ver los engranajes de su avispado cerebro en marcha mientras valoraba todo el asunto. Tras una larga pausa, su abuela habló al fin.

–Cuando te invité a venir a este viaje, pensaba que tenía claro todo lo que iba a contarte. Desde la aparición de la zapatilla de *ballet* y de Didier, y después de lo que acabas de decirme, ya ni siquiera estoy segura de conocer la verdad yo misma.

Bajó la vista hacia la zapatilla que tenía en la mano mientras acariciaba la delicada tela de seda con el pulgar.

–¿Hay algo que creas que puedes contarme ahora? ¿Algo que pueda ayudarnos a darle sentido a todo esto? –la persuadió Fleur.

Observó el gesto torcido de Lydia que, de pronto, sí mostraba el aspecto propio de los ochenta y un años que tenía, con la piel traslúcida y fina como el papel. Parecía un gorrioncillo que hubiera abandonado el nido demasiado pronto. En ese momento, Fleur fue consciente de que ya no le importaba conocer la historia de su abuela. No se trataba de conocer su propio legado; le daría a aquel asunto toda la importancia que quisiera darle Lydia.

–Podemos dejar las cosas como están. Puedo decirle a Didier que no sabemos nada más. Él puede volver a intentar localizar el cuadro por su cuenta y nosotras... Durante las próximas dos semanas, podemos ser dos turistas sin más, tal como habíamos planeado, y no tenemos por qué seguir pensando en cuadros, zapatillas de *ballet* o el pasado. No si no quieres. Solo me importa si te importa a ti.

La mujer estrechó la zapatilla contra el pecho y cerró los ojos unos segundos antes de mirar a su nieta.

–Mantengo lo que te dije al principio: tiene que saberse la verdad. Mi historia ha de ser transmitida para que todos aquellos sacrificios no caigan en el olvido. Si eso significa descubrir más verdades, que así sea. Además, también quiero que te sirva de ayuda a ti; quiero que seas capaz de aceptar tu pasado.

–No tienes que preocuparte por mí –le aseguró ella.

–Pero me preocupo. Sé que es difícil, pero ninguna de las dos debe enterrarlo. Eso es hacer uso del privilegio de estar vivas. A otros a los que hemos querido se les ha negado ese privilegio.

–¿Y estás segura de que puedes hacerlo, abuela?

–Sí. Además, no gozo del lujo del tiempo. Ya he usado la mayor parte del mío. No quiero que tú malgastes el tuyo. –Volvió a pasar el pulgar por la zapatilla, como si eso le diera fuerzas–. Creo que Didier puede sernos de ayuda. Es como si una entidad superior lo hubiera enviado para ayudarnos.

Fleur se mostró escéptica al respecto, pero no discutió con su abuela.

–Si estás segura...

–Estoy segura. Habla con él de nuevo y, entonces, podremos decidir qué hacer a continuación.

Capítulo 19

Adèle

París

Julio de 1942

A dèle no había dejado de sonreír para sí misma desde el encuentro con los amigos de Manu. Bueno, tal vez no fueran sus amigos, pero, al menos, eran sus socios. Ahora tenía auténticas esperanzas de que hubiera una forma de sacar a las madres y a los niños de Francia sanos y salvos con la posibilidad de crear una nueva ruta de escape. Manu le había advertido que mantuviera las esperanzas, pero siempre siendo realista, y le había recordado el peligro.

—No es un juego —le había dicho mientras Adèle le sonreía como una loca cuando se habían marchado—. Hablamos de vidas reales y, si alguien se equivoca, toda la cadena podría colapsar.

Había intentado no sentirse dolida por aquellas palabras. Odiaba que pensara que era una ingenua y que no comprendía la gravedad de la situación. Le molestaba que pensara en ella como una persona joven e inexperta. Tal vez Lucille tenía razón y él siempre la había considerado como una hermana pequeña. También se odiaba a sí misma por darle demasiadas vueltas.

El lunes llegó rápido y Adèle estaba ansiosa por ver a los huéspedes de la escuela. Tras el registro de la misma, se le había hecho un nudo en el estómago y no había sido capaz de deshacerse de él. No se había atrevido a regresar el día anterior por si estaban vigilando el edificio. Había tenido que actuar como todos los domingos y eso no incluía ir a su lugar de trabajo.

Avisó de que llegaba mientras subía las escaleras en dirección al ático. Aquella mañana, la falta de aire fresco y el olor de los cuerpos era muy fuerte y estaba contenta de haber cogido un poco de jabón de casa. Peter había llevado algunos artículos de aseo de lujo para Lucille, que los había compartido con ella, y, por mucho que le hubiera gustado quedarse el jabón de lavanda para sí misma, sabía que le daría mejor uso de otro modo. Todavía tenía una pastilla más pequeña que su hermana le había regalado, así que se las arreglaría con esa y rezaría para que Lucille no le preguntara qué hacía con ellas.

—Mirad lo que tengo —dijo, mostrando la pastilla de jabón.

Jacqueline y Cécile se mostraron mucho más impresionadas que los niños ante semejante ofrenda.

—También he traído bizcocho. —Aquello obtuvo una respuesta más entusiasta de los pequeños—. Pero solo os lo daré cuando os hayáis lavado.

—Los acompaño yo —dijo Cécile, que condujo a su pequeño rebaño fuera del ático y hacia el piso de abajo.

—¿Cómo os va? —preguntó Adèle en cuanto estuvieron a solas.

—Es duro —admitió Jacqueline—. ¿Qué ocurrió el otro día? Por suerte, había oído el retumbo del camión cuando aparcó fuera y conseguí subir a los niños aquí arriba enseguida. Estábamos jugando en el estudio de danza.

Adèle le tendió el peluche que habían encontrado.

—Lo sé. Os habíais dejado esto junto con un poco de pan.

–¡Ay, ese conejo! Voy a tener que atárselo a la muñeca. Lo siento muchísimo. –Jacqueline suspiró–. No me di cuenta; fuimos presa del pánico. Si vuelve a ocurrir, tendré más cuidado. Te lo prometo.

–¿Oísteis la campana?

–Sí, aunque, para entonces, ya estábamos en el ático. No estoy segura de que hubiéramos tenido tiempo suficiente de no haber oído el camión.

–Al menos conseguisteis que estuvieran todos callados.

–Fue aterrador. Oíamos a los soldados en el piso de abajo. No nos atrevíamos a movernos. Me preocupaba que el mero hecho de respirar nos delatara. Y, después, cuando subieron al ático de al lado... –Cerró los ojos un momento ante aquella idea–. Estaban muy cerca; demasiado cerca. Pero los niños actuaron de forma increíble. Habíamos practicado lo de estar callados y están acostumbrándose, pero pasé muchísimo miedo. –Jacqueline agachó la cabeza y se frotó el rostro.

Jacqueline –dijo Adèle–, No pasa nada, no llores. –Abrazó a su amiga–. Ahora estás a salvo y puede que no tengáis que quedaros aquí mucho más tiempo.

La mujer alzó la vista.

–¿Qué quieres decir?

–A Lucille y a mí nos han pedido que actuemos en una exposición de arte que Müller, su novio, va a organizar en Lyon. Yo no quería aceptar, pero entonces tuve una idea. –Tomó las manos de su amiga–. Conseguiremos papeles falsos para ti, Cécile y los niños. Ellos formarán parte de la coreografía y, una vez que hayamos acabado, podrán desaparecer. Podrán escapar con vosotras y cruzar la frontera hacia Suiza.

Los ojos de la mujer se iluminaron.

–Haces que parezca muy fácil.

–Estamos trabajando en el plan. Manu ha contactado con

gente que puede ayudarnos. Tan solo debéis tener un poco más de paciencia.

—Y esperar que nuestra buena fortuna se mantenga.

—Sí. —Adèle miró a su amiga a los ojos con gesto serio—. También necesitamos suerte; mucha suerte. Pero ¿cuál es la alternativa? No podéis quedaros escondidos aquí arriba para siempre, especialmente ahora que los alemanes ya han registrado el edificio una vez.

—¿Por qué lo hicieron? ¿Sospechan de nosotros?

No había pretendido hablarle a Jacqueline de Édith, pero no le parecía bien ocultarle información.

—No estoy segura. Édith, la novia de Manu, dijo algo que me hizo sospechar. No confío en ella. Me habló sobre alimañas en el ático y, después, el oficial alemán usó las mismas palabras.

Jacqueline jadeó, pero, antes de que pudiera decir nada más, Cécile regresó con los niños.

—Ah, ahí estáis —comentó su amiga mientras atraía a Blanche para darle un abrazo—. Y qué bien oléis ahora.

Daniel, con el pelo todavía mojado, entró el último. Parecía abatido.

—Hola, Daniel —le dijo Adèle mientras se acercaba a él—. *Ça va?* —Lo tomó de la mano y lo condujo hacia la ventana—. Ven, siéntate; voy a peinarte. —Cogió el peine que había a un lado y, arrodillándose a su lado, empezó a desenredarle el cabello espeso y oscuro—. Quizá también podamos encontrar ropa limpia para ti. Tal vez Thomas tenga algo que puedas tomar prestado.

Puede que el niño oliera a limpio, pero el olor corporal y el ligero hedor de la orina se habían adherido a su ropa.

—No quiero la ropa de Thomas —dijo con la cabeza agachada.

–Pero tienes que ponerte algo limpio –replicó Adèle.

Daniel sacudió la cabeza.

–No.

Adèle vio cómo dos lágrimas le caían sobre las rodillas.

–Ay, Daniel, no llores. ¿Qué te ocurre? –Lo atrajo hacia su regazo y lo estrechó contra ella. Se meció adelante y atrás mientras el cuerpecito del niño se estremecía con los sollozos. Tras varios minutos, los lloros cesaron, pero Daniel se aferró a ella–. Dime qué ocurre –insistió–. Entonces, podré ayudarte.

–No quiero ponerme la ropa de Thomas –repitió–. Porque, cuando regrese mi mamá, no sabrá que soy yo y volverá a dejarme aquí.

Adèle creyó que se le iba a romper el corazón. Lo abrazó con fuerza y le acarició el pelo.

–Tu mamá siempre sabrá que eres tú –le susurró–. Podría tener los ojos cerrados y, aun así, sería capaz de señalarte en medio de una habitación llena de niños. No necesita verte, tan solo tiene que guiarse por su corazón para encontrarte. Estás en sus pensamientos y su corazón todos los días. Te quiere mucho.

–Quiero a mi mamá –gimoteó el niño.

–Ya lo sé, *ma petite puce*; ya lo sé. –Siguió estrechando al pequeño durante un buen rato, susurrándole palabras de consuelo y aliento. Al final, dejó de llorar y Adèle hizo que se pusiera en pie–. Bien, ¿qué te parece si solo tomas prestada la ropa de Thomas? Solo para dormir, mientras yo lavo la tuya. Podemos hacerlo ahora y colgarla para que se seque. Mañana podrás volver a ponerte la tuya.

En silencio, Cécile le tendió algo de ropa. Daniel observó el fardo.

–¿Solo un día?

—Solo un día —contestó ella con una sonrisa de ánimo.

Cuando aceptó, se sintió aliviada.

Unos minutos después, Daniel iba vestido con ropa que le quedaba demasiado grande. Adèle lo dejó jugando con Thomas con unas canicas que había encontrado en las profundidades del cajón de su escritorio.

En el lavabo de los aseos del piso de abajo, lavó la ropa del niño lo mejor que pudo con la pastilla de jabón que había cogido de su casa. Al recordar los temores de Daniel, sus lágrimas se mezclaron con el agua gris y jabonosa. En el fondo del corazón, no creía que la madre del pequeño fuera a volver a buscarlo y no tenía ni idea de qué ocurriría con él.

Unos pasos a su espalda la alertaron de que alguien entraba en el aseo. Era Jacqueline, que la rodeó con los brazos y apoyó la cabeza en su hombro.

—Ahora está bien; está jugando con Thomas.

Adèle se enjugó las lágrimas con el dorso de la mano y metió y sacó la ropa fuera del agua.

—¿En qué se ha convertido el mundo? ¿Cómo puede un humano ser tan cruel con otro?

—No es cosa de la humanidad, solo de los alemanes —dijo su amiga mientras se apoyaba en el lavabo—. Es cosa de la minoría, no de la mayoría.

—Odio que estéis sufriendo de semejante manera y que tengáis que esconderos para seguir con vida. —Volvió a meter la ropa en el agua con energía—. Es inhumano. —Las lágrimas habían dado paso a la ira y la frustración—. No puedo quedarme al margen y aceptar de forma pasiva lo que están haciendo los alemanes.

Su amiga le colocó una mano en el hombro.

—No te estás quedando al margen; estás haciendo algo.

—Pero puedo hacer más y lo haré. —Notó cómo una determinación renovada se agolpaba en sus entrañas y, por primera vez, el miedo a las consecuencias pasó a segundo plano–. Mientras me quede una pizca de aliento en el cuerpo, haré todo lo que pueda para protegeros a todos y llevaros a un lugar seguro.

–¿Y después?

–Después de vosotros habrá más; sois los primeros de muchos.

El resto del día transcurrió sin ningún incidente. Incluso mientras daba la habitual clase de danza, no oyó nada procedente del piso de arriba. Se les daba muy bien mantenerse en silencio. Cécile le había dicho que se habían acostumbrado a un patrón de sueño diferente según el cual estaban despiertos durante la noche y dormían durante el día.

Adèle acababa de terminar la clase y estaba repartiendo anillos de manzana seca entre los niños cuando, para su sorpresa, Lucille irrumpió en la sala.

–¿Qué haces aquí? –le preguntó mientras recogía los zapatos en la cesta. Su hermana apenas iba a la escuela.

–He pensado que deberíamos empezar con la coreografía para la exposición. –Dejó la bolsa sobre el taburete del piano y sacó sus zapatillas de *ballet*–. Creo que deberíamos hacer *ballet*, de verdad. Es algo clásico y bonito.

–Y el tipo de danza que mejor se te da –contestó Adèle con una sonrisa irónica.

–No hay nada de malo en que quiera presumir de una disciplina en la que soy muy buena. Además, tú también eres muy buena.

Era cierto. Tanto a Adèle como a su hermana se les daba muy bien el *ballet*. Tal vez porque había sido el talento de su madre y el amor por aquella danza corría por la sangre de ambas.

–Me parece bien lo del *ballet*. Es solo que no esperaba que quisieras empezar ya.

Pensó en los huéspedes del ático. Sabían que, después de las clases, no debían bajar hasta que Adèle no les hubiera dado vía libre. Tan solo tenía la esperanza de que se dieran cuenta de que había alguien más y de que no pensaran que estaba sola ante cualquier ruido que oyeran.

–Déjame que recoja todo esto.

Tomó la cesta de zapatos y, en lugar de dejarla en el armario que había en la parte frontal del aula, la llevó a la alacena y la colocó en la librería que Manu había instalado. En todo momento siguió hablando con su hermana en un tono de voz más alto de lo que era necesario sobre qué pieza musical deberían usar para bailar. Esperaba que Jacqueline o Cécile la oyeran y se dieran cuenta de que no estaba sola.

–Es evidente que llevas todo el día con niños –dijo Lucille con una carcajada–. Estás hablando muy alto, como si intentaras que se te escuchara por encima del ruido. No estoy sorda, ¿sabes?

–Lo siento; es la costumbre –dijo, a pesar de que casi nunca levantaba la voz durante las clases–. Bueno, ¿y qué pieza quieres? –Se sentó en el taburete del piano junto a su hermana, que se movió para hacerle hueco. Alzó la tapa y empezó a tocar los primeros compases de la *Danza del hada de azúcar*–. Es un clásico y estoy segura de que recordaremos los pasos enseguida. A menos que quieras usarla para tu solo.

–¡Para, Adèle! No puedo mantener una conversación en condiciones contigo si estás tocando.

Apartó las manos de las teclas y sonrió a su hermana.

–Lo siento. Entonces, ¿en qué habías pensado? Estoy segura de que ya lo has meditado.

Mientras hablaba, oyó un ruido como de arañazos procedente del ático. Fue un momento y, entonces, gracias a Dios, se detuvo. Rápidamente, posó las manos sobre el teclado y tocó un par de notas para distraer a su hermana.

–Solía interpretar muchas veces la *Danza del hada de azúcar*. Sí, puede que esté bien hacer el solo con esta. También necesitamos algo para hacer juntas. Tal vez alguna otra pieza del *Cascanueces*.

En realidad, a Adèle le daba igual. Su principal motivo para actuar no era impresionar a nadie. Bailaría con cualquier música si eso implicaba salvar a sus amigas y a los niños.

–¿Qué me dices del *Vals de las flores*? Es bonito y animado; un buen contraste con la *Danza del hada de azúcar*.

–¿Crees que a Hitler le gustará? –preguntó Lucille con el ceño fruncido.

A Adèle se le revolvió el estómago ante la idea de hacer cualquier cosa para complacer a Hitler. No podía importarle menos una cosa que la otra, pero se guardó esos pensamientos para sí misma.

Entonces, se oyó un crujido de la tarima del piso de arriba. En aquella ocasión, no se podía confundir con ninguna otra cosa. Lucille lanzó una mirada al techo y, después, volvió a mirarla a ella.

–¿Qué ha sido eso?

–La tarima. Ya sabes cómo es este edificio tan antiguo. Probablemente sean ratones.

Comenzó a tocar las teclas del piano, pero su hermana se inclinó hacia ella y le apartó las manos.

–Escucha. Ahí está otra vez.

–De verdad, Lucille, no es nada. Vamos a empezar los ensayos. Ha sido un día muy largo y quiero volver a casa lo antes posible; estoy muy cansada.

–¿Qué está pasando, Adèle? –Lucille cerró la tapa del

piano–. ¿Qué está pasando ahí arriba? –Se puso en pie y señaló el techo–. Ahí arriba hay algo. O alguien.

Adèle también se puso de pie, colocándose cara a cara con su hermana.

–Lo único que puede haber ahí arriba son ratones.

Lo dijo con firmeza, como si estuviera hablando con uno de los niños que necesitase recibir una reprimenda por algo.

–No te creo –replicó Lucille en voz baja.

–Tienes que creerme.

Su hermana miró al techo y, después, la puerta de la alacena. En ese momento, Adèle supo que acababa de recordar la escalera secreta.

–No –dijo–. Lucille, no lo hagas.

Era demasiado tarde. Su hermana estaba atravesando la sala. Abrió la puerta de un tirón y entró en la alacena. Adèle le pisaba los talones. Lucille echó un vistazo en torno a aquel espacio pequeño y su mirada se posó sobre la librería que cubría la puerta. Se acercó hasta allí y se detuvo. A Adèle el corazón le latía con fuerza. Imaginaba que su hermana iba a intentar abrir, pero no lo hizo.

–Oh, Adèle, por favor, dime que no es lo que creo que es.

–No es lo que crees que es –contestó ella–. Y si no sigues mirando, no tendrás que saberlo. –Cuando su hermana no le contestó y siguió contemplando la librería, volvió a intentarlo–. Podemos volver a salir al estudio de danza y practicar la coreografía. Ni siquiera tenemos que hablar de ello.

–Y no tendré motivos para decir nada –replicó Lucille–. ¿Es eso lo que quieres decir?

Adèle asintió.

–Eso es exactamente lo que quiero decir.

–Me estás poniendo en una posición muy difícil.

Le sorprendió el tono altivo que había adoptado su hermana.

—¿Que te estoy poniendo en una posición difícil? —repitió—. ¿Una posición difícil? No tienes ni idea. —Aquello era el colmo. Lucille era increíble. Se enfureció. La agarró del brazo y la sacó de la alacena, cerrando la puerta tras de sí con un golpe—. Una posición difícil no es nada en comparación con lo que algunas personas están viviendo. —Su voz era un siseo—. La vida de algunos está en peligro; y en peligro mortal. No están pasando por algo que les haga sentir un poco de malestar o les resulte incómodo, sino que temen por sus vidas de verdad. ¿Entiendes lo que te estoy diciendo, Lucille? Podrían matar a algunas personas, incluyéndome a mí. Eso sí es una posición difícil.

Lucille se soltó de un tirón.

—Me estás pidiendo que le mienta al hombre al que amo —replicó.

—¡No! ¡No es así! —espetó—. Te estoy pidiendo que no digas nada sobre algo que no sabes con certeza.

—Es lo mismo.

—No lo es. No te estoy pidiendo que mientas. —Levantó las manos, exasperada—. No me puedo creer que estemos manteniendo esta conversación. Piénsalo, Lucille. Solo piénsalo. Vas corriendo a ver a tu amante alemán y le cuentas lo que crees que sabes. Él manda a algunos de sus hombres a inspeccionar el lugar, y, entonces, pueden pasar dos cosas. En primer lugar, que no haya nada que ver, oír o encontrar. En segundo lugar, que descubran algo; algo tan terrible que tendría implicaciones para mí y para papá. Y posiblemente para ti. ¿Podrías vivir con ello? ¿Estás dispuesta a sacrificar a tu familia y a otras personas inocentes? ¿De verdad eres tan insensible y desalmada?

—Y si no lo hago (y no malinterpretes mis palabras, querida hermana), cuando se descubra tu secreto (y, créeme, se descubrirá), tenga yo algo que ver o no..., ¿cómo crees que nos dejará eso a Peter y a mí?

–¡Peter me da igual! Tan solo me preocupan las vidas inocentes.

–Si no te preocupa Peter, entonces, tampoco te preocupo yo.

–Escucha lo que estás diciendo. No son más que tonterías.

–Adèle soltó un largo suspiro. ¿De verdad podía ser tan egoísta?–. Lucille, por favor... Por favor, no me delates. Sería el día más triste de mi vida. Me rompería el corazón que mi propia hermana hiciera eso. –Le acarició el rostro–. Si no puedes hacerlo por mí, hazlo por mamá y papá.

Lucille la miró largo y tendido. Los ojos le brillaban mientras se le acumulaban las lágrimas, pero se deshizo de ellas con un pestañeo. Adèle sabía que era por la mención de su madre. La joven alzó un poco la barbilla.

–No me hagas mentirle a Peter.

–Será solo un par de días, eso es todo.

Lucille asintió mientras, en silencio, llegaban a un acuerdo mutuo.

Capítulo 20

Fleur

París

Agosto de 2015

Tras hablar con su abuela sobre Didier, Fleur volvió a su habitación para llamarlo y acordar otro encuentro. Utilizó el número de teléfono de la tarjeta de visita e intentó llamar a la tienda en primer lugar. Tras varios tonos, una mujer contestó la llamada. Suspiró para sus adentros, consciente de que tendría que hacer uso de su francés básico. Con suerte, sería algo sencillo.

—*Bonjour. Je voudrais parler avec Didier Dacourt, s'il vous plaît.* —Se sintió bastante contenta consigo misma hasta que la mujer le contestó de un tirón algo que no consiguió entender—. *Plus lentement?* —preguntó con la esperanza de que fuese apropiado para pedirle que hablase más despacio.

—Monsieur Dacourt no está —dijo la mujer en un inglés perfecto—. ¿Quiere que le deje un mensaje y que le diga que vuelva a llamarla?

—¿Sabe cuándo regresará? —le preguntó.

De fondo, podía oír a un niño pequeño. «Papá, papá», berreaba la voz infantil.

—Perdón, discúlpeme un momento.

Fleur oyó a su interlocutora dejar el teléfono y atender al niño, que ahora estaba llorando. Varios segundos después, cuando los llantos habían disminuido a leves sollozos, la mujer regresó al teléfono. Supuso que, en ese mismo instante, estaba apaciguando al niño, que estaría apoyado en su cadera.

—*Alors*. Lo siento, mi hijo estaba llorando —le explicó ella.

—No se preocupe. Tengo el número del teléfono móvil de Didier. Lo llamaré a ese —contestó Fleur, que sentía lástima por el hecho de que la mujer tuviera que estar haciendo malabares entre el niño y la llamada.

Su interlocutora no puso ninguna pega, así que intentó llamar al móvil de Didier, que también aparecía en la tarjeta de visita. Le saltó el buzón de voz, por lo que le dejó un mensaje para que se pusiera en contacto con ella más tarde.

Alguien llamó a la puerta que unía ambas habitaciones y, entonces, entró Lydia, lista para ir a tomar el té.

—He pensado que podríamos dar un paseo después —le dijo—. Me gustan los paseos vespertinos y quisiera llevarte a un sitio.

No consiguió que le contara cuál era ese sitio, así que tuvo que reprimirse para no zamparse la comida con impaciencia. Al principio, su abuela parecía encontrarse muy bien, pero cuando la comida se acercaba a su fin, Fleur notó que su estado de ánimo había decaído.

—Si estás cansada, podemos volver a las habitaciones —sugirió—. Se está haciendo tarde.

Echó un vistazo por la ventana al sol poniente que empezaba a ocultarse tras los tejados, tiñendo el cielo de un resplandor anaranjado. Lydia sacudió la cabeza.

—No, este es el momento perfecto para ir.

Antes de que pudiera seguir interrogando a su abuela, sonó el teléfono de Fleur, avisándola de un mensaje procedente de un número de París. Lo abrió.

Didier: «*Salut. C'est Didier.* He recibido tu mensaje. ¿Cuándo quieres que nos veamos?».

Por un instante, se preguntó por qué no la había llamado, pero era probable que fuese lo mejor, dado que se encontraba en medio de un restaurante. Guardó el número en el teléfono y, después, tecleó otro mensaje.

Fleur: «¿Te vendría bien mañana después de comer?».

Recibió una contestación casi al instante.

Didier: «Mañana me viene bien, pero no estaré libre hasta última hora de la tarde. Tal vez podríamos charlar tomando una copa de vino».

Fleur leyó el mensaje una segunda vez.

—¿Qué ocurre? —le preguntó Lydia.

—Es Didier. Me ha sugerido que tomemos algo mañana por la tarde. Al parecer, no podía quedar después de comer.

—Supongo que tendrá que trabajar.

Era una sugerencia lógica, así que Fleur le escribió una respuesta, acordando encontrarse con él. No estaba segura de por qué aquella idea la complacía tanto, pero así era.

—Ahora que ya te has encargado de eso, tal vez podamos salir a dar ese paseo —dijo Lydia.

Aquella tarde hacía un poco de fresco, así que Fleur subió rápidamente a la habitación para coger la chaqueta de su abuela y un cárdigan para sí misma.

—Sabes que mañana no iré contigo a ver a Didier, ¿verdad? —dijo Lydia mientras comenzaban a recorrer la calle.

Parecía saber hacia dónde iban, así que Fleur le permitió que la condujera.

—¿No? ¿Por qué?

Fleur había supuesto que ella también querría hablar con él.

—Creo que, si hablas tú primero con él y, después, me lo

218

cuentas a mí, podrás prepararme para cualquier conmoción. Ya no soy tan joven, *ma petite puce*.

Miró a su abuela por el rabillo del ojo, pues no estaba del todo conforme con aquella explicación.

—No es una cita —dijo, por si había habido algún tipo de malentendido.

—Lo sé —contestó Lydia—, pero es probable que sea más sincero si estáis los dos solos.

Fleur seguía sin estar convencida.

Llevaban diez minutos andando y estaba a punto de preguntarle si deberían dar la vuelta cuando Lydia habló al fin.

—Ya hemos llegado.

Estaban en la entrada de un parque. Todavía había luz y parecía que había varias personas disfrutando de aquel espacio verde.

—Es bonito —dijo Fleur mientras atravesaban las verjas y tomaban el camino que, en esencia, dividía el parque en dos—. ¿Venías aquí cuando eras una niña? ¿Te traía tu madre?

La mujer suspiró.

—Sí; vine aquí cuando era una niña. Aunque solo en una ocasión.

En su voz había una profunda tristeza, lo que alarmó a Fleur.

—¿Y todavía lo recuerdas?

—*Oui*; nunca olvidaré este parque. Aquí ocurrió algo horrible que cambió mi vida para siempre.

—Lo siento mucho, abuela —contestó, preocupada una vez más de que aquel viaje estuviese resultando ser demasiado doloroso para ella—. ¿Quieres que volvamos al hotel?

Lydia sacudió la cabeza con vehemencia.

—No; vengo aquí para recordar lo que ocurrió, no para esconderme de ello. —Respiró hondo—. Vengo porque me recuerda el amor que he perdido y que he de estar contenta por tener ese recuerdo. Me hace recordar que tengo que estar agradecida por lo que tuve una vez. Estar enfadada tan solo mantiene con vida el dolor que produce la maldad.

Fleur no podía imaginar lo que había ocurrido allí, pero era evidente que era algo importante para ella. Tampoco pudo evitar admirar la pasión de su abuela al recordar el amor a través de la pena.

—¿Qué ocurrió aquella noche? —le preguntó en voz baja.

Capítulo 21

Adèle

París
Julio de 1942

Adèle y su hermana no volvieron a mencionar los ruidos del ático; ni siquiera a lo largo de los siguientes días en los que Lucille fue al estudio para ensayar las coreografías. Hubo algún ruido ocasional procedente del piso de arriba, pero su hermana lo pasó por alto y Adèle se sintió agradecida de que fuera así. Tenía que recordarles a los niños que permanecieran todo lo silenciosos que fuera posible.

—Siempre que oigáis a alguien en el piso de abajo, tenéis que quedaros callados como ratoncitos de iglesia —les dijo.

—Pero eso es aburrido —dijo Daniel.

—No me gusta este sitio —comentó Eva—. Quiero irme a casa.

—Yo también —añadió Blanche—. Si nos oyen, nos dejarán volver a casa. No puede retenernos aquí.

Al decir eso, tomó un zapato y empezó a golpear el talón contra la madera del suelo.

—Ya basta —dijo Adèle—. Para. —La niña la ignoró y continuó golpeando el zapato contra el suelo—. ¡He dicho que ya basta!

Para su horror, en lugar de parar, Blanche tomó el otro zapato y procedió a golpear ambos contra el suelo, haciendo caso omiso del intento de su madre por detenerla. Adèle

221

ya tenía los nervios a flor de piel, así que se dirigió hasta la niña y le arrancó los zapatos de las manos.

—¡He dicho que pares! Si no vas a hacer lo que te digo, entonces, te quitaré los zapatos y ya está.

—Adèle, por favor —dijo Jacqueline—; es solo una niña.

—Me da igual. No puede comportarse así.

Blanche la fulminó con la mirada y, entonces, poco a poco, levantó una pierna y, con un gesto desafiante, estampó el pie contra la tarima. Lo hizo una y otra vez. Después, empezó a aporrear la madera con ambos pies.

—¡BLANCHE! —Adèle se oyó a sí misma gritar por encima de los golpes. Se inclinó para agarrar a la niña sin saber muy bien qué iba a hacer. Tan solo quería que se detuviera—. ¡PARA! —le pidió y tiró de ella para ponerla de pie.

—¡Adèle! —gritó Jacqueline, colocándose entre su hija y su amiga.

Blanche empezó a llorar con la rebeldía aplacada ante la ira de su maestra. Adèle se detuvo y se tomó un momento para calmarse.

—Lo siento mucho —dijo—. Todo esto me está afectando.

—Pero no puedes desquitarte con los niños —dijo Jacqueline—. Ya están lo bastante asustados sin necesidad de que tú empeores las cosas.

—Perdonadme. —Se arrodilló para estar a la misma altura que la pequeña—. Siento muchísimo haberme enfadado y haberte gritado, pero tienes que prometerme que no vas a volver a hacerlo. Es muy importante, Blanche. Extremadamente importante. ¿Lo entiendes?

La niña asintió.

—Pídele disculpas —la instó su madre.

—*Je suis désolé, mademoiselle* —dijo Blanche.

Adèle se obligó a sonreír y se puso en pie. Se sentía tensa

y agotada ante la idea de que los descubrieran. Se recordó a sí misma que todos los que estaban allí arriba debían de estar más asustados que ella y que, además, tener que pasar tantos días escondidos no era bueno para la mente.

No había hablado con Manu aquella semana. Lo había visto un par de veces pasando por delante de la escuela, pero nunca iba solo. Siempre estaba o con Édith o con Müller, probablemente hablando sobre la exposición.

Era domingo por la mañana y tanto su padre como Lucille habían ido a misa. Se había excusado para no asistir y, aunque su padre había arqueado una ceja en un gesto de preocupación, no le había preguntado nada. Su fe había decaído desde la ocupación y ya no encontraba demasiado consuelo en aquel ritual que antaño había sido tan habitual en ella. Aquel día quería pasar tiempo a solas y, como siempre, se vio atraída hasta el cementerio de Père Lachaise, que era donde estaba enterrada su madre.

El camposanto era el más antiguo de París y la parcela de la familia Basset había ocupado su lugar las últimas dos generaciones. Adèle estaba familiarizada con la ruta del camino de ladrillo que pasaba por delante de monumentos y pequeñas capillas y que recibía la sombra de viejos árboles que suavizaban aquel paisaje austero.

Pronto se encontró ante la tumba familiar y, como siempre que la visitaba, una sensación abrumadora de calma se apoderó de ella. Se sintió cerca de su madre, no solo en un sentido físico sino emocional.

Deseó haber podido llevar algunas flores. La cruz en la que se leía el nombre de su madre y los de sus abuelos paternos estaba limpia y libre de hierbas. Sabía que su padre limpiaba la piedra durante sus visitas semanales.

–*Bonjour*, mamá –susurró. Se besó los dedos y tocó la lápida. Después, se sentó en el bordillo que delineaba la parcela–. *Alors*, los alemanes siguen aquí. Continúan disfrutando de la ciudad como si fuese su patio de recreo mientras el pueblo sufre. –Pasó la yema de los dedos por el nombre de su madre–. Te echo de menos, mamá. Ojalá estuvieras aquí. Intento ser valiente. –Se enjugó una lágrima–. No puedo hacer nada porque, para mí, eso me convierte en cómplice. Espero que te sientas orgullosa de mí.

–Estaría muy orgullosa de ti.

Una voz a su espalda hizo que se diera la vuelta. Ahogó un grito.

–¡Manu! –Se puso en pie de un salto–. ¿Qué haces aquí?

Usó la manga de su cárdigan para limpiarse cualquier rastro de lágrimas de la cara. Él dio un paso al frente y la rodeó con los brazos.

–No tienes que ser valiente continuamente –le dijo sin contestar a su pregunta. Después, le dio un beso en la cabeza.

No podía negar la sensación de consuelo y placer que sentía cuando Manu la abrazaba, pero su mente estaba tratando de entender qué hacía allí. Se apartó de él.

–No has contestado a mi pregunta.

Por primera vez, no pareció tan seguro como siempre. Parecía un poco avergonzado. Se encogió de hombros.

–Tenía la esperanza de verte. Estaba esperando en la iglesia, pero he visto que tu padre y tu hermana llegaban solos.

–¿Cómo sabías que estaría aquí?

Él soltó una carcajada divertida y le apartó un mechón de pelo de la cara.

–Mi querida Adèle... Porque sé que vienes aquí, sobre todo cuando estás triste o preocupada. No te olvides de que te conozco desde hace mucho tiempo.

Tenía sentido. Asintió.

–¿Por qué querías verme?

–¿Acaso necesito un motivo?

–No; me siento halagada, pero sospecho que sí tienes un motivo.

–Lo cierto es que sí –contestó él. Le tomó la mano y comenzaron a recorrer de nuevo el cementerio–. Pero, antes de nada, ¿estás bien? ¿Cómo estás afrontando la situación?

–Estoy bien.

No quería parecer débil o darle ninguna razón para que dudara de ella o se preocupara. Había cosas más importantes en juego. Las vidas de otras personas dependían de ella.

–Si alguna vez lo necesitas, puedes hablar conmigo –dijo sin soltarle la mano.

–Lo sé; pero, de verdad, estoy bien.

–¿Y qué hay de tus huéspedes?

–También están bien.

–Tenemos que llevarlos a que el hombre que les va a preparar los papeles les haga las fotografías.

Adèle frunció el ceño.

–¿Llevarlos? ¿Cómo?

–A lo largo de las próximas dos noches. Dile a Cécile y a Thomas que estén listos mañana a las diez y media –le dijo él–. Pasado mañana por la noche será el turno de Jacqueline y sus hijas. Y yo me encargaré de Daniel.

–No me gusta cómo suena eso de llevarlos por las calles después del toque de queda.

–No podemos arriesgarnos a hacerlo a plena luz del día. ¿Y si los ve alguien que los conozca? ¿Y si los paran? No tendrán papeles. Es mejor arriesgarnos cuando oscurezca.

–¿Has descubierto algo sobre el edificio en el que entró Édith?

–No; pero, ahora mismo, eso no es lo importante.

No estaba segura de si Manu le estaba contando toda la verdad. Tenía la sensación de que le ocultaba algo.

–Sabes que puedes contarme las cosas, ¿verdad? –dijo.

Para entonces, ya habían llegado a la entrada del cementerio.

–Lo sé –contestó él–. Pero no tienes que preocuparte por nada; sobre todo por Édith.

Mientras salían, miró a un lado y a otro de la calle. Le estrechó la mano con más fuerza y, a través de aquel contacto, sintió la tensión de su cuerpo.

–¿Qué ocurre?

–Sigue andando –le dijo él con una sonrisa–. Mírame y ríete como si te hubiera contado algo gracioso.

Adèle hizo lo que le había pedido y le posó la otra mano sobre el brazo.

–¿Cuánto tiempo quieres que siga riéndome?

–No te excedas; ya es suficiente.

Así lo hizo. Por el rabillo del ojo, vio un sedán negro con la bandera nazi ondeando sobre el capó. En la parte delantera del vehículo había dos hombres sentados, observándolos abiertamente. Tragó saliva y tuvo que obligarse a apartar la mirada.

–La Gestapo –dijo con una sonrisa falsa.

–Sí. Ven, por aquí.

Se colaron por la entrada de un bloque de pisos detrás de otra pareja, que fue a tomar el ascensor.

–*Bonjour* –les dijo el hombre.

Manu y Adèle le devolvieron el saludo pero rechazaron subir. Atravesaron el vestíbulo en línea recta y salieron por la puerta trasera que conducía a un patio. Manu, acelerando el paso, obligó a Adèle a ir más deprisa. Abrieron otra puerta y salieron a la calle que transcurría por la parte trasera del edificio.

Adèle aumentó la velocidad para poder seguirle el ritmo.

–¿Estamos a salvo? –preguntó, resistiendo la tentación de darse la vuelta y mirar por encima del hombro.

–Sí, pero tenemos que volver a casa lo antes posible.

La llevó de vuelta a su piso en un tiempo récord y entró en el recibidor un instante.

–¿Estás bien?

Adèle asintió.

–Ahora sí. –Todavía le estaba sujetando la mano y no tenía intención de soltársela hasta el último momento–. ¿Crees que nos están siguiendo?

–No lo sé; puede que solo sea una coincidencia, pero prefiero no arriesgarme.

–¿Quieres entrar a tomar un café y esperar aquí hasta que sea seguro volver a casa?

–Gracias, pero debería marcharme. Édith se preguntará dónde estoy.

Se inclinó para darle un beso, pero, en lugar de dárselo en el rostro, se lo dio en la boca. Fue un roce suave, gentil y breve de sus labios contra los de ella, pero, de todos modos, logró que se quedara sin respiración. Quería devolvérselo, pero él ya se había separado. Le sostuvo la mirada un instante antes de apartarse del todo.

–Debería irme. Ten cuidado, Adèle.

Y, sin más, desapareció, dejándola contemplando la puerta de madera de roble.

Subió con lentitud los escalones hasta su piso mientras reproducía en su mente más o menos la última hora. Había vivido una gran cantidad de emociones y no estaba segura de cómo había conseguido manejarlas todas en tan poco tiempo. Y, en cuanto al beso... Manu la había besado en los labios y estaba segura de que había sido de forma intencionada, no un mero gesto a destiempo. Después la había mirado a los ojos; la había mirado como es debido. Para él, tenía que haber significado algo. Estaba segura de que no estaba dándole más importancia de la necesaria.

Se dispuso a preparar café, consciente de que su padre y Lucille estarían pronto en casa y, apenas unos minutos después, su hermana irrumpió en la cocina.

—Esta tarde no iré a ensayar —le dijo mientras levantaba la cafetera e inhalaba el potente aroma—. Peter me va a llevar al teatro.

—¡Qué bien! No lo has visto mucho esta semana, ¿verdad?

En secreto, Adèle había albergado la esperanza de que Peter al fin se hubiera cansado de Lucille, sobre todo teniendo en cuenta que estaba llevando a cenar a otras mujeres.

—Sí; estoy impaciente por verle. En los últimos días ha estado inusualmente ocupado —contestó su hermana, frunciendo el ceño.

—¿Va todo bien entre vosotros?

Lucille dudó antes de contestar.

—Si te soy sincera, ha estado un poco distante. Sé que está centrado en lo de la exposición, pero tengo la sensación de que hay algo más. Ojalá me lo contara.

Aquella confesión de su hermana la sorprendió. Lucille no era dada a confiarle ninguna de las dudas que pudiera tener, así que planteó con cuidado la siguiente pregunta.

—¿De verdad crees que tan solo se trata de que esté ocupado con el trabajo?

—¿Con sinceridad? No lo sé. Eso es lo que quiero pensar.

Estiró el brazo y tomó la mano de su hermana.

—¿Y qué es lo que preferirías no pensar?

Lucille tenía la mirada fija en el suelo. No era propio de ella ser tan sincera y abierta con respecto a lo que pensaba y sus sentimientos. Se encogió de hombros.

–En que no quiero que se aburra de mí.

Aquella era la duda que su hermana ocultaba tan bien. Emanaba seguridad, vitalidad y amor por la vida, pero todo aquello era siempre una máscara. Debajo de ella, estaba llena de inseguridades, una baja autoestima y la necesidad de ser querida. La muerte de su madre le había afectado mucho y, siendo la más pequeña, la habían mimado, consentido y cuidado. Probablemente, Adèle, intentando ocupar el lugar de su madre, era la más culpable de todo aquello, pero, al final, ¿acaso había causado más daño que bien? En aquel momento, le recordó a cómo había sido de niña: mirando al suelo, moviendo el pie y mordiéndose los labios mientras la ansiedad le pisaba los talones.

–Pero, si te quiere, ¿cómo iba a aburrirse? –le preguntó Adèle–. Y si se aburre con tanta facilidad, entonces quizá no te quiera lo suficiente y tal vez debas esperar a alguien que sí lo haga.

Su hermana se sobresaltó físicamente ante aquellas palabras y alzó la cabeza de golpe. La Lucille vulnerable había desaparecido y la Lucille reinventada, resiliente y segura de sí misma, había regresado.

–Eso te encantaría, ¿verdad? –dijo mientras daba un paso atrás–. Te encantaría que Peter no me quisiera lo suficiente.

–No pretendía molestarte –dijo Adèle, pues sentía que, de lo contrario, se le escaparía la posibilidad de persuadir a su hermana–. Es solo que no quiero que te metas a ciegas en una relación que vaya a hacerte daño. Mereces muchísimo más, Lucille. Desprendes alegría de vivir y la gente se siente atraída hacia ti por ese entusiasmo. ¿Recuerdas cómo, cuando éramos pequeñas, solíamos hablar con mamá sobre todos los sitios alrededor del mundo que queríamos visitar y sobre cómo recorreríamos Europa y América bailando? Te acuerdas, ¿verdad?

—Claro que sí —respondió ella—. Yo iba a casarme con un americano rico y tú ibas a casarte con Manu.

—¿De verdad?

—Sí. Nunca lo dijiste, pero siempre imaginaste que tu marido sería poeta, escritor o algo relacionado con las artes —comentó su hermana con una sonrisa—. Siempre supe que te referías a Manu.

—No creas que puedes cambiar de tema solo por mencionar eso —dijo Adèle—. Estamos hablando de ti y de tu futuro. La guerra no va a durar eternamente y, cuando se acabe, Peter volverá a ser ingeniero y, si te vas con él a Alemania, estarás atrapada en casa sola, lavando sus calcetines y su ropa interior, haciendo las compras y preparándole el té. No será la vida divertida y decadente de la que estás disfrutando aquí, en París. Mamá siempre nos decía que debíamos llegar a ser la mejor versión de nosotras mismas y, en tu caso, querida hermana, eso es siendo una estrella deslumbrante que brilla con fuerza, no la llama titilante de una vela en un rincón de una habitación.

Lucille bajó la mirada durante un instante y Adèle permaneció en silencio. Al final, su hermana habló.

—Tan solo eran sueños infantiles. Peter me quiere y yo le quiero a él. Es solo que está muy ocupado con su trabajo. Y si se aburre de mí, entonces tendré que esforzarme más para conservar a mi hombre. —Le sonrió—. De hecho, hablar contigo me ha sido de gran ayuda; me ha hecho ver las cosas con claridad. No debo dar por sentado a Peter. Voy a asegurarme de que no se aburra de mí. —En sus ojos había un resplandor travieso de emoción–. Gracias, hermana. Ahora, tengo que prepararme. Esta noche tengo que hacer un esfuerzo adicional.

Mientras salía de la habitación, le lanzó a Adèle un beso. Ella masculló un improperio en voz baja. Su hermana era insoportable. Estaba obsesionada con Müller y, ahora, justo cuando pensaba que tal vez conseguiría que abriera los ojos, todavía más. Puf. Dio un golpe al suelo con el pie, frustrada.

Aquello le recordó de inmediato a Blanche y volvió a sentir una oleada de culpabilidad por haber permitido que la frustración y la ansiedad hubiesen sacado lo peor de ella. Pobrecita Blanche; solo estaba tan confusa y asustada como los otros y, además, siendo la más pequeña, probablemente era la que menos comprendía lo que estaba ocurriendo.

A la mañana siguiente, subió al ático para explicarles lo de las fotografías y para asegurarse de que Cécile y Thomas estarían listos cuando Manu fuese a buscarlos por la noche.

–Esta es la llave de la puerta lateral –dijo mientras se la daba a Cécile–. Asegúrate de cerrarla cuando salgáis y de dejarla escondida debajo del ladrillo, solo por si acaso.

No necesitó decir que era por si los atrapaban los alemanes, pues, en tal caso, querrían saber para qué era la llave, pero Cécile lo comprendió.

–No te preocupes. No me olvidaré.

–Manu dará dos golpes sencillos en la puerta, seguidos de uno doble. No abráis ante ningún otro tipo de golpe. Si, antes de que abráis la puerta, oís que dice vuestro nombre o cualquier otra cosa, eso significa que el peligro es inminente. Debéis subir corriendo de nuevo y esconderos.

–Entendido.

–Cuando regreséis, Manu cerrará la puerta desde fuera y

dejará la llave para que yo la recoja por la mañana. –Le dio un abrazo a la mujer–. *Bonne chance, mon amie.*

Adèle pasó toda la tarde y la noche inquieta, preocupada por Cécile. Cuando el reloj del salón dio la medianoche, al fin se relajó. Estaba segura de que, si hubiera ocurrido algo, a esas alturas ya se habría enterado, pues la Gestapo estaría echando abajo la puerta de su casa.

No debería haberse preocupado, pues, al llegar a la escuela a la mañana siguiente, al otro lado del muro, había visto a Manu, que le había hecho un gesto con la cabeza para indicarle que todo había salido según el plan.

Ahora estaba en el ático, asegurándose de que Daniel estuviese listo. Le colocó bien el cabello.

–Tienes que hacer caso de lo que te diga Manu –dijo–. Blanche y Eva, así como su madre, también estarán contigo. –Dio un tironcito a la barbilla del niño–. No estés triste. Esta noche vas a salir de aquí y a vivir una aventura.

Sus intentos de arrancarle una sonrisa fueron fútiles. El pequeño se dio la vuelta y volvió a sentarse en el rincón en el que estaba su cama.

Jacqueline se acercó a Adèle y le habló en voz baja.

–Esta semana está todavía más alicaído. Estoy preocupada por él. No quiere unirse a ninguno de los juegos.

–Echa de menos a su madre –dijo ella.

–Creo que está de duelo. Puede que no comprenda lo que le ha podido pasar, pero no cree que vaya a volver. Esta mañana estaba llorando.

–Solo espero que, algún día, su madre aparezca y vuelvan a encontrarse. Me rompe el corazón. No tiene a nadie. No he sido capaz de localizar a ninguno de sus otros parientes. Creo que todos deben de estar retenidos o escondidos.

Atravesó la estancia, tomó un libro y se sentó junto a Daniel. Después, le pasó un brazo por los hombros. Al principio, él se resistió con el cuerpo rígido y la mirada fija en la ventana del ático. Sin embargo, cuando Adèle abrió el libro y empezó a leerle la historia de un príncipe que había perdido su corona, empezó a relajarse. Thomas se acercó y se sentó al otro lado. Ella le alborotó el pelo y continuó con la historia.

Cuando llegó al fin, las niñas también estaban sentadas a sus pies y todos ellos se habían quedado prendados del cuento que les estaba contando.

—Y todos vivieron felices en el castillo por siempre jamás —concluyó.

—¿Puede leernos otro? —preguntó Daniel. Lo hizo en voz baja y, cuando alzó la vista hacia Adèle, tenía los ojos tristes muy abiertos.

A pesar de que ya era tarde, no podía negarse.

—Claro, ve a escoger uno.

Daniel se escabulló mientras Adèle apaciguaba las súplicas de los demás, que querían escoger el libro, y les prometía que sería su turno al día siguiente.

Cuando llegó el momento de que Jacqueline y los niños esperasen junto a la entrada lateral de la escuela, Daniel se mostró especialmente reticente. Adèle se había quedado para intentar ofrecerle cierto consuelo, pero el pequeño apenas había dicho nada, se había negado a soltarle la mano en todo momento y se había acurrucado con ella cada vez que se había sentado. Mientras bajaban hasta el piso inferior, se aferró a su mano con más fuerza todavía.

Tan solo tuvieron que esperar unos minutos antes de que oyeran los golpes en la puerta: toc, toc, toc-toc. Después, silencio. Adèle le hizo un gesto con la cabeza a Jacqueline y, entonces, metió la llave en la cerradura y abrió la puerta.

Su amiga y las niñas se adentraron en las sombras de la noche. Estaba oscureciendo y, a pesar de que era julio, aquella noche el aire era fresco. ¿O solo se lo estaba imaginando? Extendió la mano de Daniel para pasárselo a Manu, pero el niño se negó a soltarla. Por el contrario, tiró de ellos con las piernas rectas frente a él, negándose a moverse.

—Vamos, Daniel —trató de convencerlo—. Recuerda lo que hemos hablado. Esta noche vas a salir con Blanche y Eva. Vais a ver a alguien un momento y, después, Manu os traerá de vuelta.

Los adultos habían acordado no contarles con exactitud a los niños lo que iban a hacer por si los detenían. Así, no podrían revelar ninguna información sin querer.

—No quiero ir con él —dijo Daniel mientras tiraba hacia atrás con más fuerza—. Déjeme en paz.

—Daniel, detente de inmediato —replicó ella, consciente de que estaba tratando con otro niño asustado que no comprendía lo que estaba ocurriendo—. Manu va a cuidar de ti.

—¡No! ¡No quiero! —repitió él, solo que, en esta ocasión, lo hizo levantando más la voz.

—¡Shhh! —siseó Manu—. ¡Vas a hacer que se entere toda la calle!

—Daniel, por favor, basta —insistió Adèle.

—No tenemos tiempo para esto —dijo Manu.

—Dame solo un momento. —Le dio la vuelta al niño para que la mirara y le acarició el pelo—. Escucha, Daniel. A veces, tenemos que ser muy valientes incluso cuando no nos sentimos así. Hoy es una de esas ocasiones. Confías en mí, ¿verdad? —El pequeño asintió—. Entonces, ve con Manu, las niñas y madame Rashal. Si te portas bien y guardas silencio, te prometo que, cuando vuelvas, te estaré esperando y te leeré otro cuento. Incluso puede que me quede toda la noche.

Los ojos de Daniel estaban llenos de miedo y Adèle se compadeció de él. El niño tragó saliva con fuerza.

–¿Vendría usted conmigo?

Ella miró a Manu, que negó con la cabeza.

–No puedo.

–Entonces, no voy.

Se cruzó de brazos para subrayar su amotinamiento.

Manu soltó un suspiro de impaciencia.

–Tenemos que irnos.

–Entonces, iré con vosotros –dijo Adèle.

–No, no quiero que vengas; es demasiado peligroso –protestó su amigo.

–Si es demasiado peligroso para mí, entonces es demasiado peligroso para que un niño vaya solo –replicó ella–. Voy a ir te guste o no.

Tomó la mano de Daniel y atravesó el umbral de la puerta. En esta ocasión, el pequeño no se quejó.

–Muy bien –dijo Manu, al que era evidente que no le gustaba el cambio de planes–. *Allez*.

Se abrieron paso por las calles oscuras de París, utilizando las menos transitadas y escondiéndose entre las sombras hasta que, veinte minutos después, llegaron frente a una librería. Manu abrió la verja de hierro que había en el lateral de la propiedad, que chirrió a modo de protesta, y el grupo de tres niños y tres adultos la atravesó. Su amigo llamó a la puerta y les abrió un hombre bajito que se estaba quedando calvo y que llevaba unas gafas con montura de alambre. Miró por encima del hombro de Manu y frunció el ceño.

–¿Dos mujeres? Se suponía que solo tenía que haber una –dijo, poco conforme ante la idea de una visitante adicional.

–Tan solo ha venido para acompañar al niño, que se negaba a venir solo –le contestó Manu mientras pasaba a su lado.

Hizo un gesto con la cabeza en dirección a Adèle y los demás para que lo siguieran.

—Monsieur —dijeron tanto Adèle como Jacqueline mientras lo seguían al interior.

El anciano los llevó a la parte trasera de la librería y los condujo a una habitación que parecía una oficina.

—Ayúdame a mover el escritorio —le indicó a Manu. Juntos, dejaron a un lado el pesado mueble de madera de roble y apartaron la alfombra para revelar una trampilla—. Vengan, rápido.

Lo siguieron por los escalones de piedra hasta el sótano. El hombre encendió las luces y la sala quedó iluminada por dos bombillas que colgaban del techo. Adèle miró a su alrededor. En lo alto, había dos ventanas pequeñas que daban a la calle de arriba, si bien estaban cubiertas por tablones. Imaginó que, durante el día, se podrían ver los pies de todas las personas que pasasen por allí. En un lateral de la estancia había una mesa de trabajo cubierta por un surtido de equipamiento fotográfico: líquido de revelado, bandejas, carretes... Todo perfectamente organizado. Por encima de la mesa había una cuerda de la que colgaban varias fotografías, sujetas por unas pinzas pequeñas. Casi todas eran de paisajes y atracciones turísticas de la ciudad.

—Soy fotógrafo y contable —dijo el hombre, observando a Adèle—. Es una buena tapadera en caso de que los alemanes decidan husmear.

En el centro de la sala había una mesa de madera con más equipo fotográfico y una pequeña máquina de imprenta. El dueño del local se dirigió al otro lado de la pared y abrió un armario. Entonces, quitó la parte trasera del mueble y dejó a la vista el ladrillo expuesto del muro. Adèle contempló intrigada cómo quitaba varios ladrillos, revelando un hueco en la pared en el que había escondida una caja. Dejó dicha caja en la mesa y de ella sacó una cámara. También había varios carnets de identidad en blanco, pasaportes y otros papeles de aspecto oficial. El corazón se le aceleró al recordar el peligro que corrían todos, pero también se sintió agradecida y orgullosa de que la gente de París estuviera dispuesta a arriesgar la vida para ayudar a otros.

–Bien. Vamos a darnos prisa –dijo el hombre, cuyos modales no habían mejorado.

Menos de treinta minutos después, los hacía subir por las escaleras y salir del edificio a toda prisa.

Del mismo modo que habían ido hasta el fotógrafo, emprendieron el camino de vuelta. Manu iba delante y se detenía en cada esquina para asegurarse de que todo estaba despejado. Después, hacía señas a las mujeres y los niños para que lo siguieran.

–Estoy cansado –gruñó Daniel cuando llegaron al final de la tercera calle.

–Todavía nos queda un buen trecho –contestó Manu mientras contemplaba al pequeño.

–No quiero volver a la escuela. Quiero a mi mamá.

Una lágrima le cayó por la mejilla.

–No llores –le dijo Adèle mientras le pasaba un brazo por los hombros en un gesto de consuelo–. Sé valiente.

–Eres un chico. Esta noche, tienes que actuar como un hombre –dijo Manu, agachado y hablando en voz baja–. Tienes que ser valiente y no dejar que las chicas te vean llorando. De lo contrario, se asustarán y se preocuparán. Tu madre y tu padre querrían que fueras fuerte ahora mismo. Puedes hacerlo, ¿verdad? Además, no puedo cuidar de las mujeres y las niñas yo solo.

Daniel lo miró con gesto serio.

–¿Mamá y papá estarían orgullosos?

–*Oui, absolument.* –Manu le levantó la barbilla–. La cabeza alta. Eso es. Muy bien.

Cuando se levantó, Adèle intercambió una sonrisa con él.

–*Merci* –le dijo en voz baja.

El distintivo retumbo del motor de un camión atravesó el aire tranquilo de la noche.

–Rápido. Escondeos –ordenó Manu.

Adèle miró a su alrededor de forma frenética en busca de un escondite. Estaban en una calle residencial en la que solo había un par de puertas cubiertas de sombras para refugiarlos. Sintió el pánico en la garganta mientras agarraba la mano de Daniel.

–¿Dónde?

–Volvamos por aquí. Hay un parque en la siguiente calle. Podemos cruzar por allí –contestó él–. Rápido.

Comenzaron a correr por la acera. A cada segundo, el sonido del motor se hacía más fuerte. Adèle iba arrastrando a Daniel. Ella y Jacqueline se habían puesto zapatos de jazz para que sus habituales zapatos de tacón no repiquetearan contra el pavimento y los delatara. Daniel era rápido y Adèle dio gracias a Dios por mantenerse siempre en forma. Miró hacia atrás por encima del hombro. Jacqueline y las niñas empezaban a quedarse rezagadas. Aminoró el ritmo para esperarlas, pero Manu la empujó a seguir adelante.

–¡No esperes! ¡Corre!

Él se quedó atrás. Cuando Adèle iba a doblar la esquina, volvió a mirar por encima del hombro y vio que su amigo había levantado a Blanche y cargaba con ella mientras corría. Jacqueline estaba teniendo problemas, así que soltó la mano de Eva y la instó a seguir a Manu. Adèle dobló la esquina. Vio que las puertas del parque estaban a tan solo unos cincuenta metros. Tenía que conseguirlo. Tenía que hacerlo. Soltó la mano de Daniel.

–Corre al parque.

El niño era más rápido solo y, sin tener que llevarlo de la mano, ella pudo adoptar su propio ritmo y alargar la zancada. Cuando atravesaron las puertas, iba justo detrás de él. Oía los pasos de Manu, al que ya no parecía preocuparle que los pudieran oír, resonando sobre la calzada. Ella siguió corriendo justo detrás del niño.

–Por el parque –le dijo con un grito ahogado–. Sigue adelante.

El sonido del camión al detenerse y los gritos la espolearon. No tenía ni idea de si iban dirigidos a ella, pero la adrenalina le dio una energía que no sabía que poseía. Miró por encima del hombro por tercera vez. La silueta oscura de Manu estaba atravesando el camino, pero no había ni rastro de Jacqueline o de Eva.

Capítulo 22

Fleur

París
Agosto de 2015

Tras las emociones del día anterior, Lydia insistió en hacer algo más animado y sugirió tomar uno de esos autobuses con la parte superior descubierta que recorrían la ciudad y a los que podías subir y bajar en diferentes atracciones turísticas.

Fleur apartó de su mente los pensamientos sobre Didier y sobre lo que Lydia le había contado que había ocurrido en el parque en 1942. Quería interiorizar lo que su abuela había dicho sobre recordar a las personas por el amor que aportaban en lugar de por el dolor que ese amor había causado, pero no estaba segura de poder aplicar aquello con tanta facilidad a su propio pasado. Quería centrarse en el presente y en cómo podía conservar la relación que tenía en ese momento con su abuela. Era muy consciente de que, tal vez, aquella fuera la única oportunidad de pasar tiempo de calidad con ella. Quizá no fuera capaz de controlar cómo se sentía con respecto a haber perdido a su madre, pero al menos podía intentar hacer que fuese diferente en el caso de su abuela cuando llegara el momento. Se estremeció ante aquella idea y se desprendió de ella.

Volvieron al hotel a mediodía y, tal como era costumbre en Lydia, fue a echarse una siesta.

—No soy tan joven como antes —le dijo—. Necesito un sueño reparador para estar más guapa.

Fleur se rio.

—Claro que no necesitas dormir para estar más guapa. —Le dio un beso en la mejilla—. Disfruta de la siesta. Yo he quedado con Didier a las seis y media. ¿Quieres que venga a verte antes? Podría traerte una taza de té.

—No, no te preocupes por mí —contestó la mujer—. Ya veré qué tal me encuentro. Puede que esta noche cene en la habitación.

—Muy bien, pero, en algún momento, vendré a ver cómo te sientes. Solo para asegurarme de que estás bien.

Lydia puso los ojos en blanco, divertida.

—Si hubiera sabido que ibas a preocuparte tanto, no te habría invitado. —Le guiñó un ojo—. Venga, márchate. Intenta disfrutar.

Cuando Fleur bajó al vestíbulo a las seis y media, Didier ya la estaba esperando. Estaba sentado en uno de los sofás de cuero marrón, mirando su teléfono. Aquel día, mostraba un aspecto más despreocupado con unos vaqueros, una camiseta negra y unas zapatillas blancas de deporte. La ropa informal le quedaba igual de bien que el traje. Al notar su mirada, alzó la vista y le sonrió con calidez mientras se ponía en pie.

—Gracias por aceptar quedar conmigo de nuevo —dijo.

Fleur también le sonrió con calidez.

—Gracias a ti por venir.

—Es un placer —contestó él. Se quedaron en silencio durante un momento incómodo, tan solo mirándose a los ojos. Didier fue el que rompió el hielo—. Eh... ¿Quieres que

241

tomemos algo en el bar del hotel? Tal vez podríamos ir a otro sitio. –Frunció el ceño–. Pero, en tal caso, no tendrías a tu guardaespaldas vigilándote.

Había una mirada traviesa en sus ojos y Fleur se descubrió riéndose.

–Vivamos al límite y vayamos a otra parte.

Por lo general, no era propensa a asumir riesgos, pero sintió un deseo inesperado de ser impulsiva.

Didier recogió su chaqueta.

–Conozco un bar que no está muy lejos. Podemos ir andando, si te parece bien.

–Me encantaría. Esta tarde hace mucho calor o, al menos, más calor que ayer. Será agradable dar un paseo.

Pasearon por la calle y él la guio para cruzar al otro lado. Le rozó la espalda un momento con una mano mientras la conducía en la dirección correcta.

–Es aquí –dijo tras varios minutos caminando.

Mientras se dirigían al interior, Fleur contempló el pequeño local que tenía un toldo negro desplegado sobre varias mesas que había en la calle. Si el aspecto inocuo del exterior del bar era de una sofisticación discreta, el interior se encontraba en el otro extremo de la balanza. Por el suelo se extendían unas baldosas blancas y negras en forma de diamante con incrustaciones de estrellas. La barra era como un espejo de oro muy pulido y en torno a ella se alineaban unos taburetes negros y dorados. El resto del espacio estaba ocupado por mesas negras con pan de oro. Era como volver a la época del *art déco*, durante los años veinte, cuando la ostentación y el glamur resplandecieron e iluminaron la Ciudad de la Luz.

Se acomodaron en una mesa que había junto a una de las ventanas y Didier pidió algo para ambos.

—Siento que debería estar tomando un cóctel y fumando un cigarrillo ataviada con un vestido de *flapper* —comentó Fleur mientras contemplaba aquel entorno tan elegante.

—He pensado que este sitio te gustaría —dijo Didier.

Ella arqueó una ceja.

—¿De verdad?

Él se encogió de hombros.

—A la mayoría de la gente le gusta.

Por un instante, se preguntó si con «la mayoría de la gente» se refería en realidad a la mayoría de las mujeres. Podía imaginarlo llevando allí a una sucesión de acompañantes femeninas para cortejarlas con ayuda del entorno. Se dio cuenta de que la estaba observando, así que bajó la vista a su copa y le dio vueltas a la pajita.

—¿En qué estás pensando? —preguntó él.

—Nada —contestó demasiado deprisa. Después, notó que se estaba sonrojando. Estaba segura de que él sabía con exactitud lo que le había pasado por la cabeza.

—He pensado que te gustaría porque el otro día estabas admirando las fotografías que había colgadas en la pared de la cafetería y dijiste lo emocionante que debía de haber sido París antes de la guerra.

El rubor de Fleur se intensificó y se sintió avergonzada por la conjetura tan ridícula que había hecho.

—Eres muy observador.

—Solía ser gendarme; ser observador era parte de mi trabajo.

Ella dio un sorbo a su bebida.

—En cierto sentido, eso nos lleva al asunto de lo que descubrí en internet.

Didier asintió y frunció los labios carnosos. Después, se le ensombreció la mirada.

—Estás hablando sobre el incendio provocado que sufrió

mi tienda y supongo que sobre la recompensa que se ofrece por el Valois perdido.

—Así es —dijo Fleur, agradecida por su sinceridad. Así no era exactamente como había esperado que transcurriese la conversación.

—Soy consciente de que los artículos no ofrecen el mejor reflejo de mi persona. Es probable que creas que soy algún tipo de estafador en el que no se puede confiar. O, lo que es peor, que formo parte del crimen organizado.

—No había pensado en nada al nivel de *El Padrino* y Al Pacino —dijo Fleur—. Pero no voy a fingir que no han logrado que me muestre cautelosa y, tal vez, un poco preocupada.

—Tienes derecho a interrogarme sobre estos asuntos —dijo Didier—. Te pido disculpas por no habértelo contado antes de que lo descubrieras por ti misma. Temía que no quisieras saber nada de mí.

—Me gustaría escuchar tu versión de la historia. Me gustaría que me convencieras de que me he equivocado al sacar mis propias conclusiones.

El gesto del hombre se suavizó.

—Gracias. Te lo agradezco. Bien, ¿por dónde empiezo? Tras el robo y el incendio en mi tienda de antigüedades, lo perdí prácticamente todo. Mi compañía de seguros no quiso pagarme la totalidad. Estoy seguro de que las aseguradoras son iguales en todas partes del mundo.

Fleur asintió.

—Seguro que sí.

—El día del robo, recibí una llamada de emergencia. Mi madre estaba enferma: un ataque al corazón.

—Vaya, lo lamento.

Didier sacudió la cabeza.

—No pasa nada. No fue fatal, pero sí implicó que pasase la

noche con ella en el hospital. Dejé que mi socio cerrara. Por desgracia, se olvidó de cerrar la puerta trasera del edificio. Normalmente, yo era el último y siempre hacía una ronda de comprobaciones, ¿sabes? El policía que había en mi interior no me permitía marcharme sin al menos comprobar dos veces que todas las puertas y ventanas estuvieran cerradas.

–Pero supongo que tu socio no estaba tan preocupado por la seguridad.

–No. Y, así, la mala suerte quiso que esa noche robaran en el edificio. Ni siquiera puedo decir que fuese un allanamiento, ya que la puerta trasera estaba abierta. Prendieron fuego por simple vandalismo. –Cerró los ojos un instante–. No puedo expresar con palabras lo doloroso que es pensar en que todos esos cuadros, muebles y obras de arte han desaparecido para siempre.

–Lamento muchísimo oírlo, de verdad –dijo ella al ver el dolor evidente que se reflejaba en el rostro del francés al rememorar aquellos acontecimientos.

–Nuestra sociedad se rompió y tuve que empezar desde cero, sin nada.

–¿Por eso quieres encontrar el Valois perdido? ¿Porque el dinero de la recompensa te ayudaría a volver a empezar?

–En parte, sí, pero no es solo por eso y, tal vez, ni siquiera sea el motivo principal –contestó él. Dio un largo trago a su bebida–. Confieso que, en parte, mi motivación para encontrar el cuadro es la recompensa. Sin embargo, soy amante del arte y los objetos antiguos. Las antigüedades albergan mucha historia. Sí, podemos reproducir cualquier cosa, pero no se puede replicar la historia. Como sabes, soy especialmente admirador de Valois, y encontrar el cuadro perdido haría que la colección estuviese completa de nuevo. Estaría como antes de la guerra. Devolver a casa ese cuadro perdido sería mi forma de presentar mis respetos a mi país y a todos aquellos que sufrieron por culpa de la guerra y la ocupación de los alemanes. –Soltó una carcajada–. Suena todo muy pomposo, pero significa mucho para mí.

Fleur sacudió la cabeza.

–No; no suena pomposo en absoluto. Pareces alguien que de verdad se preocupa por el arte y la historia. Además, supongo que tiene que ver con el hecho de que en el pasado fueras policía: quieres enmendar un error.

–No estoy aquí solo por el dinero. No negaré que la recompensa ayudaría, pero ya comencé un negocio desde cero en el pasado y he vuelto a hacerlo, aunque sea a menor escala.

–Supongo que, si hay algo que te apasiona, eso te impulsa y te da determinación.

–Exacto.

–Entonces, ¿no echas en falta formar parte de las fuerzas policiales?

Fleur intentaba imaginar a Didier el gendarme y a Didier el tratante de antigüedades, pero no conseguía unir a ambos.

–No; ya serví un tiempo. Fue un trabajo duro, estresante y exigente. Se apoderó de mi vida.

–A veces, tiene que resultar difícil desconectar.

–Sí, sobre todo si estás trabajando en un caso difícil. Tienes que hacer muchos sacrificios –dijo él–. Disfrutaba formando parte de la gendarmería, pero me acarreó sus propios problemas.

–¿Como por ejemplo?

–No era bueno para las relaciones. –Didier miró por la ventana y, después, volvió la vista hacia Fleur–. Estuve casado, pero las largas jornadas de trabajo, los horarios intempestivos y las situaciones peligrosas pasaron factura a mi matrimonio. Mi esposa me abandonó. Por suerte, no teníamos hijos, lo que hizo que la separación fuera más fácil. Encontró a otra persona con un trabajo más convencional. También ayudó que esa persona ganase mucho dinero, ya que era el director de una empresa. Básicamente, era todo lo que yo no era.

–¿Y tú no has encontrado a nadie desde que dejaste la Policía?

–No, pero soy un hombre paciente. Cuando encuentre a esa persona, lo sabré.

–Espero que no tengas que esperar demasiado.

Fleur no estaba muy segura de cómo la conversación había tomado aquellos derroteros. Notaba la mirada de Didier posada en ella, pero, por más que lo intentara, no se le ocurría qué decir. Él, sin embargo, no tenía el mismo problema.

–¿Qué hay de ti?

–¿De mí?

–*Oui*, ¿no es así como funciona una conversación? Tú haces una pregunta, yo respondo. Ahora me toca preguntar a mí.

En su voz había un rastro de diversión y Fleur se descubrió sonriendo a duras penas.

–Supongo que te debo una.

–Al menos una –dijo él, sonriendo.

–De acuerdo... Rompí con mi novio hace poco. Me dijo que era un yermo emocional, así que buscó consuelo con una compañera de trabajo.

Didier le lanzó una mirada cómplice.

–Una compañera de trabajo... –Chasqueó la lengua–. Menudo cliché.

Fleur se rio a carcajadas.

–Lo sé. Además, ella es más joven que yo.

–Más cliché todavía.

Ambos se rieron y Fleur sintió cómo se evaporaba la tensión que no se había dado cuenta que le había generado la mención de su ex.

—Me dijo que era incapaz de querer a nadie.

—¿Y es así?

La risa se había esfumado de la voz del hombre.

Meditó la respuesta.

—Para ser sincera, yo misma me lo he preguntado en varias ocasiones. —La sonrisa desapareció de su rostro—. El amor es peligroso.

—¿Por qué?

No sabía si era cosa del cóctel, del cansancio por los últimos días o de la presión de intentar ayudar a Lydia, pero un nudo de emociones se le formó en la garganta y notó cómo le brotaban las lágrimas.

—Tarde o temprano, el amor te rompe el corazón —dijo en voz baja, dándole vueltas entre los dedos al tallo ambarino de la copa de vino.

—Pero, sin duda, la felicidad de la que disfrutas antes hace que merezca la pena, ¿no? —sugirió Didier. Se inclinó hacia delante, apoyó los antebrazos en la mesa y colocó las manos planas sobre la superficie—. ¿Quién te rompió el corazón? —Su voz no era más que un murmullo.

Fleur se encogió de hombros.

—Ya te lo he dicho: mi novio.

Intentó evitar su mirada, pero era como si le hubiera lanzado un hechizo. Alzó la vista y levantó la cabeza, desafiándolo a que la contradijera.

—Pensaba que íbamos a ser sinceros el uno con el otro —dijo él. No había malicia ni acusación en sus palabras, tan solo calidez y franqueza.

Fleur pestañeó. No podía soportar la amabilidad o la lástima, porque eso implicaba que ella era débil y vulnerable.

Sacudió la cabeza y, parpadeando, se deshizo de las lágrimas que amenazaban con desbordar de sus ojos.

—Es algo doloroso y complicado. —Dio un largo trago a su bebida. La conversación se había vuelto muy profunda con demasiada rapidez—. De todos modos, eso no tiene importancia; estamos aquí para hablar de Lydia y del cuadro.

Didier asintió y se recostó en su asiento mientras se pasaba el dedo índice por los labios.

—Muy bien. Tengo noticias. Descubrí esto justo ayer.

Se llevó la mano al bolsillo de los pantalones y sacó un trozo de papel. Lo desdobló, lo estiró sobre la mesa y le dio la vuelta para que Fleur lo leyera. Era una fotocopia de alguna especie de registro de nombres. Mientras repasaba la página, se dio cuenta de que eran nombres franceses.

—¿Qué es esto?

—Tengo un amigo que trabaja en el Departamento Administrativo de Educación. Ha podido acceder a algunos registros históricos por mí. —Le dio un golpecito al papel—. Es una lista de los niños que había en la escuela a la que asistió tu abuela.

Fleur volvió a contemplar el papel y se tomó el tiempo de leer cada nombre, intentando encontrar el de Lydia.

—¿De qué año es esto?

—De 1942 —contestó Didier.

—Pero el nombre de mi abuela no aparece. ¿Es la escuela correcta?

—Mi fuente está cien por cien segura de que son el colegio y el año correctos.

—No entiendo por qué no aparece el nombre de mi abuela. —Tomó el papel—. ¿Por qué hay una estrella al lado de algunos nombres?

—¿Por qué crees que señalarían a algunos de los niños? —preguntó Didier.

Entonces fue cuando cayó en la cuenta.

—Eran niños judíos.

Él asintió.

—Así es.

—Un momento; la abuela me dijo los nombres de los niños con los que estaba en el ático: Daniel, Thomas y Blanche. —Volvió a revisar la lista. El aire se le atascó en la garganta—. Daniel Charon, Thomas Kampe, Blanche Rashal, Eva Rashal... —Leyó algunos más en voz alta—. Todos tienen una estrella junto al nombre.

—Sin duda, la escuela tuvo que entregar una lista de los niños judíos. En 1942 hubo una gran redada, así que tal vez ambas cosas estén relacionadas de algún modo.

—Es horrible. En cierto sentido, ver algo así hace que resulte más real. Obviamente, sé que es real y que ocurrió, pero hablamos y nos enseñan cosas sobre un evento mundial tan grande que puedes acabar insensibilizado. Sin embargo, cuando escuchas las historias personales y las experiencias de un individuo o un grupo pequeño, entonces se convierten en algo muy real y no en una lección más de historia.

—Y la historia de Lydia es una de esas historias —dijo Didier.

—A menudo me he preguntado cómo había sido la infancia de mi abuela, pero siempre ha sido muy vaga en lo que respecta a la guerra y París. —Alzó la vista hacia él—. Es judía.

Didier ni se inmutó ante aquella información.

—¿Y consiguió evitar la redada?

—Siempre ha afirmado que se trasladó a Bretaña y consiguió pasar desapercibida —contestó ella—, pero nunca me ha dado muchos detalles. Por eso me sorprendió tanto cuando me pidió que la acompañara en este viaje. Por primera vez, quiere compartir conmigo esa parte de su vida.

–¿Eres judía?

–Solo por ascendencia. Mi abuelo pertenecía a la Iglesia de Inglaterra. Mi madre fue bautizada como anglicana, y yo también. Lydia se convirtió por mi abuelo, pero siempre se ha considerado judía por herencia –le explicó Fleur–. Sin embargo, nunca se alentaron las conversaciones sobre este tema.

–¿Porque arrojaría demasiadas preguntas?

–Es posible.

Se quedaron sentados en silencio durante un instante, cada uno de ellos contemplando la lista. El bar se estaba llenando de gente que salía con amigos y familiares para tomar algo a última hora de la tarde. Fleur se preguntó cuántos de ellos tendrían abuelos y bisabuelos que hubiesen vivido durante la guerra y si estos habrían transmitido sus historias y experiencias a sus hijos y nietos. ¿O acaso aquellas historias habían permanecido encerradas por ser demasiado horribles y angustiosas como para recordarlas? ¿Morirían esos relatos personales con el guardián de dichos secretos?

Un grupo de gente entró por la puerta, riendo y charlando entre ellos, y su forma de disfrutar la velada interrumpió los pensamientos de Fleur.

–Debería volver al hotel –dijo–. Puede que le pregunte a la abuela por la lista de nombres. ¿Puedo hacerle una foto?

–*Bien sûr* –contestó Didier–. Por supuesto. Tal vez conozca a algunos de ellos. No aparece ninguna Bridget, pero podría haberse cambiado el nombre o que la llamaran de otra manera cuando era pequeña.

–Tampoco hay ninguna Lydia. Me pregunto si habrá alguna lista actualizada en alguna parte.

—Es posible.

—Veremos qué dice mi abuela. Tal vez había otra clase.

—Creo que aquí aparecen todos los niños de la escuela. En la parte de la derecha están anotadas sus edades.

Fleur tomó una fotografía con el teléfono y le devolvió la hoja a Didier.

—Me parece que nos faltan varios fragmentos de información.

El paseo de vuelta al hotel fue un poco más lento que a la ida, como si ambos quisieran prolongar la velada todo lo posible. Didier era una compañía agradable y, a pesar de que acababa de conocerlo, a Fleur ya le gustaba.

—¿Nos vemos aquí mañana de nuevo? —le preguntó él.

—Te llamaré en cuanto hable con Lydia. —Ya habían llegado al hotel—. Gracias por venir, ha sido una velada agradable.

—Ha sido una velada agradable que ha mejorado gracias a la agradable compañía.

Fleur no pudo reprimir la sonrisa que provocó aquel cumplido. De pronto, se sintió cohibida. Le tendió la mano.

—*Merci*, Didier.

Él le tomó la mano y sonrió antes de llevársela a los labios y besarle los nudillos.

—Buenas noches, Fleur.

Se despidió con un gesto de la mano mientras él subía a uno de los taxis de la parada que había enfrente. Mientras entraba en el edificio, pensó en lo agradables que habían sido las horas que había pasado con él. Era encantador. Era probable que actuase así con todas las mujeres a las que conocía, así que no debería darle mucha importancia.

Cuando llegó a su habitación, llamó a la puerta de Lydia y entró.

—Ah, aquí estás –la saludó su abuela–. ¿Has pasado una buena tarde?

—Sí, ha sido muy agradable. Hemos ido a un bar a tomar algo.

—Ah, qué bien. Eso es mejor que estar atrapada aquí todo el tiempo con una anciana.

—No me importa –contestó Fleur–. Me encanta tu compañía –añadió, dándole un abrazo.

Lydia soltó una risita.

—A mí también me encanta tu compañía, pero es preferible que estés con alguien de tu edad. Especialmente, alguien como ese jovencito.

—Cualquiera pensaría que intentas hacer de casamentera...

Su abuela le lanzó una mirada de fingida inocencia.

—¿Quién, yo? En absoluto.

Fleur sacudió la cabeza y puso los ojos en blanco.

—No, claro que no.

Hizo una pausa. Se preguntaba si aquel era un buen momento o no para abordar con ella el asunto de los nombres. Se sacó el teléfono del bolsillo y abrió las fotografías.

—Didier tiene un contacto que le ha estado ayudando a encontrar información sobre el cuadro –dijo –. Ese contacto le entregó una lista con los nombres de los niños de la escuela; la escuela a la que asististe tú. Algunos de esos nombres llevan una estrella al lado. Creemos que es porque eran niños judíos. –Le tendió el teléfono–. Ahí aparecen Daniel, Thomas y Blanche; los nombres que recordabas de los niños que habían estado contigo en el ático.

Lydia cogió el móvil y se puso las gafas de leer para mirar la pantalla. La mano le tembló un poco y su gesto se volvió serio. ¿Era «serio» la palabra adecuada? Fleur decidió que «triste» era mejor opción. Su abuela parecía triste.

—Didier tiene muchos recursos —dijo al fin mientras le devolvía el teléfono. Sostuvo la mano de su nieta entre las suyas—. Hay algo que no te he contado porque no sabía cuándo sería el momento adecuado. Probablemente, tendría que habértelo dicho cuando estábamos en el parque, pero era demasiado para mí.

—¿Te sientes con ánimo de contármelo ahora? —preguntó Fleur mientras la curiosidad y la preocupación se peleaban por el primer puesto.

—Mañana. Será más fácil si te lo muestro que si te lo cuento. —La voz le tembló un poco y se sacó el pañuelo de la manga antes de pasárselo por la nariz—. Puede que sea buena idea que invites también a Didier. Es algo que debería saber. Quizá puedas preguntarle si estaría libre mañana después de comer.

—Si eso es lo que quieres... —dijo Fleur, preguntándose qué podía ser tan importante como para que Didier tuviera que saberlo al mismo tiempo que ella.

—Sí, así es. Ahora estoy muy cansada y necesito dormir. Perdóname por todo este secretismo.

—No te preocupes, abuela. Sea lo que sea, lo has ocultado todo este tiempo, así que no creo que pase nada por esperar una noche más.

Desde luego, era más fácil decir aquello que ponerlo en práctica, pero no tenía sentido tratar de adivinarlo. Tendría que esperar al día siguiente.

Entró en su habitación y, tras sentarse en el borde de la cama, le mandó un mensaje a Didier.

Fleur: «Hola. Siento escribirte tan tarde. He hablado con mi abuela sobre la lista. Quiere contarme algo al respecto mañana. Quiere que tú también estés presente. ¿Puedes venir al hotel mañana a las dos de la tarde?».

Dejó el teléfono sobre la mesilla de noche y estaba decidiendo si darse una ducha en ese momento o por la mañana cuando el teléfono sonó al recibir la respuesta.

Didier: «No tienes que disculparte. Por favor, dale las gracias a tu abuela por invitarme. Estaré allí, tal como me has pedido».

De inmediato, otro mensaje siguió a ese.

Didier: «Estoy impaciente por verte mañana».

Y, después, otro.

Didier: «Buenas noches. Te prometo que este es el último mensaje».

Fleur sonrió, probablemente más de lo necesario, pero no pudo evitarlo. Tecleó una respuesta con rapidez, antes de poder cambiar de opinión.

Fleur: «Qué bien que puedas venir. Lo he pasado muy bien. Nos vemos mañana. *Bonne nuit*».

A pesar de que estaba cansada al llegar a su habitación, en aquel momento se sentía muy despierta y decidió darse la ducha antes de acostarse. Eso también le daría cierto tiempo para pensar e intentar darle sentido a todo lo que estaba ocurriendo en aquel viaje.

Capítulo 23

Adèle

—¡Para! ¡Daniel, para! —le dijo Adèle al niño. Él dejó de correr y se volvió hacia ella, que le hizo un gesto para que se acercara.

—¿Qué estás haciendo? —Manu las había alcanzado. Llevaba a Blanche en brazos—. Tenéis que seguir adelante.

—Jacqueline y Eva —dijo de forma ahogada entre bocanadas de aire. Escudriñó el camino tras él—. ¿Dónde están? —No pudo contener la desesperación que había en su voz.

Manu la miró en silencio.

—Quiero a mi mamá —susurró Blanche, que intentó zafarse de los brazos de Manu, pero él la sujetó con fuerza.

—Tenía que ponerla a salvo —dijo su amigo—. Hay alemanes por todas partes, Adèle. He esperado en la esquina todo lo que he podido.

Adèle sacudió la cabeza.

—No; no podemos dejarlas atrás. Dime que no las hemos abandonado. Tenemos que volver.

—No podemos; es demasiado peligroso.

Con un gesto de los ojos, señaló a Blanche y a Daniel. La niña seguía intentando liberarse y sus quejas se volvían cada vez más ruidosas. Adèle dio un paso al frente, la cogió en

256

brazos y la bajó al suelo. La pequeña de seis años se aferró a su pierna.

–Shhh, Blanche, no llores. –Miró a Manu–. Tengo que volver.

–No. Volveré yo –la corrigió él–. Los niños tienen que estar contigo y tú tienes que estar a salvo. Quiero que estés a salvo. –Extendió el brazo y le rozó la mejilla con las yemas de los dedos–. Voy a ver si puedo encontrarlas. Vuelve a la escuela. Date prisa. No discutas conmigo; no tenemos mucho tiempo. Muy pronto, este parque estará infestado de alemanes.

Adèle titubeó. Sabía que tenía razón, pero odiaba la idea de abandonar a Jacqueline y a Eva. Le pasó los brazos en torno al cuello y le susurró:

–Por favor, Manu, ten cuidado.

Él también la rodeó con los brazos y agachó la cabeza. Adèle se descubrió levantando la suya hacia él y sus labios se encontraron en un beso breve. Él volvió a abrazarla.

–Siempre tengo cuidado. Ahora, márchate. Permanece en las sombras. Tómate tu tiempo en lugar de ir con prisas. Llega sana y salva a la escuela. Prométemelo.

–Te lo prometo.

Tras decir aquello, Manu se dio la vuelta y se adentró corriendo en la oscuridad. Adèle tomó a ambos pequeños de la mano y, cuando ellos también se escabulleron entre las sombras de la noche, echaron a correr.

Arrastrando a dos niños que estaban cansados y asustados, a Adèle le costó casi una hora regresar a la escuela. Se sintió aliviada cuando cerró la puerta lateral a su espalda y, de algún modo, consiguió cargar con Blanche escaleras arriba que, después, se desplomó en el pasillo, exhausta.

–Lo habéis hecho muy bien esta noche –les dijo en tono tranquilizador–. Estoy muy orgullosa de los dos.

—¡Habéis vuelto! —los saludó Cécile en cuanto entraron en el estudio de danza.

Ella y Thomas estaban jugando a un juego de puntería con algunos de los juguetes que Adèle había subido del armario de los juegos. El rostro de la mujer pasó del alivio a la preocupación cuando su mirada fue más allá de ella y los niños.

—¿Dónde están...?

Adèle la interrumpió con un gesto discreto pero decidido de la cabeza.

—Blanche está cansada y Daniel ha sido un niño muy valiente esta noche. Ambos se merecen un chocolate caliente. Estoy segura de que a Thomas también le apetecerá uno. —Sentó a Blanche en el suelo y le quitó el abrigo mientras Cécile ayudaba a Daniel a hacer lo mismo—. Bien, quedaos aquí sentaditos y os traeré la bebida. Mientras tanto, tomad una galleta cada uno. Las he traído especialmente para vosotros.

La idea de un dulce animó a los niños, pero estaba segura de que, en el fondo, estaban dolidos.

Cécile bajó con ella a la cocina del personal.

—¿Qué ha pasado? ¿Dónde están los demás?

—Una patrulla alemana nos ha divisado mientras volvíamos —le explicó Adèle. Se apoyó contra la encimera y se frotó el rostro con las manos—. Yo he conseguido escapar con Daniel y Manu me ha alcanzado con Blanche, pero no sabemos qué les ha pasado a Jacqueline y a Eva. Manu ha regresado para intentar encontrarlas. —Tragó saliva y, con ella, un nudo de ansiedad que tenía en la garganta. Después, juntó las manos para que dejaran de temblarle—. No quería dejarlas atrás, pero no podía quedarme con los niños; era demasiado peligroso.

Cécile masculló una oración para sí misma.

—Ahora solo nos queda confiar en Dios —dijo.

A Adèle aquello no la tranquilizaba mucho, pero ¿quién era ella para cuestionar la fe de su amiga? Aunque una oración no sirviera para nada, tampoco haría ningún mal. Además, no disponían de ningún otro poder que no fuese la esperanza. No era la primera vez que se preguntaba si Dios y la esperanza no serían la misma cosa.

Preparó el chocolate caliente para los pequeños.

–Vamos a subir esto arriba. Después, volveré a bajar para esperar a Manu junto a la puerta. Creo que esta noche deberíais quedaros en el ático. Me preocupa que... Me preocupa que, si atrapan a Jacqueline o a Manu, descubran dónde estamos o que sospechen que estamos aquí.

Odiaba pensar que los delatarían con facilidad, pero era una posibilidad bastante evidente, así que no podía desecharla. Si no era aquella noche, sería la siguiente o la otra, pero, tarde o temprano, la Gestapo hallaría la forma de quebrar a Jacqueline. Si también habían atrapado a Eva, sin duda la usarían como moneda de cambio y, entonces, ¿qué elección tendría que hacer su amiga? ¿Salvar a una hija y entregar a la otra? ¿Escoger una niña a la que salvar y dejar que muriera la otra? Aquella era una situación imposible y, al pensar en ella, un escalofrío le recorrió la columna vertebral. Tal vez debería rezar; tal vez Cécile había hecho lo correcto.

Juntas, les subieron el chocolate a los niños y, una vez que se hubieron acomodado en el ático y los juguetes estuvieron recogidos, Adèle volvió a bajar al piso de abajo. Tomó la silla de recepción con la intención de sentarse junto a la puerta, pero, a cada segundo, su ansiedad iba en aumento y no conseguía relajarse. Andaba de un lado para otro del vestíbulo; después, se sentaba unos minutos antes de volver a ponerse en pie, pendiente en todo momento del sonido de la verja al abrirse, de los pasos ligeros en el lateral de la escuela y del código secreto de Manu en la puerta.

Cuando oyó un vehículo que se acercaba, el corazón le latió con violencia, pero el automóvil pasó de largo y a ella le costó varios minutos que su ritmo cardíaco volviera a la normalidad. Por la noche, todos los sonidos se magnificaban y todas las pesadillas le resultaban vívidas al pensar en lo que podría haberles ocurrido a sus amigos.

Durante un momento, se distrajo de aquellos pensamientos espantosos al recordar el abrazo y el beso de Manu, la forma en que él la había mirado y cómo ella se había sentido tan atraída por él. Debía de tener sentimientos más que fraternales o amistosos hacia ella, pero ¿qué pasaba con Édith? ¿Podía interpretar algo de ese beso que habían compartido o tan solo había sido una cosa del momento, porque, como era evidente, tenía a Édith?

En algún momento de la noche, Cécile bajó con una taza de café para ella.

—¿Por qué no tratas de dormir un poco? Mañana tienes que seguir impartiendo tus clases.

—No puedo. Aunque lo intentara, sé que no sería capaz de relajarme lo suficiente; no cuando tan solo me temo lo peor. —Tomó el café, agradecida—. ¿Los niños están bien?

Cécile asintió.

—Un poco apagados, pero supongo que era de esperar. Blanche ha estado preguntando por Jacqueline y Eva.

—¿Qué le has dicho?

—Que Manu ha ido a buscarlas. No sabía qué más decirle sin que fuese una mentira.

—Bien pensado. No tiene sentido preocuparlos más de lo necesario.

Cécile se quedó unos minutos más antes de volver con los

pequeños. Adèle se obligó a sí misma a quedarse quieta en la silla al menos mientras se bebía el café. A pesar de estar convencida de que no podría dormir, en algún momento debió de sumirse en ese extraño estado entre el sueño y la vigilia. Sobresaltada, se incorporó de inmediato ante el leve sonido del repiqueteo de la verja de la escuela. Se puso en pie de un salto y estuvo a punto de derramarse los restos del café sobre el regazo. De pie justo detrás de la puerta, apenas se atrevía a respirar mientras escuchaba con atención.

Toc. Toc. Toc-toc.

Soltó un suspiro de alivio. Giró la llave y abrió la puerta de un tirón. Frente a ella encontró a Manu con Eva a su lado.

—Ay, gracias a Dios —exclamó.

Primero, lanzó los brazos en torno a su amigo y, después, en torno a la niña. Alzó la vista, esperando ver a Jacqueline detrás de ellos. Miró a Manu, alarmada.

—¿Por qué no subes a ver a Cécile? —dijo él mientras acompañaba a la niña hasta las escaleras.

—Sí, ve arriba, Eva. Yo iré enseguida. Solo tengo que hablar con Manu un momento. —Cuando la niña pasó a su lado con la cabeza agachada y los hombros hundidos, le pasó una mano por la cabeza. En cuanto estuvo segura de que había subido las escaleras, se volvió hacia Manu—. ¿Qué ha ocurrido? ¿Dónde está Jacqueline?

Aunque estaba formulando aquellas preguntas, se temía lo peor. Era imposible que Jacqueline abandonase a su hija. De ninguna manera. No a menos que fuese su último recurso.

Manu la llevó hasta la silla e hizo que se sentara. Se agachó frente a ella y le estrechó las manos entre las suyas.

—Lo siento, Adèle, pero Jacqueline no lo ha logrado.

—¿«No lo ha logrado»?

Le pasó los pulgares por los nudillos.

–He vuelto con ellas y nos hemos escondido en un callejón, pero los soldados nos habían visto. No hemos tenido tiempo para discutir el asunto. Jacqueline ha empujado a Eva hacia mí y me ha dicho: «No dejes que la cojan». Después de eso, ha salido del callejón y ha cruzado la calle corriendo. Han empezado a perseguirla, gritándole que se detuviera. Ha actuado como señuelo. Yo he conseguido salir corriendo del escondite con Eva y hemos escapado.

Adèle apartó las manos de las suyas.

–¿La has dejado hacer eso? –Se puso en pie de un salto–. ¿Qué le ha ocurrido?

Manu se levantó y fue a agarrarla, pero ella se apartó.

–No me ha dado otra opción. He intentado agarrarla del brazo y le he pedido que no lo hiciera, pero me ha dicho que sacrificaría su vida por el bien de su propia hija. Entonces, se ha apartado y ha salido corriendo.

–¿Qué le ha pasado?

Su amigo bajó la vista al suelo.

–He oído disparos. Eva y yo nos habíamos detenido en una puerta porque la niña estaba preocupada por dejar atrás a su madre. Entonces, la puerta se ha abierto y una anciana nos ha susurrado que entráramos dentro y nos escondiéramos. Si nos hubiésemos parado en esa puerta con Jacqueline...

–¿Ahí es donde has estado?

–Sí; la anciana nos ha dado agua y una rebanada de pan. Yo he estado observando desde una rendija de las persianas del piso de arriba.

Una vez más, volvió a bajar la mirada.

–Manu, ¿qué es lo que has visto? –susurró Adèle.

Le aterraba lo que fuera a contarle, pero tenía que saberlo.

–Habían atrapado a Jacqueline. Todavía estaba viva, pero

la arrastraban entre dos soldados porque no podía andar bien. Creo que había recibido un disparo en la pierna.

—¿Adónde la han llevado?

Manu la miró a los ojos.

—Lo siento muchísimo, Adèle; la han ejecutado en la calle. Las piernas se le doblaron y, de algún modo, Manu consiguió sostenerla y la estrechó con fuerza contra su pecho. Adèle lloró; lloró muchísimo. Unos sollozos enormes le surgieron de las entrañas e hicieron que se le sacudiera todo el cuerpo.

Cuando al fin consiguió parar, tomó aire para calmarse. Podía oler el aire frío de la noche exterior en la ropa de Manu.

—¿Y qué le pasará ahora?

—Déjamelo a mí. Me aseguraré de que recuperen su cuerpo. —Le dio un beso en la cabeza, pero, en aquella ocasión, después no movió los labios hacia su boca—. Pareces cansada.

—No podía dormir. Al menos, no en condiciones. Estaba muy preocupada. ¿Crees que el hecho de que nos haya encontrado la patrulla ha sido solo casualidad o nos ha delatado alguien?

—La información solo podía proceder de uno de nosotros o del fotógrafo y dudo mucho que ninguno de nosotros fuera a poner en riesgo la vida de los niños.

—Pero ¿puedes confiar en el fotógrafo?

—Tanto como se puede confiar en cualquier otra persona.

—¿Sabía Édith que íbamos a ir allí esta noche?

—No; no ha sido ella.

—Pero ¿y si nos ha seguido?

—Adèle, no nos ha seguido. No nos ha seguido nadie. Lo he estado comprobando todo el tiempo. Además, ¿por qué nos traicionaría Édith?

—No le caigo bien.

Manu soltó una risita.

—¿Que no le caes bien? —repitió con un deje de diversión en su voz.

—Es cierto.

—No es cierto. Además, ¿por qué no ibas a caerle bien?

—Porque somos amigos.

Ya está. Lo había dicho a pesar de que no pretendía hacerlo, pero estaba desbordada por las emociones y ya no le importaba. ¿Cuándo era el momento adecuado para hablar sobre ellos? ¿Qué habría pasado si lo hubieran matado aquella noche y ella nunca le hubiera podido contar lo que sentía en realidad?

—Porque sabe que me importas.

Manu le lanzó una mirada valorativa y su gesto se suavizó.

—Este no es el momento adecuado para mantener esta conversación.

—Tal vez no, pero ¿qué habría pasado si esta noche no hubieras regresado? En tal caso, nunca habría tenido la oportunidad. Sé que estás enamorado de Édith, pero no puedo evitar sentir lo que siento y solo quería que lo supieras. No tiene por qué cambiar nada entre nosotros. —Podía sentir las lágrimas inundándole los ojos—. Podemos seguir adelante y salvar a estos niños. Entonces, cuando estén a salvo, ni siquiera tenemos que volver a vernos o volver a hablar. Tú puedes seguir con lo tuyo, casarte con Édith, tener hijos y... vivir feliz por siempre jamás. No pasa nada. Me alegraría saber que eres feliz, pero eso no significa que no pueda decirte lo que siento. —Hizo una pausa y volvió a tomar aire—. Solo quería que lo supieras; eso es todo.

—Adèle, mi querida y dulce Adèle —dijo él con tanta ternura en la voz que Adèle pensó que iba a partírsele el corazón.

Se había puesto en ridículo, pero no le importaba. Sus

sentimientos hacia Manu habían sido una carga durante tanto tiempo que decírselo le había resultado catártico. Y doloroso. Alzó la vista haca él y fue a hablar, pero él le posó un dedo en los labios–. Hablaremos de esto, pero no esta noche. Tengo que marcharme y solucionar varios asuntos. –Le acarició el rostro con la palma de la mano–. Asegúrate de cerrar con llave detrás de mí.

Y, tras decir eso, se marchó.

Capítulo 24

Fleur

París

Agosto de 2015

Fleur no había dormido bien la noche anterior. Se había despertado varias veces y, aunque no había podido identificar lo que la había estado reconcomiendo, se había sentido inquieta. Se había levantado temprano, había salido a dar un paseo matutino y había acabado en la orilla del Sena. Le había dejado una nota en la mesilla de noche a su abuela, que seguía durmiendo, para decirle que iba a tomar un poco de aire fresco y que volvería después de desayunar.

Aquella era otra mañana calurosa de agosto en la ciudad y Fleur se alegró de haberse acordado de llevarse las gafas de sol. Deambuló un poco más por la orilla del río, donde los vendedores ambulantes ya se estaban preparando para el día, listos para animar a los turistas a separarse de sus euros a cambio de una torre Eiffel de plástico, un boceto de ellos mismos o una postal de alguna de las atracciones turísticas de la ciudad. Pasó junto a una barcaza que era una librería flotante y el propietario la saludó con un alegre «*Bonjour!*». En otras circunstancias, tal vez se hubiera detenido para mirar los libros, pero aquella mañana estaba preocupada pensando en su abuela.

A su alrededor, la ciudad empezaba a cobrar vida y las calles y los senderos iban llenándose de personas de camino al trabajo, deportistas madrugadores y gente que sacaba a pasear a sus perros.

El teléfono le vibró en el bolsillo.

Didier: «*Salut. Ça-va?*».

Sonrió ante la informalidad del saludo. Tan solo conocía a Didier desde hacía unos días, pero ya se sentía cómoda en su compañía. Se hizo un selfi en el que, de fondo, se veían el río tras uno de sus hombros y el barco librería tras el otro. Se la envió y recibió una respuesta casi de inmediato.

Didier: «Esa foto me pone muy triste».

Frunció el ceño ante aquel comentario y tecleó una respuesta.

Fleur: «¿Por qué?».

Didier: «Porque estás en la ciudad más romántica del mundo y, aun así, tienes que sacarte selfis».

Fleur: «No había nadie que me acompañara».

Didier: «Ahí es donde te equivocas. A mí me hubiera encantado acompañarte».

Fleur: «Lo tendré en cuenta la próxima vez».

Didier: «¿Puedes hacerme un favor?».

Fleur: «¿Qué favor?».

Didier: «Quédate donde estás».

Confusa, Fleur sonrió. Miró a su alrededor y, cuando vio un banco, se sentó en él. Hasta el momento, el intercambio había durado veinte minutos y cada vez había pasado más tiempo entre cada uno de los mensajes que Didier le había enviado. Aunque era agradable estar sentada junto al río, no estaba muy segura de lo que ocurría. Le mandó otro mensaje.

Fleur: «¿Para qué estoy haciendo esto?».

Didier: «Dame el gusto. Y ten paciencia».

Cuando pasaron otros diez minutos sin que él le enviara nada y sin recibir respuesta al último mensaje que le había mandado indicando que tenía una paciencia limitada, Fleur decidió volver al hotel. Estaba a punto de ponerse en pie cuando alguien se sentó a su lado y le colocó frente a la cara una bolsa de papel y una taza de café desechable.

—Café y cruasanes —le dijo Didier con una sonrisa.

Fleur estalló en carcajadas.

—¿Qué?

—Un desayuno junto al río —contestó él.

—Vaya, muchas gracias —replicó mientras tomaba los presentes.

Sentados, sumidos en un silencio cómodo y disfrutando del café y los cruasanes, Didier resultó ser una compañía agradable. No había presión para llenar las pausas en la conversación y, además, se había sentado a la distancia justa para no invadir su espacio personal, pero no lo bastante lejos para que no pudiera inhalar el aroma de su *aftershave* mezclado con el del producto que se aplicaba en la piel. Podría permanecer allí sentada todo el día, rodeada por el olor a coco y jojoba.

Frente a ellos, pasó un barco fluvial que ya iba lleno de turistas.

—Qué entusiastas —comentó Fleur—. No estoy muy segura de que yo pudiera soportar estar en el agua tan temprano.

—Ah, los *bateaux mouches* —dijo Didier—. Solía trabajar en ellos cuando era adolescente.

—¿De verdad? ¿Antes de ser policía?

—*Oui*. Necesitaba un poco de dinero. A esas alturas, todavía no estaba muy seguro de lo que quería hacer. Me encantaban el arte y la historia, así que trabajar en las embarcaciones fluviales parecía buena idea, pero no estaba bien pagado.

—¿Y qué te hizo decidir que querías ser policía? —Fleur se sacudió las migajas del regazo y dobló la bolsa de papel.

—Un día, había un carterista rondando el barco. Eso, por sí mismo, no era inusual; siempre teníamos que estar pendientes de ellos. Pero, aquel día, decidió quitarle el bolso a una señora mayor y empujarla al suelo.

—Vaya cabrón —masculló Fleur—. Perdón, es que me he imaginado a mi abuela.

—*Bien sûr*. Ya está bastante mal que roben, pero atacar a las personas mayores es de cobardes —asintió Didier—. Me enfadé tanto que salté del barco y perseguí al ladrón. Lo tiré al suelo con un placaje de *rugby* y me quedé sentado encima de él hasta que llegó la Policía. Y eso me llevó a querer ser gendarme.

—Bien hecho.

Didier le quitó la bolsa y la taza vacías.

—¿Quieres dar un paseo? ¿Tienes tiempo?

Se puso en pie y tiró la basura en una papelera cercana.

—Estaría bien —contestó ella. No se le ocurría nada que le apeteciera hacer más en aquel momento.

Mientras caminaban, Didier le contó algunas anécdotas de sus días como gendarme.

—Pero no lo echo en falta —concluyó—. Soy mucho más feliz ahora con mis antigüedades. ¿Qué hay de ti? ¿A qué te dedicas?

—A nada tan interesante como lo que me has contado —confesó ella, aunque, después, se corrigió—. Bueno, a mí no me resulta aburrido, aunque otras personas no piensen lo mismo. Trabajo en el laboratorio científico de una universidad. Soy técnica de laboratorio.

—No parece aburrido en absoluto —dijo Didier.

—Algunos días puede ser un poco repetitivo, pero, en general, me encanta. Trabajo en el departamento de investigación con células madre, que por cierto son increíbles. A diferencia de otras células, tienen la capacidad de autorrenovarse y todavía no se han convertido en células especializadas. —Alzó la vista. Didier le estaba sonriendo—. Perdón; me he dejado llevar.

–No te disculpes. Me doy cuenta de que te entusiasma tu trabajo.

Fleur sonrió, agradecida por su respuesta, que estaba en el polo opuesto de cualquier cosa que su exnovio hubiese dicho jamás sobre su profesión.

Siguieron adelante un poco más y llegaron al Jardin du Carrousel. Después, continuaron por el sendero de piedras que conducía a la fuente y la pirámide de cristal que había delante del Museo del Louvre.

–Aquí es donde me gustaría que acabara la colección de Valois –dijo Didier–. En el Louvre.

–¿Estaba aquí originalmente?

–No. Estaba en el museo que hay junto a la escuela, pero es evidente que lo van a cerrar para construir otra cosa, así que la siguiente mejor opción es el Louvre.

Fleur sonrió ante aquella idea de que el Louvre fuese la segunda mejor opción.

–Estaría bien volver a juntarlos todos –dijo–. Anoche hablé con mi abuela y me dijo que había algo que quería mostrarme. No sé de qué se trata. Le enseñé la lista de nombres que me diste y eso la entristeció.

–Siento mucho que este asunto le esté resultando difícil –dijo Didier.

–Le he dicho que no tiene que hacer nada con todo esto –contestó ella–. Pero insiste en que debo conocer su pasado.

Bajó la mirada a los pies y no pudo evitar admitir que sus propios sentimientos acerca del pasado estaban empujando a Lydia a seguir adelante.

–¿Qué ocurre? –Se habían parado y Didier la hizo darse la vuelta para mirarlo–. ¿Hay algo más?

Fleur sacudió la cabeza. De pronto, le resultaba difícil formar una frase.

–Es solo que... No sé... Me siento culpable. No está haciendo esto solo por sí misma, también lo está haciendo por mí.

–¿Por ti?

No quería responder, pero, en aquella ocasión, el silencio que había entre ellos era pesado y se sintió obligada a darle una explicación.

–Mi abuela quiere que no me dé miedo pensar en mi madre. Murió cuando yo tenía ocho años.

Unas lágrimas inesperadas se le acumularon en los ojos y no pudo evitar que se le derramaran.

–Lo siento mucho –dijo Didier–. *Je suis vraiment désolé.*

A continuación, la rodeó con los brazos y la estrechó contra su pecho. A Fleur se le atascó un sollozo en la garganta. No estaba segura de cuánto tiempo permanecieron así. Sin embargo, su abrazo reconfortante, firme aunque amable, su barbilla apoyada sobre su cabeza y sus murmullos en francés, que no necesitaba entender para saber que eran palabras de consuelo, hicieron que se olvidara de todo y todos los que los rodeaban.

Al final se apartó, aunque solo un poco; lo suficiente para sacar un pañuelo del bolso y enjugarse las lágrimas.

–Lo siento –dijo.

Él todavía tenía las manos apoyadas en sus brazos, como si temiera que, si no la sujetaba, fuera a caerse.

–No te disculpes. Es bueno dejar salir las emociones. Es algo mucho más francés que británico.

Sonrió y aquel humor amable deshizo la tensión.

–Donde fueres... –dijo Fleur.

–*Exactement.* –Didier volvía a tener un gesto serio–. ¿Seguro que estás bien?

Ella asintió.

–Sí, gracias. –Miró su reloj–. Será mejor que vuelva al hotel. Mi abuela ya estará despierta.

—Te acompaño —dijo él.

Mientras se daban la vuelta y comenzaban a recorrer el camino a la inversa, le pasó un brazo por los hombros y la estrechó contra él un instante. Fleur se permitió sentirse reconfortada por aquel gesto. Le gustaba tener un contacto tan cercano con él. Se sentía segura, lo cual era algo nuevo para ella. Cuando aflojó un poco, ella no se apartó y recorrieron todo el camino con el brazo de Didier sobre sus hombros.

Al llegar delante del hotel, frente a frente, él la soltó al fin.

—Gracias —dijo ella.

—Ha sido un placer. —Didier le sostuvo la mirada y le tomó las manos—. ¿Seguro que ya estás bien?

El roce de su piel era tan tranquilizador como su abrazo y Fleur estrechó sus manos un poco más.

—Mucho mejor.

—*C'est bon*. Me alegro. —Agachó la cabeza para mirarla a los ojos—. Está bien sentirse asustada a veces, pero no dejes que eso te paralice. —Le dio un beso en la cabeza—. Ahora, tengo que marcharme y trabajar un poco antes de regresar aquí más tarde.

Fleur se quedó de pie en el camino y observó cómo cruzaba al otro lado de la calle corriendo. Cuando llegó a la seguridad de la acera, se dio la vuelta y se despidió de ella con un gesto de la mano antes de alejarse en la dirección aproximada en la que suponía que se encontraba su tienda.

No estaba muy segura de lo que sentía por él. Por un lado, se sentía cómoda en su compañía y le gustaba estar con él; le gustaba mucho. Y, aun así, por otro lado, sentía cierto recelo. La había hecho sentirse lo bastante cómoda como para abrirse con él, lo cual, dado que hacía apenas unos días que se conocían, era una locura. Se sentía a salvo y asustada al mismo tiempo.

Capítulo 25

Adèle

París

Julio de 1942

Adèle no era capaz de contarles de inmediato a las niñas lo sucedido con su madre. Necesitaba tiempo para procesarlo y aceptarlo ella misma para poder ser fuerte por ellas. Temía pensar en cómo reaccionarían. Aunque, por supuesto, tenía que contárselo a Cécile.

Miró su reloj. Eran casi las seis de la mañana y, pronto, la mujer llevaría a los niños a los aseos para que se lavaran y fueran al baño antes de que comenzara la jornada escolar. Subió al ático. El dolor y la pena debían de reflejarse con claridad en su rostro, ya que Cécile le echó un vistazo, se puso en pie y les dijo a los pequeños que la esperaran allí.

Juntas bajaron al estudio de danza y se aseguraron de cerrar las puertas tras ellas para que sus voces no llegaran al piso de arriba.

—¿Qué ha ocurrido? —le preguntó Cécile, apremiante—. ¿Qué ha pasado?

Adèle frunció los labios para tranquilizarse.

—Se trata de Jacqueline. No son buenas noticias —comenzó, intentando preparar a su amiga—. Esta noche la han capturado y le han disparado.

La mujer ahogó un grito y comenzó a llorar. Adèle la abrazó tal como Manu la había abrazado a ella antes. No podía decir nada que pudiera aliviarle el dolor, pero el mero hecho de tener contacto con otro ser humano que se preocupaba por ti era algo poderoso. Tras varios minutos, la mujer se recompuso y Adèle pudo explicarle con más detalle lo que había ocurrido.

—Es aterrador para todos nosotros. Nadie está a salvo —dijo Cécile—. ¿Qué hay de las niñas? ¿Quieres que se lo diga yo?

—Creo que debería ser yo la que se lo contase —contestó ella—. Pero puede que necesiten tu ayuda para superar el día mientras yo doy las clases.

—Vamos a hacerlo ahora que todavía no hay nadie en la escuela.

Volvieron al piso de arriba y Cécile bajó a los chicos al baño, dejando a Adèle a solas con las hermanas Rashal.

Contarles a dos niñas pequeñas que su madre había muerto y que no iba a volver fue lo peor que había tenido que hacer en toda su vida. Hubo lágrimas, muchas lágrimas, sobre todo por parte de Eva, que entendía el concepto mucho mejor que Blanche, su hermana pequeña. Se quedó con ellas una hora, abrazándolas y prometiéndoles que haría todo lo posible para mantenerlas a salvo. Les contó historias de su madre y de cómo, de pequeñas, Jacqueline y ella habían jugado juntas y habían vivido algunas aventuras. Había pasado toda una vida desde aquello, pero a ella le resultaba extrañamente reconfortante y esperaba que también fuera así para las niñas.

La hora de abrir la escuela llegó demasiado pronto y, tras asegurarse de que todos tenían lo que necesitaban para pasar el día, dejó el ático con una profunda tristeza en el corazón.

Manu se presentó ante la entrada del colegio durante la hora del almuerzo, mientras ella supervisaba el recreo. Alzó la mano y Adèle se acercó hasta él. Pensó en lo que le había dicho justo antes de que se marchara y, aunque se sintió un poco avergonzada, bajo la fría luz del día, no se arrepintió. Se alegraba de habérselo dicho, aunque los sentimientos no fueran mutuos. Podía vivir con ello. Aquella mañana, parecía cansado y ojeroso. Llevaba la barbilla cubierta de pelusilla y el pelo apartado hacia atrás con una gorra plana. Se frotó el hombro y lo movió dibujando un círculo.

—El cuerpo de Jacqueline está en una funeraria. Un sacerdote católico ha ido a rezar por ella. Como es evidente, todos los rabinos han sido capturados o están escondidos. La enterrarán mañana por la mañana.

—Gracias por ocuparte de todo eso. Pareces destrozado. Deberías irte a descansar.

—Tengo que estar en el museo después de comer. ¿Cómo están las niñas?

—Se lo he contado. Eva lo entiende, pero se muestra muy reservada. No estoy segura de que Blanche lo comprenda del todo.

—Ojalá hubiera podido detenerla —dijo Manu. Se quitó la gorra y se frotó la frente.

—No quería que la detuvieran —contestó Adèle—. Quería a sus hijas más que a nada en este mundo. Tan solo tenemos que honrar su memoria y mantener a salvo a las niñas.

Contempló el patio mientras sus alumnos daban vueltas de un lado para otro, corriendo y riendo. Deseaba poder bajar del ático a los otros niños para que pudieran jugar. Más allá de las dos noches anteriores, llevaban días sin salir a tomar el aire.

–Será mejor que me vaya antes de que alguien se pregunte de qué estamos hablando –dijo Manu.

–Les diría que estábamos hablando de la exposición, lo cual es del todo plausible dado que ambos vamos a participar de un modo u otro.

–Tenemos que descubrir cómo van a transportar los objetos –dijo él–. Si es en tren, será más fácil. Si es en camión, el asunto podría complicarse.

–Estoy segura de que vamos a viajar en tren. Eso es lo que me dijo Lucille la otra noche.

–¿Conoce el plan?

–No. No quiero contárselo hasta el último momento.

–¿No confías en ella?

–No es eso, pero está locamente enamorada de Müller –le explicó.

Sin embargo, mientras hablaba, se dio cuenta de que sí había cierta desconfianza. Odiaba la idea de no poder confiar en su propia hermana.

La sensación de profunda tristeza la acompañó durante todo el día y, cuando Lucille llegó al ensayo, se sentía sumamente abatida.

–Esta noche no se nos puede hacer demasiado tarde –dijo su hermana–. Peter va a venir a cenar.

–¿Otra vez? ¿Por qué tiene que venir siempre él a casa? ¿No puedes salir a cenar con él? –espetó sin pensarlo.

–Ya salgo con él, pero, como vamos a casarnos, quiere conoceros bien a papá y a ti. Y la única manera de lograrlo es que os relacionéis con él. –Lucille se llevó las manos a las caderas–. Pensaba que ahora te gustaba.

–No es eso –contestó Adèle. No podía entender por qué su hermana seguía pensando que iban a casarse cuando sin duda las autoridades alemanas no lo aprobarían, pero se guardó esos pensamientos para sí misma–. Es solo que no me siento cómoda y esta tarde estoy muy cansada. No estoy de humor para visitas.

–¿Estás enferma? He de admitir que sí que pareces cansada –dijo Lucille–. ¿Dónde estuviste anoche?

–¿Qué quieres decir?

–No viniste a casa. Papá se fue pronto a dormir y yo me quedé despierta. Me fui a la cama a medianoche y, para entonces, aún no habías regresado.

–En realidad, no es asunto tuyo, pero si quieres saberlo, me quedé aquí, en la escuela. Me quedé hasta tarde y se me pasó el tiempo. No quería arriesgarme a intentar llegar a casa y que me pararan después del toque de queda.

Lucille la miró con escepticismo.

–Sabes que si te pasa algo así tan solo tienes que mencionar el nombre de Peter, ¿verdad? Él se asegurará de que no te ocurra nada.

–Es muy amable por su parte. Lo tendré en cuenta.

No tenía ninguna intención de tenerlo en cuenta. Solo de pensarlo se sentía una traidora.

Estuvieron bailando durante cuarenta minutos antes de regresar a casa. A Adèle le habría gustado ir a ver a las hermanas Rashal aquella tarde, pero no se atrevió, no con Lucille rondando por allí.

Cuando llegaron al piso, Müller ya estaba allí, sentado en el salón y hablando con su padre. Lucille le dio un codazo y le susurró:

–¿No es maravilloso verlos a los dos juntos?

Adèle le sonrió con cariño.

–Como son hombres, supongo que tendrán muchas cosas en común –decidió responderle.

–Ah, aquí estás, querida mía. –Peter se puso en pie y rodeó

la cintura de Lucille con un brazo mientras le daba un beso en la mejilla–. Justo estaba hablando con tu padre sobre la exposición y el viaje a Lyon. Tan solo quería asegurarle que os cuidaremos muy bien a las dos.

–Entonces, ¿ya tienes un itinerario? –preguntó Adèle.

–De hecho, sí. –El alemán se sacó una hoja de papel del bolsillo y se la tendió–. Aquí encontrarás todos los detalles. Las piezas de exposición serán transportadas en tren.

Adèle observó el itinerario y escudriñó todos los detalles. Era perfecto, justo lo que necesitaban para poner en marcha su plan. Fue entonces cuando se fijó en la fecha.

–La fecha está mal –dijo.

–Ah, sí. Iba a contártelo. La exposición se ha adelantado, así que será en dos semanas en lugar de en las cuatro que se habían planificado originalmente –replicó Müller–. ¿Hay algún problema?

–Eh... No sé si estaremos listas.

–Claro que sí –dijo Lucille–. Tendremos que ensayar un poco más, pero estaremos listas.

–Pero ¿y los niños? Necesitarán más tiempo. Hasta ahora, solo he podido ensayar con ellos en condiciones en un par de ocasiones después de las clases.

–Estoy seguro de que tan solo necesitas dedicarles a los ensayos unas pocas horas más a la semana –intervino Müller con un tono menos afable que antes–. Tienen que hacerlo a la perfección para la exposición. No quiero sentirme avergonzado.

–Y no te avergonzaremos, querido, te lo prometo –le dijo Lucille con efusividad mientras le colocaba una mano apaciguadora en el brazo y lo conducía de nuevo al salón. Miró a Adèle por encima del hombro y arqueó las cejas–. ¿Verdad, Adèle?

—Me esforzaré al máximo —contestó ella con una seguridad que no sentía.

Los niños nunca iban a hacer los pasos a la perfección. Bailaban para divertirse, para ser libres y por su propio bien. Tendría que hacer la coreografía lo más fácil posible para que hubiera pocas oportunidades (o ninguna) de que se equivocaran. Observó cómo su hermana se sentaba junto a Müller, casi regodeándose con la atención que él le prestaba. No podía estar en la misma habitación que ellos.

—Esta noche preparo yo la cena.

Haría lo que fuera con tal de evitar estar con ellos dos.

Cuando al fin se sentaron a la mesa, Lucille volvió a sacar el tema de la exposición.

—Peter me estaba diciendo que nos quedaremos en un hotel esa noche, ya que quiere que asistamos a la fiesta posterior.

—¿Quedarnos a pasar la noche? —preguntó ella—. Pero ¿qué hay de los niños? Sus padres los estarán esperando en casa.

—Pueden volver esa misma noche. Lo arreglaré todo para que tengan algún acompañante que los lleve —dijo Müller.

—Yo puedo acompañarlos —insistió Adèle—. Me siento responsable de ellos. Sus padres los dejarán bajo mi cuidado. No me gustaría enviarlos solos todo el camino de vuelta.

—Pero te perderías la fiesta posterior —dijo Lucille.

—No pasa nada, no me importa. Sin ofender, Peter —añadió rápidamente—, pero preferiría asegurarme de que los pequeños llegan a sus casas sanos y salvo.

—Eso no es lo que he decidido. —Aquella fue la respuesta cortante de Müller—. Ya he hecho planes y he organizado las cosas. Los niños regresarán esa misma noche. Tú y Lucille asistiréis a la fiesta posterior.

Había tal dureza en su voz que Adèle se dio cuenta de que incluso Lucille parecía atónita.

—Estoy seguro de que van a cuidar de ellos –dijo su padre, que siempre era el conciliador–. Si queréis que viaje como acompañante y regrese con los niños, estaré encantado de hacerlo. Me conocen muy bien y puede que a los padres les resulte reconfortante.

Müller arqueó una ceja.

—No tienen elección.

—Peter, cariño –comenzó a decir su hermana–, los niños quieren mucho a papá y se mostrarán muy respetuosos con él. Deja que viaje con ellos. Además, me encantaría que nos viera actuar. A ti también te gustaría, ¿verdad, papá?

Gérard Basset pasó la mirada de una de sus hijas a la otra.

—Nada me haría más feliz que ver a mis hermosas hijas bailando, tal como les enseñó su madre. Sería cumplir un deseo muy preciado.

Adèle estaba segura de que Lucille le había dado a Müller un codazo.

—Papá sería muy feliz si cumplieras su sueño.

Durante un instante, el alemán pareció plantearse la petición y el favor implícito que eso le granjearía con el padre de Lucille. Adèle supuso que no estaba acostumbrado a tener que impresionar a mucha gente; estaba más acostumbrado a que la gente intentara impresionarlo a él.

—Será un honor hacer que se cumpla su sueño. Además, eso le asegurará a Adèle que los niños estarán bien cuidados.

—Y a los padres –añadió ella–; así, los padres se quedarán más tranquilos.

—Sí, y a los padres –contestó Müller, aunque era evidente que le fastidiaba tener que admitir que debía tenerlos en cuenta–. Hablando de niños... ¿Os ha hablado alguien sobre una que ha desaparecido? Una niña. Desapareció anoche.

Adèle hizo una pausa con el vaso a medio camino de los labios. Se obligó a mostrar un gesto inquisitivo.

—¿Una niña que desapareció anoche? No; no he oído nada. Ninguno de los padres lo ha mencionado esta mañana en el patio, y eso que suelen ser los primeros en enterarse de estas cosas.

—Una patrulla las detuvo anoche a ella y a su madre porque se estaban saltando el toque de queda. Huyeron, pero la patrulla solo consiguió encontrar a la madre. Ni rastro por ninguna parte de la niña. —Miró a Adèle—. Cuando le preguntaron, negó que hubiera habido una niña con ella en ningún momento. Tampoco llevaba papeles. Solo me queda suponer que era una judía.

—¿Y qué le pasó? —preguntó Adèle. Después, dio un largo sorbo a su copa de vino. Tal vez fuese el alcohol lo que estaba haciendo que se mostrase más atrevida, pero quería oírlo de los labios del propio Müller para que Lucille viera lo cruel que era en realidad—. ¿La arrestaron?

—No; le dispararon.

Al contestar, el alemán ni se inmutó.

Ahogó un grito y miró a su hermana. Lucille abrió los ojos un poco más, pero su rostro permaneció impasible. Adèle sintió la ira burbujeándole en el estómago.

—¿Le dispararon? ¿Así, sin más? ¿Por qué?

Müller dejó la copa y cruzó los brazos sobre la mesa.

—Porque intentó escapar.

—Pero has dicho que ya la habían atrapado —insistió ella.

—Pero intentó escapar —replicó el alemán sin intentar ocultar su impaciencia.

—¿Estabas allí en persona? —preguntó.

—¿Por qué lo preguntas?

—¿Le disparaste tú?

—No, no estaba allí —contestó Müller con frialdad—. Así que, no, no le disparé.

—Pero ¿lo habrías hecho? ¿O, si hubieras estado allí, te habrías mostrado más compasivo?

—No es mi trabajo mostrarme compasivo. La compasión no gana las guerras.

—Pero es lo que nos hace humanos. ¿Por qué no se limitaron a capturarla de nuevo y arrestarla?

—Estoy segura de que, si Peter hubiera estado allí, la cosa habría sido muy diferente —intervino Lucille, aunque la inseguridad de su voz contradecía sus palabras.

—Muestras mucha simpatía hacia una mujer judía a la que ni siquiera conocías. —Müller entornó los ojos—. ¿Eres simpatizante de los judíos?

—Soy simpatizante de las personas, del resto de los seres humanos. Además, tan solo has supuesto que era judía porque no llevaba papeles; tal vez tan solo se los había olvidado —contestó ella con la respiración entrecortada. Sabía que estaba hostigando a Peter, pero no podía evitarlo.

—No hablemos del tema; es terrible —dijo Lucille.

—¿Terrible porque mataron a una mujer pese a que llevaba a una niña con ella? —Se dio la vuelta hacia su hermana—. ¿Terrible porque tenemos que enfrentarnos a la horrible verdad de lo que está ocurriendo en las calles de nuestra hermosa ciudad? ¿Terrible porque hace que el vino nos sepa mal? —Se puso en pie y, al hacerlo, tiró la silla al suelo—. No puedo quedarme aquí sentada, hablando de cómo asesinan a mujeres parisinas como si estuviéramos hablando de ganado al que llevan al matadero. Esa mujer también era un ser humano, una madre, la hija de alguien, una hermana, una amiga. Era una persona que no merecía que la asesinaran a sangre fría.

—Adèle, ya basta –le advirtió su padre.

—¿Ninguno de vosotros siente nada por esa mujer? ¿Por esa madre? –Los miró a todos de forma acusadora. Un silencio tenso pendía del aire.

Müller se puso en pie.

—Adèle, siento mucho que esto te haya disgustado. No debería haberlo mencionado. –Se giró hacia Gérard–. Mis disculpas, monsieur Basset.

—Por favor, siéntate –le instó Lucille mientras le lanzaba una mirada suplicante.

—No me encuentro demasiado bien –dijo ella.

Era cierto. Se le revolvía el estómago ante la manera en que habían desestimado la muerte de Jacqueline.

—Por favor, siéntate –dijo Müller–. Lucille, tráele a tu hermana un vaso de agua.

—Necesito tumbarme –insistió ella. No podía obligarse a sentarse a la misma mesa que él. Colocó bien la silla–. Si me disculpáis...

—Por supuesto –contestó el alemán con una brusca inclinación de cabeza.

Mientras salía de la habitación, pudo oír a su hermana disculpándose en su nombre.

—Últimamente no duerme bien. Se esfuerza mucho, ensayando para la exposición y organizando a los niños... Creo que lo de bailar le ha hecho pensar en nuestra madre y eso la ha entristecido. No pretende ser tan contestona; tan solo necesita descansar.

—Desde luego –contestó el alemán–. Lo entiendo perfectamente.

Adèle cerró la puerta de su habitación, silenciando la conversación, y se dejó caer sobre la cama. Estaba demasiado enfadada para llorar. Cerró las manos en puños mientras pensaba en lo que le gustaría hacerles a esos soldados que habían matado a Jacqueline, así como al propio Müller, y en cómo desearía zarandear a su hermana hasta hacerla entrar en razón.

Sin embargo, al oír las risas procedentes del comedor, supo que tenía una batalla entre manos. Podía oír la voz dominante del alemán.

—Es hora de brindar. Por la exposición y la magnífica velada que nos espera.

Cuando Lucille y su padre se hicieron eco del brindis, las copas tintinearon.

Adèle brindó mentalmente por Cécile, los niños y su viaje seguro para salir de aquel país hacia la libertad. Aquella era la mejor venganza que podría obtener por la muerte de su amiga. Además, sería una venganza aún más dulce por haber sucedido ante las narices de Müller.

Capítulo 26
Adèle

La tarde siguiente, después de que acabaran las clases y tras haberse despedido de madame Allard y Michelle Joffre, Adèle cerró la entrada principal. Cuando estaba atravesando el vestíbulo para subir al ático, el sonido del timbre de la puerta lateral hizo que se sobresaltara. Recorrió el pasillo a toda prisa.

–¿Quién es? –preguntó con la oreja pegada a la madera de roble.

–Soy yo, Manu.

Abrió la puerta y le dejó pasar.

–¿Va todo bien? No te esperaba.

Parecía cansado.

–No te preocupes; todo va bien. Tengo algo para los niños.

Le dio un golpecito a la cartera de cuero que llevaba cruzada sobre el pecho. Adèle arqueó las cejas en gesto de interrogación.

–Estoy segura de que no necesitan trabajar –dijo, intentando bromear, y fue recompensada con una sonrisa irónica de su amigo que le resultó más gratificante de lo que debería.

–Vamos arriba y os lo explicaré a todos.

Los niños se alegraron con la visita de Manu y a Adèle la animó el hecho de ver que Daniel lo tomaba de la mano. Era evidente que el pequeño se sentía más cómodo en su compañía que antes y, tal vez, el entusiasmo del resto de los niños lo hubiese tranquilizado. Manu le revolvió el pelo.

—¡Qué recibimiento tan agradable! Venid, tengo algo para todos vosotros.

Hizo un gesto a los demás niños y a Cécile para que se acercaran.

La mujer miró a Adèle, que se encogió de hombros. Estaba tan intrigada como ellos. Se sentó en el suelo de madera y Eva se acurrucó con ella. Acarició la melena rubia de la niña, que estaba seca y sucia. Le vendría bien un lavado. De hecho, si se fijaba en los niños y en Cécile, a todos les iría bien lavarse el pelo. Lo último que deseaba era que entre ellos empezaran a propagarse los piojos. No es que alguno de ellos estuviera infectado, pero, una vez que salieran del ático, aquella podría ser la última ocasión de lavarse en un tiempo.

—Aquí dentro tengo algo para cada uno de vosotros —les dijo Manu mientras desabrochaba los cierres de la bolsa—. Es algo que tenéis que guardar con vosotros. Vale mucho dinero, pero solo podéis usarlo en caso de alguna emergencia.

Adèle no tenía ni idea de qué estaba hablando y se sorprendió cuando sacó varias hojas de papel, cada una de las cuales medía unos diez por diez centímetros. Les dio la vuelta y las extendió frente a él. Cécile tomó una de las pinturas.

—Es increíble lo detallista que es para ser un cuadro tan pequeño.

—Era un experto en este estilo —dijo Manu—, pero su capacidad de observación es increíble y la paciencia que debió de tener para recrear algo así resulta asombrosa.

—¿Por qué los has traído aquí? —preguntó Adèle, cuyos pensamientos habían regresado a la situación crítica en la que se encontraban.

–Son vuestro billete para salir sanos y salvos de Francia –le dijo él a Cécile–. No sé en qué circunstancias podríais encontraros cuando sintáis la necesidad de usarlos, pero, para la persona adecuada, son una moneda de cambio de valor incalculable. Bueno, tal vez no incalculable, pero sí valen mucho dinero y cualquiera que entienda de arte será consciente de ello.

–¿No sabrán los alemanes que han desaparecido? –preguntó Adèle, pensando en la seguridad de su amigo tanto como en la de Cécile y los niños.

Él negó con la cabeza.

–No. Llevo tiempo planeándolo; los he estado ocultando para una ocasión así. –Tomó el primer cuadro en el que la casita bretona con su puerta y sus postigos rojos estaba cubierta por una suave capa de nieve. Manu sacó dos trozos de muselina de su bolsa y metió la obra de arte entre ambos antes de enrollar la miniatura–. En la bolsa hay hilo; párteme un poco, por favor.

Adèle cogió la bobina de madera y partió un fragmento. Manu colocó otro cuadro entre dos piezas de muselina y, después, con mucho cuidado, lo enrolló hasta formar un tubo muy apretado.

–Envuélvelo con el algodón. Un trozo en cada extremo y otro en el centro –le indicó.

Le resultó complicado, pero al final Adèle consiguió asegurar el hilo.

–¿Y ahora qué? –le preguntó, sin estar muy segura todavía de qué había planeado.

Manu sacó de la bolsa unas tijeras y una aguja.

–Ahora, lo único que tenéis que hacer es coser uno de estos a los dobladillos de cada uno de vuestros abrigos. Me temo que coser no es lo mío.

287

—¿Que los cosamos en los dobladillos de los abrigos? —repitió Cécile a modo de clarificación.

—*Oui, c'est ça.* Eso es. Podría daros algo de dinero, pero no sería mucho y no os duraría demasiado tiempo. Estos cuadros, por el contrario, valen muchísimo más. Puede que os salven la vida.

Habló con seriedad y, al hacerlo, miró a todos y cada uno de los presentes en la habitación.

Adèle se estremeció ante la idea de que los niños comprendieran que sus vidas corrían peligro. Sabía que habían llegado al punto en el que no podía seguir fingiendo que aquello era una gran aventura. Cuando todos ellos abandonaran la seguridad del ático, estarían en serio peligro. Por mucho que le rompiera el corazón aumentar su carga, sabía que tenían que conocer la verdad porque, en realidad, aquello podía salvarles la vida. Se aclaró la garganta.

—Niños, lo que Manu quiere decir es que, cuando os marchéis de aquí, llevaréis estos cuadros escondidos en los abrigos. No debéis hablarles de ellos a nadie. Son un secreto. —Hizo una pausa, asegurándose de que los pequeños entendían lo que estaba diciendo. Ellos asintieron, obedientes—. El único momento en el que se lo podéis contar a alguien es cuando Cécile os lo diga o, si estáis solos, cuando necesitéis ayuda con desesperación; cuando necesitéis que alguien os oculte de los alemanes y os lleve a un lugar seguro.

—No los uséis para conseguir comida —dijo Manu—. Siempre habrá alguien que os dé comida o, de lo contrario, podréis encontrarla en los bosques. Solo podéis dárselo a alguien a cambio de que os lleven a Suiza.

Adèle no estaba del todo segura de que los niños lo entendieran. Aquello iba mucho más allá de su imaginación y de sus experiencias vitales, pero ¿qué otra cosa podían hacer?

Tan solo podían esperar y rezar para que llegaran todos juntos a Suiza y los pequeños no tuvieran que tomar solos ninguna decisión a fin de salvar su vida.

Enrollaron y ocultaron el resto de las acuarelas.

–¿Y qué ocurrirá después de la guerra con los cuadros? Si todavía los tienen, ¿qué deberían hacer con ellos? –preguntó Adèle mientras ataba la última miniatura.

–Si siguen teniéndolos, entonces, tal vez algún día la colección vuelva a reunirse de nuevo aquí, en el museo –dijo Manu. Después, soltó un suspiro–. Creo que muchas obras artísticas se perderán para siempre en cuanto acaben en manos de los nazis. Por mucho que me duela separar esta colección de Valois, es lo único que se me ocurre para ayudar a Cécile y a los niños.

La mirada que le lanzó reflejaba el horror que sentía ella misma ante la idea de lo que podría pasarles a los pequeños, así como su propia tristeza frente a la posibilidad de que las obras de arte se perdieran para siempre. Sin embargo, podría vivir con aquello, pero sabía que jamás podría dormir con la conciencia tranquila si les fallaba a sus alumnos. Deslizó la mano para cubrir la de Manu y le dio un apretón reconfortante. En ese momento, el gesto en el rostro de él se suavizó un poco y, aunque Adèle no sabía si se trataba de un truco de las sombras, el color de sus ojos se intensificó. Aquello la atrajo e hizo que le apretara la mano con más fuerza.

Fue el sonido de Daniel y Thomas discutiendo lo que, al fin, distrajo su atención.

–¡Chicos, chicos! ¡Parad! Recordad lo que os hemos dicho sobre no gritar. –Pasó junto a Eva y se colocó entre los dos niños–. ¿Y bien? ¿Cuál es el problema? –Suavizó la voz a propósito y les habló en voz baja. Lo que necesitaban era un tipo de disciplina amable y tranquilizadora. Rodeó los hombros de ambos con los brazos–. ¿Por qué estáis discutiendo?

–Quiero llevar ese en el abrigo –dijo Daniel, sacudiendo uno de los cuadros enrollados como si fuese una varita–. Tiene nieve.

–Yo también lo quiero –dijo Thomas, intentando agarrarlo.

Adèle tomó la mano del niño.

–Nada de arrebatarnos las cosas los unos a los otros. Bueno, no podéis llevarlo los dos.

–¿Qué me dices de este? –sugirió Manu mientras le tendía a Thomas otra de las piezas enrolladas–. Es el de octubre, cuando salen todos los fantasmas y almas perdidas.

Hizo un sonido fantasmal parecido a un «uhhh» y fingió agarrar al niño, que soltó un chillido y estalló en carcajadas antes de imitarlo, lo que hizo que Daniel también se uniera a ellos.

–No deberías darles alas –dijo Adèle.

Sin embargo, era conmovedor ver a los niños riéndose. Era un pequeño respiro a la seriedad de su situación, uno que no iba a negarles. Dios sabía que ya había sido lo bastante difícil para ellos y que, además, su futuro inmediato iba a ser todavía más duro.

Manu se quedó con ellos y entretuvo a los pequeños con historias de fantasmas mientras Adèle y Cécile cosían las acuarelas a los dobladillos de los abrigos. Adèle observó con cariño, y no sin cierto orgullo, cómo su amigo interactuaba con los niños. Se dio cuenta de que Cécile la estaba mirando con una sonrisa cómplice.

–¿Qué pasa? –le preguntó, consciente de que la había visto mirando a Manu.

–Ya lo sabes –bromeó la mujer mientras volvía a bajar la mirada hacia el dobladillo que estaba cosiendo en el abrigo de Thomas–. No te preocupes; tu secreto está a salvo conmigo.

Adèle estuvo a punto de negar que hubiese un secreto, pero al mismo tiempo se preguntó qué sentido tenía hacerlo.

–Conozco a Manu desde hace mucho tiempo –decidió decir.

–Entonces, ya va siendo hora de que hagas algo al respecto –contestó Cécile mientras cortaba el extremo del hilo y alisaba el tejido de lana para contemplar su obra–. ¿Por qué esperar? Con la guerra en marcha, puede que no tengas otra oportunidad.

En ese momento, él las miró por encima del hombro, sonriendo.

–Estoy agotado de estar con los niños. No sé cómo puedes hacerlo todo el día siendo maestra. –Antes de que pudiera contestar, Thomas, que quería que les contara otra historia, llamó la atención de su amigo–. Pero después tengo que irme a casa.

–Es evidente que los sentimientos son mutuos –dijo Cécile.

–¿No tienes que coser otro abrigo? –le preguntó Adèle. Evitó mirarla, pues sentía el rubor que le estaba recorriendo el cuello. Era una suerte que la mujer no pudiera ver las mariposas internas que revolotearon en su estómago cuando, no por primera vez, rememoró el beso de Manu.

Capítulo 27

Fleur

París
Agosto de 2015

El resto de la mañana, Lydia había permanecido decididamente callada sobre lo que quería mostrarles a Fleur y a Didier, a pesar de que su nieta había intentado sonsacárselo con delicadeza. Al final, Fleur se había dado por vencida y había aceptado que tendría que esperar hasta que estuviera preparada. Así que, allí estaba, esperando a Didier delante del hotel mientras su abuela esperaba en el vestíbulo.

Tenía la mente ocupada con pensamientos sobre el francés y lo que había ocurrido aquella mañana, pero no estaba más cerca que antes de comprender lo que sentía por él. Entre ellos había una conexión, eso no podía negarlo, pero apenas lo conocía y no podía evitar sentir que ocultaba algo más de lo que parecía a simple vista. En realidad, tampoco es que importara, dado que ella solo iba a estar en París una semana más.

Didier aparcó su Mercedes negro delante del hotel. Con un zumbido, bajó la ventanilla para poder hablar con ella.

—*Bonjour*.

Fleur se agachó y apoyó el brazo en la ventanilla abierta.

–*Bonjour* a ti también –dijo con una sonrisa–. Sigo sin saber qué vamos a hacer o adónde vamos a ir. Cuando hayas aparcado, pediré un taxi.

Él frunció el ceño.

–¿Un taxi? No es necesario. Conduzco yo.

–Sinceramente, no es necesario... –comenzó a decir.

Sin embargo, él hizo un gesto con la cabeza en dirección al hotel y, cuando se giró, vio que su abuela estaba bajando los escalones, agarrada al brazo del portero.

–Me gustaría conducir –insistió él cuando volvió a mirarlo con gesto de disculpa–. Además, los taxistas de París nos cobrarían el doble y tomarían la ruta larga hacia dondequiera que sea que vayamos.

Fleur se hizo a un lado mientras el portero abría la puerta del automóvil para Lydia. Después, dio la vuelta hacia el otro lado y, de manera impulsiva, abrió el lado del acompañante para sentarse junto a Didier en lugar de hacerlo en la parte trasera junto a su abuela. No quería que él se sintiera como si no fuera más que el chófer.

–Si quieres sentarte detrás con tu abuela, no me importa –dijo él como si le hubiera leído la mente.

–No, me gusta estar aquí.

Él asintió con la cabeza en gesto de aprobación.

–¿Adónde vamos, madame? –preguntó mientras miraba a Lydia por el retrovisor.

–Al cementerio de Père Lachaise –contestó.

Didier se giró hacia ella en su asiento.

–¿Al cementerio?

–Sí, eso es. Boulevard de Ménilmontant. En el vigésimo *arrondissement*.

–*Oui, je sais où est le cimetière*; sé dónde está el cementerio.

–*Alors*, en marcha –dijo Lydia.

Didier miró a Fleur como si ella pudiera darle alguna explicación, pero estaba tan desconcertada como él.

–Será mejor que hagamos lo que nos dice.

Mientras iban de camino, Fleur buscó el lugar con el teléfono y leyó la información que encontró.

–¡Guau! Hay algunos residentes famosos en el cementerio. Frédéric Chopin, Édith Piaf, Oscar Wilde, Jim Morrison...

–Tiene más de cuarenta hectáreas y es uno de los cementerios más visitados del mundo. Si no el más visitado –le dijo Didier.

Fleur volvió la vista hacia su abuela que, en aquel momento, estaba mirando por la ventanilla con gesto distante. Su actitud optimista de antes había sido sustituida por una más sombría. Volvió a acomodarse en su asiento e intercambió una mirada con Didier, que le preguntó con los ojos si la mujer se encontraba bien. Ella asintió, pero al mismo tiempo frunció el ceño.

Preferiría que no estuvieran de camino a un cementerio. De acuerdo, tal vez no estuviesen en Sussex Occidental, en aquel en el que estaba enterrada su madre, pero el lugar representaba lo mismo: la pérdida.

Había mucho ajetreo en la ciudad y Didier condujo de manera experta por las calles repletas de tráfico antes de entrar en el Boulevard de Ménilmontant.

–Os dejaré cerca de la entrada principal y después iré a buscar donde aparcar.

–Quiero comprar algunas flores de la tienda que está al otro lado de la calle –dijo Lydia.

Fleur acompañó a su abuela a la floristería con la sensación de que aquella no era la primera vez que hacía algo así. Salieron unos minutos después, cargadas con dos ramos de crisantemos blancos.

—Son preciosos —comentó mientras esperaban junto a la enorme puerta doble de madera que daba acceso al cementerio.

Lydia rozó los pétalos con las yemas de los dedos.

—Representan la inmortalidad —dijo—. Los crisantemos pueden sobrevivir a las peores heladas invernales. Son un símbolo de vida y nuestros seres queridos son inmortales porque siempre los llevamos en nuestros corazones.

Fleur miró hacia el fondo de la calle y vio a Didier abriéndose paso hacia ellas bajo las sombras intermitentes de los árboles que bordeaban la acera. Volvía a ir vestido de traje y con camisa blanca, aunque no llevaba corbata. Se había afeitado y una pelusilla sutil le cubría la mandíbula y la barbilla, acentuándole los pómulos bien definidos. Pareció ajeno a las dos mujeres que pasaron a su lado y se dieron la vuelta para mirarlo.

Ciertamente, el cementerio era enorme. Era como entrar en otro mundo y Fleur supuso que, en cierto sentido, así era. Se trataba de mundo muerto, pero al mismo tiempo le parecía lleno de vida. No sabía muy bien cómo explicarlo. Un camino empedrado con unos peraltes a cada lado tan pronunciados que casi parecían una cúpula transcurría entre los terrenos de los monumentos imponentes, los mausoleos elaborados y las lápidas sencillas. El verdor de los árboles (arces, cerezos, nogales y sauces) rompía con el duro y en cierto sentido monótono paisaje de piedra, mármol y cemento. Fleur se acercó a Lydia para caminar con ella y la agarró del brazo. El camino era irregular y le daba miedo que se tropezara.

—Aquí hay muchos monumentos —dijo Didier—. Hay uno dedicado al Holocausto, otro a la Segunda Guerra Mundial y otro a la Primera. —Estaban recorriendo un camino bordeado por mausoleos diminutos que parecían casetas de playa de madera–. Por lo general, estos mausoleos pertenecen a una sola familia y todos sus miembros están enterrados ahí. A algunos los incineran y entierran las cenizas en las tumbas.

–Es como un pueblo, pero sin mapa –dijo Fleur, a pesar de que su abuela no parecía tener ningún problema para orientarse por allí.

Siguieron avanzando, con Lydia como guía, y adentrándose en las profundidades del cementerio. Andaba con decisión y con una dirección en mente. El camino que transitaban en ese momento era de guijarros pequeños que crujían bajo sus pies.

Al cabo de un rato, doblaron una esquina y la mujer se detuvo ante un terreno doble con forma rectangular y bordeado de piedras que mantenían en su sitio unos guijarros blancos que ocultaban la losa de hormigón. Una gran cruz del mismo material señalaba la cabecera de la tumba. Era difícil distinguir los nombres que estaban grabados en la piedra, pues, tras los años pasados a la intemperie, estaban borrosos. Lydia se dirigió hasta la lápida y colocó uno de los ramos de flores en el jarrón que había en el suelo. De su bolso sacó una bolsa pequeña de plástico y un cepillo de dientes y empezó a frotar la capa fina de musgo y suciedad que se había incrustado en los surcos.

Fleur se colocó a su lado y le quitó el cepillo de dientes.

–Deja que lo haga yo, abuela.

La mujer titubeó, pero al cabo de un instante lo soltó.

–*Merci*.

Pasó varios minutos frotando antes de que los nombres estuvieran limpios y resultasen más fáciles de leer.

MARIANNE BASSET 1893-1930
GÉRARD BASSET 1888-1943
ᴾADRES DE
ADÈLE BASSET 1917-1982
LUCILLE BASSET 1921-1942

LA VIE EST FAITE DE PETITS BONHEURS.
DANSER POUR TOUJOURS DANS LE CIEL
AVEC LES ANGES.

EMANUEL LAFON 1912-1977

AMOUR, HONNEUR ET COURAGE

Fleur llevó a cabo la traducción: «La vida se compone de pequeñas alegrías. Danzad en el cielo con los ángeles para siempre». La última línea rezaba: «Amor, honor y valor». Observó cómo su abuela se arrodillaba al borde de la tumba. No dijo en voz alta ninguna oración ni lo que estaba pensando, pero, tras un par de minutos, se puso en pie.

–Estos eran mi maestra y su familia –dijo–. Nos queda visitar una tumba más.

Fleur respiró hondo. Por mucho que aquel cementerio fuera muy diferente al que había en casa, no estaba disfrutando de la experiencia. No habría ido hasta allí por otra persona que no fuese su abuela, que de algún modo parecía reconfortada por la visita, tal como le ocurría en Inglaterra. Apretó la mandíbula mientras seguían a Lydia por el camino. Sintió la mano de Didier en la parte baja de la espalda y, después, él le tomó la mano.

–Todo va a salir bien –susurró mientras se inclinaba hacia ella.

Fleur le aferró la mano a modo de respuesta y parte de la tensión que sentía desapareció.

En aquella ocasión, Lydia se detuvo ante una tumba sencilla e individual con una lápida igual de sencilla y falta de adornos. Dado que estaba en una zona de menos sombra, no estaba cubierta de musgo como la de la familia Basset. Tan solo un poco descolorida por el tiempo. Fleur fue capaz de leer el nombre con más claridad y de traducir la inscripción con más facilidad.

JACQUELINE RASHAL

16 DE JULIO DE 1942

AMADA ESPOSA Y MADRE

Lydia dejó el segundo ramo de flores en la tumba y se tomó un momento para permanecer en silencio con la cabeza agachada. Didier había dado un paso atrás y, por el rabillo del ojo, Fleur pudo ver que estaba tecleando algo en la pantalla de su teléfono. Volviendo a centrarse una vez más en el motivo por el que estaban allí, se preguntó si se había dado cuenta de lo mismo que ella al ver el nombre de esta segunda tumba. En el registro habían visto dos niñas con el mismo apellido: Eva y Blanche. ¿Eran familiares de Jacqueline? Y, de ser así, ¿qué relación tenían con Lydia?

Tras unos minutos, la mujer se apartó de la tumba y se dirigió al lado de Fleur.

—Sin duda, os estaréis preguntando por qué os he traído aquí —dijo al fin. Didier se acercó un poco y se colocó junto a Fleur mientras Lydia continuaba hablando—. Veréis, Jacqueline Rashal era mi madre.

Fleur frunció el ceño ante semejante revelación. No tenía sentido. Estaba segura de que nunca le había mencionado el apellido Rashal. Además, ¿qué relación tenía con Eva y Blanche? ¿Eran parientes suyas o no se trataba más que de una mera coincidencia?

—¿Esta era tu madre? —preguntó, intentando aclararse—. Pensaba que habías dicho que tu madre se llamaba Adèle.

Se detuvo al decir aquello. La profesora de danza, mademoiselle Basset... La primera tumba... Adèle Basset. Estaba muy confundida. No conseguía que toda aquella información tuviera sentido.

—No lo entiendo.

—Tuve la suerte de tener dos madres —le explicó Lydia—. Jacqueline era mi verdadera madre, la mujer que me dio a luz. Por desgracia, como podéis ver, murió en 1942. Yo tan solo tenía diez años. Era una mujer muy valiente y yo la quería mucho —añadió sin dejar de mirar la tumba.

—¿Y la profesora de danza cuidó de ti? ¿Es eso lo que quieres decir? —preguntó Fleur.

Lydia asintió.

—Ella y Manu Lafon, el conservador del museo que está al lado de la escuela.

—¿Qué le pasó a tu verdadero padre?

Poco a poco, Fleur estaba logrando que todo aquello cobrara algún sentido.

—Lo mataron en la guerra. Los alemanes lo apresaron y murió en un campo de concentración.

Al menos, esa era la verdad que le habían contado a Fleur. Extendió el brazo para tomar la mano de su abuela.

—¿Por qué no me lo habías contado antes?

Su tono de voz no indicaba que la estuviese juzgando. Simplemente, no lo entendía. Notó cómo Didier le daba un pequeño codazo y, después, le tendió su teléfono móvil. Miró la pantalla. En ella había una fotografía en blanco y negro de una clase, tomada en un aula. A un lado del grupo había una joven maestra y, al otro, un maestro más mayor.

Didier amplió la imagen de la pizarra que había tras ellos en busca de la fecha: «28 de mayo de 1942». Después, expandió la pantalla y volvió a ampliar los rostros de los niños y, en particular, el de una alumna.

Fleur se sorprendió y miró con detenimiento a la pequeña. Aunque se trataba de la fotografía de una fotografía y la imagen estaba granulada, no había duda al respecto: la niña rubia con los labios en forma de corazón y los enormes ojos de cervatilla era Lydia. Frente a ella, había otra niña más pequeña que se parecía mucho a ella. Tanto que bien podrían ser hermanas.

La anciana se giró y miró la imagen.

—Como ya he dicho en otras ocasiones, eres un hombre de muchos recursos. No sabía que esa fotografía aún existía.

—Un amigo mío la encontró en los archivos de la escuela —dijo él—. Acaba de enviármela.

—Un momento muy oportuno —replicó la mujer.

—No lo entiendo —comentó Fleur—. Si estás en esa fotografía de mayo de 1942, tu nombre debería aparecer en el listado que tiene Didier. Hay dos niñas de apellido Rashal...

Se le cortó la voz cuando, al fin, unió todos los cabos.

—Eso es —dijo su abuela—. Esa niña es Eva Rashal, hermana de Blanche Rashal e hija de Jacqueline Rashal. No me llamo Lydia; mi verdadero nombre es Eva Rashal.

Capítulo 28

Adèle

París
Julio de 1942

Cuando Adèle llegó a la escuela al día siguiente, Manu la estaba esperando junto a la verja.

–*Bonjour. Ça-va?* –le preguntó ella–. ¿Va todo bien?

–Sí; todo el papeleo de la exposición está en orden –contestó Manu–. Vendré a verte esta tarde con todo lo que necesitas para viajar sana y salva hasta Lyon.

Un coche patrulla alemán dobló la esquina y redujo velocidad al pasar junto a Adèle y Manu. Durante un buen rato, los soldados les lanzaron una mirada severa.

–¿Qué harán aquí? –preguntó él mientras el automóvil se alejaba por la calle–. Debemos tener más cuidado.

Le acarició el rostro, tal como había hecho la otra noche. A Adèle le encantaba sentir sus manos, pero al mismo tiempo deseaba que no lo hiciera. Era una tortura. Se apartó de él y lo lamentó de inmediato al ver la mirada de confusión y dolor en los ojos de su amigo.

–Será mejor que entre –dijo–. Nos vemos esta tarde.

Mientras abría con la llave la puerta de la escuela, miró hacia atrás por encima del hombro. Manu estaba de pie junto a la verja con las manos en los bolsillos, observándola con un gesto impasible. No estaba muy segura de qué mensaje se habían intercambiado en silencio o de si lo estaba interpretando de forma correcta, pero Manu no era suyo; pertenecía a otra mujer y, por mucho que sintiese algo por él, no pensaba traicionar su propia moral.

Las dos semanas siguientes pasaron rápido. El tiempo de Adèle estaba totalmente ocupado por las clases, el baile y sus intentos de asegurarse de que los huéspedes del ático se encontraran lo mejor posible. En principio, las niñas Rashal parecían estar sobrellevando la muerte de Jacqueline, pero ella entendía demasiado bien el trauma y el dolor interno de perder a una madre a una edad tan temprana. Esas niñas estarían dolidas, confusas por sus sentimientos y experimentando una variedad de emociones para las que no estaban preparadas de manera adecuada. Cuanto antes pudieran escapar a un lugar seguro, mejor.

Desde la discusión con Müller y dada la mayor frecuencia de patrullas alemanas que pasaban por la escuela, Adèle no había visto mucho a Manu. Tan solo había pasado por allí en dos ocasiones: una para darle los papeles de Cécile y los niños y la noche anterior para repasar los planes para sacarlos de la ciudad.

Aquella tarde, después de las clases, los pequeños bailaron muy bien. Al principio, hicieron algo de *ballet*, pero, conforme avanzaba la clase, parecieron intranquilos y cada vez menos entusiastas. Se habían aprendido más o menos la mitad de la coreografía y, en lugar de hacerles repasarla, Adèle decidió que era el momento de hacer algo más divertido y liberador.

—*Alors*, creo que ya es hora de cambiar esas zapatillas de *ballet* por zapatos de claqué —dijo mientras sacaba la cesta de zapatos del armario. Fue la decisión correcta. Los niños se animaron de inmediato y se cambiaron el calzado con alegría–. Mucho mejor. ¡Vamos a divertirnos!

Adèle se unió a ellos en la parte delantera de la clase y empezó a enumerar los pasos por encima del estruendo de los zapatos.

–¡*Tap, step, ball change, brush hop, toe, hop*!

Tal vez tendría que haber hecho que interpretaran una coreografía de claqué para la exposición en lugar de una de *ballet*, pero ya era demasiado tarde para cambiar de idea, pues tan solo quedaban tres días. Dos semanas atrás, había hablado con los padres y les había entregado una carta de Müller en la que, aunque disimulada a modo de invitación, quedaba claro que lo de que los niños fuesen a actuar en Lyon era una orden. No todo el mundo se había alegrado, pero no les había quedado más remedio que aceptar.

Estaban llegando al final de la coreografía cuando, por el rabillo del ojo, Adèle vio que alguien entraba en el estudio de danza. Para su horror, se dio cuenta de que se trataba de Müller. Iba acompañado por Lucille, que, a espaldas del hombre, le pidió perdón en silencio a su hermana mayor.

–¡Seguid bailando! –dijo por encima del sonido rítmico (y, a veces, no tan rítmico) de los zapatos de claqué–. ¡Buen trabajo!

Al igual que Müller y Lucille, aplaudió de forma apreciativa.

–Eso ha sonado excelente –dijo el alemán. Era evidente que no sabía mucho de baile, pero Adèle agradeció su aparente entusiasmo, aunque solo fuera por los niños–. ¿Podríais mostrarme toda la coreografía, por favor?

–Por supuesto. Muy bien, niños: tenemos a nuestro primer espectador. Este es Hauptmann Müller, que nos acompañará a la exposición de Lyon en la que vamos a actuar. –Sonrió de forma tranquilizadora a los pequeños, algunos de los cuales se la devolvieron, dubitativos–. *Alors*, voy a tocar el piano y vosotros podéis enseñarle a Hauptmann Müller lo bien que lo hacéis solitos.

Se acercó al piano y, justo cuando colocó los dedos sobre el teclado, se oyó el crujido de una de las tablas de madera del piso de arriba. Golpeó las teclas del piano con toda la fuerza de la que fue capaz y empezó a interpretar la obra con mucho más entusiasmo del necesario. Por las miradas de los niños, supo que se habían dado cuenta de que estaba interpretando la pieza de forma diferente, pero de todos modos comenzaron la coreografía.

Adèle miró al alemán, que estaba observando a los niños pero susurrándole algo a Lucille. Su hermana alzó la mirada y se la sostuvo durante un instante antes de volverla de nuevo hacia Müller con una sonrisa. Adèle la conocía bien y, a pesar de su gesto externo, podía ver la preocupación y la tensión en su rostro. Continuó tocando con toda la fuerza posible y más rápido de lo que debería. De algún modo, los niños consiguieron seguir el ritmo y todo acabó demasiado rápido. Adèle esperaba que Cécile consiguiera que los niños del piso de arriba se quedaran sentados y quietos.

–Muy bien. Habéis bailado todos muy bien; estoy impresionado –dijo Müller–. Aunque pensaba que iban a hacer *ballet*.

Adèle tenía los nervios a flor de piel.

–Sí; van a hacer ambas cosas, pero se está haciendo bastante tarde y sus padres vendrán a buscarlos enseguida. –Se levantó del piano e, intentando que no pareciera que les estaba metiendo prisa, indicó a sus alumnos que se pusieran sus zapatos habituales–. ¿Queréis esperar abajo? –les preguntó a Müller y a Lucille.

Mientras miraba a su hermana, abrió más los ojos, animándola a que se marcharan.

–Sí; vayamos abajo a hablar con los padres mientras los niños se cambian de calzado –dijo Lucille, tomando al alemán del brazo.

Él frunció los labios y se quedó muy quieto mientras pasaba la mirada por el techo.

Adèle volvió a sentarse al piano y tocó la canción *Dépêche-toi*, que utilizaba cuando quería que los niños hicieran algo rápido. Haría lo que fuera con tal de enmascarar cualquier posible ruido procedente del ático. Los niños se dispersaron para ponerse los zapatos, alentados por el ritmo de la música que cada vez se volvía más rápido.

–Oh, no, es la música para apresurarse –dijo Lucille, sacando a Müller de la habitación–. Nos veremos atrapados en medio de la estampida en cualquier momento. ¡Rápido, vamos!

Adèle nunca se había sentido tan aliviada como cuando vio a Müller saliendo de la estancia. Siguió tocando y, al cabo de un instante, los niños salieron corriendo por la puerta y bajaron las escaleras. Cerró el estudio de danza a sus espaldas y bajó tras ellos a toda prisa.

Una vez que todos los pequeños se hubieron marchado con sus padres, Müller se giró hacia Adèle.

–¿Es siempre tan caótico? Espero que, para la exposición, estén más controlados.

–Es solo que hoy necesitaban liberar un poco de energía –contestó ella–. Hacerlo de vez en cuando les sienta bien.

–Deberíamos marcharnos –dijo Lucille–. Peter y yo vamos a cenar fuera esta noche.

–¿Quieres que te llevemos a casa? –le preguntó el alemán.

–Gracias, pero no es necesario. Tengo que recoger el estudio de danza. No quiero entreteneros –contestó.

Aquel día, no había tenido tiempo de subir al ático. Quería

ver a las hermanas Rashal y a Daniel, que habían perdido a sus madres. Sentarse con ellos durante una hora, leerles un cuento, jugar con ellos a algo o, a veces, simplemente abrazarlos era una rutina que había llegado a esperar con tantas ganas como los propios niños.

–No hay problema –dijo él–. Podemos esperarte.

Adèle quiso insistir, pero tenía la sensación de que el hombre estaba alargando su estancia en la escuela de forma deliberada. No podía arriesgarse a que estuviera allí cuando Cécile y los niños salieran del ático suponiendo que, ahora que la música había parado, todo el mundo se había marchado a casa. Miró a Müller, que arqueó las cejas.

–Es muy amable por tu parte –contestó, manteniendo un tono de voz regular–. Voy a recoger las listas de asistencia y, después, podemos marcharnos.

–¿Es eso lo único que tienes que hacer? Parecía que tuvieras muchas cosas pendientes –comentó él.

–Oh, pueden esperar. Es solo que no quería entrometerme o que os tomarais muchas molestias. –Entró a toda prisa en el despacho y se puso a trastear con unos papeles, fingiendo que los estaba recogiendo. De hecho, no había nada que hacer; la recepcionista se había encargado de todo. Volvió a salir del despacho–. Hecho.

Abandonaron el edificio y, mientras cerraba la puerta con llave, se dio cuenta de que Müller miraba en dirección al tejado. Entrecerró los ojos ante el sol de la tarde.

–¿Hay una habitación en la parte superior?

–Solo es el ático –contestó Lucille mientras le tiraba del brazo–. Deprisa, tengo mucha hambre.

–¿Qué hay en el ático? –insistió él.

–Nada –dijo Adèle mientras atravesaba el patio–. Solo lo usamos para almacenamiento.

Müller la siguió con Lucille aferrada a su brazo. Volvió a detenerse junto a la verja de la escuela y, una vez más, echó un vistazo al tejado.

—¿Almacenamiento? ¿Has estado ahí arriba últimamente?

—No, pero unos soldados lo registraron hace poco —contestó ella—. No tengo ningún motivo para subir.

—Interesante... —Müller se frotó la barbilla con los dedos antes de volver su atención hacia las dos hermanas. Sonrió ampliamente—. Bueno, en tal caso, no te hagamos esperar, querida mía. Si tienes hambre, tenemos que solventarlo.

Subieron a la parte trasera del automóvil, que se alejó de la acera. Adèle alzó la vista hacia el tejado de la escuela y, horrorizada, vio la carita de Eva mirándolos desde la ventana.

Capítulo 29

Adèle

—¿Va todo bien, Adèle? –preguntó Müller mientras el automóvil se abría paso por la calle y se alejaba de la escuela.

Volvió la vista hacia él con brusquedad.

—Sí, todo va bien –dijo, intentando que la ansiedad que sentía en el estómago no se le colara en la voz.

—La escuela es antigua, ¿verdad?

—Eh... Sí, no estoy muy segura de cuándo se construyó, pero tendrá unos doscientos años –contestó, confusa y nerviosa al mismo tiempo.

—Esas puertas las habrán atravesado muchos niños –continuó Müller sin dejar de mirarla.

Asintió.

—Sí; muchos.

Él hizo una pausa, como si estuviera pensando en algo antes de volver a hablar.

—Dime, Adèle, ¿crees en fantasmas?

—¿En fantasmas? No; en realidad, no.

Intercambió una mirada de perplejidad con Lucille.

—Entonces, ¿no crees que la escuela esté encantada?

—No, no lo creo.

Se removió en su sitio. Sentía que se estaba metiendo en una trampa que todavía no podía vislumbrar del todo.

—Entonces, ¿nunca has visto u oído nada inexplicable?

En ese momento, supo a qué juego estaba jugando y calmó la sensación de náusea que notaba en el estómago.

–No. Los edificios antiguos hacen ruidos: crujen y gruñen continuamente.

–Entonces, ¿crees que, a veces, los ojos pueden jugarle una mala pasada a la mente? –preguntó el alemán, mirándola de nuevo–. ¿Crees que puedes llegar a imaginarte que has visto cosas, personas o incluso niños?

–Como bien has dicho, la mente nos juega malas pasadas –contestó ella–. Si deseas algo lo suficiente, puedes convencerte a ti mismo de que está ahí cuando, en realidad, tan solo se trataba de la forma en que se reflejaba la luz o una mera sombra. Aun así, jurarías que has visto algo cuando, en realidad, no era nada. Probablemente, quedarías como un tonto. –Añadió la última parte para apelar a su vanidad. Era imposible que Müller quisiera que lo vieran como alguien fantasioso o dado a imaginarse cosas–. Sería bastante vergonzoso decir que has visto un fantasma y que tan solo fuese una sombra. –Soltó una carcajada, pero en esa ocasión fue ella la que le sostuvo la mirada–. Al final, puede que descubras que cualquier ruido extraño no era más que la casa crujiendo o cosa de las alimañas.

Usó el mismo término que había usado Édith.

–Supongo que podrían ser alimañas –divagó el alemán–. De hecho, es muy probable que así sea.

Le dedicó una sonrisa engreída. Se estaba refiriendo a Eva en la ventana. Estaba convencida. El miedo le atenazó la garganta y le contrajo las vías respiratorias. Miró por la ventanilla, intentando calmar las pulsaciones del corazón, que se le había acelerado.

–¿Estás bien, Adèle? Te has puesto muy pálida –dijo Müller.

–Estoy perfectamente –contestó ella.

Captó un atisbo de la mirada perpleja de su hermana, que no parecía tener ni idea sobre qué estaban hablando. Sin embargo, supo que tenía que sacar de allí a los niños lo antes posible, pues ya no estaban a salvo.

—He estado pensando... —comenzó el alemán, interrumpiendo sus pensamientos—. No creo que los niños vayan a estar listos para actuar ante el Führer. Creo que nos avergonzarían. Lo lamento; sé lo mucho que significa para ti, pero preferiría que solo actuarais vosotras dos.

—Ay, pero solo necesitan ensayar un poco más —dijo Adèle—. Te prometo que estarán listos.

—No, ya he tenido suficiente con lo de antes. No quiero pasar por semejante humillación.

—Por favor... —comenzó a decir Adèle.

Estaba dispuesta a suplicarle si era necesario. El plan de escape para los pequeños dependía de que pudieran llevarlos a Lyon mezclados con los niños que iban a actuar.

—Ya basta. No quiero hablar de ello. Estoy decidido.

Müller le lanzó una mirada severa y Adèle supo que no tenía sentido discutir con él.

El coche prosiguió su camino y los ocupantes permanecieron en silencio. Adèle sabía que, en cuanto la dejaran en el piso y el vehículo en el que iban Müller y Lucille se perdiera de vista, volvería a la escuela directamente para advertir a Cécile. ¿Dónde había estado esta mientras la pequeña Eva se asomaba a la ventana? Ahora, todos estaban en peligro porque, por alguna razón, Cécile no había estado pendiente de los niños. Tuvo que controlar su ira, pues corría el riesgo de que aflorara a la superficie y el alemán la notara.

Cuando pararon delante de su edificio, Müller puso la mano en la manecilla del automóvil para evitar que Adèle pudiera salir.

–He estado pensando... Me gustaría que vinieras a cenar con nosotros esta noche.

–Oh, vaya... Eh... Estoy cansada. Pero gracias por una invitación tan amable –contestó ella, sorprendida ante la sugerencia.

–Estoy seguro de que no estás tan cansada como para no cenar –insistió él, decidido–. De hecho, voy a reunirme con un amigo mío al que quiero que conozcas. ¿Por qué no te das prisa y vas a cambiarte? –Apartó la mano de la puerta y le echó un vistazo a su reloj–. Te espero en diez minutos.

–¿Por qué no lo dejamos para otra noche? –sugirió Lucille, cuyo tono de voz alegre no ocultaba su mirada preocupada–. Adèle lleva todo el día trabajando.

–No es una petición –contestó Müller de malas maneras.

A Adèle no le pasó desapercibida la chispa de ira que había en la voz del alemán al dirigirse a su hermana.

–No pasa nada. Me daré toda la prisa que pueda.

–Voy contigo –dijo Lucille mientras bajaba del vehículo con ella.

Adèle le agarró la mano y, juntas, subieron corriendo a su piso.

–¿Sabías algo de esto? –le preguntó mientras abría la puerta principal.

–No, te lo prometo; no sabía nada –resopló su hermana–. No me lo había contado.

–¿Qué ocurre, chicas? –Su padre salió al pasillo.

–Tengo que ir a cenar con Müller y con Lucille. Ha hecho planes para que nos reunamos con un amigo suyo, como si yo fuese una ofrenda o algo así –espetó ella–. No quiero ir.

–¿Has rechazado su oferta?

–No me ha dado esa opción.

Entró en su habitación echando humo y cerró tras de sí con un portazo. Abrió el armario y sacó uno de sus vestidos de noche. No había tenido motivos para ponérselo en mucho tiempo, así que esperaba que le quedara bien. Resultó que no era necesario que se preocupara. En todo caso, le quedaba un poco grande, lo cual era una señal de que, a pesar de la comida que les daba Müller, había perdido peso en los últimos años. Se arregló el pelo, se aplicó una pequeña cantidad de maquillaje y se puso el vestido. Era sencillo y negro, de tirantes finos y una pequeña apertura lateral. Sacó un chal de la cómoda y se lo puso sobre los hombros antes de salir de la habitación.

—Deberíamos darnos prisa —dijo Lucille cuando entró en el salón—. Peter nos ha dado diez minutos.

—Si quiere que vaya con él, entonces tendrá que esperarme.

—No le gusta que le hagan esperar.

Adèle contempló el gesto atemorizado de su hermana y sintió una oleada de compasión hacia ella.

—Es muy controlador; no me gusta. Cree que puede conseguir todo lo que quiera, cuando quiera y como quiera.

Lucille bajó la mirada al suelo.

—La cuestión es que puede; esa es la realidad.

—Esa no es la base de una pareja. —Adèle miró a su padre en busca de apoyo moral—. Papá nunca actuó así con mamá; entre ellos siempre hubo amor y respeto mutuo. Así es como debería ser una relación. —Volvió a mirar a su padre, que había sacado el pañuelo del bolsillo, se había quitado las gafas y se estaba enjugando los ojos—. Ay, papá, lo siento; no pretendía que te disgustaras.

Se acercó a él con rapidez y lo abrazó.

—*C'est bon. C'est bon* —dijo el hombre. Después, miró a Lucille—. Tu hermana tiene razón.

Ella pestañeó para deshacerse de las lágrimas que tenía en los ojos.

—Tenemos que irnos. Peter se estará impacientando.

Adèle chasqueó la lengua, pero siguió a su hermana por el pasillo.

—No podemos permitirnos hacer esperar a Peter.

Poco después, llegaron al restaurante. El amigo y compañero de Müller ya estaba allí. Cuando Adèle lo vio, tuvo que contenerse para no soltar un grito ahogado. Se trataba del mismo oficial que había ordenado que registraran la escuela hacía poco. Reconoció la cicatriz que le surgía del labio inferior y se le perdía bajo la barbilla dibujando una curva. Aquella noche estaba más pronunciada y le daba un aire de peligro. Müller hizo las presentaciones.

—Este es Hauptmann Michael Weld. Y esta es Adèle Basset, la hermana de Lucille. Creo que ya os conocíais.

—Desde luego. —Weld le estrechó la mano—. Aunque encontrarnos esta noche, en unas circunstancias diferentes y más sociales, es mucho más agradable.

—Un placer conocerle —contestó Adèle, resistiendo la tentación de limpiarse la mano en el vestido tras haber tocado la suya.

—Y, por favor, llámame Michael.

Adèle forzó una sonrisa. Aquella velada iba a ser poco menos que una pesadilla. Se preguntó si podría fingir estar enferma, pero pensó en la necesidad controladora de Müller. Al final, sería Lucille la que acabaría sufriendo. Mientras echaba un vistazo en torno al restaurante para no tener que mirar a Weld, tuvo que volver a mirar a una pareja que estaba sentada en el otro extremo. No era posible, ¿verdad? ¡Lo era!

Allí, sentada con un oficial alemán, estaba Édith.

Apartó la mirada a propósito, pues no quería llamar la atención sobre a quién había visto. Educadamente, fingió estar escuchando la conversación entre Müller y Weld sobre la exposición que se avecinaba y, tras varios minutos, volvió a mirar en dirección a la inesperada comensal. Édith estaba sonriendo y riéndose con su acompañante. Era obvio que se sentía muy cómoda en compañía de aquel hombre.

Una vez más, se sintió dividida. ¿Debería contárselo a Manu? ¿Tenía derecho a interferir? ¿Podía no contárselo? En su mesa, la conversación había virado hacia el tema de París y sus atracciones. Weld hablaba entusiasmado de lo mucho que disfrutaba en la ciudad. En otras circunstancias, Adèle se habría sentido halagada por lo mucho que le había gustado París, pero no aquel día.

–Hay cosas en la ciudad más allá de las luces brillantes del Moulin Rouge, la proeza arquitectónica de la torre Eiffel o la belleza de Notre-Dame –dijo–. Hay muchas cosas que no veis, como el sufrimiento de la gente, las colas para recibir pan, los niños hambrientos... Esas no son el tipo de estampas que uno se lleva a casa para mostrárselas a la familia.

Mientras decía aquello, recibió una patada de Lucille en la espinilla. Hizo una mueca de dolor y le lanzó una mirada a su hermana, que se la devolvió con el ceño fruncido.

–Por favor, disculpa a Adèle –dijo Müller–. Le apasiona la ciudad y, como maestra, siente una compasión especial por los niños.

–Y con razón –concordó Weld–, pero, cuando acabe la guerra, vendrán cosas mucho mejores para Francia. Entonces, todo el mundo estará agradecido.

Se dispuso a contestar, pero Lucille la interrumpió al atragantarse con el vino.

–¿Estás bien, querida? –preguntó Müller. Después, chas-

314

queó los dedos en dirección al camarero y le pidió un poco de agua.

–Gracias –contestó Lucille. Después, dio un trago–. Solo tengo que ir al baño. Adèle, ¿puedes venir conmigo?

–Será un placer.

Se levantó de la silla y acompañó a su hermana al baño. Echó un vistazo a Édith y, por un instante, sus ojos se encontraron. Sin embargo, la otra mujer apartó la mirada sin saludarla o dar muestra de reconocerla. No parecía en absoluto sorprendida por su presencia.

–Por el amor de Dios, Adèle, deja de mostrarte tan conflictiva todo el tiempo –dijo Lucille en cuanto se encontraron en la seguridad del baño–. Peter está intentando impresionar a Weld y, te guste o no, somos sus invitadas.

–Me da igual. Preferiría morirme de hambre que disfrutar de estar aquí ahora mismo. Los odio; son todos iguales: arrogantes y despiadados.

–¿Podemos discutirlo en otro momento? –le espetó su hermana–. Pasemos la velada sin más comentarios insolentes.

Adèle sabía que estaba tensa, pero no podía compartir el motivo con Lucille, ya que eso sería admitir que estaba dando asilo en la escuela a Cécile y a los niños. Si su hermana lo supiera con seguridad, entonces, tal vez sin querer o por algún tipo de lealtad indebida, podría sentirse obligada a compartir la información con Müller. Respiró hondo.

–Está bien. Te prometo que me comportaré lo mejor posible, pero, en cuanto se acabe la cena, quiero volver a casa. Desde luego, no quiero pasar más tiempo del que sea absolutamente necesario en su compañía.

El resto de la velada transcurrió sin más confrontaciones, aunque tuvo que morderse la lengua para no lanzarles ninguna indirecta a los oficiales alemanes. En cierto momento,

Weld apoyó la mano en la parte trasera de su asiento y, una vez más, ella se excusó para ir al baño solo para poder apartar hacia atrás tanto la silla como su brazo. Cuando volvió a salir, se sorprendió al ver que Müller estaba esperándola. Se dio cuenta de que seguía esforzándose por mantener la farsa de que existía cierta amistad entre ellos.

–Ah, Adèle, tenemos que hablar –le dijo. La agarró de la parte superior del brazo y apretó lo suficiente como para que lo notara pero no gritara de dolor–. Por aquí. –La condujo al otro lado del pequeño recibidor y detrás de unas escaleras–. Bien, no voy a andarme por las ramas y lo dejaré todo más claro que el agua para ambos. Sé que no apruebas mi relación con tu hermana. Tienes tus motivos, los cuales, he de admitir, me resultan incomprensibles, pero no tengo ni el tiempo ni las ganas de rebatir esas razones o de intentar hacer que veas las cosas de otro modo. –Se aclaró la garganta y le soltó el brazo–. En cuanto a lo de avergonzarme delante de mi compañero... Eso no puedo pasarlo por alto. Weld es un buen amigo mío y un oficial respetado en el ejército alemán. Por favor, asegúrate de no dificultarme las cosas. Es un hombre encantador; podría irte mucho peor.

–También es un hombre casado –contestó Adèle–. No estoy interesada en mantener una relación con un adúltero. –Lo miró a los ojos fijamente–. En ese sentido, Lucille y yo somos muy diferentes.

Por un instante, cuando al alemán se le sacudió la mano que tenía en el costado, creyó que iba a darle una bofetada. No le importaba. Si tenía que aceptar una agresión por orgullo, lo haría.

–Sé que Lucille te ha explicado mi situación y, aunque no tengo ningún motivo en absoluto para justificarme ante ti, por favor, ten la seguridad de que mi matrimonio es historia.

Adèle se irguió un poco más. Sabía que debía callarse, pero no pudo evitarlo.

—¿Y por eso hace unas semanas estabas cenando con otra mujer que no era mi hermana?

Müller no se esperaba aquello. Un breve gesto de alarma le recorrió el rostro y tomó aire con fuerza por la nariz, haciendo que se le abrieran las fosas nasales. La sensación de victoria de Adèle duró poco.

—¿Sabes, Adèle? Podrías haber hecho que esto fuese mucho más fácil. —Se dio un golpecito en el labio con el dedo índice—. Ahora voy a tener que hacer algo que, en realidad, no quería hacer.

—¿Que es...? — Sonaba mucho más valiente de lo que se sentía, pero supuso que no podía engañar al alemán.

—Tú y yo tenemos que hacer un trato —comenzó a decir—. Ambos tenemos cosas que nos gustaría guardarnos para nosotros mismos. Esa mujer con la que me viste era mi esposa. Vino a París para verme por última vez.

—Ya me di cuenta de que te sigues llevando muy bien con ella —le replicó—. Sospecho que preferirías que ni tu esposa ni mi hermana supieran de la existencia de la otra.

—Todavía somos muy buenos amigos. Dicho eso, como bien has señalado, no tengo ningún deseo de que conozcan la existencia de la otra. Así que, estoy dispuesto a pasar por alto el asunto de la niña perdida que puede o puede que no haya visto hoy en la escuela.

—Esto suena bastante a chantaje —dijo Adèle.

—Llámalo como quieras, pero no es más que un trato.

—¿Cómo sé que puedo fiarme de ti?

Müller soltó una carcajada de impaciencia.

—Puede que sea muchas cosas y, sí, es probable que tu opinión sobre mí no sea muy buena, pero no soy despiadado del

317

todo. Además, si le mencionas a tu hermana lo que viste, se preguntará por qué no se lo has contado antes y por qué se lo has ocultado durante tanto tiempo. No creo que eso la hiciera muy feliz, ¿no crees?

—No creo que tenga otra alternativa que darte la razón.

Se sentía acorralada. La idea no le gustaba ni lo más mínimo, pero no podía darse por vencida con Cécile y los niños. Hasta donde sabía, Müller no era consciente de la existencia de los demás; tan solo había visto a Eva. Se lo contaría a Lucille en cuanto los niños estuvieran lejos y a salvo.

—Pareces dubitativa —dijo Müller cuando Adèle no contestó—. ¿Por qué querrías infligir semejante castigo no solo a tu hermana sino a cualquier persona que pueda importarte?

Sabía que tenía que tragarse el orgullo. No se trataba de ella. No se trataba de Lucille. Aquello trataba de los niños indefensos y de salvarlos de un destino verdaderamente horroroso.

—Estoy de acuerdo —dijo con firmeza—. Ahora será mejor que volvamos con Lucille y con Weld.

—Bien. Solo una cosa más: a Weld no le gustará sentirse decepcionado esta noche. Eres una mujer atractiva y a él le gustas mucho. Por supuesto, la decisión es tuya. Tan solo recuerda que él no es tan... ¿Cómo debería decirlo? Él no se muestra tan empático con los niños desaparecidos como yo. No le gusta creer que se han burlado de él.

Capítulo 30

Fleur

Fleur se había quedado sin palabras tras la revelación de Lydia. De todas las cosas que había pensado que su abuela podría contarle en aquel viaje, que su nombre real fuera Eva no era una de ellas. Ahora, estaban sentados en una pequeña cafetería que había enfrente del cementerio, cada uno de ellos con una bebida caliente.

–¿Por qué te cambiaste el nombre? –preguntó Fleur una vez que se hubieron acomodado con su pedido.

–Era más seguro. A todos nos dieron identidades nuevas y documentación falsa para que, si nos paraban y nos interrogaban, no nos vieran como judíos. Era la única manera de que nos salvaran la vida. Tuve que convertirme en alguien nuevo y dejar a Eva Rashal atrás, en el ático.

–Lo siento mucho, abuela –dijo Fleur–. No me puedo imaginar por lo que has tenido que pasar.

–¿Sabe lo que le ocurrió a su hermana? –preguntó Didier en tono amable.

Lydia sacudió la cabeza.

–Siempre había pensado que yo fui la única superviviente. Eso es lo que me dijeron Adèle y Manu. –Sacó la zapatilla de *ballet* de su bolso y la dejó en la mesa frente a ellos–.

319

Al menos, eso es lo que siempre había creído. Hasta que vi esto.

Fleur intercambió una mirada con Didier antes de volverse hacia su abuela.

—¿Qué importancia tiene la zapatilla? —le dijo en un tono de voz suave mientras contemplaba su reacción.

La mujer estaba observando el zapato con un gesto extraño y distante en el rostro. Cuando habló, su voz no fue más que un susurro.

—Es la zapatilla de Blanche. Es la zapatilla de mi hermana. Reconozco el remiendo en la zona de los dedos; lo cosió nuestra madre porque no podíamos permitirnos comprar un par nuevo. Blanche me lo ha dejado como una señal.

Una vez más, Fleur y Didier se miraron el uno al otro. Fleur casi podía ver cómo él le daba vueltas a la cabeza a toda velocidad mientras reflexionaba sobre la importancia de aquel zapato. Estaba segura de que ambos habían llegado a la vez a la misma conclusión, dado que los ojos de Didier, abiertos de par en par, eran un reflejo de los suyos propios. Él asintió, indicándole de forma silenciosa que tomara ella la delantera. Se removió en su asiento.

—Abuela, si esta es la zapatilla de Blanche y la dejó ahí para ti, eso significa que ha estado en París. No había aparecido hasta este mes, así que debía de saber que ibas a venir a la ciudad. —Hizo una pausa, pues no estaba muy segura de si Lydia comprendía lo que le estaba diciendo. Tras otro gesto de aliento de Didier, continuó con el hilo de sus pensamientos—. ¿Recuerdas que Didier nos habló de la mujer que había devuelto uno de los cuadros al museo? Era la misma mujer que el conservador dijo que parecía fascinada por la escuela y por el hecho de que regresaras todos los años.

—Bridget Sutter —dijo su abuela, mostrando que le estaba

prestando atención y que su mente seguía tan despierta como siempre–. Ese es el nombre de la mujer que tenía el cuadro de Valois.

–Exacto –replicó Fleur–. ¿No crees que sería mucha coincidencia que dos personas visitaran tanto el museo como la escuela?

La mujer alzó la mirada de golpe hacia su nieta.

–No tienes que explicármelo; ya he atado los cabos.

Reprimió una sonrisa que siempre reservaba para cuando su abuela actuaba de manera especialmente francesa, algo que sobre todo salía a la superficie cuando, como en aquel momento, estaba molesta o indignada por algo.

–Tu hermana te está buscando, abuela. ¿A ti te parece bien?

No contestó de inmediato. Alzó la mirada y pestañeó para desprenderse de algunas lágrimas.

–Sí. Es solo que me cuesta mucho creerlo después de tanto tiempo. Mi querida hermanita, Blanche. Tan solo tenía seis años la última vez que la vi.

–¿Y ella también tendría documentación falsa? –le preguntó Fleur.

–Todos la teníamos. Lo organizó Manu. Aquella fue la noche en que mataron a mi madre. Los alemanes la atraparon y le dispararon. Adèle y Manu no sabían que yo había oído lo que había ocurrido mientras se lo contaban a la madre de Thomas, que estaba en el ático con nosotros. Ella también estaba escondiéndose y, después de aquella noche horrible, tuvo que cuidar de todos nosotros.

–¿No había otro niño? ¿Daniel? ¿Dónde estaban su madre o su padre?

Intentó imaginarse lo horrible que había tenido que ser. Ella había perdido a su madre en un accidente de automóvil, lo cual ya era bastante malo, pero perder a tu madre porque los alemanes la habían asesinado solo por su fe era algo que le resultaba incomprensible.

–En aquel momento no lo sabía, pero Adèle me lo contó más tarde: la madre de Daniel lo había dejado con ella, suplicándole que lo cuidara. Más tarde descubrió que la habían capturado y la habían enviado a un campo de concentración. Solo nos quedó suponer que había muerto allí, ya que nunca regresó a buscarlo, lo cual, probablemente, fuera una suerte. Tan solo puedo imaginarme la culpa y el dolor que hubiera sentido al descubrir que su hijo no había sobrevivido.

Hasta ese momento, Didier había permanecido en silencio, permitiendo que Lydia se desahogara de todos los secretos que había guardado durante todos aquellos años y que su nieta compartiera aquel momento privado con ella. Fleur daba las gracias por su consideración. Entonces, él se aclaró la garganta.

–¿Quiere que me ponga en contacto con Bridget Sutter, su posible hermana?

Lydia frunció los labios como si intentara reprimir sus emociones. Asintió.

–Sí, pero tengo miedo. Desde lo que ocurrió durante la guerra, nunca he tenido miedo de nada, pero ahora me doy cuenta de que estoy asustada. ¿Y si no es Blanche? ¿Y si en efecto es ella pero me rechaza? Tan solo tenía seis años; puede que ni siquiera me recuerde.

–Pero ¿y si te recuerda? –sugirió Fleur–. Estoy segura de que lo hace. Dejó la zapatilla de *ballet* para ti; sabía que la reconocerías de inmediato. –Intentó un enfoque diferente–. Didier podría contactar con ella y asegurarse de que sea así. Y, después, podría arreglarlo todo para que os encontréis. Si no dejas que lo haga, nunca lo sabrás con seguridad.

Lydia se sentó un poco más erguida y tragó saliva.

–Sí. Desde luego, tienes razón. Dije que iba a venir aquí para contarte la verdad y para descubrir la verdad. –Miró a Didier y colocó la mano pálida y llena de manchas propias de la edad sobre la de él–. Si te pones en contacto con Bridget Sutter, te lo agradecería mucho.

Él inclinó un poco la cabeza.

–Será un placer hacerlo.

–Gracias. Eres muy amable –dijo la mujer–. Hay algo más. –Rebuscó en su bolso de nuevo y sacó una tarjeta de visita del bolsillo interno–. Tenemos que visitar a este caballero. Era el abogado de Adèle y Manu. Tiene en su custodia algunos documentos que puede que te interesen. –Mientras hablaba, miró a Didier–. ¿Puedes llamar a la oficina y preguntarles si podemos ir hoy mismo? –El hombre tomó la tarjeta de visita y salió a la calle para llamar a los abogados–. ¿Va todo bien entre vosotros?

Su abuela estaba demostrando que seguía siendo tan astuta como siempre. A pesar de todo, estaba muy pendiente de ella.

–Sí, ¿por qué?

Contestó de aquel modo con la esperanza de poder ganar al menos un poco de tiempo hasta que Didier regresara y, así, no tener que contestar más preguntas sobre ellos. ¿«Ellos»? ¿Acaso había un «ellos» sobre el que contestar preguntas?

–No sé... Llámalo «sexto sentido», pero he detectado un cambio entre vosotros.

–No hay nada de lo que preocuparse, abuela –dijo–. Es un hombre agradable.

–Desde luego. Además, le gustas.

Fleur le lanzó una mirada de desdén.

–Nos llevamos bien –contestó sin más.

–Cuando digo que le gustas, quiero decir que le gustas mucho. –Lydia no estaba dispuesta a dejarlo pasar–. Y te conozco lo bastante bien como para saber que a ti también te gusta. Y mucho.

Fleur sacudió la cabeza. ¿Es que a su abuela no se le pasaba nada por alto? Se encogió de hombros.

—De acuerdo, lo admito: nos gustamos mutuamente, pero nada más. Después de todo, él vive aquí en Francia y yo vivo en Inglaterra. Apenas nos conocemos. No te hagas a la idea de que va a ocurrir algo entre nosotros.

La mujer le dio un sorbo a su bebida mientras miraba a su nieta por encima del borde de la taza.

—Deberías permitirte disfrutar del placer del amor.

—El amor es doloroso.

Le gustaría ser más valiente en su forma de enfocar las relaciones, pero no lograba mostrarse tan vulnerable.

—El amor es lo más maravilloso que puedes experimentar en este mundo —la corrigió su abuela—. Y, desde luego, con tal pasión existe el riesgo de que te rompan el corazón. Sin embargo, te estás perdiendo muchas cosas. Negarte a ti misma la sensación de amar a alguien y el sentimiento incondicional de amar y ser amado... No deberías cortarte las alas y negarte esa experiencia. De lo contrario, no estás viviendo la vida en toda su plenitud.

—Da miedo.

—Pero la recompensa es magnífica cuando encuentras a la persona adecuada. Aunque no la encontrarás a menos que te des el permiso para intentarlo. —Lydia le estrechó la mano—. A muchas personas se les ha negado esa oportunidad.

Fleur sabía que se estaba refiriendo a los niños que no habían sobrevivido a la guerra.

—Lo sé —dijo en voz baja.

—Ama sin expectativas o exigencias. Ama con fuerza y sin miedo. —La mujer le colocó ambas manos sobre las suyas—.

Y, entonces, si es la persona adecuada, también te amará del mismo modo.

Aunque se le hubiera ocurrido qué contestar a aquellas palabras, no habría tenido la oportunidad de decírselo porque Didier volvió a aparecer junto a la mesa.

–¿Va todo bien? –preguntó, pasando la mirada entre ambas antes de posarla sobre Fleur.

Ella apartó las manos de Lydia.

–Todo va bien.

Evitó tener que mirarlo por si, de algún modo, sus ojos reflejaban todos sus pensamientos íntimos y lo que acababa de hablar con su abuela. Él emitió una especie de gruñido galo, como si no la creyera, pero procedió a informarles de la conversación.

–*Alors*, he hablado con el abogado y puede recibirnos ahora. O en lo que tardemos en llegar allí.

–Ay, excelente –dijo Lydia–. Vamos. Cuanto más lo pienso, más ganas tengo de hacerlo. No puedo fingir que no estoy un poco nerviosa, incluso asustada, pero hace tiempo que me decidí.

–No pasa nada por tener miedo –comentó Didier–. Es lo que tiene ser valiente.

–Desde luego. El miedo y la valentía son compañeros de cama –asintió la mujer.

Fleur se levantó de su asiento y no pudo evitar preguntarse si ambos estaban lanzándole a ella aquellas observaciones codificadas. Si era así, entonces, no estaban siendo demasiado sutiles.

Llegaron al despacho del abogado unos veinte minutos después.

–Voy a entrar yo sola –dijo Lydia–. Vosotros dos podéis esperarme aquí. No tardaré demasiado.

Didier la acompañó hasta la puerta del despacho y, después, regresó al automóvil.

—Bueno, pues parece que estamos solos —dijo, volviendo a sentarse en su asiento.

—No puedo evitar pensar que mi abuela ha orquestado todo para que así fuera.

—Creo que tienes razón.

Fleur se puso a juguetear con la correa de su bolso.

—Está embarcada en una misión para salvarme.

—¿Para salvarte de qué?

—De mí misma.

—Ah, ya. Parece que podría ser una tarea demasiado compleja incluso para tu abuela —dijo él, mirando al frente.

—Si te soy sincera, no sé si quiero que me salven. Es más fácil que no lo hagan.

Didier se giró y estiró el brazo para cogerle la mano.

—No es más fácil, tan solo más seguro. Al menos, para ti. —Se inclinó hacia ella de modo que sus rostros quedaron apenas a unos centímetros de distancia—. A veces, tienes que dar un salto de fe.

A Fleur se le aceleró la respiración. Tan solo tenía que moverse un poco y estaría besándolo. La idea era tentadora. De hecho, era más que tentadora. No estaba muy segura de quién se movió primero, pero, cuando quiso darse cuenta, tenía los labios del hombre sobre los suyos. Con la mano libre, le tomó el rostro y la barba incipiente le hizo cosquillas en la palma de la mano. El beso se volvió más apasionado y Fleur cerró los ojos cuando él le pasó la mano por debajo del pelo y se la apoyó en la nuca.

De pronto, fue muy consciente de lo que estaba haciendo y se apartó. Didier la miró, interrogante.

—*Ça-va?* —preguntó con lentitud.

Fleur asintió.

—Sí.

La mirada de preocupación de él se intensificó.

—¿Me estoy perdiendo algo?

Ella se recostó en su asiento y suspiró.

—¿Qué estamos haciendo?

—Disfrutar de la compañía mutua, ¿no?

—Sí, pero ¿con qué sentido? —Necesitaba aclarar aquello tanto por ella misma como por él.

—*Alors*, si hablamos de matrimonio... —comenzó a decir él. Después, estalló en carcajadas ante la cara de consternación de Fleur—. Estoy bromeando, por supuesto.

Le alegró aquel pequeño alivio que rompió la tensión que flotaba en el espacio compacto del automóvil.

—Lo que quiero decir es... ¿Estamos a punto de tener una aventura o algo así? ¿Un romance de verano?

—Un romance de verano... —repitió Didier—. Ese no es exactamente mi estilo.

—Seamos sinceros: nunca podrá ser más que eso y no sé si soportaría acabar la relación sin más después de dos semanas. Creo que, en tal caso, sería incluso más doloroso. Si dejamos las cosas como están ahora mismo, hay menos posibilidades de que ninguno de los dos acabe herido.

—Pero ¿no quieres disfrutar de la vida mientras puedas? Tener miedo es... paralizante. ¿Cómo puedes disfrutar de la vida si siempre estás asustada? —Soltó un suspiro—. No me dedico a coaccionar a la gente para que tenga una relación conmigo. Si no quieres, entonces respetaré tus deseos.

—No es que no quiera —soltó Fleur—. Pero no se me dan demasiado bien las relaciones. Soy fría, esquiva y distante. Y... —dejó de hablar cuando, con cuidado, Didier le puso un dedo sobre los labios.

–No creo que seas ninguna de esas cosas –dijo–. Es solo que estás asustada. No estás rota por completo, tan solo tienes alguna fisura; eso es todo.

Su amabilidad era abrumadora.

–No son las relaciones lo que me asusta, sino la pérdida que se produce después. Duele demasiado.

Se enjugó una lágrima extraviada con las yemas de los dedos.

–La pérdida y el dolor nos recuerdan lo mucho que nos importaba alguien, pero también deberían ser un recordatorio de lo mucho que disfrutamos amando. La vida sería muy aburrida si todos los días fueran iguales y no nos permitiéramos a nosotros mismos sentir ninguna emoción.

–Todavía crees en el amor a pesar de estar divorciado, ¿verdad?

–Por supuesto. Quería a mi exmujer, solo que no lo suficiente. A ella le pasaba lo mismo. Creo que, ahí fuera, tiene que haber un amor aún más grande; tan solo tengo que encontrarlo. ¿Cómo podría lograrlo si dejara de buscarlo? Estoy dispuesto a asumir los riesgos.

–Pero ¿y si nunca encuentras el amor?

–Esa no es la pregunta que deberías hacerte –dijo Didier–. Lo que deberías preguntarte no es qué pasará si no encuentras el amor, sino qué pasará si lo encuentras. Al menos, eso es lo que le has dicho a tu abuela. Si no lo intentas, nunca lo sabrás.

–No veo cómo podríamos tener algo más que una aventura. No cuando vivimos en países diferentes –dijo Fleur–. Podríamos intentar disfrutar del tiempo que pasemos juntos mientras esté aquí, pero sabiendo desde el principio que eso será todo.

–Y, entonces, ¿qué ocurrirá cuando se acabe tu estancia en París?

–Bueno, supongo que yo volveré a Inglaterra, tú te quedarás aquí y ambos seguiremos con nuestras vidas. Sería difícil hacer cualquier otra cosa.

–*Non* –Didier pronunció la palabra con firmeza.

Fleur lo miró, interrogante.

–¿Qué quieres decir?

–Que no; que no quiero dos semanas de...

Sacudió la mano a su alrededor, como si estuviera buscando la palabra.

–¿«Aventura»? –sugirió ella.

–Sí; «aventura». No me gusta esa idea. No tiene sentido; es una pérdida de tiempo.

–Sinceramente, ¡es imposible ganar! –exclamó Fleur–. Todo el mundo me dice que sea valiente, pero, cuando lo soy, echáis por tierra mis esfuerzos.

–No has entendido nada. Si lo que quieres es una aventura, tendrá que ser con otra persona. No quiero una relación de usar y tirar.

–Pero ¿cómo podría ser algo más? No nos conocemos bien y vivimos en países diferentes. ¿Qué tiene de malo una aventura?

–Ya te he dicho que no es mi estilo.

Hasta el día anterior, a Fleur tampoco le había parecido buena idea y, al parecer, había entendido todo al revés. Se recostó en su asiento.

–Ya te he dicho que se me daban fatal las relaciones.

–Una aventura no es una relación –dijo Didier–. Tienes que replanteártelo. –Se giró para mirarla–. Fleur, tienes razón cuando dices que apenas nos conocemos y que vivimos en países diferentes. Todo eso ya lo sé, pero no quiero tenerte dos semanas y, después, alejarme de ti. No hago ese tipo de cosas. –Se inclinó hacia ella y le dio un beso en el lateral de la cabeza–. Por favor, no tengas miedo.

El golpe seco de Lydia en la ventanilla puso fin a la conversación. La mujer se subió al automóvil antes de que Didier tuviera tiempo de abrirle la puerta.

–Me alegra ver que habéis estado hablando –dijo mientras se abrochaba el cinturón. Después, dejó en el asiento de al lado un sobre manila de color marrón–. ¿Podemos volver al hotel? Creo que deberíamos abrir esto en privado.

–Por supuesto –contestó Didier, poniendo en marcha el motor. Se adentró en el tráfico parisino y las llevó rápidamente de vuelta al hotel a través de las calles de la ciudad.

–Manu me dejó esto tras su muerte en 1977 –dijo Lydia mientras dejaba el sobre sobre la mesa de café de la habitación de Fleur, que había sugerido que le echaran un vistazo allí en lugar de en el vestíbulo. Había pedido que les llevaran té y café a la habitación y había tomado una de las sillas de la habitación de Lydia para que todos pudieran sentarse juntos en torno a la mesita. Lydia continuó hablando–. Me dijo que había llevado un registro secreto de todo lo que los alemanes se habían llevado del museo. Tras la guerra, dedicó todo su tiempo libre a intentar localizar las obras de arte para devolverlas a su lugar de origen. No fue una tarea fácil, ya que muchas de ellas habían acabado en colecciones privadas o habían sido destruidas y, hoy por hoy, muchas de ellas siguen desaparecidas.

–Como el cuadro de Valois –dijo Fleur.

–Exacto –le confirmó Lydia.

–¿Y siempre ha sabido esta información? –le preguntó Didier.

–Nunca he visto la documentación, pero sí lo sabía. Como he dicho, Manu solía hablar de ello a menudo.

–¿Por qué no retiró los documentos antes? Alguna otra persona podría haber continuado con la búsqueda –insistió el hombre.

Fleur sabía que, para él, aquella información era como el oro, pues poder localizar las obras de arte perdidas era su sueño, especialmente en el caso de los cuadros de Valois, que procedían del museo de Manu. No pudo evitar sentir lástima por él.

–Perdón, tendría que haberme explicado mejor –dijo Lydia–. Esta es la lista original que hizo Manu. También hizo un duplicado que le entregó al museo después de la guerra para que pudieran rastrear y recuperar el arte robado a través de los canales oficiales.

–Ah, eso tiene sentido. Lo comprendo –replicó Didier.

–Tras la guerra, Manu trabajó varios años para el museo, pero, a principios de los cincuenta, consiguió otro empleo en el Museo del Louvre. Un ascenso. –Al hablar de aquel hombre, había un gesto de orgullo en el rostro de Lydia–. Me recuerdas a él –le dijo a Didier.

–Gracias; me siento honrado. Parece que fue un hombre muy valiente y honorable –contestó él.

–Lo fue, desde luego. Él y Adèle fueron muy buenos conmigo. Por desgracia, nunca tuvieron hijos propios, así que yo era como su hija. Me quisieron mucho, y yo a ellos también.

Lydia se llevó una mano a la frente.

Fleur se acercó al lateral de su silla.

–¿Estás bien, abuela? Podemos tomarnos un descanso de todo esto si lo necesitas.

–Estoy bien –insistió la mujer. Extendió una mano temblorosa hacia su vaso de agua y su nieta se lo tendió. Dio varios sorbos antes de volver a dejarlo en la mesa–. Deberíamos abrir el sobre. No sabía si alguna vez iba a recoger esto del despacho de abogados. Nunca había querido hablar de aquella época o compartir y tener que explicar lo de mi nombre real, pero, en los últimos tiempos, he empezado a sentir que, si me llevaba mis secretos a la tumba, entonces, todo el sufrimiento y los sacrificios no habrían servido para nada, ya que no quedaría nadie que los recordara. Sería como si nunca hubieran existido. Sabía lo del sobre desde que Manu murió, pero, ahora que ya conocéis mi nombre real y estoy segura de que hablas en serio y no eres ningún tipo de estafador, creo que lo adecuado es mostrártelo, Didier. –Le tendió el sobre a Fleur–. Podrías abrirlo tú.

Mientras rompía el sello, a Fleur le temblaron un poco las manos.

–Así que nadie ha abierto nunca esto, ¿no? –dijo–. La última persona que vio su contenido fue el propio Manu.

–En cierto sentido, hace que me sienta más cerca de él –dijo Lydia en voz baja.

–Tú deberías ser la primera en echar un vistazo a lo que hay dentro –dijo Fleur.

Le parecía que el que su abuela viera y tocara lo que había dentro antes que cualquier otra persona era lo adecuado. Después de todo, aquello era lo que Manu había querido.

La mujer metió la mano en el sobre abierto y sacó un libro de tamaño A4 forrado en cuero. Desató el lazo, lo abrió y lo colocó sobre la mesa.

–¿Puedo? –preguntó Didier.

Lydia asintió. Entonces, él tomó el libro y empezó a pasar las páginas. Fleur se sentó a su lado para poder mirar por encima de su hombro. Al hacerlo, su pie rozó algo. Bajó la vista y vio que se trataba de la cartera del francés, que estaba abierta sobre la moqueta. Debía de habérsele caído de los bolsillos del pantalón. Se agachó para recogerla y se detuvo. Allí donde había caído, el separador interior se había dado la vuelta y no mostraba la fotografía de él como gendarme que le había enseñado el día que se habían conocido, sino una de un bebé. Era un niño pequeño de ojos grandes y con un hoyuelo idéntico al de Didier.

–¿Qué ocurre, Fleur? –le preguntó Lydia.

En ese mismo momento, Didier se dio cuenta y recogió la cartera del suelo.

–Debe de habérseme caído del bolsillo cuando me he sentado.

Le lanzó a Fleur una mirada de reojo y se la metió en el bolsillo de la chaqueta antes de volver a centrarse en el libro que tenía entre las manos.

Por un instante, Fleur se preguntó si se había imaginado ver la fotografía de un niño, pero, no, estaba segura de que no eran imaginaciones suyas. ¿Por qué llevaría en cartera la foto de un bebé? ¿Acaso era suyo? Pero le había dicho que no tenía hijos... Se percató de que Didier le estaba hablando y se obligó a concentrarse de nuevo en el libro.

–Esto es increíble –dijo él–. Mira, Fleur, están los nombres de los cuadros y las esculturas, el del artista y los lugares adonde los llevaron. Alemania, Berlín, Lyon...

Ella echó un vistazo con más detenimiento, dejando por un momento de lado los pensamientos sobre la cartera. Entonces, se fijó en la marca en bolígrafo rojo que había junto a muchas de las obras.

–Las marcas que hay al lado de algunas de ellas... ¿Creéis que significa que ya las encontró?

–Puede ser. Tendría que comprobarlo, pero parece posible –contestó Didier–. Por lo que parece, fue capaz de encontrar muchas.

–¿Están ahí los cuadros de Valois? –preguntó Lydia.

–No los veo –contestó él mientras seguía ojeando el libro. Se detuvo cuando había pasado más o menos tres cuartos del mismo–. Un momento. Aquí. La colección Valois aparece aquí.

–Mirad, la codificación es diferente. *D, T, B, E, C* –Fleur leyó las letras en voz alta.

–Daniel, Thomas, Blanche, Eva y Cécile, la madre de Thomas –dijo Lydia–. Fueron un seguro. Manu nos dio a cada uno de nosotros un cuadro para que lo usáramos como moneda de cambio para un salvoconducto, para sobornar a los oficiales o para salvar nuestras vidas si era necesario. Enrollaron las miniaturas y nos las cosieron en el dobladillo de los abrigos.

–Cuando se recuperaron los cuadros, ¿pudo Manu descubrir qué les pasó a los niños? –preguntó Didier mientras seguía repasando el libro.

Lydia asintió.

–Los devolvió un coleccionista privado; uno con conciencia moral. Los había heredado de su padre, que había sido oficial alemán durante la guerra y al que se los habían entregado como premio por sus esfuerzos en desmantelar un circuito. Con eso me refiero a un grupo de la Resistencia que se encargaba de los conductos y las rutas seguras para salir de Francia.

Didier soltó un largo suspiro.

–Y, probablemente, la ruta de escape de los niños, ¿verdad?

–*Oui, c'est ça.*

–Pero Bridget Sutter, también conocida como Blanche, debió de escapar con su cuadro –concluyó Fleur–. De algún modo, debió de evitar que la atrapasen.

–Es la única explicación –asintió su abuela–, aunque, por supuesto, en aquel entonces no lo sabíamos.

–Razón de más para intentar hablar con ella de nuevo –insistió Fleur.

–Esto me provoca sentimientos encontrados –comentó la mujer–. Estoy muy triste por el resto de los niños... Hablar de ello después de todos estos años ha vuelto a despertar en mí el dolor y el miedo. Aun así, estoy más que emocionada ante la idea de que sea posible que mi hermana siga viva. Pero la felicidad que me otorga ese pensamiento también me hace sentir culpable. Sea lo que sea que tuvieran que vivir los otros niños, sea lo que sea que Bridget Sutter o Blanche haya tenido que soportar, tuvo que ser mucho peor que lo que yo he vivido.

–Discúlpeme, Lydia –dijo Didier–. ¿Podemos aclarar una cosa? A todos se les entregó un Valois y, según el libro de Manu, a usted se le entregó *Août*.

–Así es –asintió la mujer.

–¿Y dónde está? ¿Qué le ocurrió al cuadro?

–No lo sé –contestó ella–. Al final, no lo necesité. Supuse que lo tenía Manu o que se había perdido. Debéis recordar que tan solo tenía diez años; no apreciaba el valor del cuadro. Además, ocurrieron tantas cosas que era en lo último en lo que hubiera pensado.

Fleur se dio cuenta de la decepción que se reflejaba en el rostro de Didier. Estaba muy cerca de descubrir qué le había ocurrido a la acuarela y, aun así, no estaba más cerca que antes.

–¿Cómo es que no escapaste con los otros niños? –preguntó Fleur–. ¿Cómo acabaste separada de tu hermana y, aun así, pudiste quedarte con Adèle y Manu? ¿Qué te ocurrió?

Lydia se recostó en la silla y cerró los ojos mientras respiraba hondo. Fleur intercambió una mirada de preocupación con Didier y, cuando volvió a mirar a su abuela, se alarmó al ver que las lágrimas le caían por el rostro. La cabeza se le balanceaba de un lado a otro y soltó un gemido. Fleur se horrorizó.

Didier fue el primero en reaccionar. Le dejó el libro en las manos, se puso en pie de un salto y se colocó junto a Lydia en un segundo, hablándole en francés. Fleur no sabía qué estaba diciendo, pero hablaba en voz baja con un tono calmado y resuelto a la vez. Recostó a Lydia sobre el asiento y, con cuidado, le echó la cabeza hacia atrás.

—Creo que estaba a punto de desmayarse —dijo—. Está bien, no te asustes.

Por algún motivo, no estaba asustada; sabía que él lo tenía todo bajo control. Se acercó al otro lado de Lydia.

—Abuela, ¿estás bien? ¿Cómo te encuentras?

El color estaba regresando al rostro de la mujer, que alzó la vista hacia ellos.

—Lo siento mucho —dijo.

—Por favor, no se disculpe —le pidió Didier.

Fleur le tendió un vaso de agua.

—Creo que todo lo que ha ocurrido estos últimos días ha sido demasiado para ti —dijo—. Siento haberte alterado con tantas preguntas.

—No se trata de que tú me hayas hecho preguntas, *ma petite puce* —contestó la mujer mientras se incorporaba con mucho mejor aspecto que unos momentos atrás—. Se trata de que estoy recordando cosas que había intentado reprimir.

—Es suficiente por hoy —dijo Didier—. Debe descansar e intentar no angustiarse más esta noche.

—Estoy de acuerdo —replicó Fleur.

—Yo también —añadió su abuela mientras les dedicaba una

sonrisa débil. Soltó un largo suspiro–. Creo que, por hoy, preferiría retirarme. Fleur, ¿te importa ayudarme?

–Claro que no –contestó ella, poniéndose en pie.

Didier también se levantó.

–Yo las dejo ya, señoras. Si se siente mal, por favor, llámeme y, si es urgente... *Alors*, ya sabe qué hacer. –En ese momento, le sonó el teléfono. Vibró al otro lado de la mesa y Fleur no pudo evitar echarle un vistazo para ver quién le llamaba. Pensó en la fotografía y se preguntó si sería la madre del niño, que bien podría ser también su pareja. Él cogió el teléfono–. Debería contestar. Buenas noches, Lydia. Fleur.

Contempló cómo salía de la habitación con el móvil sonando todavía. Mientras cerraba la puerta a sus espaldas, oyó que respondía. «*Salut*» fue lo único que oyó o comprendió mientras su voz se perdía en la distancia.

La voz de su abuela interrumpió sus pensamientos.

–¿Qué es lo que te preocupa con respecto a él?

–Se supone que no te encuentras bien –la reprendió con un tono de fingida dureza–. Vamos, te llevo a la cama.

–No has contestado a mi pregunta –dijo la mujer mientras la ayudaba a ponerse en pie.

–Eso es porque no sé la respuesta.

Fleur condujo a su abuela al otro lado de la habitación. Puede que no supiera la respuesta todavía, pero iba a descubrirlo más pronto que tarde. De hecho, a la mañana siguiente, eso era exactamente lo que iba a hacer.

Capítulo 31
Adèle

París
Julio de 1942

Adèle se abrió paso hasta la mesa en un estado parecido al aturdimiento. Había hecho un trato con el diablo y, ahora, iba a tener que pagar con su alma. Durante aquel pequeño paseo a través del restaurante, tomó la decisión más importante que había tenido que tomar en toda su vida. En aquella ocasión, cuando volvió a sentarse junto a Weld y él pasó la mano por detrás de su silla, no se apartó. Cuando le acarició el omoplato desnudo con el pulgar, se quedó sentada, tal como estaba. Incluso lo miró y le dedicó algo parecido a una sonrisa. Se dio cuenta de que, desde el otro lado de la mesa, su hermana la estaba contemplando y reconoció la mirada corta pero significativa que le lanzó. A Lucille no le había pasado desapercibido el cambio en su lenguaje corporal.

El resto de la noche le resultó más doloroso de lo que había imaginado. Sin embargo, se recordó a sí misma que tener que fingir que se sentía atraída por Weld era un precio pequeño a pagar a cambio de la seguridad de Cécile y los niños.

No se había percatado de que Édith se hubiera marchado, pero cuando volvió a mirar hacia su mesa vio que estaba vacía. Se preguntó si le contaría a Manu que la había visto con el alemán aquella noche. Tendría que explicarle lo que había ocurrido y cómo la habían chantajeado para hacer aquello. No sabía si le contaría o no que había visto a Édith, pero la opinión de Manu le importaba.

—Entonces, ¿vamos a ir de fiesta a algún bar esta noche? —preguntó Weld, que arrastraba un poco las palabras.

Le pasó la mano por la espalda hasta llegar a la cintura y Adèle tuvo que reprimir la necesidad de apartarse. A aquellas alturas, no tenía sentido actuar de manera decorosa; no si tenía que acostarse con él. Al pensarlo, se estremeció para sus adentros. No es que nunca se hubiera acostado con nadie, pero ya habían pasado unos años y, al menos, aquella persona sí le había gustado.

—Deberíamos ir al bar del hotel —dijo Müller. Se refería al hotel del que él y otros oficiales alemanes habían tomado posesión desde que su llegada a la ciudad.

Mientras se dirigían al automóvil que los esperaba, Lucille cogió a su hermana del brazo.

—¿Qué ocurre? —le susurró.

—Es mejor que no preguntes —contestó Adèle.

—Vamos, señoritas —las animó Müller mientras él y su compañero las esperaban junto a la puerta abierta del coche.

De la nada, una moto se acercó por la calle a toda velocidad y se detuvo junto al automóvil con un chirrido. Adèle no estaba muy segura de qué ocurrió a continuación, pero se oyó un grito y, después, el sonido de un cristal rompiéndose y una explosión en el interior del coche.

Adèle y Lucille gritaron al unísono mientras el automóvil quedaba envuelto en llamas. Se dieron la vuelta, protegiéndose los rostros del calor de la explosión. Cuando Adèle volvió a mirar, vio que Weld yacía sobre el pavimento con el rostro repleto de esquirlas de cristal. Gemía mientras rodaba para ponerse boca abajo como una morsa.

—¡Peter! —exclamó Lucille. Corrió hacia Müller, que también estaba en el suelo, pero no se movía. Su hermana se dejó caer a su lado—. ¡Peter! ¡Peter!

Adèle contuvo la respiración. ¿Estaba mal que deseara que estuviera malherido, inconsciente o incluso algo peor? Aquel pensamiento hizo que se estremeciera. ¿Por qué estaba pensando siquiera en algo así? Eso hacía que no fuera mejor que Müller o que cualquiera de los otros nazis que otorgaban a las vidas de los demás tan poco valor que resultaba prácticamente inexistente.

No era como ellos. Desear la muerte de Müller o, ya puestos, de cualquier otro, la despojaba de la empatía hacia otro ser humano, que tal vez fuese el valor más importante a la hora de evitar ser peor que aquellos a los que despreciaba. Se negaba a permitirse caer a tales niveles de maldad, sin importar la vida de quién estuviera en juego. Era mejor que ellos.

Miró hacia el otro lado de la calle, por donde se alejaba la moto.

La gente estaba saliendo del restaurante a la calle a toda prisa para intentar ayudar o para huir de la conmoción por miedo a otro ataque. En silencio, dio gracias a quienquiera que fuese montado en la motocicleta por haber escogido aquel momento para sabotear el resto de la noche.

Volvió a mirar a Weld, que estaba recibiendo ayuda de los camareros. Mientras se ponía en pie, apartándolos de él y tambaleándose, empezó a gruñir órdenes en alemán, pero Adèle no entendía lo que decía. Volvió a mirar a Müller, que todavía no se había movido. Lucille se había agachado junto a él y varios oficiales lo estaban atendiendo. En unos minutos, llegó una ambulancia a toda velocidad seguida

340

por varios coches patrulla. Los oficiales gritaban órdenes, enviando a las patrullas en todas las direcciones para buscar a los responsables del atentado mientras apagaban las llamas del automóvil y transferían a Müller a una camilla. Después, lo metieron en la parte trasera de la ambulancia.

Lucille se quedó tirada en la acera, sin poder acompañarle. Contempló cómo se alejaba el vehículo sanitario sin mediar palabra. Adèle se acercó a ella y la abrazó.

—Respira —dijo su hermana, resoplando–, pero está inconsciente. Debe de haberse llevado la peor parte de la explosión.

Uno de los oficiales alemanes se acercó a ella.

—¿Mademoiselle Basset?

—*Oui* —contestaron ambas hermanas al unísono.

Por un instante, el hombre pareció confundido, pero se dirigió a Lucille.

—En cuanto sepamos algo de Hauptmann Müller, se lo haremos saber.

—¿Puedo ir al hospital? —preguntó ella.

—No creo que sea buena idea —contestó el hombre.

—Pero tengo que estar allí cuando recupere el conocimiento —protestó Lucille.

El oficial pasó la mirada entre ambas y Adèle notó su inquietud, consciente de lo que no quería admitir frente a su hermana.

—Volvamos a casa por esta noche —le dijo–. No podemos hacer nada.

—No, quiero ir al hospital —insistió Lucille.

—Eso no será posible —dijo el oficial.

Su hermana enderezó la columna y levantó la barbilla en gesto desafiante.

—Hauptmann Müller se enfadará mucho cuando descubra que no se me ha permitido estar a su lado.

–Como ya he dicho, eso no es posible –insistió el alemán.

–¿Por qué? –Lucille apartó la mano de Adèle–. ¿Por qué no puedo ir?

–Porque madame Müller estará allí –contestó el oficial, exasperado.

–¿Su madre?

Lucille parecía confusa.

–No; su esposa. Haré que un coche las lleve a casa, señoritas –dijo el hombre. Después, se acercó a hablar con un soldado.

Lucille abrió la boca y la volvió a cerrar sin decir una sola palabra.

–Lucille... –comenzó a decir Adèle.

Sin embargo, su hermana no estaba de humor para escucharla.

–Lo sabías, ¿verdad? ¡No estás consternada o sorprendida en absoluto! ¡Sabías que la esposa de Peter estaba aquí! ¿Cómo te has atrevido a no contármelo?

–Lucille, no es eso...

–¿Cuándo lo supiste?

–No hablemos de eso ahora.

–Dímelo.

–Lucille, por favor. No es el momento ni el lugar –insistió Adèle.

Antes de que su hermana pudiera volver a replicarle, el oficial se acercó a ellas.

–Mi chófer las llevará a casa ahora. Buenas noches, señoritas.

Mientras se dirigía con su hermana al automóvil que las estaba esperando, Adèle echó un vistazo al grupo de mirones que se había agolpado para curiosear lo ocurrido. Entre las filas de atrás, una silueta captó su atención. Se trataba de Édith, que estaba en un lateral, medio oculta entre las sombras. Contemplaba el coche que, a pesar de los aguerridos intentos por apagarlas, había sido devorado por las llamas por completo. Después, satisfecha al parecer por lo que había visto, se bajó el ala del sombrero sobre el rostro, se dio la vuelta y desapareció en medio de la noche.

Urgieron a Adèle y a Lucille para que entraran en el vehículo, que, acto seguido, arrancó a toda velocidad y las llevó a la seguridad de su hogar.

Su padre las estaba esperando y, al principio, se mostró preocupado, pero después pareció aliviado de que hubieran llegado a casa sanas y salvas.

—Entonces, ¿ha sido un ataque directo contra Peter? —preguntó mientras aceptaba el café que Adèle había preparado para todos.

Después, ella se sentó junto a su hermana, que se estaba mordiendo el labio, preocupada por su pareja.

—No lo sé. ¿Por qué haría nadie algo así? —preguntó Lucille. Se puso en pie, frotándose las manos—. No me han dejado ir al hospital. Su esposa está aquí. ¿Puedes creerlo? ¡Su esposa! La esposa que mi querida hermana no me había mencionado. —Fue hacia un lado de la alfombra de felpilla y, después, hacia el otro—. ¿Por qué está aquí?

Adèle intercambió una mirada con su padre, pero ninguno de los dos dijo lo que pensaba en voz alta.

—Tal vez el objetivo era el otro oficial —sugirió Gérard, que era obvio que quería desviar la atención de su hija del asunto de la esposa de Müller.

—¿Weld? Pero ¿por qué? —Lucille se frotó los ojos con las yemas de los dedos—. No tiene sentido.

—Puede que haya sido un ataque aleatorio. Gracias a Dios que ha ocurrido cuando ha ocurrido; un momento más tarde y habríamos estado dentro del automóvil —dijo Adèle.

Lucille se dio la vuelta para mirar a su hermana.

—No creerás que, sea quien sea, pretendía atacarnos a nosotras, ¿verdad?

—¿Por qué iban a hacerlo? —preguntó su padre.

Se hizo un silencio en la sala cuando todos se dieron cuenta del motivo por el que podrían ser el objetivo. Sin embargo, fue Adèle la que lo dijo en voz alta.

—Porque nos ven como colaboradoras. A ti por tu relación con Peter y a mí porque parecía que estaba con Weld.

—Pero ¿cómo sabían que íbamos a estar allí? No, no puede ser un ataque contra nosotras —dijo Lucille.

—Eso es cierto —replicó ella—. A menos que alguien avisara a la Resistencia o a quienquiera que sea que haya lanzado la bomba; alguien que nos viera allí.

Volvió a pensar en el restaurante y en Édith sentada en la parte más alejada y, después, en medio de la multitud. ¿Había avisado de alguna manera a los responsables del atentado de que Adèle y Lucille estaban con dos oficiales alemanes? ¿Se había quedado por allí después para asegurarse de que todo había salido bien y que ambas hermanas estaban muertas o malheridas? Se estremeció ante la idea de que alguien pudiera desear su muerte.

Se levantó del sofá, haciendo caso omiso a las preguntas de su hermana y su padre. Una vez en su habitación, se quitó rápidamente el vestido y se puso la ropa de diario. Después, salió del dormitorio mientras se ponía la chaqueta por el camino.

—¿Qué estás haciendo? —le preguntó su padre.

—Tengo que salir. No tardaré mucho.

—Pero casi es la hora del toque de queda —protestó él.

—No te preocupes; volveré a tiempo.

Tras decir aquello, salió del piso y bajó las escaleras a toda prisa.

Ya fuesen imaginaciones suyas o la ansiedad desmedida, mientras se abría paso por las calles vio muchas más patrullas de lo normal. No quería que pareciera que tenía prisa, pero tampoco quería entretenerse: había oído lo que les pasaba a algunas mujeres cuando iban solas por la noche y las paraban.

Por suerte, su destino estaba a tan solo diez minutos andando y llegó sana y salva al edificio. La puerta principal estaba abierta, así que entró en el vestíbulo y subió las escaleras. Se detuvo frente a la puerta de uno de los pisos y llamó con los nudillos.

Toc. Toc. Toc-toc.

Adèle era consciente de que la respiración se le había acelerado y de que no era a causa del paseo para llegar hasta allí, sino por los nervios que sentía en el interior. De pronto, dudó de su sensatez al acudir a aquel sitio, pero ya era demasiado tarde.

Una puerta se abrió al fondo del pasillo.

Mantuvo la vista fija frente a ella, pues no quería mirar a su alrededor y parecer culpable. En aquellos tiempos, los vecinos se delataban los unos a los otros, desesperados por conseguir más raciones de comida.

–Adèle. –La voz procedente de la puerta abierta hizo que se sobresaltara. Miró hacia allí y se sorprendió al ver a Manu, que recorrió el pasillo a toda prisa hasta ella–. ¿Qué haces aquí?

Pasó la mirada de la puerta frente a la que se encontraba a la puerta por la que había aparecido su amigo. De alguna manera, se había equivocado de apartamento. Manu la tomó del brazo y la arrastró hacia el fondo del pasillo. Entonces, volvió a preguntarle:

–¿Qué haces aquí?

Adèle miró a su alrededor.

–Pensaba que vivías en el piso de al lado.

Manu le dedicó el fantasma de una sonrisa.

–Así es, pero también tengo este piso, así que puedo ver si quiero abrir la puerta o no a los visitantes inesperados. –En ese momento, arqueó las cejas en un gesto de interrogación–. Por favor, dime qué ocurre. –La sostuvo a cierta distancia y la miro de arriba abajo–. ¿Estas bien? No estarás herida, ¿verdad?

–¿Herida? ¿Por qué iba a estar herida?

Él se encogió de hombros.

–No lo sé. ¿Qué te ha traído hasta aquí a estas horas de la noche? Pensaba que habías salido.

Adèle entornó los ojos.

–¿Que había salido? ¿Cómo sabes que había salido?

Si no lo hubiera estado mirando con atención, le habría pasado desapercibido el breve destello de culpabilidad que le atravesó el rostro y que fue sustituido enseguida por uno de inocencia.

–Lo he supuesto. Édith te ha visto subirte a un automóvil con Müller delante de la escuela.

Así que sí que la había estado espiando. ¿Le habría confesado Édith que había estado con otro hombre? Apostaría algo a que no, pero no había ido hasta allí para eso. Había cosas peores en juego.

–Esa es otra historia –dijo–. Se trata de los niños. Müller sabe que están en el ático de la escuela. O, al menos, que Eva está allí. También ha cambiado de opinión con respecto a que el resto de mis alumnos actúen en la exposición. No sé cómo vamos a sacarlos del ático en secreto.

–Un momento. Una cosa detrás de otra –dijo Manu–. ¿Cómo sabe lo de los niños escondidos en la escuela?

346

–Tenía sospechas. No sé si se lo dijo alguien o si ya lo sospechaba, pero ha ido a la escuela y uno de los niños del ático ha hecho un ruido. Sé que lo ha oído. Mientras nos marchábamos, ha mirado en dirección a la ventana del ático. Cuando he seguido su mirada, Eva estaba allí. Debe de haberla visto; es imposible que no la viera.

Manu se pinzó el puente de la nariz.

–La exposición... No importa si los demás niños no pueden actuar contigo, aún podemos sacar a los que están en el ático. –Manu soltó un largo suspiro–. Me preocupa más lo que pueda pasarles ahora. ¿Ha ordenado Müller que registren la escuela?

–No. Eso ha sido todo; no ha hecho nada. Iba a cenar con Lucille, y me ha dicho que fuera con ellos, que quería que conociera a un amigo suyo.

Un pequeño pulso palpitó en el lateral de la mejilla de Manu.

–El amigo... ¿Otro oficial alemán?

–Sí. Müller quiere que sea... ¿Cómo decirlo? Quiere que me muestre complaciente con Weld, su amigo, a cambio de su silencio sobre los niños.

El rostro de Manu se endureció.

–¿Y qué le has dicho?

–¿Qué podía decirle? Tenía que decirle que sí.

Él sacudió la cabeza.

–No, Adèle, no tenías por qué hacerlo.

–De hecho, sí. Si eso mantiene a los niños a salvo, entonces, no me importa. Estoy lista para hacerlo; es un pequeño sacrificio.

Manu apretó los puños y le dio una patada a la mesa que tenía al lado.

–¡No! –Después, con un tono de voz más calmada, añadió–: No, Adèle. No debes hacerlo. No te lo voy a permitir.

Le sorprendió aquel arrebato de Manu; no recordaba haberle visto nunca mostrando un temperamento semejante.

–¡No puedes detenerme!

–Adèle, por favor, me romperías el corazón si lo hicieras.

Ella soltó una carcajada.

–¿Que te rompería el corazón? ¿Cómo puedes decir eso cuando estás enamorado de Édith?

Una puerta se abrió a sus espaldas y, cuando se dio la vuelta, vio a Édith entrando en la habitación a través de la puerta que conectaba con el otro piso.

–Deberías contárselo –dijo mientras sacaba un cigarrillo del paquete que llevaba en la mano y se lo encendía. Atravesó la estancia y se acercó a la ventana, inhalando y exhalando el humo de manera despreocupada–. Debería saber la verdad. –Después, se giró hacia Adèle–. Pregúntale por qué ha tenido que deshacerse de su chaqueta esta noche. Debería contestarte que se ha derramado gasolina por encima.

Capítulo 32
Adèle

—¿Que me cuente el qué? –preguntó Adèle.

El miedo le atenazaba el estómago. ¿La había traicionado Édith? ¿Lo sabía ya Manu?

Él respiró hondo e intercambió una mirada con la otra mujer antes de hablar al fin.

—No he sido sincero contigo –dijo–. Te he estado engañando y siento mucho haberlo hecho.

Adèle tuvo que obligarse a concentrarse en sus palabras. La había estado engañando. Ay, Dios, la había delatado ante los alemanes; le había contado a Müller, a Weld o a alguien lo de Cécile y los niños. ¿Cómo había podido hacer algo así?

—¿Qué has hecho? –susurró, pues necesitaba oírlo de sus labios.

Una vez más, Manu y Édith intercambiaron una mirada incómoda.

—He permitido que creyeras que Édith y yo estábamos juntos; que era mi novia –comenzó a decir él–. Pero no es cierto.

Adèle frunció el ceño. Eso no lo había visto venir.

—¿No?

—No –contestó la mujer–. Es una fachada; una tapadera. Ambos trabajamos para la Resistencia y, a veces, es más fácil pasar desapercibidos si fingimos que somos pareja.

—Teníamos que mantener la farsa todo el tiempo –añadió

Manu–. Cuanta menos gente sepa la verdad, más fácil es mantener una mentira y no arrastrar a los demás a ella.

–¿Ni siquiera a mí?

–Ni siquiera a ti. A ti sobre todo. No quería que te vieras involucrada de ninguna manera. Si te interrogaban alguna vez, ¿cómo podrías mentir si no sabías la verdad? Pensaba que era una manera de mantenerte a salvo. –Manu se sentó en el sofá.

–Eso fue así hasta que ocultaste a los judíos –dijo Édith–. Eso ha complicado las cosas porque ahora lo único que es capaz de hacer es preocuparse por ti.

–No es necesario que se preocupe por mí –replicó ella, que tuvo la clara sensación de que la otra mujer le estaba regañando.

–No puede evitarlo. –Édith soltó un suspiro y le dio una calada al cigarro. Recorrió la estancia de nuevo en dirección a la puerta interna–. Está enamorado de ti –añadió. Después, cerró la puerta tras ella y dejó a Adèle mirando fijamente a Manu.

–¿Qué quiere decir? –dijo cuando, al fin, consiguió obligar a las palabras a que salieran de sus labios.

Él se puso en pie y, por primera vez, pareció intranquilo, casi nervioso. Aquel no era el Manu que estaba acostumbrada a tratar. Se frotó la mandíbula con la mano y soltó un largo suspiro.

–Ha querido decir que estoy enamorado de ti –dijo con lentitud.

–Pero... Yo... ¿Qué? –A Adèle le estaba resultando imposible pronunciar una frase completa.

Manu se acercó a ella.

–Es cierto. Todo lo que ha dicho Édith es cierto. Mi relación romántica con ella no es más que una tapadera. –Le cogió la mano, se la llevó a los labios y le besó los nudillos—. Te quiero.

—No lo entiendo —comenzó a decir ella—. ¿Cómo? ¿Cómo puedes estar enamorado de mí?

El corazón le brincaba de alegría, pero su mente le pedía que fuera cautelosa. No era posible que Manu la quisiera. Si fuera así, sería más que un sueño hecho realidad. Era algo con lo que había soñado durante años, pero él siempre había estado fuera de su alcance porque solo la veía como una hermana pequeña.

—Te conozco desde hace muchos años y, sí, al principio, solo era un tipo de amor fraternal. Sin embargo, cuando regresé de trabajar en Europa, ya no eras una niña; te habías convertido en una mujer joven. —Mientras hablaba, sus ojos no la abandonaron ni un solo momento—. Fue como si te estuviera viendo por primera vez, con ojos nuevos.

—¿Por qué no me lo habías dicho nunca? —Le estaba costando asimilar todo aquello.

—No sabía cómo hacerlo. No quería asustarte, sobre todo si no sentías lo mismo por mí. Tenía muchas dudas. ¿Y si solo me veías como un amigo? Si te lo contaba y me rechazabas, ¿cómo íbamos a recuperarnos de algo así? Prefería tenerte como amiga, alguien a quien podía amar y proteger en la distancia, que no poder volver a hablar contigo nunca más; eso hubiera sido muy doloroso.

—¿Y por qué me lo cuentas ahora?

Quería rendirse entre sus brazos, abrazarlo y besarlo, pero necesitaba entenderlo y estar segura de lo que sentía por ella.

—Quise contártelo antes de que estallara la guerra, pero, como un tonto, me tomé demasiado tiempo porque no quería asustarte. Entonces, llegaron los alemanes y me vi involucrado con la Resistencia. No me parecía justo arrastrarte a ello. ¿Qué podía prometerte? Si me mataban, te quedarías sumida en un profundo dolor, y no quería algo así para ti.

Adèle le dedicó una sonrisita.

—El simple hecho de que no nos hubiéramos declarado nuestro amor mutuo no significa que no me habría quedado desolada si te hubiera perdido. La pérdida hubiera sido mayor, pues habría lamentado no haberte dicho nunca lo que sentía, no haberte hecho partícipe de que yo también te quiero.

—¿De verdad? —El rostro se le iluminó de un modo que no había visto en mucho tiempo.

—¡Sí! ¡Claro! Intenté decírtelo la otra noche, pero no me dejaste.

Le pasó los brazos tras la nuca y él la atrajo hacia su pecho. Después, le alzó la barbilla y la besó. El sonido de la puerta abriéndose una vez más hizo que se separaran.

—Siento aguaros la fiesta, pero ahora que ya hemos solucionado la vida amorosa de Manu, ¿podemos retomar el motivo por el que has venido? —preguntó Édith.

Animada por el beso y la certeza de que él la quería, Adèle encontró en sus adentros una franqueza que no había esperado.

—En realidad, venía a advertir a Manu sobre ti —dijo.

—¡Sobre mí! —Édith soltó un bufido.

—Adèle... —La voz de Manu estaba teñida por un tono de advertencia.

—¿Te ha contado Édith que estaba en el restaurante, cenando con un oficial alemán?

—Sí; de hecho, así ha sido.

Había un ligero gesto de diversión en el rostro de Manu que hizo que Adèle se enfadara.

—¿Te ha dicho lo que ha pasado?

—Claro que sí —contestó la otra mujer con un suspiro—. Él también estaba allí.

—¿Qué? —Ahora, Adèle estaba confundida.

—Déjame que te lo explique —dijo él—. Édith tiene una muy buena relación con un oficial alemán que simpatiza con nuestra causa. Estaba cenando con él y te vio. Cuando fuiste al baño, su amigo se acercó a Weld, que estaba encantadísimo de presumir sobre su nueva acompañante, es decir, tú.

—Weld quería llevarte con él a su habitación de hotel —dijo Édith.

Avergonzada, Adèle sintió que cierto rubor cubría su rostro, pero se irguió un poco más.

—Bueno, como ya he dicho, estaba dispuesta a hacer lo que fuera necesario para mantener a salvo a los niños.

—Yo ya le había enviado un mensaje a Manu para decirle que estabas en el restaurante —dijo Édith—. Sabía que querría saberlo.

—Me alegro de que lo hiciera. Llegué a tiempo para causar una pequeña distracción —dijo Manu. Después, tomó la mano de Adèle—. Es un alivio tremendo que no hayas sufrido ninguna herida y siento haberte asustado, pero no podía permitir que te marcharas con Weld.

Adèle no sabía qué decir. Estaba halagada y molesta al mismo tiempo.

—Si bien te lo agradezco, corres demasiados riesgos —dijo al fin—. ¿Y si te hubieran atrapado? Además, de todos modos, tan solo has retrasado lo inevitable. No puedes lanzarle una bomba a Weld cada vez que vaya a buscarme.

—¡Eso no va a ocurrir! —replicó Manu casi gritando y haciendo que se sobresaltara. Después, respiró hondo—. No tienes que hacerlo; tengo un plan.

Adèle escuchó con atención mientras él le explicaba lo que quería que hicieran.

–Mañana por la mañana, dejaré algunas cajas de embalaje junto al muro. Tú irás a la escuela como haces siempre, bien temprano, y sacarás a Cécile y a los niños por la puerta lateral. Los ayudarás a trepar el muro y, después, ellos se esconderán en las cajas. Yo las entraré en el museo y las esconderé en una de las habitaciones del sótano hasta que todos los artículos del museo estén preparados para ser embalados para la exposición y transportados a Lyon. Cécile y los niños estarán ocultos en esas cajas.

El momento hedonista en el que Manu le había declarado sus sentimientos la abandonó cuando la idea de lo que les esperaba a su amiga y los niños la hizo volver a la realidad.

–¿Y qué ocurrirá cuando lleguemos a Lyon?

–Habrá alguien allí para ayudarnos. Algunas de las obras no van a usarse en la exposición, sino que continuarán directamente hasta Alemania. Por lo tanto, no se va a desembalar todo. Las cajas de Cécile y los niños estarán marcadas con una «X» en la esquina superior izquierda. En cuanto la exposición esté en pleno apogeo, mis socios estarán allí para liberarlos y sacarlos a través de las alcantarillas subterráneas.

–Entonces, ¿no los veré? –preguntó, pensando en cómo las hermanas Rashal, Daniel, Cécile y Thomas iban a desaparecer en medio de la noche y jamás sabría lo que les había ocurrido.

–No, lo siento. Nosotros debemos actuar como si no supiéramos nada –dijo Manu.

–Así, si ocurriese algo, no os podrían relacionar con ello –añadió Édith.

–Solo hay una cosa a la que sigo dándole vueltas –comentó

ella. Había un cabo suelto por el que todavía no le habían rendido cuentas.

–Adelante –dijo Manu.

–Édith entró en un edificio. La vimos. Tú la seguiste y dijiste que no era nada. ¿Es eso cierto o hay algo más que no me estéis contando?

–Ah, sí, eso. –Manu hizo una mueca–. Lo siento, pero en ese momento no podía contarte la verdad. Édith fue allí a reunirse con el oficial alemán, ese que no puede ocultar los secretos cuando está frente a alguien como ella.

Adèle se sintió aliviada y molesta a la vez, aunque intentó ocultar lo último. No le gustaba pensar que Manu le había mentido. Hacía que se preguntara si le había mentido con respecto a alguna otra cosa, pero no tenía tiempo de repasar todo lo que le había contado en el pasado.

–Ya veo –dijo–. Lo entiendo, pero, por favor, no vuelvas a ocultarme nada más. Nada de mentiras.

–Nada de mentiras –repitió él.

Édith soltó un bostezo exagerado.

–¿Podemos volver a lo que nos interesa y al motivo por el que todos tenemos que ir por ahí a hurtadillas?

–Por supuesto –dijo Manu–. Bien, sobre los huéspedes de la escuela... Tenemos que centrarnos en ponerlos a salvo. En cuanto atraviesen el muro, debes subir al ático y deshacerte de cualquier prueba de que han estado allí. Después de eso, rechazarás a Weld. –La miró directamente a los ojos–. *Oui?*

Adèle asintió.

–*Oui.*

–Müller y Weld enfurecerán, por supuesto, así que prepárate para que registren la escuela de arriba abajo, sobre todo si Müller ha visto a Eva.

Hizo una pausa y los ojos se le llenaron de preocupación.

—¿Qué ocurre? –preguntó Adèle.

—No quiero asustarte, pero podrías correr peligro de que Müller o Weld te hicieran algo.

—Müller no me hará daño –contestó ella con bastante más seguridad de la que sentía–. Sé algo de él que no querrá que divulgue. Ese es mi seguro.

—¿Y de qué se trata? –preguntó Manu con el ceño fruncido.

—Su esposa está en París y estoy segura de que no querrá que se entere de su aventura con mi hermana.

—Pensaba que el matrimonio había llegado a su fin.

—Eso es lo que le dijo a Lucille, pero lo vi en el restaurante besando a su esposa. Al menos, doy por hecho que era ella. De todos modos, ya fuera una amante más o no, el hecho sigue siendo que no querrá que descubra lo de mi hermana.

—¿Le has contado a Lucille lo que viste? –le preguntó Manu.

—No. No quería hacerle daño y ha resultado que la información es valiosa como moneda de cambio.

—Bravo –dijo Édith, aplaudiendo con lentitud–. Así que el gorrioncillo es en realidad un gavilán.

Adèle respiró hondo. Le hubiera gustado decirle a Édith que cerrara el pico y que no le había gustado su aplauso tan poco entusiasta. Sin embargo, no quería causar tensión entre los tres. Todavía tenían que sacar a Cécile y a los niños de París. Ocurriera lo que ocurriera, esa era su prioridad. Ahora que sabía que, en realidad, Édith no era la novia de Manu, aquella mujer ya no le preocupaba.

—Déjame que te lleve a casa –dijo Manu–. Se está haciendo tarde y te pararán después del toque de queda.

—Y a ti te pararán cuando vuelvas a casa –contestó Adèle–. No me va a pasar nada. Iré yo sola.

Édith soltó un suspiro.

—¿Por qué no te quedas? De verdad, vaya dos... –Chasqueó

la lengua y se dirigió de nuevo hacia el otro piso–. Duermo como un tronco. –Cerró la puerta a sus espaldas y Adèle oyó cómo giraba la llave en la cerradura.

Manu le cogió las manos.

–No tienes que quedarte si no quieres, pero no voy a dejar que vuelvas a casa a pie y sola.

–Y yo no voy a dejar que después regreses tú solo. Esta noche, no.

Tragó saliva y miró en torno al piso y en dirección a la puerta abierta que conducía al dormitorio que había al otro lado. Había una cama de matrimonio y, junto a ella, una mesa con una lamparita. Manu se dio la vuelta para seguir la trayectoria de su mirada.

–Si lo prefieres, puedes dormir en la cama y yo dormiré en el sofá.

Adèle no pudo evitar la sonrisa que le asomó a los labios.

–¿Por qué iba a querer que durmieras en el sofá cuando acabas de decirme que me quieres?

Una sonrisa se apoderó del rostro de Manu.

–Solo estaba actuando como un caballero.

–Pues ya puedes dejar de hacerlo.

Soltó un gritito cuando él la levantó del suelo y cargó con ella hasta el dormitorio. Después, cerró la puerta tras de sí con el pie.

Capítulo 33

Fleur

Aquello era espiar. No había otra manera de definirlo, pero a Fleur le daba igual. Además, quería pensar en ello como en una manera de protegerse a sí misma. Necesitaba saber más sobre Didier antes de poder confiar en él. La fotografía de su cartera había hecho que se preocupara, probablemente más de lo que debería. También había avivado la sospecha que había estado intentando ignorar desde que se habían conocido. Ocultaba algo, de eso estaba segura, pero no sabía si era algo relacionado con la historia de su abuela o no. Sin embargo, descubrir si les estaba mintiendo o no le diría mucho sobre su persona. Hizo caso omiso al hecho de que quería descubrirlo en beneficio propio tanto como por el bien de su abuela.

Por la mañana, había buscado la dirección de la tienda de antigüedades con una aplicación del teléfono móvil. Se había alegrado al comprobar que estaba en el mismo *arrondissement* que el hotel. De hecho, una pequeña búsqueda le había mostrado que la calle en la que se encontraba, la Rue des Saints Pères, era la zona principal de tiendas de antigüedades de la ciudad. Estaba a solo veinticinco minutos caminando desde su alojamiento, que se encontraba en la

Rue du Pont Neuf. El paseo le vendría bien. Tenía que salir del hotel, ya que quedarse sentada leyendo un libro, aunque fuese un pasatiempo muy agradable, no era su prioridad en aquel momento.

—¿Seguro que estarás bien? —le preguntó a su abuela tras acompañarla a una de las salitas con vistas al patio con jardín que se encontraba en la parte trasera del edificio.

—Segurísimo —contestó Lydia—. Estoy bastante más cansada de lo que esperaba. Me gustaría disfrutar de un tiempo a solas, para reflexionar con tranquilidad. —Extendió el brazo para coger la mano de Fleur—. No te molesta, ¿verdad, *ma petite puce*?

—Claro que no, abuela. —Se sentó en la silla que había junto a la de la mujer—. Sabes que si, en cualquier momento, todo esto te abruma, podemos parar, ¿verdad? Podemos decirle a Didier que no queremos seguir adelante con lo que quiera que sea que estemos haciendo. Podemos volver a nuestro plan original de visitar algunos de los lugares que son especiales para ti y recordar con calma lo que ocurrió en el pasado. Ni siquiera tienes que contármelo a mí si no quieres. De verdad, si te resulta muy doloroso, no pasa nada.

Por mucho que quisiera saber más sobre el pasado de su abuela y que ella pudiera pasar página, no quería que fuera a costa de la salud de la mujer, ya fuera física o mental.

Lydia le dedicó una sonrisa débil y asintió con cuidado.

—Gracias; eres muy considerada, como tu madre.

Miró por la ventana en dirección a los jardines que había al otro lado. Fleur siguió su mirada y admiró el glorioso derroche de colores de las dalias, las hortensias y las rosas en plena floración que estaban plantadas en torno al borde del patio y protegidas ligeramente del ardiente sol parisino por la sombra de los cuatro sicomoros situados en el centro.

–A tu madre le encantaba la jardinería. Cultivar verduras, no; lo que le gustaban eran las flores hermosas y coloridas –dijo Lydia con melancolía–. Por eso te puso el nombre de Fleur.

No era la primera vez que su abuela le contaba aquello y sabía que se suponía que debía de ser algún tipo de consuelo para ella, pero nunca había tenido realmente aquel efecto. Tan solo hacía que se sintiera triste y, con eso, llegaba el enfado por el hecho de que su madre no estuviera allí, de que hubiera tenido que crecer sin su madre y Lydia sin su hija. El corazón se le contrajo un poco al contemplar a su abuela, que parecía muy pequeña y vulnerable sentada en aquel sillón enorme.

No estaba segura de que aquel viaje hubiese sido una buena idea. Se preguntó si la mujer siempre acababa tan melancólica. Acercó a Lydia la mesa con la tetera, la taza y el platito y le sirvió una taza.

–Puedo quedarme aquí sentada, en silencio –le dijo–. No tienes que hablar. Puedo hacerte compañía, sin más.

Lydia le sonrió.

–Estoy muy bien; no tienes que preocuparte por mí. –Se acomodó en su asiento–. Disfruto con mi propia compañía. –Echó la cabeza hacia atrás y cerró los ojos, lo que era una señal silenciosa de que la conversación había terminado.

Fleur le dio un beso en la mejilla, consciente de que no tendría sentido discutir con ella, y salió del hotel.

Por supuesto, la tienda de Didier tenía que estar casi al final de la calle a la que llegó casi treinta minutos más tarde. Había tomado el camino con las mejores vistas, el que bordeaba el río y pasaba por detrás del Museo del Louvre. A través de los tres arcos, había visto la famosa pirámide de cristal. En otro momento, se habría sentido tentada de acercarse a mirar, pero hacer turismo no era su prioridad aquella mañana.

Recorrió la calle en dirección sur y pasó por delante de varias tiendas de antigüedades, restaurantes y cafés. Iba buscando la fachada verde de la tienda de Didier, que había visto en la página web.

Estaba empezando a pensar que, de algún modo, se había alejado demasiado y se la había pasado, cuando la vio al otro lado de la calle. La puerta estaba custodiada por dos escaparates altos con ventanas semicirculares que se abrían como las plumas de un pavo real. Las letras doradas que había en el cristal sobre la puerta indicaban que se trataba de la tienda Antigüedades Dacourt.

Un sillón de terciopelo rojo ocupaba el lugar central de uno de los escaparates junto con una mesa pequeña de madera de caoba, un globo terráqueo, una lámpara y otros artículos colocados como si fuera un salón formal. El otro escaparate estaba dedicado a varias acuarelas en las que el paisaje de la campiña francesa y una casa solariega dominaban el espacio.

Desde su posición al otro lado de la calle, veía siluetas que se movían dentro de la tienda, pero no podía distinguir de quién se trataba. Para pasar desapercibida, sacó su teléfono y fingió estar atendiendo una llamada mientras contemplaba la fachada de la tienda. La puerta se abrió y salió un hombre, probablemente un cliente.

Tenía que acercarse más para intentar ver quién estaba dentro y si se trataba de Didier. Atravesó la calle, pasó junto al automóvil del hombre, que estaba aparcado a un par de plazas de distancia de la tienda y se detuvo junto al escaparate de los muebles. Dentro, dándole la espalda, había una mujer. Llevaba el pelo en trenzas que formaban un intrincado dibujo sobre su cuero cabelludo y, después, recogido en lo alto de la cabeza a modo de coleta con más trenzas. Vestía un traje de pantalón rosa fucsia y, cuando se giró para mirar algo que le había llamado la atención, Fleur pudo ver la belleza de su perfil. Era posible que fuese un poco más joven que ella, pero emanaba sofisticación y estilo. Desde luego, era muy chic.

Se sobresaltó cuando la mujer se agachó y tomó en brazos a un niño que debía de tener un año y medio más o menos. Tenía una melena de preciosos rizos negros y ojos grandes y marrones. Ella se lo colocó en la cadera mientras parecía hablar con otra persona que estaba en la tienda. No alcanzaba a ver con quién estaba conversando, así que se adelantó un poco para poder ver mejor.

Dentro, una figura se movió para colocarse frente a la mujer y Fleur vio que se trataba de Didier. Sonrió al niño y, después, con la facilidad de alguien que lo ha hecho un montón de veces, se lo arrebató a la mujer y lo sujetó entre sus brazos. Le dijo algo, le dio un beso en la cabeza y volvió a tendérselo a su madre.

A Fleur se le hizo un nudo en el estómago al contemplar aquella escena y, entonces, cuando Didier le dio un beso a la mujer (aunque fue en la mejilla), el nudo se apretó todavía más. Un sentimiento inesperado e inoportuno de celos se apoderó de ella. Lo hizo a un lado, diciéndose a sí misma que los celos no eran lo suyo y que, en realidad, se trataba de una indignación disfrazada que, después, dio paso a la ira. Cuando se trataba de su corazón, estaba mucho más versada en aquel último sentimiento.

Fue entonces cuando se percató de que Didier se dirigía a la puerta, dispuesto a salir. Llevaba el teléfono en la mano y estaba tecleando en la pantalla. Casi de inmediato, el móvil de Fleur cobró vida en las profundidades de su bolso e hizo que se sobresaltara. Lo buscó a tientas mientras se lanzaba a la puerta del local de al lado antes de que Didier la viera. El nombre de él apareció en la pantalla del teléfono, así que lo puso en modo silencio y esperó a que saltara el buzón de voz. Oyó cómo se abría y se cerraba la puerta de la tienda de antigüedades. Dándole la espalda a la calle, oyó la voz del hombre cuando pasó detrás de ella.

–*Salut*, Fleur. *Ça-va?* Me preguntaba... –Hizo una pausa. Ella no se atrevió a moverse. Entonces, volvió a oír su voz y, en aquel momento, justo detrás de ella–. Me preguntaba por qué te estás escondiendo en la puerta de la tienda que está junto a la mía.

Cerró los ojos con la esperanza de que aquello no fuera más que una pesadilla. Qué vergonzoso le resultaba que la hubieran pillado husmeando. Respiró hondo y se recordó a sí misma por qué lo estaba haciendo y lo que acababa de presenciar en el interior de la tienda. De hecho, no tenía motivos para sentirse avergonzada. Si alguien debería sentirse así, ese era él. Se dio la vuelta y lo miró sin sonreír. Se irguió un poco más y alzó la barbilla en gesto desafiante.

–Si quieres saberlo, he venido a investigarte –le dijo–, para comprobar si eras sincero o no.

Didier la observó con sus ojos marrones durante unos instantes. Cortó la llamada y se metió el teléfono en el bolsillo.

–¿Y qué has decidido?

Fleur arqueó las cejas para subrayar lo ridícula que le parecía la pregunta.

–A juzgar por lo que acabo de ver a través de la ventana, diría que no.

Lo estaba retando a que le llevara la contraria. De hecho, estaba dispuesta a discutir con él. A cada segundo, la indignación ante la idea de que la hubiera engañado y la vergüenza por haberse permitido besarlo y, además, haberlo disfrutado, se transformaban en ira. Se había puesto en ridículo y tendría que haber sabido que no debía dejarse embaucar por él.

—¿Y qué es exactamente lo que has visto por la ventana? —le preguntó de manera despreocupada. No mostraba ni rastro de remordimiento o vergüenza. Se metió las manos en los bolsillos de los pantalones—. Me interesa saberlo.

Irritada, Fleur soltó un bufido. Se estaba comportando como un maldito arrogante.

—Te diré lo que he visto —dijo mientras daba un paso hacia él para no tener que gritarle desde el otro lado de la acera—. Te he visto con tu pareja y tu hijo, cuando les has dado un beso a ambos. Y, bueno, puede que sea algo muy francés que un hombre tenga esposa o pareja y, además, un segundo plato, pero a mí no me parece bien.

Él frunció el ceño.

—¿Un segundo plato?

—Una querida. Una amante. Una novia secreta. —Levantó las manos—. No pienso ser nada de eso, así que, ese beso que nos dimos..., olvídate de él. Esto no va a ninguna parte. ¡Ni siquiera es una aventura! ¿Entendido? —Didier parecía estar conteniendo una sonrisa, lo que solo sirvió para enfurecerla todavía más—. Solo para que quede claro: no quiero tener nada que ver contigo. Al menos, no a nivel personal. Si mi abuela quiere seguir trabajando contigo para descubrir lo de la zapatilla, es cosa suya, pero yo no quiero saber nada de ti.

Él estiró el brazo y, con cuidado, le posó una mano sobre el hombro y la acercó un poco más a él para que una pareja pudiera pasar a su lado.

—No es ni el momento ni el lugar para mantener esta discusión —le dijo en voz baja—. Tengo una reunión a la que no puedo llegar tarde. Tal vez podamos discutir esto más tarde.

Fleur le apartó la mano.

–No hay nada que discutir.

–No estoy de acuerdo, pero no tengo tiempo de darte explicaciones. –Miró su reloj como si quisiera subrayar lo que acababa de decir–. ¿Puedo llamarte después?

–La respuesta es no.

Tras decir eso, Fleur se dio la vuelta y se alejó por la calle a grandes zancadas. Ni siquiera había intentado negarlo. Qué idiota había sido por creerle. Y eso, por desgracia, era lo que había descubierto: que no podía confiar en él.

Capítulo 34

Adèle

París

Julio de 1942

Cuando Adèle se despertó al día siguiente, por un instante, no supo dónde se encontraba. Sabía que no estaba en su propia cama. Entonces, lo recordó. ¿Cómo podía haberlo olvidado? Estiró una mano hacia el otro lado del colchón, pero Manu no estaba allí.

—*Bonjour* —le oyó decir.

Abrió los ojos y rodó hasta colocarse boca arriba. Manu entró en la habitación con una taza de café. La colocó en la mesilla de noche antes de sentarse en el borde de la cama junto a ella. Le apartó el pelo de la cara y le pasó un dedo por el brazo desnudo.

—*Bonjour* —contestó con una sonrisa. Miró hacia la ventana, pero las cortinas estaban corridas—. ¿Qué hora es?

Él se inclinó hacia delante y le dio un beso.

—Lo siento; es muy temprano, pero tendremos que marcharnos enseguida.

De repente, Adèle recordó a Cécile y a los niños, que estaban en la escuela. Se incorporó, sintiéndose culpable por haber estado deleitándose con pensamientos sobre Manu y la noche anterior.

—Ay, tenemos que darnos prisa —dijo, apartando las sábanas

y la manta. Después, al recordar que estaba desnuda, volvió a tirar de ellas hacia arriba a toda prisa.

Manu soltó una carcajada.

—Creo que es un poco tarde para mostrarse avergonzada y recatada. —Volvió a besarla. Adèle estaba segura de que, si volviera a meterse entre las sábanas, no lo rechazaría—. Te quiero, Adèle —dijo con seriedad mientras se separaba de ella.

—Lo sé —contestó ella—. Yo también te quiero.

—¿Por qué hemos esperado tanto tiempo?

Sacudió la cabeza.

—No tengo ni idea, pero me alegro de que no hayamos esperado más.

En aquella ocasión, cuando se puso en pie, intentó ocultar su cuerpo, pero recogió la ropa del suelo, donde la había abandonado la noche anterior, y se la llevó al baño para asearse y vestirse.

A las seis en punto exactamente, cuando acababa el toque de queda, emprendieron el camino hacia la escuela. Se preguntó si su padre estaría preocupado por ella. No haberle dicho que estaba a salvo era lo único que lamentaba de la noche anterior. Sin embargo, lo vería muy pronto, cuando fuera a dar clase unas horas después.

Llegaron a la escuela unos treinta minutos más tarde y se separaron en la verja.

—Nos vemos en la parte trasera lo antes posible.

Tras asegurarse de que nadie la estaba vigilando, Adèle entró en el edificio a toda prisa y cerró la puerta tras de sí. Subió corriendo las escaleras, entró en el estudio de danza y abrió la puerta en la que estaba anclada la estantería.

—¡Cécile! ¡Cécile! —la llamó mientras se apresuraba a subir los estrechos peldaños de madera.

—¿Qué ocurre?

La mujer se puso en pie con un gesto de pánico en el rostro. Los niños estaban sentados en una manta, comiendo un poco de pan.

—Tenemos que trasladaros —le explicó Adèle mientras comenzaba a recoger los juguetes, la ropa y las sábanas que estaban esparcidas por todo el ático—. No disponemos de mucho tiempo.

Su amiga la agarró del brazo.

—Adèle, cálmate; estás asustando a los niños —dijo, echando un vistazo a los rostros aprehensivos que, ahora, las miraban a ambas.

—Lo siento —contestó. Tomó aire para calmarse y habló en voz baja, dando la espalda a los pequeños—. Anoche, Müller vio a Eva en la ventana.

—¡¿Qué?! —Cécile se llevó la mano al pecho—. ¿Cómo?

—Sospechaba algo. Cuando vino a vernos ensayar a Lucille y a mí, oyó movimientos en el ático. Al salir, miró en dirección al tejado. En ese momento no dijo nada, pero, más tarde, me dejó muy claro que la había visto. —Con rapidez, le explicó lo de la bomba en el automóvil. Omitió el trato que había hecho con Müller y el hecho de que había pasado la noche con Manu, ya que eran cosas irrelevantes. En aquel momento, lo importante era trasladarlos al museo—. Así que tenéis que marcharos lo más rápido posible. No sé si habrá recuperado ya el conocimiento y le habrá dicho a alguien lo que vio, pero no estoy dispuesta a arriesgarme. Además, solo es cuestión de tiempo que os descubran; nadie puede estar escondido para siempre —dijo en cuanto le hubo contado la versión resumida de los acontecimientos—. No podemos correr ese riesgo.

Cécile asintió.

—Lo siento mucho, Adèle. Es culpa mía. Tendría que haberla vigilado. Es solo que resulta difícil vigilarlos a todos, hacer que guarden silencio y saber lo que está haciendo cada uno en cada momento estando yo sola.

Adèle le dio un abrazo a su amiga.

—No pasa nada. Es una situación horrible. Vamos a reunir todo lo más rápido posible. Me da miedo que vengan temprano a registrar la escuela o que vengan en cuanto hayamos abierto para que todo el mundo sepa lo que están haciendo y, así, estén más asustados.

Entre ambas recogieron las pertenencias de los niños de manera ordenada. Adèle lo convirtió en un juego, animando a los pequeños a ayudarlas en la tarea. Metieron las pocas cosas que tenían y varias mudas de ropa en una bolsa. Después, Adèle le entregó a Cécile su documentación y la de los niños.

—Será mejor que nos vayamos ya —dijo mientras echaba un último vistazo al ático.

—¿Dónde vamos? —preguntó Blanche.

Adèle se agachó frente a ella y le abrochó los botones del abrigo.

—Nos vamos a embarcar en una aventura. Os habéis portado tan bien aquí, en el ático de la escuela, que hemos pensado que ya era hora de llevaros a otro sitio. —Le dio a su voz todo el entusiasmo que consiguió reunir—. Vais a pasar la noche en el museo. ¿Qué os parece?

—¿El museo? —Daniel dio un paso al frente—. ¿Da miedo por la noche?

Adèle estiró el brazo y le cogió la mano. Después, lo atrajo hacia ella.

—No, en absoluto. Además, no estaréis solos. Cécile estará con vosotros.

—¿Mamá sabrá dónde estoy? —le preguntó el niño.

Adèle intercambió una mirada con su amiga antes de contestar.

—Me aseguraré de que lo sepa. —Odiaba mentirle—. *Allez, allez, allez* —dijo—. ¡Seguidme!

Condujo al grupo fuera del ático y después, por las escaleras hasta el piso de abajo. Una vez allí, abrió la puerta lateral. Asomó la cabeza. Acababa de amanecer y cada vez había más luz en el exterior. Tenían que darse prisa antes de que los viera algún madrugador. Se acercó al muro y colocó las cajas de manera que formaran escalones.

—Ah, aquí estás. —Manu apareció al otro lado—. Tenemos que darnos prisa.

Uno a uno, Adèle cruzó a los niños a través del callejón, desde la puerta hasta el muro, donde Manu los recibía. Cécile fue la última.

—Gracias —le susurró a Manu mientras recolocaba las cajas para que no pareciera que las habían usado como escaleras.

—Ahora, entra. Trataré de pasar a verte más tarde —le dijo él—. Y, Adèle, intenta no preocuparte; actúa con la mayor normalidad posible.

Cuando llegó a la escuela por la mañana, su padre se mostró aliviado de verla.

—Me alegro de que estés bien —dijo—. Estaba preocupado.

—Lo siento, papá. No pretendía preocuparte, pero se hizo tarde y empezó el toque de queda.

—Siempre y cuando estés a salvo... —La miró fijamente—. Porque estás a salvo, ¿verdad?

Adèle le dedicó una sonrisa tibia.

—Todo lo a salvo que puede estar cualquiera.

Poco después de que los niños hubieran entrado en clase, llegó a la escuela una patrulla alemana para hacer un registro.

A Adèle le sorprendió ver a Müller atravesando el patio. Llevaba un rasguño en la frente y varios cortes menores y laceraciones en la mejilla derecha, pero, más allá de eso, parecía ileso.

Se detuvo frente al director.

—Le pido disculpas, monsieur Basset —dijo sin prestar atención a Adèle, que estaba en el vestíbulo junto a madame Allard y Michelle, la otra maestra—, pero estamos haciendo registros rutinarios por la zona, ya que hemos recibido informes de que hay judíos escondidos por aquí. Tan solo estoy cumpliendo órdenes.

Gérard no miró a su hija y permaneció con cara de póquer.

—Comprendo que tiene que hacer su trabajo. Mi preocupación es la seguridad y el bienestar de mis alumnos. No quiero que se asusten por la irrupción de sus hombres en el edificio —contestó—. ¿Permitiría que los reunamos en el estudio de danza donde pueden jugar y estarán distraídos?

Müller pareció meditar la respuesta del director un instante antes de aceptar.

—Muy bien. Llévelos allí ahora. Uno de mis hombres acompañará a cada uno de los miembros del personal. —Después, se giró hacia Adèle—. Por favor, espera aquí. Me gustaría hablar contigo.

Adèle hizo lo que le pidió y esperó con paciencia a que el vestíbulo se vaciara mientras los soldados acompañaban a su padre y a Michelle Joffre para reunir a todos los alumnos en el estudio de danza.

—Quería hablar contigo de lo que pasó anoche —comenzó a decir Müller—. Espero que te encuentres bien, después de los problemas que tuvimos ayer.

—Sí, estoy muy bien, gracias —contestó ella—. Espero que Weld y tú también estéis bien.

No tenía esa esperanza en absoluto, pero debía mantener aquella farsa de preocupación.

–Sí. Lo que sucedió fue muy desafortunado y, además, todavía no hemos encontrado a los culpables. Bueno, Weld se está recuperando de varias heridas menores, pero espera poder disfrutar de tu compañía muy pronto. De hecho, nos va a acompañar a Lyon para la exposición. Era lo mínimo que podía hacer después de lo que ocurrido anoche. ¿No te parece?

Adèle se tragó con fuerza el nudo de desagrado que se le había atascado en la garganta antes de obligarse a responder de forma cordial.

–Son muy buenas noticias.

–Pensé que te alegrarías. –Müller le dedicó una sonrisa desprovista de cualquier calidez–. Bueno, será mejor que continuemos con el registro.

Pocos minutos después, Adèle había llevado a sus alumnos al estudio de danza bajo la supervisión de un soldado. Se sentó al piano y tocó algunas canciones tradicionales francesas a las que se unieron los niños. Se sintió tentada a tocar el himno nacional de Francia, pero pensó que no sentaría demasiado bien y no quería hacer enfadar a Müller.

Tras unos quince minutos, el alemán entró en la sala. Adèle dejó de tocar y los cánticos se desvanecieron. Müller se detuvo junto al piano.

–Mis hombres han registrado todas las habitaciones –anunció–. No han encontrado a nadie.

Adèle permaneció en silencio. La atmósfera en la sala era tensa y sabía que el alemán todavía no había terminado. Había algo más. Él continuó.

–Incluso han mirado en el ático. Es raro. Yo mismo he

subido allí arriba y me he dado cuenta de que había dos ventanas. ¿Es así, Adèle?

Ella asintió.

—Así es.

Tenía el estómago revuelto. Sabía la dirección que estaba tomando la conversación.

—Sin embargo, cuando he mirado el tejado desde la calle, he visto tres. —Se dio un golpecito en la barbilla con el dedo índice como si estuviera pensando—. ¿Por qué será?

Adèle se puso en pie y sonrió.

—Eso es porque hay otra habitación en el ático —dijo—. ¿Quieres que te la enseñe?

Por un instante, una mirada de sorpresa se apoderó del rostro de Müller, pero lo enmascaró enseguida con una sonrisa.

—Sí.

Hizo una seña a sus hombres, que siguieron a ambos.

Adèle abrió la puerta de la alacena y se acercó a la otra puerta que, hasta hacía una hora, había estado oculta detrás de una librería. Tras haber sacado a Cécile y a los niños de la escuela y haberlos llevado al museo, había tenido la buena idea de volver a la sala y apartar la librería de la puerta. Había estado sujeta por varios tornillos que, por suerte (y gracias a un poco de fuerza bruta), había sido capaz de quitar.

—Es por aquí. Durante un tiempo, tuvimos un conserje que vivía en el ático. Se dividió el espacio para que tuviera algo más de privacidad.

Volvió la vista hacia Müller, que era evidente que estaba intentando ocultar su ira.

—¿Se había registrado esta parte antes?

—Supongo que sí —contestó ella mientras subía por la estrecha escalera—. Tus hombres..., o, más bien, los hombres

373

de Weld, registraron toda la escuela. Aunque yo no los acompañé, por supuesto.

Él espetó algo en alemán a los soldados. Podía adivinar lo que les estaba preguntando y los gestos confundidos de sus rostros mientras los observaba contestar le dijeron todo lo que necesitaba saber.

Müller atravesó la habitación y se acercó a la ventana, mirando en dirección al patio. Después, se giró hacia ella.

—Todo parece estar en orden —dijo a regañadientes. Despachó a sus hombres, que bajaron las escaleras dando tumbos. Adèle se giró para seguirlos—. Tú no.

Ella titubeó con la mano en la manecilla de la puerta. Respiró hondo para calmarse antes de volverse hacia él.

—Claro, Peter —contestó con una sonrisa.

Se acercó con lentitud. Cada paso fue decidido y firme. Se detuvo justo frente a ella.

—No me gusta que se burlen de mí —dijo—. Ni aquí, ni frente a Weld, ni en ninguna parte. Podría hacer que te arrestaran solo con mi palabra y mi versión de los acontecimientos si pensara que podías estar colaborando o conspirando contra el régimen alemán. ¿Me he expresado con claridad?

—Sí, perfectamente —contestó.

—Bien. Me complace oírlo. Así que, el fin de semana, nos vamos a Lyon. He invitado a Weld y espero que lo recibas con los brazos abiertos.

—Lo lamento, pero eso no va a ser posible —contestó ella—. No creo que mi hermana apruebe o disfrute de esa idea y de cómo surgió. —A sus oídos, sonaba mucho más valiente de lo que se sentía, pero no pensaba convertirse en el juguete de Weld; no ahora que llevaba la delantera. Tampoco podía arriesgarse a que Manu se enfadara, pues no quería que hiciese algo para defender su honor. Lo que había hecho en el restaurante ya había sido lo bastante peligroso, así que no iba a permitir que sintiera que tenía que defenderla de nuevo–. A mi hermana también le horrorizaría que me arrestaran.

—No juegues conmigo —siseó él.

—Esto no es un juego, Peter. Hablo muy en serio.

Fue a darse la vuelta para bajar las escaleras, pero él la agarró del brazo.

—Bien, escúchame: puedo hacer que te arresten y que desaparezcas. Nadie te encontrará nunca ni sabrá lo que te ocurrió. ¿Quieres que tu hermana se preocupe por ti? ¿Es eso lo que quieres?

Le agarró el brazo con más fuerza y ella sintió ganas de gritar de dolor. Sin embargo, tenía una abrumadora sensación interna de fuerza que nunca había experimentado. Tan solo tenía que mantenerse a salvo y con vida hasta que Cécile y los niños hubieran escapado.

—No creo que arrestarme ahora sea una buena idea, Peter. Hay un tal Adolf Hitler que espera verme bailar. No sé cómo se sentiría si lo decepcionaras ahora y sé que, si desapareciera, mi hermana no estaría en condiciones de actuar. Sabría que has estado aquí.

Müller abrió mucho las fosas nasales mientras daba vueltas a sus palabras.

—Siempre puedo contratar a otra bailarina. Ninguna de las dos sois imprescindibles —le advirtió.

A Adèle solo le quedaba un as en la manga.

—¿Quieres que tu esposa sepa lo de mi hermana? Sería una conversación muy interesante, respaldada por algunas fotografías.

No disponía de ninguna fotografía. Tan solo tenía la esperanza de que Müller no se percatara de que era un farol. Por un instante, creyó que iba a abofetearla, pero se mantuvo firme, obligándose a no encogerse ante cualquier movimiento de su mano. Sin embargo, si había estado a punto de golpearla, había conseguido contenerse casi de inmediato.

Se quedaron allí de pie, el uno frente al otro, durante varios segundos. Müller fue el primero en pestañear y una sonrisa le atravesó el rostro. Aquello, más que la ira en sus ojos, fue lo que hizo que se pusiera nerviosa. La mirada podía interpretarla, la sonrisa no.

–Parece que me había equivocado al pensar que eras una maestra tranquila, modesta y obediente. Te felicito por haberme ganado... esta vez. Y subrayo lo de «esta vez» porque te prometo que no habrá otra. –Pasó a su lado para bajar al piso inferior–. Nos vemos mañana para el viaje a Lyon. –Hizo una pausa al pie de las escaleras–. Disfruta de tu victoria mientras puedas.

Capítulo 35

Adèle

Quería olvidarse de la amenaza de Müller, pero no terminaba de conseguirlo. No podía disfrutar de su «victoria por el momento». Fuera cual fuera la venganza que hubiera planeado, tan solo esperaba que la llevara a cabo después del viaje a Lyon, cuando los niños estuvieran a salvo. Lo que hiciera después no le importaba. Bueno, eso no era del todo cierto, pero su prioridad eran Cécile y los pequeños.

Durante el descanso de la mañana, trepó por el muro hasta el museo, donde Manu la estaba esperando.

—¿Cómo están? —le susurró después de que él la besara tras lo que le había parecido una eternidad y, al mismo tiempo, un suspiro.

Manu la rodeó con el brazo mientras entraban al museo.

—Están bien. Ven, vamos a verlos.

Atravesaron las cocinas, que se encontraban en la parte posterior del edificio, y salieron por una puerta trasera que comunicaba con los peldaños de cemento que conducían al sótano. Mientras bajaban, Manu tarareó una melodía que supuso que era para que Cécile supiera que era seguro. Después, tiró de un cordón y el sótano quedó iluminado por un suave resplandor amarillo procedente de una bombilla. El espacio era mucho más grande de lo que ella había imaginado. Ocupaba el mismo ancho del edificio y estaba lleno de cajas de madera de diferentes tamaños, cada una de las cuales llevaba una etiqueta con los contenidos.

–¿Qué son?

–Para Lyon –contestó Manu. Después, señaló en dirección a la esquina más alejada de la estancia–. Hay un elevador de mercancías allí que sube las cajas al primer piso. Todas las que están marcadas con una cruz azul son las que van a ir a Lyon. –Frente a ellos se abría un largo túnel. Manu comenzó a recorrerlo. A cada lado había zonas separadas y etiquetadas de diferentes formas: Egipto, Asia o Europa–. Todo esto solían ser exposiciones completas, pero, a estas alturas, los nazis han robado demasiadas obras.

Volvió a tararear *Alouette* y tiró de otro cordón que colgaba del techo para iluminar el camino que tenían delante.

Adèle oyó el ruido del movimiento de cajas procedente de las profundidades del túnel y, entonces, Cécile y los niños aparecieron frente a ella. Daniel y Eva fueron corriendo hasta ella en cuanto la vieron. Adèle abrió los brazos y los estrechó en un cálido abrazo. Thomas se acurrucó para unirse a ellos. Alzó la vista y vio a Blanche de pie junto a Cécile. Le sonrió con calidez y extendió una mano en su dirección.

–¿Blanche?

Por un instante, la niñita de seis años no pareció muy convencida, pero tras una palabra de aliento de Cécile, se acercó y se sumó al abrazo grupal.

Manu no perdió el tiempo y empezó a explicarle a Cécile lo que iba a ocurrir.

–He traído comida suficiente para que aguantéis el resto del día y la noche. Suficiente para que os dure hasta Lyon. Dentro de las cajas, tendréis que estar muy callados; que nadie llore. –Continuó contándoles que, en Lyon, descargarían las cajas del camión de transporte y las llevarían a la sala de exposiciones. Añadió que se aseguraría de que las suyas permanecieran juntas–. Las vamos a marcar con una cruz verde –explicó–. La hoja de ruta mostrará que son las obras menos importantes y que van a quedarse en el museo de Lyon. Debéis permanecer en ellas hasta que alguien vaya a sacaros. Nada de llamar a nadie o de hablar. No sabéis quién podría estar por allí. Cécile, Thomas irá en la misma caja que tú. Daniel, tú irás solo. ¿Crees que eres lo bastante valiente para hacerlo?

El niño no parecía muy seguro.

–Eso creo.

–¿Recuerdas lo que te dije sobre actuar como un hombre? –Manu se agachó frente a él–. Tú y Thomas tenéis que dar buen ejemplo y cuidar de las niñas. ¿Creéis que podréis hacerlo?

–Claro que podremos –dijo Thomas con confianza.

–Bien –dijo Manu mientras estrechaba la mano del niño–. ¿Daniel?

Alentado por la bravuconería del hombre y la confianza inocente de Thomas, Daniel se irguió un poco.

–Claro; soy valiente.

–Eso es lo que quería oír. Sé que podéis hacerlo –replicó Manu mientras le estrechaba la mano con solemnidad–. Ahora, las niñas. Eva, Blanche, venid. Vosotras también vais a tener que ser muy valientes. Cada una de vosotras se esconderá en una caja diferente, pero solo será para el viaje.

Adèle observó cómo Manu se tomaba su tiempo explicándoles a los pequeños lo que iba a ocurrir y asegurándoles que no debían tener miedo. Casi consiguió convencerla a ella de que no era peligroso y de que, además, iba a ser mucho más divertido de lo que sería en realidad.

El resto del día, se esforzó tanto por calmar los nervios que los alumnos de su clase notaron su inquietud. Cuando quiso coger la caja de tizas y acabaron todas esparcidas por el suelo, Juliette le preguntó si necesitaba un vaso de agua. Se agachó para recogerlas, mascullando para sí misma que tenía que mantener la calma.

–Estoy bien, de verdad –le dijo a Juliette–. Como sabes, mañana voy a actuar y estoy un poco nerviosa. Ha pasado mucho tiempo desde la última vez que bailé en público.

Por supuesto, aquello era en parte cierto, pero no era toda la verdad. Al final, había subido a los pequeños a pasar la tarde en el estudio de danza, donde habían estado bailando, haciendo gimnasia y jugando a varios juegos. Era agradable verlos relajados al bailar, a diferencia de cuando habían estado ensayando para el espectáculo. Tanto ellos como sus padres habían parecido aliviados al descubrir que, al final, no tendrían que actuar. Después de aquella sesión, tras haber quemado parte de la energía y los nervios que llevaba dentro, Adèle se sintió mucho mejor.

En cuanto terminaron las clases, cerró la escuela y se dirigió al museo a toda prisa. Manu la recibió con un beso.

–¿Todo bien? –le preguntó ella. Notó que los nervios volvían a despertarse en su interior.

–Sí; acabo de darles la cena y hemos preparado las bolsas de comida para el viaje. Tenemos que meterlos en las cajas de transporte antes de la madrugada. Eso nos dará dos horas para asegurarnos de que nadie va a sufrir un ataque de pánico. Los guardias vendrán a las seis para empezar a cargar las obras de la exposición en el camión.

Adèle pasó el resto de la velada con los niños y Cécile. Había llevado varios libros de cuentos de la escuela y se sentó con Eva a su lado, Blanche en su regazo y los dos niños tumbados sobre un trozo viejo de arpillera que Manu había sacado de una de las otras salas de almacenaje.

—Debo volver a casa —dijo al fin—. Yo también tengo que asegurarme de estar lista para mañana. —Antes de marcharse, dio un beso en la cabeza a todos los pequeños—. *Bonne chance, ma petite puce* —susurró—. Que Dios esté con vosotros.

Sintió cómo se le encogía el corazón. No sabía si volvería a verlos. Lo más probable era que no fuese así. ¿Alguna vez sabría lo que les había ocurrido? Si llegaban a cruzar la frontera, ¿llegaría a descubrir si estaban sanos y salvos y viviendo sus vidas en libertad?

Se giró hacia Cécile y la abrazó con fuerza. No se dijeron nada la una a la otra. No había nada que decir; ambas sabían lo peligrosa que iba a ser la siguiente parte del viaje.

—Estaremos bien —le dijo al fin la otra mujer.

—Venid a buscarme. Cuando se acabe la guerra, venid a buscarme —insistió ella—. Os llevo en el corazón y no descansaré hasta que sepa que estáis todos a salvo.

Manu le puso una mano en el hombro y ella se apartó de Cécile a regañadientes.

—Vamos —dijo él—, te acompaño a casa.

—No es necesario.

—Pero quiero hacerlo.

Tener a Manu a su lado le resultaba tranquilizador pero frustrante al mismo tiempo. No podían intercambiar ninguna muestra de afecto por miedo a destruir la tapadera de que Manu y Édith eran pareja.

—¿Cuánto tiempo más tienes que estar con Édith? —le preguntó sin intentar ocultar el hecho de que era algo que le molestaba.

—No estarás celosa, ¿verdad? —bromeó él.

–Creo que se me permite estarlo. –Mientras caminaban, le dio un golpecito con el hombro.

–No mucho más –dijo él en voz baja mientras se inclinaba hacia ella–. Tendremos que fingir ser pareja una vez más la semana que viene.

–Me preocupo por ti –confesó Adèle–. Sé que no puedes decirme lo que vais a hacer, pero estoy segura de que debe de ser algo peligroso.

–Todo es peligroso –replicó él, adoptando un tono de voz serio–. No te preocupes. Una vez más y ya estará.

Caminaron en silencio durante un rato y los pensamientos de Adèle se dirigieron a lo que iba a ocurrir al día siguiente.

–¿Crees que va a funcionar lo de llevar a los niños a escondidas hasta Lyon y, después, a Suiza? Quiero decir... ¿de verdad crees que tenemos alguna posibilidad?

–Tengo que creer que va a funcionar –contestó Manu–. Todos tenemos que creerlo. Si tienes esperanza, entonces, puedes empezar a creer y, después, puedes llegar a convencerte de que el amor de los seres humanos decentes ganará esta guerra. Mantén siempre la esperanza, Adèle. Siempre.

Aquella noche le costó despedirse de él. Manu entró en el portal del bloque de pisos y le dio un beso antes de estrecharla entre sus brazos durante un rato. Adèle no quería admitirlo frente a él para no aumentar sus preocupaciones, pero temía que, ahora que al fin se habían encontrado el uno al otro, había una posibilidad real de que fueran a perderse si las cosas salían mal durante aquel viaje a Lyon. De inmediato, se sintió desdichada y culpable por pensar siquiera algo tan egoísta cuando Cécile y los niños corrían tanto peligro.

Después de que Manu se hubiera marchado, subió las escaleras hasta su piso. Cuando entró, Lucille casi se abalanzó sobre ella.

–¿Dónde has estado? Estaba empezando a preocuparme. Ya sabes que tenemos que marcharnos temprano por la mañana. Peter me ha dicho que el automóvil vendrá a recogernos a las siete y media. Todavía tienes que prepararte, hacer la maleta y disfrutar de un sueño reparador.

Adèle miró a su hermana largo y tendido.

–¿No estás preocupada por el hecho de que la esposa de Peter esté en París? –le preguntó al fin.

Lucille se encogió de hombros.

–¿Por qué debería estarlo?

–¿Que por qué deberías estarlo? ¿De verdad tengo que decírtelo?

–Hoy he hablado con él. Su esposa ha venido para intentar hacerle cambiar de opinión con respecto al divorcio.

–¿Es eso lo que te ha dicho?

–Sí.

–Lucille, no me digas que le crees, por favor.

Su hermana no respondió de inmediato. Después, suspiró.

–No sé si le creo o no –confesó–, pero, por ahora, voy a seguirle el juego porque no quiero causar ningún problema. No sé qué es lo que estás haciendo, pero sé que estás haciendo algo.

Adèle la miró a los ojos.

–Gracias, Lucille.

Tras prepararlo todo para el viaje de la mañana siguiente, se fue a acostar y se pasó una hora larga dando vueltas en la cama, contemplando el techo, preocupada por lo que estaría ocurriendo en el museo y lo que iba a ocurrir en Lyon. Deliberadamente, Manu no le había revelado ninguno de los detalles del viaje que emprenderían Cécile y los niños, alegando que cuanto menos supiera, más segura estaría si todo salía mal. Odiaba pensar en ello, pero era consciente de que era una posibilidad real. Le preocupaba que él sí conociera todos esos detalles, pues si la Gestapo descubría sus planes, eso lo convertiría en uno de los principales candidatos a ser interrogado y torturado.

A la mañana siguiente, Adèle se levantó a las cinco de la mañana y se esforzó por no dar vueltas por el piso mientras se imaginaba cómo sacaban las cajas de transporte del sótano. Por un instante, se arrepintió de la decisión de sacar a los niños de aquel modo, pero, al mismo tiempo, supo que era su única esperanza.

El automóvil que Müller había enviado para recoger a Adèle y Lucille llegó puntual. Gérard, cuya presencia ya no era necesaria dado que los niños no iban a actuar, les bajó las maletas. Le dio un beso de despedida a Lucille antes de que se subiera al vehículo, pero cuando llegó el turno de Adèle, también la abrazó y le susurró al oído:

–Ten mucho cuidado, querida mía. Tu madre estaría muy orgullosa de ti, igual que yo.

Le lanzó una mirada de interrogativa, pero él se deshizo en sonrisas mientras la animaba a subirse al coche.

Cuando comenzaron a alejarse, se dio la vuelta en el asiento para mirarlo a través de la luna trasera. Tenía los ojos fijos en ella y le dedicó el más leve de los gestos con la cabeza. Siguió contemplándolo hasta que el vehículo dobló la esquina y lo perdió de vista. Sus palabras de despedida le habían parecido emotivas y significativas. O, tal vez, tan solo estuviera nerviosa y le daba demasiada importancia a todo.

Llegaron a la estación de tren, donde Müller las estaba esperando.

–*Bonjour*, señoritas –dijo–. Estaba comprobando el cargamento.

Señaló con la mano tras de sí y Adèle miró hacia el fondo

del andén, donde varios porteadores con carritos de carga empujaban las cajas del museo hacia el tren y las cargaban. Vio a Manu allí de pie con un portapapeles en la mano. De vez en cuando, paraba a los porteadores y comprobaba con su lista el número que aparecía en cada caja.

—Vamos, Adèle —dijo Lucille mientras la tomaba del brazo—. Peter nos va a llevar a nuestro vagón. Tenemos nuestro propio compartimento.

Siguieron a Müller mientras avanzaba por el andén. La marabunta de gente que los rodeaba se separaba para abrirle paso. Cuando se acercaron a Manu, Adèle le lanzó una mirada. Él alzó la vista y se levantó un poco la gorra con un leve asentimiento de la cabeza. Después, desvió la vista hacia el tren.

Adèle siguió su mirada y, horrorizada, vio que Weld estaba frente a la puerta del vagón.

—Mademoiselle —dijo con tono adulador mientras ella se acercaba.

Sin esperar a que se la ofreciera, le tomó la mano y le besó los nudillos. Se alegró de llevar guantes, pues la simple idea de notar sus labios sobre la piel le daba ganas de vomitar.

—*Bonjour, monsieur* —contestó sin mostrar ni un ápice de entusiasmo.

Aquello hizo que su hermana le diera un codazo, pero Adèle no le hizo caso y, tras apartar la mano, agarró la barandilla y subió al tren. Lanzó un vistazo rápido por encima del hombro, sonrió a su hermana y volvió a observar a Manu, que consiguió lanzarle una mirada que era de advertencia y de calma a la vez.

Cuando cargaron la última de las cajas, el tren al fin se dispuso a abandonar la estación, inundando el aire de humo. Un silbato anunció su partida. Primera fase del plan completada con éxito.

Capítulo 36

Fleur

París

Agosto de 2015

Tras confrontar a Didier en su tienda y alejarse por la calle, Fleur ralentizó el paso en cuanto estuvo segura de que el francés ya no podía verla. Soltó un largo suspiro, sorprendida ante lo triste que se sentía en realidad al descubrir el secreto que él le había estado ocultando: un bebé y una pareja.

Cruzó el puente hasta Île de la Cité, la pequeña isla que se encontraba en medio del Sena y que albergaba la magnífica Notre-Dame. En otro momento, tal vez habría visitado el exterior de aquella histórica catedral o se habría perdido por las calles adyacentes para mirar los escaparates de las pequeñas *boutiques* que tan populares eran entre los parisinos. Sin embargo, aquel día, nada de eso le resultaba atrayente.

Sentía una pesadumbre en el corazón a la que no estaba acostumbrada y, mientras cruzaba la segunda parte del puente, intentó analizar aquella sensación. Se detuvo en uno de los miradores que salpicaban la pasarela. Dos farolas de estilo antiguo que, probablemente, habrían sido de gas en el pasado pero que ahora recibían corriente eléctrica, enmarcaban el mirador. Apoyó los brazos en el puente de piedra y contempló el río. Uno de los lados estaba ocupado por varias casas flotantes y el Museo del Louvre presidía la otra orilla. Su mente evocó recuerdos del día en el que había ido caminando hasta allí con Didier y de cómo la había estrechado entre sus brazos, tranquilizándola y haciendo que se sintiera segura. De forma inesperada, se le formó un nudo de emociones en la garganta al recordar aquella sensación de seguridad y confianza. Sí, confianza. Había confiado en él, pero él había acabado con esa confianza y, con ella, con la ingenuidad de creer que la seguridad podía ser algo bueno.

Cerró los ojos y respiró hondo. No tenía sentido. Su propio comportamiento tampoco lo tenía. Debería sentirse aliviada y feliz de haber escapado por los pelos, aunque solo se hubiera estado planteando tener una aventura o un romance veraniego. Una vocecilla en su cabeza intervino: ¿no estaría buscando solo una aventura porque no podía tener lo que de verdad quería: una relación? Contrarrestó aquel pensamiento con un recordatorio de que las relaciones no se le daban bien.

Didier se había equivocado al decir que solo tenía alguna fisura. Fleur sabía que estaba rota del todo y, en ese momento, se dio cuenta de que odiaba estar tan dañada. Los ojos se le llenaron de lágrimas ante aquel descubrimiento.

El camino de regreso al hotel no lo recorrió solo con el corazón apesadumbrado, sino también con pies pesados. Sus emociones la asfixiaban y estaba físicamente cansada ante el simple intento de aclararse. Sin embargo, no quería que su abuela la viera tan abatida, pues ya tenía bastantes cosas con las que lidiar sin tener que preocuparse por ella.

Llamó a la puerta que unía ambas habitaciones, llamándola por su nombre.

–¡Adelante! –dijo la mujer.

Estaba sentada en el balcón de su habitación. En la mesa que había frente a ella, que estaba preparada para dos personas, había una jarra de café y un cruasán.

—Creo que nunca había visto nada tan parisino como esto —dijo, saludándola con un beso en la mejilla.

Se fijó en la zapatilla de *ballet* que Lydia tenía sobre el regazo, algo que ya se había convertido en una constante, pues nunca estaba fuera de su alcance. El día anterior, mientras se preparaban para salir, incluso la había visto metiéndosela en el bolso.

La mujer le sonrió con calidez.

—Tenía la esperanza de que aparecieras antes de que se enfriara el té. Lo he pedido específicamente para ti —añadió, señalando una tetera de porcelana china.

—Perfecto.

Se sirvió una taza mientras la miraba de reojo para evaluar su compostura. En principio, Lydia parecía estar de buen humor después del disgusto de la noche anterior.

—Puedes preguntarme —dijo la mujer mientras daba un sorbo a su café—. Me doy cuenta de que intentas adivinar si voy a volver a venirme abajo o no.

—Por como hablas, entiendo que te encuentras mucho mejor —contestó ella, aliviada de que pareciera volver a estar tan en forma como siempre.

Su abuela dejó la taza.

—Me encuentro mucho mejor esta mañana. Siento lo que pasó anoche; sufrí una conmoción. Y antes de que digas que no pida disculpas: quiero hacerlo. Me siento mejor al hacerlo. Ya he llamado a Didier para disculparme con él.

Fleur intentó no escupir el té.

—¿De verdad?

—Por supuesto. Él también tiene que saber lo que ocurrió.

Es lo correcto, dado que me está ayudando a ponerme en contacto con mi hermana, tu tía abuela.

Fleur se distrajo con la idea de que podría tener otros parientes. Desde el principio, su unidad familiar había sido pequeña, compuesta tan solo por su madre, Lydia y ella. Ahora, había una posibilidad muy real de que tuviera primos, aunque fueran primos segundos.

—Es una idea agradable —dijo, permitiendo que su mente fantaseara con conocer a familiares, ir a visitarlos, que fueran a pasar unos días con ellas, comer juntos en restaurantes y entablar nuevas amistades. Se trataba de una idea que le alegraba el corazón.

—Le he pedido a Didier que venga después de comer —dijo Lydia, interrumpiendo el hilo de sus pensamientos—. Esta mañana estaba ocupado. —Miró a su nieta, que estaba al otro lado de la mesa—. ¿Vas a decirme qué ocurre? No pareces muy contenta de que vaya a venir. Pensaba que os llevabais bien.

Fleur arrugó el rostro y echó un vistazo al paisaje urbano antes de cambiar su gesto a uno de indiferencia.

—No pasa nada.

—Te conozco lo bastante bien como para saber que no eres sincera —dijo Lydia. Dejó su taza sobre el platillo y, al hacerlo, la porcelana tintineó.

Fleur sabía que no tenía sentido intentar engañar a su abuela.

—Me gustaba —dijo—. Antes de descubrir que tiene pareja y un bebé a pesar de que él me dijera que estaba soltero y sin hijos.

Brevemente, le explicó lo que había visto aquella mañana. Lydia se quedó allí sentada, paciente, con las manos sobre la zapatilla de *ballet* que tenía en el regazo.

–Ya veo. Eres una mujer inteligente, Fleur. ¿Se te ha ocurrido que puede que no sean su pareja y su hijo?

–Tal vez –contestó ella, sintiéndose avergonzada. En realidad, no lo había pensado detenidamente, pero todas las pruebas respaldaban su teoría–. No se me ocurre qué otra cosa podría ser. Anoche, cuando le sonó el teléfono, en la pantalla apareció la fotografía de una mujer. No puedo estar segura, pero parecía la mujer que estaba en la tienda con el bebé y él no quiso responder la llamada delante de nosotras.

–Eso es cierto, pero, aun así, creo que deberías escuchar lo que tenga que decirte. –Tomó la zapatilla y la dejó sobre la mesa–. Las suposiciones pueden ser dañinas y la verdad liberadora.

Fleur se quedó en silencio unos instantes más mientras daba vueltas a las palabras de su abuela. No podía discutírselas, pero al mismo tiempo se trataba de una hipótesis intimidante con la que experimentar.

–Lo pensaré –dijo al fin, cuando se percató de que su abuela esperaba una respuesta.

–No malgastes el tiempo pensándolo –dijo Lydia–. Ahí está.

Fleur miró hacia abajo, a la calle, y, efectivamente, allí estaba Didier al lado de su coche, abrochándose los botones de la chaqueta. Accionó el cierre centralizado del automóvil con el mando a distancia y cruzó la calle. Su belleza y su elegancia eran suficientes para parar hasta el tráfico parisino más persistente.

–¿Va a subir aquí? –preguntó.

De pronto, se había dado cuenta de que necesitaba cepillarse el pelo y de que no le vendría mal refrescarse un poco. Después, se reprendió a sí misma por preocuparse por lo que Didier pensara de ella.

–Nos esperará en el vestíbulo. Tienes diez minutos para arreglarte.

Fleur miró a su abuela con incredulidad.

–¿Esto es cosa tuya?

–Estás desperdiciando el tiempo. *Dépêche-toi*. Date prisa.

Fleur no estaba muy segura de por qué se dejaba arrastrar a aquella emboscada, pero diez minutos después salía del ascensor tras haberse arreglado el pelo y haberse puesto algo de maquillaje.

Conforme se acercaba, Didier se levantó del sillón en el que estaba sentado. Fleur no podía negar lo atractivo que resultaba, pero se recordó a sí misma la existencia de la mujer y el niño.

–Solo estoy aquí porque mi abuela quería que viniese –dijo, haciendo caso omiso de la sonrisa que le había dedicado.

–*Bien sûr*. Desde luego. No lo dudo –contestó él–. ¿Damos un paseo?

Ella se encogió de hombros.

–De acuerdo.

Siendo sincera, era preferible hacer eso que quedarse sentados en el ajetreado vestíbulo del hotel.

Recorrieron la Rue du Pont Neuf en dirección al río, donde Didier la condujo por unos escalones que los llevaron hasta el camino empedrado que transcurría junto al Sena. Se apartó para que pasara un corredor y esquivó a un perro que trotaba por delante de su dueño. Allí abajo, junto al agua, el ruido del tráfico no resultaba tan evidente y Fleur se preguntó cómo habría sido durante la guerra, cuando su abuela era una niña que vivía bajo la ocupación.

Era consciente de que la historia de Lydia no era única, pero, evidentemente, para ella era algo personal y admiraba la fuerza y la actitud de su abuela. La mujer había conocido a su marido cuando, trabajando como músico, había acudido a París en 1951 para tocar con la orquesta de la Société Philharmonique de París. Adèle, Manu y Lydia habían recibido una invitación para asistir a la fiesta posterior al concierto y, tal como siempre contaba su abuela, había sido amor a primera vista. Un año después y embarazada de diez semanas, Lydia se había casado con el abuelo y se había mudado a Inglaterra para comenzar una nueva vida.

Fleur no estaba segura de que ella hubiera sido capaz de sobrellevar todo tan bien. De hecho, si era sincera, no había llevado ni la mitad de bien la muerte de su madre. Lydia había perdido muchas más cosas y, aun así, había conseguido encontrar amor, consuelo y valentía.

Se dio cuenta de que Didier le estaba hablando.

—Lo siento, no he escuchado lo que me estabas diciendo.

—Parecías sumida en tus pensamientos.

—Estaba pensando en mi abuela y su resiliencia —contestó—; la estaba comparando con la mía o con mi falta de ella.

—Tal vez te estés subestimando —dijo él.

Fleur soltó una carcajada, burlándose de sí misma.

—Tal vez es que me conozco demasiado bien. —De pronto, sintió el deseo de sentir su mano sobre la suya o de tener algún tipo de contacto físico con él, pero entonces se recordó a sí misma el motivo por el que estaba allí en realidad—. Bueno, no íbamos a hablar de mí.

Didier soltó un largo suspiro.

—*Alors*, así que esta mañana has venido a la tienda y has visto a Zenya con Cédric, ¿no?

A Fleur se le erizó la piel. No necesitaba saber sus nombres; eso hacía que, de algún modo, todo se volviese más personal.

—Si te refieres a la mujer y al niño a los que les has dado un beso, entonces, sí.

–Ah, sí, el beso.

–No se trata solo de eso –replicó Fleur, que ya se sentía a la defensiva a pesar de que no debería estarlo–. Llevas una foto del niño en la cartera. Anoche, recibiste una llamada de... de...

–De Zenya, sí. Tienes razón.

–Y nunca me has hablado de ellos. De hecho, me dijiste claramente que no tenías hijos y tenía la sensación de que estabas soltero. Me has hablado de tu esposa, pero no has mencionado a Zenya o a Cédric en ningún momento.

–Lo siento; tendría que haberte hablado de ellos –dijo Didier, que pareció muy sincero al hablar.

Fleur podía sentir la ira bullendo en su interior.

–Mira, no sé lo que esperas de una relación. Ya sé que me dijiste que no querías un romance de verano, pero ¿de verdad pensabas que iba a plantearme algún tipo de relación cuando tienes pareja y un hijo? Si lo que quieres es una amante, entonces no estás buscando en el lugar adecuado.

–Pensaba que no querías un compromiso serio. Me dijiste que se te daban fatal –dijo él, citando sus propias palabras.

–Pero eso no significa que quiera estar con alguien que ya tiene una relación con otra persona. Además, ¿por qué le haría algo así a ella? –No se veía capaz de usar el nombre de la mujer–. Tengo cierta integridad.

Caminaron el uno al lado del otro en silencio durante un rato antes de que él volviera a hablar.

–Entonces, dime, Fleur, ¿qué es lo que quieres? ¿Quieres pasar el resto de tu vida teniendo aventuras sin sentido en las que no te valoras ni a ti misma ni a la otra persona? ¿En las que el amor no significa nada y solo estás metida en ella por el sexo? Porque eso es lo único que podría ser si no quieres tener un vínculo emocional.

No estaba muy segura de que le gustara cómo la estaba retratando.

—Haces que parezca algo ordinario.

Didier se encogió de hombros.

—Quizá porque no tiene ni sentido ni valor.

Fleur dejó de caminar y se giró hacia el río. Siguió con la mirada un barco turístico que atravesaba el agua de un color gris verdoso dejando tras de sí una estela espumosa y blanca.

—Tal vez sea porque la alternativa tiene un precio demasiado alto —dijo—. Y quizá no esté dispuesta a pagarlo.

Echó a andar de nuevo, volviendo sobre sus pasos. No tendría que haberse reunido con él; no había servido para nada más que para subrayar sus deficiencias.

Didier fue tras ella hasta ponerse a su altura. Podía sentir la cercanía de su brazo y, una vez más, el deseo de extender la mano y tocarlo casi le resultó demasiado abrumador. Ahora, tendrían que volver junto a Lydia y actuar con normalidad cuando lo único que de verdad quería hacer era mantenerse lo más lejos posible de él. No podía soportar los sentimientos encontrados que le despertaba: lo deseaba, pero, a la vez, no quería saber nada de él.

—Solo para que lo sepas —dijo Didier cuando llegaron al último de los escalones que conducían a la calle—, quiero a Zenya y a Cédric muchísimo.

Fleur lo interrumpió.

—De verdad, no quiero oírlo.

Didier la ignoró.

—Los quiero a los dos porque Zenya es mi hermana y Cédric mi sobrino.

Fleur se dio la vuelta para mirarlo a la cara.

–¿Qué?

–Zenya está conmigo hasta que aprueben su visado; entonces, se reunirá con su marido en Estados Unidos junto con su hijo.

–Espera, ¿me has hecho creer...? –Alzó las manos al aire sin molestarse en terminar la frase. La ira estaba sacando lo peor de ella–. ¿Por qué no me lo habías dicho? De hecho, no te molestes en contestar. No me interesan los jueguecitos mentales ni nada por el estilo.

Subió los escalones echando humo y deseando poder subirlos de dos en dos para llegar arriba lo antes posible. La zancada larga de Didier era mucho más eficaz y mantuvo su ritmo sin esfuerzo.

–No te lo dije porque no me preguntaste y porque, además, estaba intentando llegar al fondo de tu problema; quería que lo vieras por ti misma.

Fleur frenó de golpe.

–¿Mi problema? Bueno, ahora mismo, mi único problema eres tú. No necesito que me psicoanalices. No necesito ningún tipo de terapia, asesoramiento, terapia cognitivo-conductual ni nada de eso. Estoy contenta con lo que tengo.

–¿Por qué? ¿Por qué te contentas con no tener nada? –le preguntó él.

Lo fulminó con la mirada durante un instante, segura de que, si fuera humanamente posible, estaría echando humo por las orejas. Después, habló en voz baja, tratando de contener las ganas de gritar a todo pulmón.

–Porque es más seguro.

–Nunca vas a encontrar el amor si tienes demasiado miedo a caerte –dijo Didier a su espalda mientras ella subía corriendo las escaleras.

Quería gritarle alguna respuesta inteligente, pero las palabras se le atascaron en la garganta mientras los ojos se le llenaban de lágrimas. No iba a dejar que viera su dolor y agradeció que no la siguiera cuando cruzó la calle a toda prisa y siguió corriendo todo el camino de vuelta al hotel. Como era obvio, Didier iría hasta allí para ver a Lydia y Fleur necesitaba tiempo para recomponerse, refrescarse la cara y calmarse antes de tener que sentarse con él.

Esperó hasta el último momento posible, cuando oyó que llamaban a la puerta que conectaba ambas habitaciones.

–Ya voy –dijo, y abrió la puerta. Contuvo la respiración al verlo a él allí de pie.

–Tu abuela me ha pedido que llamara. Está sentada en el balcón.

Fleur asintió.

–De acuerdo. Bien, estoy lista.

–Fleur... –comenzó a decir él.

Ella sacudió la cabeza.

–Ahora no.

No tenía ni idea de qué era lo que iba a decirle, pero tenía que dejar de pensar en él y centrarse en su abuela.

Didier se hizo a un lado y la dejó pasar. Después, se acomodaron en el balcón con Lydia para escuchar lo que ocurrió aquella noche en Lyon.

Capítulo 37
Adèle

De París a Lyon
Julio de 1942

El viaje desde París hasta Lyon fue largo y el tren de vapor no llegó a su destino hasta las cuatro de la tarde. Adèle se había visto obligada a mantener una conversación cordial con Weld y Müller la mayor parte del trayecto, aunque ambos hombres se habían retirado a un compartimento propio después de comer en el vagón restaurante.

Había sido muy consciente de la presencia de Manu al fondo de aquel coche. Fingía indiferencia, pero lo conocía lo bastante bien para darse cuenta de que, detrás de aquel gesto inexpresivo, había mucho más. Odiaba verla teniendo que reírse y ser educada en los momentos adecuados con el enemigo, pero también sabía que era consciente de que no era más que una tapadera, algo que tenía que hacer del mismo modo que él tenía que fingir estar enamorado de Édith.

Al fin, el ralentizó su marcha y se detuvo en la estación de Lyon. Cuando bajó de su vagón, lanzó una mirada despreocupada hacia atrás y vio cómo ya estaban descargando las cajas con la supervisión de Manu.

Empujaron a Adèle y a Lucille por el andén hacia un automóvil que las estaba esperando. Por suerte, Müller se despidió de ellas allí.

—Tengo que encargarme de un asunto antes de la exposición. Aseguraos de estar listas a las siete en punto.

El botones recogió sus maletas y las condujo hasta su habitación.

—Este sitio es encantador —dijo Lucille con entusiasmo en cuanto el botones se hubo marchado. Se acercó a la ventana y contempló la plaza que había al otro lado.

Adèle se colocó junto a ella. Había una plaza entre una manzana de edificios y, en el centro, una fuente circular. En las plantas bajas de los inmuebles había varias cafeterías y restaurantes con mesas tanto en el interior como en el exterior.

—¿Sabes dónde va a celebrarse la exposición?

Lucille soltó una carcajada.

—Aquí, en este hotel. Peter me ha contado que han requisado el edificio tres días, mientras dure la muestra. Desde luego, nosotras solo estaremos aquí esta noche, pero, aun así, ¿no es emocionante?

Sonrió a su hermana. En cualquier otra circunstancia, sí sería emocionante, pero no se le ocurría nada peor que tener que actuar ante el mismísimo Hitler.

—Sí, supongo.

—Mamá estaría muy orgullosa de nosotras. —Lucille suspiró y una sonrisa se le posó en el rostro.

Adèle deseaba que su madre estuviera orgullosa, pero no por los mismos motivos que su hermana. Tenía la esperanza de que su madre estuviera observándola desde el cielo y felicitándola por hacer lo correcto, por luchar contra el régimen y por intentar ayudar a aquellos que eran perseguidos por los nazis, que no tenían voz propia y no podían levantarse contra la tiranía.

—Creo que sí lo estaría —dijo en voz baja—, pero tampoco esperaría menos. —Se dio cuenta de que Lucille le había lanzado una mirada confusa, así que cambió de tema de conversación a toda prisa–. Y bien, ¿estás nerviosa?

–Un poco, pero solo porque Peter todavía no me ha visto actuar y sé que está ansioso por impresionar al Führer. Así que, si lo prefieres, diría que son nervios prestados.

–¿Por qué querría nadie impresionar a ese hombre? –Adèle no pudo ocultar el desagrado de su voz.

Lucille se giró hacia ella.

–¿Qué te ocurre? Un momento me dices que estas muy nerviosa y lo orgullosa que estaría mamá y, al siguiente, estás criticando a mi prometido.

–¿Prometido? ¿Cuándo ha ocurrido? –Miró la mano de su hermana, pero no llevaba ningún anillo en el dedo anular.

–No es oficial todavía, pero lo será –contestó ella.

–Tal vez no deberías ir diciendo algo así hasta que no sea oficial.

Su hermana se detuvo y la miró.

–¿De qué se trata?

Adèle se encogió de hombros.

–¿Qué?

–¿Qué es lo que no me estás contando? Lo sé por tu cara. Dilo y ya está. Sea lo que sea, dilo.

–No hay nada que decir.

–Estás celosa. Sé que ya lo he dicho antes, pero es cierto.

Lucille se sentó en la cama con una arruga surcándole la frente.

–No estoy celosa –espetó Adèle.

–Sí lo estás. Estás celosa de que tenga a alguien que me quiera cuando Manu apenas es consciente de tu existencia la mitad del tiempo.

Adèle suspiró. A veces, su hermana parecía una niñata consentida.

–¿Y crees que Peter te quiere? Tú eres la que no sabe lo que es el amor.

Lucille se puso en pie de un salto.

–Claro que me quiere. ¡Tan solo estás celosa!

–¿Cómo puede quererte si todavía quiere a su esposa?

–¿De qué estás hablando? No quiere a su esposa en absoluto.

–Si es así, ¿qué hacía cenando con ella cuando a ti te había dicho que estaba trabajando?

Se arrepintió de decir aquello en cuanto las palabras salieron de su boca. Vio el dolor reflejado en el rostro de su hermana.

–¿Qué quieres decir?

–Nada, no me hagas caso; es solo que estoy enfadada –contestó mientras apartaba la mirada y abría su maleta.

Lucille la agarró del brazo y le dio la vuelta.

–¿Qué quieres decir? –repitió con la voz tensa y con palabras duras–. ¿Con quién lo viste?

–Lucille, ahora no. Lo siento. No tendría que haber dicho nada.

–¿Qué? Entonces, ¿estás mintiendo? ¿Es eso? Solo tratas de causar problemas entre nosotros, ¿verdad? Quieres hacerme daño porque estás dolida. No soportas verme feliz.

–No es eso. Para nada –contestó Adèle.

–Vas a pasar el resto de tus días como una solterona. Todos hablarán sobre la vieja maestra que nunca se casó ni tuvo hijos propios porque estaba encandilada con el conservador del museo. La vieja maestra de París que murió triste y sola.

Adèle quería abofetearla por aquellas burlas crueles. Notaba las lágrimas ardiéndole en los ojos.

–Te olvidas de parte de esa historia –contraatacó–. La parte en la que la hermana de la maestra vieja y solterona huyó con un oficial alemán solo para descubrir que seguía casado y muy enamorado de su esposa. Así que la gente de París decidió que era una colaboradora y la despreciaron el resto de sus días, por lo que también murió triste y sola.

Al final, fue Lucille la que dio el golpe: le dio una bofetada con la palma de la mano. Adèle se encogió de dolor y fulminó a su hermana con la mirada, que se la devolvió con la misma dureza. ¿Cómo habían llegado a aquel punto? ¿Cómo habían acabado discutiendo por un hombre?

—Necesito tomar el aire —dijo con toda la dignidad que pudo aunar.

En realidad, tomar el aire no era una opción. Ya les habían informado de que no podían abandonar el hotel sin compañía, pero Adèle quería poner distancia entre su hermana y ella. En el calentón del momento, se habían dicho cosas hirientes. La única diferencia era que Adèle había dicho la verdad mientras que Lucille no estaba al tanto de la misma.

En una decisión inconsciente, se descubrió tomando el ascensor hasta el primer piso y dirigiéndose hacia el salón de la exposición. Abrió las puertas dobles de la estancia. No era tan grande como había imaginado o tal vez le pareció más pequeña porque estaba llena de cajas, soldados y personal del hotel. Escudriñó la multitud, pero no pudo encontrar a Manu. Caminando con decisión para evitar que alguien la detuviera, atravesó la habitación. Había visto las puertas traseras por las que la gente estaba entrando y saliendo con las cajas.

Dio un paso hacia atrás y se apartó a un lado cuando las puertas dobles se abrieron de golpe. Dos porteadores y un soldado alemán pasaron zumbando empujando un carrito. Adèle atravesó el umbral y recorrió el pasillo, apartándose y dando paso a los objetos de la exposición y las personas que iban y venían. Tras cruzar otro par de puertas, sintió una ráfaga de aire fresco al entrar en el muelle de carga. Allí estaba Manu, inspeccionando las cajas de madera. Parecía preocupado y, de inmediato, Adèle tuvo un mal presentimiento. Vio cuatro cajas separadas del resto y supuso que debían de ser las que estaban marcadas con una cruz verde. Sin embargo, debería haber cinco.

Sintió el corazón en un puño y se obligó a respirar con calma. Volvió a mirar a Manu, que alzó la vista al mismo tiempo y se encontró con sus ojos. La cara de póquer del hombre imperturbable que tan bien conocía había desaparecido. Se acercó a él, intentando parecer tranquila.

–¿Qué ocurre?

–Falta una de las cajas –susurró él. Miró su portapapeles y se lo mostró–. Actúa como si no pasara nada –le indicó.

Adèle asintió como si le estuviera explicando algo mientras contemplaba las cajas.

–¿La llegaron a cargar? –preguntó.

–Sí; comprobé las cinco yo mismo.

–Tiene que estar aquí.

–Pero no consigo encontrarla.

–Si no está aquí, ¿dónde podría estar? –Cuando cayó en la cuenta, Adèle contestó a su propia pregunta–. Ay, Dios mío, si la han llevado ahí dentro, alguien va a abrirla.

–Vuelve al salón –dijo Manu–. Toma el portapapeles y finge que estás anotando en la lista las cajas numeradas. Si encuentras la que falta, tienes que impedir que la abran. Yo seguiré buscando aquí.

Mientras tomaba el portapapeles, una voz a sus espaldas hizo que se sobresaltara. Se trataba de Müller.

–¿Ocurre algo? –Su tono de voz sugería que ya conocía la respuesta.

–Tan solo estamos comprobando que todas las cajas estén donde deben estar –contestó Manu.

–¿Y lo están? –preguntó el alemán–. Si mis hombres han cometido algún error, me aseguraré de que reciban su merecido. No quiero que nada salga mal esta noche. No cuando el Führer va a estar presente.

Para el alivio de ambos, antes de que pudieran responder, alguien requirió la presencia del oficial.

–Ten cuidado –le dijo Manu cuando se disponía a marcharse–. No confío en él y él no confía en nosotros.

Adèle se abrió paso hasta el salón de exposiciones. La única manera de hacer aquello era siendo metódica. Una vez más, se acercó hasta la primera caja con confianza para que nadie la detuviera. Le hizo un gesto con la cabeza al porteador, que le respondió del mismo modo y comprobó el número de la caja con la lista. O, al menos, fingió hacerlo. Después, se acercó a la siguiente. El corazón le palpitaba con fuerza. No podía imaginarse cómo debían sentirse los niños que estaban atrapados dentro.

Tras haber inspeccionado sin suerte la última caja, volvió a buscar a Manu. Era consciente de la hora y de que debería estar preparándose para la actuación. En cuanto vio a Manu, supo por su gesto que él tampoco la había encontrado.

–¿Dónde podría estar? Si no está aquí ni allí dentro... No lo entiendo –dijo con un susurro apremiante.

Él se pasó la mano por el rostro.

–Yo tampoco. Necesito encontrar a algún porteador para asegurarme de que bajaron todas las cajas del tren. –Miró su reloj–. ¿No deberías estar arreglándote? ¿No vas a cenar con Müller de antemano?

–Sí, pero no quiero ir, la verdad.

Manu le posó la palma de la mano en la cara.

–Tienes que seguir adelante como si nada. –Le dio un beso en la frente–. Por favor, Adèle. Sube a prepararte. Ve a cenar y haz la actuación de tu vida.

Cuando regresó a su habitación, se sorprendió al descubrir que estaba vacía. Había esperado encontrar a Lucille allí, pero, a juzgar por el hecho de que la maleta estaba deshecha, la ropa de viaje colgaba del borde de la cama y su vestido de noche había desaparecido, supuso que su hermana se había cambiado y se había marchado pronto para evitar hablar con ella. Tras una discusión, Lucille no cedía fácilmente y siempre era Adèle la que tenía que hacer las paces.

Abrió su maleta para arreglarse. Tenían un pequeño aseo en la habitación, lo cual ya era un avance. Necesitaba desprenderse de la suciedad del día de viaje. Si fuera tan fácil deshacerse de las preocupaciones...

Se sorprendió al ver a Lucille entrando en la habitación justo cuando estaba a punto de salir para ir a cenar. Se dio cuenta de que su hermana había estado llorando.

–Lucille, siento que hayamos discutido –comenzó a decir–. No pretendía molestarte. No tendría que haberte contado lo de Peter y su esposa de esa manera.

Su hermana sacudió la cabeza.

–Soy yo la que debería lamentarlo –dijo. Al hablar, le tembló la voz–. Lo siento mucho, Adèle. –Comenzó a llorar.

Ella le dio un abrazo.

–No pasa nada; te lo prometo. No tienes que disculparte. Las dos nos hemos dicho cosas hirientes. –Con cuidado, le dio una palmadita en la espalda, tal como habría hecho con una niña pequeña. Lucille estaba muy afligida y no era necesario–. No llores, Lucille –dijo, intentando persuadirla–. Sécate los ojos; vas a estropearte el maquillaje.

Su hermana se apartó de ella.

–No lo entiendes –dijo.

–Sí, de verdad. Somos hermanas, así que, como sabemos que podemos hacerlo, nos decimos cosas que normalmente no les diríamos a otras personas.

Le dedicó una sonrisa alentadora. No era propio de ella que se mostrara tan... contrita y arrepentida. Por no decir afligida. Mientras observaba a su hermana pequeña, una sensación de pánico le recorrió el cuerpo, haciendo que se le revolviera el estómago y se le encogiera el corazón. Había una tristeza tan desesperada en los ojos de Lucille que Adèle supo que, fuera lo que fuese que le ocurría, iba más allá de la discusión que habían tenido. Bajó las manos y dio un paso atrás.

–¿Qué ocurre, Lucille? ¿Qué has hecho?

Su hermana sacudió la cabeza y las lágrimas le salieron volando de los ojos.

–No era mi intención. Estaba enfadada. Lo siento muchísimo, Adèle. Por favor, perdóname.

Adèle la agarró de los brazos.

–¿Qué has hecho? ¡¡Dímelo!!

–Peter quería saber de qué estábamos discutiendo, así que se lo he contado –sollozó Lucille–. He dicho cosas horribles de ti. Le he contado lo de los niños.

–¿Que has hecho qué?

Su hermana estaba llorando de manera descontrolada.

–Le he contado a Peter lo de los papeles para los niños. Los vi en tu bolso la semana pasada mientras buscaba un pintalabios.

–¿Qué has hecho, Lucille?

–Lo siento. Lo siento –dijo ella mientras le tomaba el rostro entre las manos.

–¡Lucille! ¿Qué te ha dicho? –Adèle se obligó a pronunciar las palabras de manera comedida–. ¿Qué te ha dicho Peter?

—Estaba molesto porque, al final, Hitler no va a venir, y cuando le he hablado de los papeles..., se ha limitado a mirarme fijamente. Nunca había visto tanta... ira.

—Los niños están aquí –susurró Adèle, incapaz de creerse semejante traición por parte de su propia hermana.

—¿Qué? –Aquel fue el turno de Lucille de mostrar incredulidad.

—Los niños están aquí. Van a usar la exposición como tapadera para escapar. Dios mío, Lucille, ¿qué has hecho?

Capítulo 38

Adèle

No tenía tiempo de advertir a Manu antes del cóctel previo a la exposición. De algún modo, Adèle consiguió tranquilizarse y calmar a su hermana.

—Tenemos que seguir adelante como si no pasara nada —le indicó—. Ni histrionismos ni llantos. Nada que llame la atención sobre nosotras, ¿me entiendes? —Lucille asintió y se sorbió la nariz con tristeza. Fue a disculparse por enésima vez, pero Adèle la interrumpió—. No más disculpas. Lo hecho, hecho está. Ahora solo podemos rogarle a Dios para que Cécile y los niños puedan escapar, y que Manu encuentre la caja que falta.

Adèle se sentía aliviada de que Hitler no fuese a estar presente a pesar de que eso hubiese puesto a Müller de mal humor. Aunque lo cierto era que estaba haciendo un gran trabajo a la hora de ocultárselo a sus invitados. Sonrió a las hermanas y Adèle miró a hurtadillas a Lucille, que le devolvió la sonrisa, aunque con cierto nerviosismo. Müller le pasó la mano por detrás de la espalda y la condujo hacia otros oficiales alemanes y algunos dignatarios locales para presentarla. Adèle se quedó atrás; no podía importarle menos que no la presentaran. Escudriñó la sala en busca de Manu, así que no se dio cuenta al momento de que Müller le estaba hablando.

—Adèle —dijo en voz alta.

Ella dio un respingo.

—Lo siento; tan solo estaba admirando la sala.

Era ridículo decir algo así, pero hizo ademán de contemplar las cornisas y los murales que había en los techos.

El alemán le hizo un gesto para que se acercara a ellos.

—Esta es Adèle, la hermana de Lucille.

—Ah, la otra bailarina —dijo uno de los oficiales mientras hacia una pequeña reverencia—. Es un placer conocerla. ¿Puedo ofrecerle una bebida, mademoiselle?

Antes de que pudiera contestar, Müller intervino.

—Estás perdiendo el tiempo, Weld ya la ha reclamado.

El otro alemán hizo una mueca.

—¿Weld? —Suspiró—. Qué lástima.

Adèle quería gritarles a todos. Despreciaba la manera en que hablaban como si no estuviera presente y como si fuera alguna especie de mercancía que podían reclamar si alguien no lo había hecho ya. Se alegraba de no tener una bebida en la mano, porque probablemente se la hubiera arrojado a la cara a uno de ellos.

La alivió ver a Manu aparecer en la estancia, aunque a simple vista fue incapaz de saber si portaba buenas o malas noticias.

—¡Manu! Ahí está —lo llamó Müller. Chasqueó los dedos, dirigiéndose a un camarero que llevaba una bandeja de plata repleta de copas de champán—. Una copa para el caballero.

El camarero se apresuró a acercarse e inclinó la cabeza mientras le tendía la bandeja a Manu.

—*Merci* —dijo él, tomando dos copas.

Se unió al grupo y, con cierto énfasis, le tendió una de las flautas a Adèle, que, una vez más, intentó interpretar su gesto, aunque le resultó imposible.

—¿Está todo listo para la exposición? —le preguntó Müller.

—Sí, todo en orden —contestó él.

—Bien, bien. ¿Ninguna sorpresa inesperada? —continuó el alemán.

Adèle sintió que el corazón le daba un vuelco, pero Manu no titubeó.

–No; nada. Todo está tal como debería estar.

Müller le dedicó una sonrisa tensa.

–¿No falta nada? ¿Han llegado sin problemas todas las cajas? Adèle estaba segura de que estaba jugando con ellos. Debía de saberlo. Intercambió una mirada con Lucille, cuyos ojos estaban llenos de horror. Después, volvió a mirar al alemán, cuya sonrisa resultaba sádica.

–No falta nada. Como he dicho, todo está tal como debería.

Manu dio un sorbo a su bebida con los ojos fijos en los de Müller, que soltó una carcajada y le dio una palmada en la espalda.

–Me alegra oír eso. No queremos más malas noticias en el día de hoy.

Adèle estaba a punto de decirle a su hermana que era hora de que fueran a cambiarse para la actuación cuando llamaron a Müller para que hablara con un invitado, así que aprovechó aquella oportunidad.

–Caballeros, me temo que mi hermana y yo tenemos que marcharnos. –Ellos asintieron y se despidieron. Adèle hizo una pausa–. Manu, ¿te importaría acompañarme al patio? Estoy un poco sofocada y necesito tomar un poco el aire.

–Por supuesto –contestó él mientras dejaba su copa en una mesa cercana.

–Lucille, subo en un minuto; no me esperes –le indicó a su hermana.

En cuanto estuvo fuera y a solas con Manu, lo tomó del brazo y se alejó del edificio.

–Müller sabe lo de la documentación para Cécile y los niños. –Habló en voz baja e intentó mantener la calma por si alguien los estaba observando.

–¿Qué? ¿Cómo?

–Lucille vio los papeles. Hemos discutido y estaba tan enfadada conmigo que se lo ha contado a Müller.

Se sentía avergonzada y culpable, como si hubiera sido ella misma la que había traicionado a su amiga y a los pequeños. Manu soltó una palabrota en voz baja.

–Ahora no podemos hacer nada –dijo–. Tenemos que seguir adelante con el plan. Pase lo que pase, tendremos que encargarnos de ello cuando llegue el momento.

–Lo siento mucho.

–No lo sientas; no es culpa tuya.

Adèle deseaba sentirse consolada por sus palabras. El aire de la noche era fresco y respiró hondo.

–Tengo los pulmones contaminados por estar ahí dentro, respirando el mismo aire que esos cerdos –dijo–. Por favor, dime que has encontrado la caja.

Manu le apoyó la mano entre los omoplatos y la alejó de la puerta.

–Todavía no. Sigue andando.

De algún modo, consiguió no tropezarse, pero el corazón le dio un vuelco.

–No entiendo cómo es posible que se haya perdido.

–Yo tampoco.

–¿Qué vas a hacer?

–Volver a echar un vistazo cuando vaya a llevar a los demás al punto de encuentro.

En ese momento, Adèle dejó de caminar.

–No puedes dejar a uno de ellos atrás.

Él se giró para mirarla.

–Pero tampoco puedo sacrificar a los demás porque falte uno.

–¿Sabes siquiera quién es?

–Todavía no, pero no es Cécile. Su caja está ahí; es más grande que las otras.

–Pero ¿están bien? ¿Hay alguna manera de saberlo?

–He dado los toques que habíamos acordado en la caja de Cécile y ella me ha respondido con los mismos, así que está bien.

–¿Y los niños?

–Les he susurrado que tienen que permanecer muy callados. Les he dicho que todo irá bien y que falta poco.

–¿Alguno de ellos te ha dicho algo?

No podía imaginarse el miedo y la confusión que debían de estar experimentando. Estaban siendo muy valientes.

–No; les he dicho que no dijeran nada. Así que, me temo que todavía no sé quién falta. Ahora, tienes que ir a prepararte.

Volvió a llevarla al interior. Se detuvo al pie de las escaleras y, sin ningún motivo para seguir allí hablando y llamar la atención sobre ellos, le dio un beso en la mejilla y regresó a la recepción.

Apenas podía concentrarse mientras se preparaba para la actuación. Se alegraba de que Hitler no estuviera presente porque eso significaba que habría menos vigilancia y, por lo tanto, que la huida de Cécile y los niños sería más segura. Sin embargo, no podía dejar de pensar en la caja perdida.

–Adèle. ¡Adèle! –La voz de Lucille interrumpió sus pensamientos–. Tenemos que marcharnos y todavía no te has puesto las zapatillas.

Se apresuró a atarse los lazos de las zapatillas de *ballet*, y, juntas, bajaron a la sala de la recepción. Esperaron al otro lado de la puerta hasta que les dieron la señal para entrar.

Gracias a todos los años que llevaba bailando, se sirvió de su memoria muscular durante gran parte de la actuación, pues no tenía la cabeza centrada en absoluto. Tan solo podía pensar en Cécile y los niños. El plan era que, mientras ellas bailaban, Manu se escabulliría y sacaría a los polizones de las cajas. Había una escalera que apenas se usaba que conducía desde el almacén donde se habían dejado las obras de arte hasta el sótano del hotel. Desde allí, una red de pasadizos permitía a los trabajadores transportar la colada sin que la vieran los huéspedes. Aquellos pasajes subterráneos también albergaban la fontanería y los sistemas eléctricos y de calefacción que recorrían todo el edificio. En el callejón trasero del hotel, habría una pequeña furgoneta de suministros en la que subirían a Cécile y a los niños para alejarlos de allí. Eso era lo único que sabía.

La música de *El cascanueces* sonaba a todo volumen y el público estaba cautivado por la actuación de las hermanas Basset. Mientras Adèle se balanceaba y se movía por la pista de baile, intentó vislumbrar a Müller. Debería estar en primera fila, observándolas, pero todavía no lo había localizado.

Cuando sonaron los últimos compases de la obra, Adèle era un hatajo de nervios y se sentía agradecida de no tener que actuar de nuevo. En aquel momento, era el turno del solo de Lucille. Sin duda, Müller se quedaría a verla. Se colocó junto a la puerta, fingiendo contemplar la actuación de su hermana, pero en realidad estaba escudriñando el público con la mirada. Un movimiento al fondo de la estancia captó su atención y vio la silueta de un soldado alemán colándose por las puertas dobles. Era Müller. El corazón le martilleó con fuerza en el pecho. Agarró el batín que se había puesto para bajar desde la habitación hasta la sala de la recepción y se desabrochó con rapidez las zapatillas de *ballet* para no tener que intentar correr con las engorrosas plataformas que llevaban en la punta. Bordeó la estancia hasta llegar a las puertas por las que había salido Müller.

Nadie la detuvo cuando abrió de un empujón y salió corriendo por el pasillo que conducía al almacén. Al entrar allí, pudo oír a alguien moviéndose, dando golpes a las cajas y levantando las tapas.

—Manu, ¿eres tú? —dijo.

Hacía frío en el sótano y las paredes estaban húmedas a pesar de que era verano. Se arrebujó todavía más con el batín.

—¿Adèle? —Manu apareció en el pasadizo tras salir de una de las cajas—. Ven, rápido.

—¿Los has encontrado? —Adèle fue corriendo hasta el fondo del sótano.

—He encontrado la caja perdida —contestó él—. Se la habían dejado fuera y los guardias acaban de entrarla. He conseguido convencerlos de que se marcharan mientras yo me encargaba de todo. Les he prometido que no le diría a nadie que habían sido negligentes con su labor. —Empezó a quitar la tapa de la caja con una palanca.

—¿Quién está dentro?

—Eva —gruñó Manu.

Adèle miró en torno al recinto.

—¿Dónde están los demás?

—Se han marchado —dijo él. Volvió a gruñir, ya que le estaba resultando difícil mover la tapa.

—¿Qué quieres decir?

—No podía arriesgarme a dejarlos aquí. Van a esperar cinco minutos; eso es todo. No podemos dejar que los capturen a todos cuando están tan cerca de la libertad.

—Ay, Manu, date prisa, por favor.

Él le lanzó una mirada displicente.

—¿Qué crees que estoy haciendo?

—Lo siento; es solo que... —Dejó de hablar y juntó las manos, rezando para que se abriera la caja.

413

Con un último tirón de la palanca, Manu quitó la tapa. Adèle metió las manos dentro y empezó a quitar la paja hasta que vio el cabello rubio de la niña.

—¡Eva! —exclamó, aliviada—. *Oh, ma petite puce. Viens ici. Ven.* —Extendió los brazos hacia la pequeña mientras Manu la sacaba de la caja.

Eva empezó a llorar.

—Pensaba que estaba perdida y que iba a quedarme ahí dentro para siempre. Creía que ya no vendríais a buscarme.

—*C'est bon. C'est bon.* No pasa nada —la consoló mientras la estrechaba con fuerza y le daba besos en la cabeza—. Ahora, todo va a salir bien.

Una risa sádica atravesó el aire. Adèle alzó la cabeza y ahogó un grito. Müller estaba en la entrada de la sala. En su rostro había una sonrisa mortecina.

—Qué situación tan bonita, ¿verdad? La bailarina de *ballet*, el conservador y la judía. Qué amable por vuestra parte facilitarme tanto la vida.

Adèle se puso en pie y colocó a la niña tras de sí. Manu se quedó inmóvil con la palanca en la mano. El alemán chasqueó la lengua.

—¿Por qué no sueltas eso? Es una herramienta peligrosa. Podría causar una buena herida.

Adèle observó cómo Manu se detenía un momento, dejando que la palanca se balanceara en el extremo de su dedo. Cuando la soltó, hizo ademán de llevarse la mano al bolsillo, pero Müller era demasiado listo, así que sacó su revólver de la funda y lo apuntó con él.

—¡Quieto! Si es que quieres vivir, claro está.

—No hagas que te maten por mí —dijo Adèle, frenética—. Por mí, no.

Tenía la mirada fija en Manu. Le daba igual si ella misma

tenía que morir, pero él no podía morir intentando salvarla; tenía que permanecer vivo para que no le hicieran daño a Eva. Miró el bolsillo de la chaqueta del francés y vio la empuñadura de una pistola. Desde luego, antes no la llevaba, así que supuso que, de algún modo, se las había apañado para conseguirla.

–Deja la pistola en el suelo. Así. Poco a poco. Ahora, dale una patada hacia mí –le indicó Müller.

Manu le dio una patada y la mandó en dirección al alemán que, a su vez, la empujó con el pie fuera de la estancia y hacia el pasillo.

–Adèle no sabía nada de todo esto –dijo el conservador–. No sabía que había escondido aquí a la niña.

Quiso gritarle que no intentara salvarla; no era ella la que necesitaba que la salvaran.

–Pero sí sabía lo de la niña que había en el ático de la escuela –dijo Müller con sencillez. No iban a engañarlo tan fácilmente.

–No –insistió Manu–. No sabía nada. Fui yo el que le dijo a la niña que se escondiera allí. Tengo un duplicado de las llaves de la escuela. Me lo dieron hace un tiempo, cuando fui a llevarles algunos objetos de exposición. Nunca lo devolví, así que pude esconder a la niña sin que lo supiera nadie.

–Basta. Es una historia absurda. Pensar que voy a creerme algo así es un insulto a mi inteligencia –espetó Müller–. No sigamos fingiendo. Todos sabemos que Adèle estaba ocultando a la niña. La oí yo mismo cuando visité la escuela el otro día. Y, después, la vi. Eso ya lo sabías, ¿verdad, Adèle?

Lejos, en la distancia, oyó el rugido del motor de un automóvil al encenderse. Aquella era la furgoneta que iba a poner a salvo a los demás. Tenía que subir a Eva al vehículo como fuera. Pero ¿cómo?

–Estoy pensando que podría dispararos a los tres aquí

mismo –dijo el alemán–. Tendría todo el derecho a hacerlo. Sobre todo, si cualquiera de vosotros estuviera intentando escapar o poniendo en riesgo mi vida. –Se adentró más en la estancia–. Sin embargo, no sé qué pensaría tu hermana al respecto. –Un movimiento en las sombras del pasillo captó la atención de Adèle, pero se obligó a concentrarse en Müller–. No creo que estuviera muy contenta si su futuro marido matara a su futura cuñada. –Suspiró de manera muy teatral–. No; no lo estaría. Pero, bueno, tampoco tengo intención de casarme con ella, así que ¿qué más da?

–Pensaba que la querías –dijo Adèle. No podía creer que Müller al fin estuviera confesando en voz alta lo que ella había sospechado todo el tiempo.

–Le tengo aprecio, por supuesto. Me viene bien para fornicar –replicó el alemán. Después, miró a Eva–. Normalmente, me disculparía por lo grosero de mis palabras, pero en la presente compañía, los modales no son necesarios... Como iba diciendo, Lucille es una joven atractiva. Sería un tonto si no quisiera acostarme con ella, pero, por supuesto, soy un hombre casado y no tengo ninguna intención de dejar a mi esposa, que ha sido bendecida con mucha más sofisticación y una mejor crianza de la que tu querida hermana tendrá nunca. También tengo dos hijos preciosos a los que jamás abandonaría por una zorra parisina.

Adèle miró por encima del hombro de Müller. Lucille apareció desde las sombras y, entre las manos, sujetaba la pistola de Manu que el alemán había mandado al pasillo de una patada. La estaba apuntando a la espalda de su amante.

–Ojalá jamás hubieras dicho esas palabras. –La voz temblorosa de Lucille atravesó el silencio.

Müller se dio la vuelta y se hizo a un lado de modo que Lucille quedó a su izquierda y Adèle, Manu y Eva a su derecha.

—¡Lucille! ¿Qué estás haciendo? Baja la pistola —tartamudeó y, por primera vez, no pareció muy seguro de sí mismo.

—¿Por qué haría tal cosa? —preguntó ella. Todavía iba vestida con el traje de *ballet* y, como Adèle, iba cubierta con un batín.

—Porque podrías herir a alguien, querida —contestó el alemán. Fue a dar un paso hacia ella, pero Lucille amartilló la pistola.

—No te muevas —dijo con una voz fría como el hielo. Su tranquilidad era escalofriante—. Y no me llames «querida».

—Por favor, Lucille, no lo he dicho en serio —comenzó a decir él, que seguía apuntando a Eva y Adèle con el arma—. Solo lo he dicho para ser cruel con tu hermana; eso es todo.

—Mentiroso —dijo Lucille—. Cada palabra que has dicho era cierta. —Se acercó un poco, pero se mantuvo a una distancia en la que su presa no pudiera ni rozarla—. Ahora, baja la pistola —insistió.

En aquella ocasión, al hablar, Müller no pareció tan seguro.

—Lucille, por favor, déjame hablar contigo.

Ella sacudió la cabeza, derramando las lágrimas que tenía en los ojos.

—Tan solo me contarás más mentiras. Nunca me dijiste que tuvieras hijos; me aseguraste que tu esposa no quería y... —Reprimió un sollozo—. Y que los tendríamos nosotros. Tú y yo. —La pistola le temblaba en la mano, así que la agarró con ambas.

Adèle estaba más aterrada que antes. Lucille tenía en los ojos aquella mirada desafiante que solía mostrar cuando estaba enfadada y decidida, así que dio un paso al frente.

—Lucille —dijo en voz baja—, piensa con detenimiento lo que vas a hacer.

—¡Atrás! —le ordenó su hermana, apartando los ojos de Müller solo un instante.

El alemán aprovechó la ocasión y, antes de que nadie se

diera cuenta, agarró a Adèle, la colocó frente a él y le puso la punta del arma en la sien.

—Bien, creo que va siendo hora de que bajes la pistola —rugió.

—No lo hagas —dijo Adèle—. ¡Dispárale! ¡Dispárale a través de mí! —Estaba gritando, tratando con desesperación de que Lucille actuara—. ¡Dispárame! —Veía la indecisión en el rostro de su hermana—. Te quiero, Lucille. No pasa nada, iré con mamá. —Su voz era firme. Se sacrificaría gustosamente para que las tres personas a las que quería en aquella sala pudieran sobrevivir. La miró a los ojos—. Lucille, dispárame. —La joven estaba llorando y el arma le temblaba entre las manos. Le hizo un gesto con la cabeza a Adèle, que vio cómo empezaba a presionar el gatillo con los dedos—. Hazlo, Lucille. Hazlo.

—¡No! ¡Para! —dijo Manu. Fue a moverse, pero Müller se giró e hizo que Adèle quedara frente a él.

—¿Quieres ver cómo le estalla la cabeza?

El francés frenó en seco. Eva estaba escondida tras una de las cajas de transporte, sollozando ante todo lo que estaba presenciando. Manu extendió las manos con las palmas hacia arriba.

—Vamos a calmarnos todos un momento. Que nadie haga ninguna estupidez.

Müller volvió a girarse hacia Lucille, deshecha en llanto. Ella cayó de rodillas y se le aflojaron los brazos. Poco a poco, bajó el arma al suelo y la soltó. El alemán empujó a Adèle al suelo e intentó agarrar bien la pistola, pero había subestimado sobremanera a su amante.

Tirada sobre el duro suelo de piedra, Adèle observó horrorizada cómo Lucille recuperaba el arma y disparaba directamente a Müller, que avanzaba hacia ella.

Capítulo 39

Fleur

—¿Estaba muerto? —preguntó Fleur. Tenía la impresión de que había contenido el aliento mientras su abuela les contaba cómo se habían desarrollado los acontecimientos.

—Ya lo creo —contestó la mujer—. Por supuesto, en cuanto ocurrió eso, se desató el caos. Recuerdo a Lucille y a Adèle llorando, abrazadas la una a la otra. Estaban conmocionadas y Manu las instaba a seguir adelante, diciendo que no tenían tiempo que perder, que la camioneta estaba a punto de partir y que yo tenía que subirme a ella.

—¿Y lo logró? —preguntó Didier.

Lydia sacudió la cabeza.

—No lo recuerdo todo. Fue aterrador, así que yo tenía mucho miedo. Recuerdo a Adèle rogándole a su hermana que fuera con ellos y a Lucille insistiendo en que debía quedarse. Al final, creo que Adèle solo se marchó porque quería salvarme. Me agarró de la mano y salimos corriendo del edificio. No recuerdo cómo, solo recuerdo salir de golpe al frío exterior y a Adèle gritando. Se dejó caer de rodillas y empezó a llorar. La camioneta estaba atravesando la verja y no se detuvo. Manu intentó correr tras ella, pero llegamos demasiado tarde. –Lydia dejó de hablar, sacó un pañuelo de su bolso y se enjugó los ojos–. Aquella fue la última vez que vi a mi hermana.

–Ay, abuela, lo siento mucho –dijo Fleur. Se sentía fatal ante el hecho de que la mujer hubiera tenido que revivir aquel momento que, claramente, le había afectado tanto como para hacerla llorar más de setenta años después.

–Después de eso, Manu nos hizo entrar corriendo en el edificio y tuve que esconderme en una Bergen, uno de esos morrales enormes del ejército.

–¿Un morral? –preguntó Fleur en busca de clarificación.

–¿Se refiere a un petate enorme fabricado con una lona muy resistente? –preguntó Didier.

–Sí, eso es. Fue una suerte que yo fuera pequeña y pesara poco. Manu estaba fuerte. Al día siguiente, cargó con aquella bolsa de viaje conmigo dentro de vuelta al tren. Hice todo el camino hasta París dentro. A lo largo del viaje, Manu fue metiendo dentro pedazos de comida y agua. Hacía calor y era sofocante. Además, el olor tampoco era demasiado agradable. Cuando volvimos a París, tenía una nueva identidad y me mandaron a vivir a Bretaña, con una prima de Manu, durante el resto de la guerra.

–No lo sabía –dijo Fleur, sorprendida por la historia de su abuela. Pensó en la fotografía en la que aparecía en el exterior de una granja con una mirada atormentada en los ojos. Debía de habérsela tomado después de escapar.

–Me quedé allí tres años más y, al final, cuando París fue liberada, Manu y Adèle vinieron a buscarme. Me llevaron de vuelta a la capital y viví con ellos. Descubrí que mi padre había muerto mientras estaba cautivo en un campo de concentración, así que Manu y Adèle me criaron. Por eso, para mí, eran como mis padres. Con ellos, viví una buena vida y llegué a quererlos como si fueran mi propia familia. Tras la guerra, llevaron una vida feliz y tranquila.

–¿Seguiste en contacto con ellos una vez que te mudaste a Inglaterra? –preguntó Fleur. No recordaba haberla oído hablar de ellos.

–Así es. Nos escribíamos de manera regular y los veía cada año, cuando regresaba a París –contestó ella–. Nunca se casaron; no les parecía que fuera importante. Adèle pensaba que debías amar sin miedo, pues nunca sabías cuándo podían arrebatarte ese amor. Manu murió en 1977 y Adèle en 1982.

–Antes de que yo naciera –caviló Fleur–. ¿Y cuándo descubriste lo que les había pasado a Blanche y a los demás?

–No me contaron lo que les había ocurrido hasta que fui más mayor, cuando regresé a París. Manu y Adèle se sentaron conmigo y me contaron que habían parado la furgoneta en algún control de carretera y que había habido algún tipo de desacuerdo. Lo único que me dijeron fue que, aquella noche, habían muerto todos. –Las lágrimas le corrieron por el rostro–. Todavía recuerdo lo absolutamente devastada que me sentí al enterarme, pues siempre había tenido la esperanza de que hubieran escapado. Mientras estuve en Bretaña, lo que me hizo seguir adelante fue la idea de que volvería a ver a Blanche, la creencia de que mi hermana estaría libre en Suiza. Así que me costó enfrentarme al hecho de que me dijeran que los habían matado a todos. Tendría que haber sido yo. Siempre pensé eso. ¿Cómo habían podido los soldados matar a unos niños inocentes? ¿Quién haría algo así?

–Pero ahora parece que, de algún modo, Blanche escapó –comentó Didier.

–No sé si me atrevo a creerlo –replicó Lydia.

–Deja que Didier lo compruebe primero –dijo Fleur.

Esperaba ansiosa que la mujer no se hiciera esperanzas. ¿Y

421

si Bridget Sutter no era Blanche y, sencillamente, se había hecho con el cuadro de alguna otra manera? Después de todo, se negaba a divulgar ninguna información sobre cómo lo había conseguido.

—¿Qué le ocurrió a la hermana de Adèle? —preguntó Didier.

—Una vez más, esto no lo descubrí hasta más tarde, pero admitió haber matado al oficial alemán. La arrestaron y la ejecutaron esa misma noche. Entregó su vida para que Adèle, Manu y yo pudiéramos seguir viviendo.

—Dios mío... Eso debió de ser muy duro para Adèle. Para todos vosotros —comentó Fleur, intentando imaginar la desesperación que debían de haber sentido.

—Lo fue, sobre todo para Adèle. Y para su padre también. Murió al año siguiente. Adèle solía decir que estaba segura de que había muerto por tener el corazón roto y que, si no hubiera sido por Manu, ella misma tampoco habría sobrevivido.

Fleur se quedó sin palabras varios minutos. Se inclinó hacia su abuela y la abrazó.

—Gracias por compartir la historia con nosotros —dijo—. Siento mucho que tuvieras que vivir todo eso.

Lydia le dio una palmadita en la mano.

—No lo sientas por mí; yo fui la afortunada.

Fleur se recostó en su asiento.

—¿Estás segura de que quieres que Didier se ponga en contacto con Bridget?

La mujer asintió.

—Necesito saber el final de la historia, si mi querida Blanche sobrevivió o no.

Una vez más, recordar lo que había ocurrido durante la guerra le había pasado factura a su abuela. Estaba pálida y parecía retraída. Fleur notaba lo tensa que se encontraba.

–¿Quieres que te pida más café? –le preguntó.

Ella negó con la cabeza.

–Creo que tan solo me gustaría quedarme un rato aquí sentada.

–Yo debería marcharme ya –dijo Didier mientras se ponía en pie. Con cuidado, apoyó una mano en el hombro de la mujer–. Gracias por compartir su historia, Lydia. Me esforzaré al máximo para contactar con Bridget Sutter.

Ella estiró los brazos y le tomó las manos.

–Gracias, Didier. Eres un buen hombre.

Mientras lo acompañaba a la puerta, Fleur evitó mirarlo a los ojos. Quería decirle algo, pero no sabía qué; no sabía por dónde empezar. Quería disculparse por haber sacado conclusiones precipitadas y por haberle juzgado mal, pero seguía frustrada porque no le hubiera hablado antes de Zenya y Cédric. Así que, cuando él se despidió de forma educada y se marchó, no sintió nada más que frustración. Había deseado que él le dijera algo; tal vez que le preguntara si se encontraba bien. Soltó un largo suspiro. Ya no sabía lo que quería, pero sí sabía que no había deseado que Didier se marchara.

Capítulo 40

Fleur

E l ruido del teléfono la despertó temprano a la mañana siguiente. Antes de contestar, ya supo que sería Didier. ¿Quién más iba a llamarla? Además, que lo hiciera tan pronto debía de significar que tenía buenas noticias. En silencio, admitió que quería oír su voz por el único motivo de que lo había echado de menos. Lo cual, por supuesto, no tenía sentido o, al menos, no debería tenerlo. Cogió el teléfono de la mesita de noche.

–Hola –dijo, tratando de ocultar el tono soñoliento de su voz.

–Soy yo, Didier –dijo él, aunque no era necesario que lo hiciera.

–Lo sé.

Tenía la esperanza de que la sonrisa se le notara en la voz.

–Lo siento si te he despertado.

–No pasa nada. Espero que la llamada tan temprana signifique que tienes noticias de Suiza.

–*Alors*, he hablado con la hija de Bridget Sutter. Bridget quiere reunirse con Lydia.

–¡Dios mío! ¡Eso es fantástico! Ay, gracias; muchísimas gracias. –Fleur apoyó los pies en el suelo, lista para ir corriendo a contárselo a Lydia–. ¿Cómo ha reaccionado Bridget al enterarse de la noticia?

–Según su hija, se sorprendió, pero no del todo. No ha

dicho nada más, más allá de que quiere que tu abuela sea la primera en escuchar lo que ocurrió aquella noche.

—Es maravilloso. Podría echarme a llorar —dijo mientras notaba cómo los ojos se le inundaban de lágrimas—. ¿Te ha dicho cómo quiere hacerlo? ¿Tiene que ir mi abuela hasta allí o irá ella a Inglaterra?

—No; Bridget va a venir a París. Tomará un vuelo hoy mismo y quiere reunirse con Lydia mañana.

—Me cuesta creer todo esto. Es como un sueño. Estoy impaciente por contárselo a mi abuela.

—Les he ofrecido ir a recogerlas al aeropuerto y, mañana, llevarlas a vuestro hotel. Si os parece bien.

—Por supuesto que sí. Muchas gracias, Didier. De verdad que agradezco todo lo que has hecho.

De pronto, se sintió insegura. Quería decirle que se alegraba de haberlo conocido. Darse cuenta de que el contacto con él estaba llegando a su fin fue un pensamiento que le hizo volver a la realidad. Además, también estaba aquel refuerzo que sustentaba todo su sistema de creencias sobre el amor: que dejar atrás o perder a alguien a quien querías era doloroso.

—Tengo que colgar —dijo él de pronto—. Si me entero de algo más, me pondré en contacto contigo. Si hay algún problema o Lydia no se ve capaz de hacerlo, dímelo. De lo contrario, nos vemos mañana cuando las lleve allí a las once en punto.

Fleur se sintió un poco desanimada ante aquel enfoque tan serio y profesional, pero estaba demasiado emocionada por contarle todo a Lydia como para regodearse en ello. Era culpa suya que Didier se mostrara tan frío; no podía culpar a nadie más.

Su abuela se quedó aturdida cuando Fleur le dio la noticia.

—No puedo creerlo —dijo varias veces—. Mañana, después de

todo este tiempo, después de más de setenta años, volveré a ver a mi hermana. Y ella también quiere verme. Estoy muy agradecida.

—Deberíamos celebrarlo —dijo Fleur—. ¿Hay algo especial que te gustaría hacer?

—De hecho, creo que será mejor disfrutar de un día tranquilo, sin hacer gran cosa —contestó su abuela—. Necesito guardar las fuerzas para mañana. Hoy prefiero quedarme aquí sentada, sin más.

—Está bien. Puedes hacer lo que te apetezca —dijo Fleur. Esperaba que su abuela no estuviera pidiendo un día tranquilo porque se encontraba mal. No era dada a quejarse, así que decidió quedarse con ella y vigilarla—. Creo que yo también quiero pasar un día tranquilo.

—¿No vas a ver a Didier?

—No. —Se puso en pie y se acercó a la ventana—. Nos gustamos, pero no somos compatibles.

—Haces que suene como uno de tus experimentos de laboratorio —se quejó Lydia—. Has llegado a esa conclusión muy rápido.

—No quiero una relación a larga distancia —replicó ella, dándose la vuelta para mirarla—. Y eso es lo que sería.

La mujer chasqueó la lengua.

—Hoy en día, difícilmente se puede considerar que París esté a larga distancia.

Fleur seguía sin estar convencida.

—Creo que iré a dar un paseo —dijo.

—Para no tener que escucharme. —Había un destello en los ojos de Lydia—. No lo niegues.

Se acercó a ella y le dio un beso y un abrazo.

—Sin comentarios. Nos vemos más tarde, abuela.

El día se había alargado de forma interminable y, por la noche, Fleur se había alegrado de irse a la cama. No había recibido noticias de Didier y se había sentido más decepcionada de lo que tenía derecho a sentirse.

En ese momento estaba sentada en la cafetería del hotel con Lydia, observando cómo las manecillas del reloj avanzaban lentamente hacia las once. Su abuela llevaba los últimos veinte minutos con la misma taza de té y Fleur se daba cuenta de que, conforme se acercaba la hora acordada, se iba poniendo cada vez más nerviosa.

Había recibido un mensaje de Didier en el que le decía que ya iban de camino. Su teléfono volvió a sonar.

–Ya están aquí –dijo Fleur–. Didier me acaba de mandar otro mensaje.

Su abuela dejó la taza y se toqueteó el pelo.

–¿Cómo estoy?

–Estás perfecta. –Estiró el brazo y cogió la mano de la mujer–. Ha llegado la hora, abuela. En unos instantes, vas a volver a ver a Blanche.

Fleur se percató de que, de forma inconsciente, había empezado a llamarla así. Esperaba que fuese un buen augurio para aquella reunión.

Lydia asintió.

–Espero que mi corazón pueda soportarlo.

Entonces, estrechó la mano de su nieta con fuerza mientras miraba detrás de ella. Los ojos se le llenaron de lágrimas y se puso en pie. Fleur se giró y vio a Didier acompañado por dos mujeres: Blanche y su hija. Lydia se dirigió hacia ellas, pero se detuvo en medio de la cafetería. El cabello de Blanche era del mismo tono de blanco que el de su hermana y lo llevaba cortado en una pulcra media melena. Era de complexión menuda y tenía el mismo aire elegante que Lydia.

La mujer ahogó un grito.

—¿Eva? ¿Eres tú? Por favor, dime que eres tú.

Lydia se acercó a ella corriendo.

—Mi querida hermanita. Blanche.

Por fin se abrazaron y empezaron a llorar mientras se hablaban la una a la otra en francés a toda velocidad. Se separaron para poder verse las caras con claridad y, después, volvieron a abrazarse.

Fleur se dio cuenta de que ella también estaba llorando. Aquella era una reunión muy emotiva. Miró a la hija de Blanche y vio que se enjugaba las lágrimas. Didier alzó la vista hacia ella y le lanzó una mirada interrogativa. Ella asintió.

—Gracias —dijo. Se acercó a él—. Muchísimas gracias, Didier.

Quería abrazarlo, pero se contuvo.

Varios minutos después, estaban todos sentados con café y té recién hechos y con el entusiasmo y la emoción del reencuentro más controlados.

—Dime, Blanche: ¿qué te ocurrió? —dijo Lydia—. Me dijeron que os habían matado a todos.

La otra mujer asintió.

—Es cierto —contestó, hablando en inglés con acento suizo. Sin embargo, su voz sonaba justo como la de Lydia—. Tan solo he sido capaz de unir las piezas de mi historia en los últimos dieciocho meses más o menos. Solo tenía seis años cuando todo ocurrió y no recuerdo muchas cosas. En aquel entonces, lo único que sabía era que nos habían sacado de París escondidos en cajas. Cuando nos dejaron salir, recuerdo que no podía encontrarte; no sabía dónde estabas. Pensé que tal vez te habías marchado antes.

—Didier ha sido muy amable y nos ha contado lo que ocurrió —dijo Anna, la hija de Blanche—. Hemos podido recomponer casi toda la historia.

La mujer continuó su relato.

—Tan solo recordaba que pararon la camioneta en la que viajábamos. Hubo gritos y discusiones. La madre de Thomas nos hizo salir del vehículo. Nos dijo que corriéramos y nos escondiéramos, que estuviéramos muy callados y que ella nos buscaría. Yo fui la primera en salir y recuerdo atravesar la carretera corriendo y meterme en un campo. Cuando miré a mi alrededor, no había nadie conmigo. Pude oír más gritos seguidos de varios disparos. Después de eso, todo se quedó en silencio. Estaba muy asustada, así que seguí corriendo. No sabía hacia dónde iba y no sé cuánto tiempo estuve corriendo, pero al final me desplomé en medio de un bosque.

—¿Llevaba algo con usted? —preguntó Fleur—. ¿Documentación? ¿Alguna bolsa? ¿Comida?

—Nada de nada —contestó Blanche—. Lo había dejado todo en la furgoneta cuando salí corriendo. Al día siguiente, me encontró un granjero. Me dijo que al principio pensó que estaba muerta. Me llevó a su casa y su esposa cuidó de mí. Estaba demasiado asustada para decirles nada; ni siquiera mi nombre. Sabía que tenía un nombre nuevo, pero no podía recordarlo.

Bajó la vista y respiró hondo.

—Mi madre estaba conmocionada por todo lo ocurrido —dijo Anna, retomando la historia—. La pareja que la encontró tenía contactos en la Resistencia y lograron que cruzara la frontera hacia Ginebra. La acogió una pareja joven que acabó adoptándola.

—¿Nunca intentaron encontrar a su familia? —preguntó Fleur.

—Les hablé de mi hermana Eva —contestó Blanche—, así que mis padres intentaron encontrarla.

–Pero yo ya no me llamaba Eva Rashal –dijo Lydia–. Jamás habrían podido encontrarme.

–Y yo ya no era Blanche Rashal; era Bridget Keller. Más tarde, cuando me casé, pasé a ser Bridget Sutter.

–Si no hubiera sido por el cuadro, no estaríamos aquí –dijo Anna–. Estaba cosido en el dobladillo del abrigo de mi madre.

Blanche miró a su hermana.

–Fue cosa del hombre del museo, ¿verdad?

Lydia asintió.

–Sí. Manu.

–Manu –repitió la otra mujer–. Yo era más pequeña que tú. No recordaba su nombre, pero sí recuerdo que vino al ático con los cuadros y que nuestra maestra y la madre de Thomas los cosieron en nuestros abrigos.

Fleur miró a Didier. Aquel era el motivo de que él estuviera allí.

–Mi abuela nos contó que os dieron a todos un cuadro a modo de seguro.

–Así es. Yo conservé el mío y nunca fui consciente de su importancia –contestó Blanche–. Mis padres no eran personas cultas, así que no sabían lo que era. Pensaban que era tan solo un recuerdo. Solía tener la acuarela colgada en la pared de mi habitación. Era un recordatorio de mi vida pasada, la única conexión con mi familia, a la que daba por muerta.

–Sí; no nos dimos cuenta de lo que era hasta que mi propia hija vio un artículo en internet mientras estaba investigando para su graduado en Arte –explicó Anna–. Así es como acabamos aquí, devolviéndolo al museo.

–Cuando el conservador me habló de una mujer de pelo blanco que venía todos los años a la escuela, supe que tenías que ser tú –dijo Blanche mientras estrechaba la mano de Lydia–. No se me ocurría quién más podría ser. Hice que Anna me trajera de nuevo hace unas semanas y até la zapatilla a la verja.

—¿Guardó la zapatilla todo este tiempo? –preguntó Fleur.

Blanche asintió.

—Cuando estábamos en el ático y no había nadie más en la escuela, Adèle nos dejaba bailar, así que llevaba las zapatillas de *ballet* conmigo. Mamá las metió en mi bolsa cuando fuimos allí –explicó la mujer–. Yo las llevaba encima todo el tiempo. Las metí en el bolsillo de mi abrigo cuando pasamos del ático al museo y cuando nos escondieron en las cajas.

—Mamá había remendado la zona de los dedos –dijo Lydia mientras pasaba el dedo por el hilo desgastado–. Sabías que la reconocería.

—Sí, así es.

A Blanche se le quebró la voz y se enjugó los ojos con un pañuelo que le ofreció su hija.

Fleur había llevado con ella el libro que había recopilado Manu y se lo mostró a Blanche y Anna.

—Llevaba un registro de dónde habían enviado todas las obras de arte –les explicó. Después, pasó a la página en la que estaba registrada la colección Valois.

—¿Y sigue faltando uno de los cuadros? –preguntó Anna.

—Por desgracia, sí –replicó Lydia–. Resulta que es el que Manu me dio a mí. Siempre había dado por hecho que lo había recuperado porque estaba en el dobladillo de mi abrigo, como el tuyo. De niña, no le di muchas vueltas y ni Manu ni Adèle mencionaron el asunto.

—Es un poco extraño –dijo Anna.

—Sí –concordó Didier–. Manu estuvo recuperando todas las obras de arte perdidas y robadas, así que no entiendo por qué la miniatura *Agosto*, que es la que tenía Lydia, sigue desaparecida.

La conversación siguió adelante y a Fleur le encantó quedarse sentada escuchando la historia de sus vidas desde aquella noche en Lyon. Lydia y Blanche estuvieron cogidas de la mano todo el rato, se rieron mucho y lloraron juntas. Resultaba alegre y, al mismo tiempo, desesperadamente triste.

El tiempo pasó muy rápido y, tras varias horas, ambas mujeres estaban agotadas.

–Hablaremos más mañana –dijo Lydia mientras abrazaba a su hermana–. Estoy muy contenta, Blanche. Siento como si me hubiera quitado un gran peso de encima.

–A mí me pasa lo mismo, Eva.

Cuando Fleur fue a coger su vaso de agua, de algún modo acabó volcándolo y, para su horror, se derramó sobre el cuaderno de Manu.

–¡Oh, no! Lo siento mucho. –Agarró una servilleta y empezó a secar con ella el libro. En esos pocos segundos, había absorbido gran parte del agua–. Los bordes están empapados. Lo siento muchísimo.

–No te preocupes, ha sido un accidente –dijo Anna.

–Permíteme –dijo Didier, que acababa de regresar con más servilletas que había ido a buscar al bar. Procedió a secar la cubierta del cuaderno y a inspeccionarlo para comprobar si había algún daño duradero–. Creo que las páginas en sí están bien.

Fleur vio que echaba un vistazo a la parte interna de la cubierta y empezaba a hurgar entre el papel de refuerzo.

–¿Qué es eso? –preguntó ella, mirando por encima de su hombro. Observó cómo separaba con cuidado la parte trasera de la tapa–. Ay, Dios mío –fue lo único que pudo decir.

Didier la miró, maravillado, mientras sacaba un trozo de papel de detrás de la hoja de refuerzo.

—*Merde* —susurró varias veces para sí mismo, mostrándoles lo que había encontrado.

—*Août* —dijo Lydia con un grito ahogado—. Es el cuadro que faltaba.

Transcurrieron varios minutos hasta que todos ellos asumieron el descubrimiento.

—¿Es auténtico? —preguntó Fleur.

—Que yo sepa... —dijo Didier—. Tiene que serlo, sin duda. ¿Por qué estaría escondido en la cubierta del cuaderno de Manu?

—«¿Por qué?» es la pregunta más importante —apuntó Fleur.

—Quería que lo encontrara —dijo Lydia. Todos se giraron hacia ella—. Era mi seguro, la prueba de quién soy y de lo que ocurrió. Lo estaba guardando a salvo para mí.

—¿Lo escondió ahí a propósito? —preguntó Fleur.

—Debió de hacerlo. Dejó el cuaderno guardado bajo custodia para mí.

—Es probable que creyera que lo encontraría mucho antes —comentó Didier.

—Pero lo hemos encontrado ahora y ya puede reunirse con el resto de la colección —dijo Lydia con una sonrisa—. No quiero la recompensa. ¿Para qué quiero cincuenta mil euros?

—Tal vez podría dárselos a Fleur —sugirió Anna.

Ella negó con la cabeza.

—No los quiero. Lo importante para mí no era el cuadro, sino mi abuela y su historia.

Miró a Didier, que apenas había podido apartar la vista de la acuarela. Él le devolvió la mirada.

—Yo tampoco los quiero. Puede que, en el pasado, si los

quisiera, pero ya no. La alegría de que la colección Valois esté completa no tiene precio; el dinero no puede comprar ese tipo de felicidad.

–Técnicamente, lo has encontrado tú, así que es tuyo por derecho –dijo Lydia.

–Es usted muy amable, pero voy a rechazarlo –contestó él.

–Podrías hacer muchas cosas con todo ese dinero –continuó la mujer.

–Cierto, pero creo que debería ir destinado a una causa mejor que la del balance de mi cuenta bancaria.

Se produjo un breve silencio mientras todos volvían a contemplar la pintura. Fue Lydia la que habló.

–Creo que me gustaría usar el dinero para patrocinar una plaza en una escuela de danza. Creo que Adèle y Manu habrían dado el visto bueno a algo así.

–Yo también –concordó Blanche–. Es muy buena idea.

Capítulo 41

Fleur

Había sido un día muy largo y Fleur no habría podido estar más contenta con cómo había transcurrido la reunión entre Lydia y Bridget. O, más bien, entre Eva y Blanche. Blanche iba a quedarse un día más junto con su hija, y las dos hermanas ya estaban planeando que Lydia fuese a Ginebra antes de Navidad y que Blanche hiciera un viaje a Inglaterra la primavera siguiente. Era el final perfecto y no podría estar más contenta por su abuela. Al fin podría pasar página.

Se dio una ducha y se sentó en la cama, cubierta por la toalla, mientras seguía dándole vueltas al asunto. Habían pasado tantas cosas en los últimos días que era difícil hacerse a la idea de todo. Tomó su teléfono, diciéndose a sí misma que iba a echar un vistazo a sus redes sociales, pero en realidad quería comprobar si Didier le había mandado algún mensaje. No lo había hecho y la decepción que sintió fue innegable.

Pasó otra hora dando vueltas por su habitación, secándose y peinándose el cabello, intentando concentrarse en un programa de televisión y revisando sin ningún objetivo las redes sociales. Finalmente, se dio por vencida, bajó al bar y se pidió una copa de vino. Se sentó en uno de los sofás. ¿En qué se había convertido su vida? En sentarse en el bar de un hotel y beber a solas.

Acababa de pedirse la segunda copa cuando su teléfono sonó al recibir un mensaje.

Didier: «Espero que estés bien. He estado pensando en ti».

No pudo negar la oleada de alivio y emoción que sintió al recibirlo.

Fleur: «Estoy bien. Estoy sentada en el bar del hotel. Yo también he estado pensando en ti».

Con discreción, se sacó un selfi sosteniendo la copa de vino y se lo envió.

Didier: «Espero que Jean-Paul te esté vigilando».

Fleur: «Acabo de comprobarlo y debe de ser su noche libre».

Cuando no recibió ningún otro mensaje, se pidió otra copa de vino. Tomaría una más y se iría a dormir. Justo en ese momento un hombre que había visto antes sentado en la barra se acercó a ella.

—¿Te importa? —dijo, señalando el asiento que había frente a ella. Dejó su *whisky* sobre la mesa antes incluso de que le respondiera—. Lo siento, solo tengo que enviar un mensaje —añadió con un claro acento inglés. Se sentó y, con grandes ademanes, sacó el teléfono y empezó a escribir. Alzó la vista hacia Fleur—. Le estoy mandando un mensaje a mi madre. Últimamente no se encuentra muy bien.

Fleur sonrió, deseando no haber pedido la tercera copa.

—Entonces, te dejo con ello —dijo, cogiendo su copa.

—Ay, no; no te marches por mí. Ya he terminado —dijo él—. Me llamo Brett. Lo siento. Es probable que esto te parezca una manera cursi de intentar ligar contigo, pero, la verdad, no lo es.

Soltó una carcajada.

Desde luego, sí que parecía una manera cursi de ligar con ella, pero Fleur se guardó aquel pensamiento para sí misma.

–Soy Fleur –acabó diciendo.

–¿Puedo invitarte a otra copa? –le preguntó él.

Dudó. Si decía que sí, prácticamente estaba aceptando sus intentos de coqueteo; una aventura de una noche con un desconocido que era muy probable que no se llamara Brett y que estuviera de viaje de negocios. ¿Era eso lo que quería? No. Pensó en Didier. Él era lo que quería y, además, se dio cuenta en ese momento de que quería algo más que una aventura o un romance de verano.

–Voy a estar aquí el resto de la semana –le estaba diciendo Brett–. ¿Y tú? Podría estar bien que nos enrolláramos un par de días. Ya sabes, para relajarnos y descansar. –Le guiñó un ojo–. ¿Quieres esa bebida?

–No, gracias –dijo con seguridad.

–Ah, qué lástima –replicó él, poniendo cara triste–. ¿Estás segura de que no puedo tentarte? Sin lazos ni nada por el estilo.

–No, lo siento –contestó Fleur–. Pero gracias, me has ayudado mucho.

El hombre pareció confuso.

–¿De verdad?

–Sí. Buenas noches, Brett, o comoquiera que te llames.

Se puso en pie y dejó la bebida sin terminar sobre la mesa. Él la llamó.

–Gracias por el vino.

Cogió la copa y se la terminó de un trago.

Fleur siguió atravesando la estancia hacia la puerta. Alzó la vista y frenó en seco. Didier estaba apoyado al final de la barra, observándola. Frente a él, había un *whisky* escocés y una copa de vino. Empujó la copa un par de centímetros hacia ella. Fleur se sentó en el taburete.

–Solo para que lo sepas –dijo–, no me van las aventuras de una noche ni los romances de verano.

Didier se sentó en el taburete que había a su lado.

—¿De veras?

Le dio un sorbo a su bebida mientras observaba su reflejo en el espejo que había frente a la barra.

—Sí, así es; soy una de esas chicas que lo quieren todo o nada.

Ella le devolvió la mirada en el espejo y, poco a poco, una sonrisa se apoderó del rostro de él.

—Ese es el tipo de chica que me gusta —dijo, alzando la copa hacia ella.

—Me gustaría ser esa chica —contestó Fleur. Los nervios de su estómago estaban trabajando a toda máquina. Si albergaba alguna duda sobre estar preparada para ser valiente y al menos intentar hacer que las cosas funcionaran con él, se estaban evaporando con cada palabra.

Didier dio la vuelta a su taburete para mirarla y giró el suyo hacia él.

—¿Todo o nada?

Fleur asintió.

—Sí. Me da miedo enamorarme de ti, pero aún me da más miedo alejarme.

Él se inclinó hacia delante y le dio un beso.

—No tengas miedo al amor. Ten miedo de no saber nunca lo bueno que es. —Volvió a besarla y, esta vez, durante más tiempo. Al final, se apartó para mirarla—. ¿Estás segura de que no quieres aceptar tu otra oferta?

Fleur echó un vistazo a Brett, que los observaba con la boca abierta.

—Definitivamente, no.

Didier se levantó de su asiento y le cogió la mano.

—Hay una botella de champán bien fría en mi habitación.

—¿En tu habitación?

–He reservado una habitación en cuanto he llegado. Solo por si acaso.

–Admiro lo precavido que eres. –Fleur se rio a carcajadas, pero enseguida se puso seria–. No quiero ser una aguafiestas... –dijo mientras se dirigían hacia el ascensor con las manos entrelazadas.

–¿Pero...?

El gesto de Didier parecía serio mientras pulsaba el botón para llamar al ascensor. Fleur le estrechó la mano, lo que le otorgó aquella sensación de seguridad que siempre le proporcionaba él.

–No puedo prometerte nada y no tengo ni idea de cómo vamos a hacer que esto funcione, pero quiero intentarlo. De verdad. Es solo que estoy un poco nerviosa, nada más.

Didier relajó el rostro y le pasó un brazo por los hombros para acercarla hacia él.

–No pasa nada por estar nerviosa, pero no tengas miedo. Te prometo que puedes confiar en mí.

Entraron en el ascensor vacío y las puertas se cerraron tras ellos.

–Puede que tengas que ser un poco paciente –dijo Fleur mientras jugueteaba con la solapa de su chaqueta–. Todo esto es nuevo para mí. Quiero decir que estoy acostumbrada a levantar barreras y no romperlas. Además, nunca me había sentido así.

Él le puso un dedo en los labios.

–Deja de hablar un momento.

La besó y, entonces, Fleur supo que una de sus barreras ya se estaba desintegrando.

Capítulo 42

Adèle

—¿Cómo estoy? —preguntó Lydia cuando entró en el salón.

Adèle dejó el libro que estaba leyendo y se levantó del sofá para colocarse junto a la muchacha que había llegado a su hogar cuando era una niña.

—Estás preciosa.

—Y pareces muy mayor —añadió Manu, que estaba en el umbral de la puerta.

—Espero parecer muy mayor —dijo Lydia—. Tengo veinte años y estoy a punto de marcharme a Inglaterra para empezar la vida de casada.

Se puso la mano sobre el vientre, que comenzaba a mostrar los primeros signos de la nueva vida que llevaba dentro.

—Voy a echarte mucho de menos —dijo Adèle, haciendo todo el esfuerzo del mundo para mantener a raya sus emociones.

—Yo también os voy a echar de menos —contestó ella. Después, miró a Manu—. Os debo tanto a ambos que no me siento capaz de daros las gracias por todo lo que habéis hecho por mí.

Manu se apartó del marco de la puerta y se acercó a ellas.

—Nosotros deberíamos darte las gracias por todo el amor y

la luz que has aportado a nuestras vidas en unos momentos de desesperación y oscuridad. Ojalá hubiera sido en otras circunstancias, pero tú nos salvaste a nosotros tanto como nosotros te salvamos a ti.

–Eso es cierto –concordó Adèle–. Tras perder a mi propia familia, Manu era lo único que me quedaba, y, aunque no hayamos sido bendecidos con hijos propios, te tenemos a ti. Para nosotros lo has sido todo. Espero que para ti hayamos sido suficiente.

Los ojos se le llenaron de lágrimas. Jamás había intentado ocupar el lugar de Jacqueline, la madre de Lydia, pero había tenido la esperanza de llenar parte del vacío que su amiga había dejado atrás.

–Habéis sido mucho más de lo que nadie habría esperado que fuerais –contestó la joven mientras la abrazaba con fuerza–. Si tuviera que elegir a alguien que cuidara de mí, os elegiría a vosotros todas y cada una de las veces. –Se alejó de Adèle y abrazó a Manu–. Me salvasteis la vida.

Tras unos instantes, él se apartó.

–Tengo algo para ti –le dijo–. Es para tu nueva casa de Inglaterra.

Se acercó al secreter y del cajón sacó un paquete pequeño envuelto en papel marrón. Se lo tendió. Ella abrió el regalo y jadeó al ver la acuarela que tenía delante. Era una miniatura de una bailarina junto a una barra de *ballet*.

–Es preciosa –dijo ella.

–Es obra de Valois –replicó Manu.

Lydia alzó la vista hacia él.

–¿De Valois? ¿El Valois de la colección que estás intentando recuperar desde que acabó la guerra?

Él asintió.

–El mismo. Pero, desde luego, esta acuarela no forma parte

de esa colección. Esta la compré hace muchísimos años, cuando descubrí las obras del pintor. Me recordaba a Adèle.

–¿No deberías quedártelo tú? –le preguntó Lydia, mirándola.

–No, para nada. Queremos que te lo quedes tú. Queremos que lo tenga alguien que ame el *ballet* tanto como yo y esa persona solo puedes ser tú.

La joven observó el cuadro.

–Muchísimas gracias. Lo guardaré durante el resto de mi vida. Ocupará un lugar de honor en mi nuevo hogar.

Manu se aclaró la garganta y comprobó su reloj.

–*Alors*, deberíamos ponernos en marcha. Tu tren sale dentro de una hora.

–¿Llevas todo lo que necesitas? –preguntó Adèle, que de pronto sintió pánico al pensar que se hubieran olvidado de empaquetar alguna cosa–. Llevas el billete de tren, ¿verdad? ¿Y el del barco? Robert irá a buscarte a Portsmouth, ¿no es así?

–Sí, sí y sí –contestó Lydia con una sonrisa–. No te preocupes, por favor. Todo está preparado, y, además, ya he hecho este mismo viaje sola en otras ocasiones.

–Lo sé, pero tengo derecho a preocuparme –protestó ella.

Adèle estrechó la mano de Lydia durante todo el trayecto hasta la estación de tren. Quería empaparse de cada instante que todavía iba a pasar con aquella joven. Sabía que iba a verla de nuevo; Manu y ella ya habían hecho planes para ir a visitarla a Inglaterra, pero sería diferente. Lydia era una mujer casada con un hijo propio en camino. Por ahora, quería aferrarse a la niña que había aparecido en su vida como Eva Rashal en su primer día de escuela. Desde entonces, habían ocurrido muchas cosas y, por mucho que intentaran no mortificarse con aquellos sucesos horribles, ni podían ni debían olvidarlos. Eran los acontecimientos que los habían convertido en quienes eran, los que los había unido y les había permitido vivir sin miedo y sin remordimientos.

El trayecto hasta la estación transcurrió demasiado rápido para su gusto y tan solo pasaron unos minutos antes de que estuvieran despidiéndose ante la barrera en la que había que presentar los billetes.

—Nos vemos pronto —dijo Lydia—. Os escribiré todas las semanas y os llamaré por teléfono siempre que pueda.

Abrazó a la joven por enésima vez, justo cuando el guardia hizo la última llamada para que los pasajeros subieran al tren. La sostuvo a cierta distancia.

—Tu madre estaría muy orgullosa de ti, *ma petite puce*.

—También estaría muy orgullosa de ti —contestó Lydia.

Adèle no intentó ocultar las lágrimas cuando Manu ayudó a la muchacha a subir al vagón. Después, con él a su lado rodeándole los hombros con un brazo, observó cómo el tren se alejaba de la estación.

Agradecimientos

Como ocurre siempre que escribes un libro, nunca se trata de una aventura en solitario y hay muchas, muchas personas entre bambalinas a las que dar las gracias por su trabajo y su fantástico apoyo. Así que, a toda mi familia y los amigos que tengo en casa, a mis amigos y compañeros escritores, a mi agente, mis editores, los equipos tanto de la agencia como de la editorial y a mis maravillosos lectores: gracias por estar aquí. No podría hacer esto sin vosotros.

Índice